HANNA ÉTAIT SEULE À LA MAISON

CARIN GERHARDSEN

HANNA ÉTAIT SEULE À LA MAISON

Traduit du suédois
par Charlotte Drake et Patrick Vandar

ÉDITIONS FRANCE LOISIRS

Titre original : *Mamma, pappa, barn*

First published by Ordfront Förlag, Sweden
Published by arrangement with Nordin Agency, Sweden

Édition du Club France Loisirs,
avec l'autorisation des Éditions Fleuve Noir

Éditions France Loisirs,
123, boulevard de Grenelle, Paris
www.franceloisirs.com

ISBN : 978-2-298-06025-6

Je l'ai senti. Le plus sombre du sombre.
Il vit, jouit, souffre
sous sa couverture d'herbe tressée
il rampe, grouille, se tortille
chasse, tue, mange
s'accouple et meurt
pour renaître, aussitôt...

Dan ANDERSSON

1964

Endors-toi, dors maintenant. Dépêche-toi. Ferme les yeux, mais garde la bouche un peu ouverte, que ça ait l'air vrai. Ton souffle doit être régulier et lent, même si ton cœur cogne dans ta poitrine. Il faut que ça marche. Il perçoit ses pas dans les escaliers. Ils ne sont ni marqués ni nerveux, comme avant, ils sont conciliants et obséquieux. Il entend la porte s'ouvrir et se refermer. Encore une de ces journées. Sa respiration est calme, parfois ponctuée d'un soupir, elle est parfaite. Sa tête est posée en travers de son oreiller. Un filet de bave s'échappe du coin de ses lèvres et coule sur sa joue. Son visage doit sembler parfaitement détendu alors que chaque muscle de son corps est douloureusement crispé. Mais ça ne se voit pas.

— Tu dors, mon bonhomme ? (Il écoute le murmure doucereux de cette voix tant détestée.) Allez, faisons la paix avant que tu t'endormes, ça nous fera du bien.

Ce sont toujours ses paupières qui le trahissent. C'est trop dur de les abaisser naturellement.

— Je vois bien tes paupières qui tressaillent. Ne fais pas semblant. Tu n'es quand même pas rancunier ? On fait ça pour ton bien, tu le sais, non ? Allez, faisons la paix.

Ça ne sert plus à rien de fermer les yeux. Il essuie le filet de bave qui a maintenant atteint l'oreille. Et puis la main froide et osseuse glisse à l'intérieur de sa veste de pyjama. Son corps se raidit. Son regard, plein de dégoût et d'effroi, se fixe sur le salaud qui ne s'en aperçoit même pas. Il remarque un battement de cils, mais ignore tout un corps qui se révolte.

La maison résonne de bruits venus de la cuisine, de vaisselle qui tinte, de tiroirs que l'on ouvre et referme, de couverts que l'on range. Il sursaute lorsqu'un bout de peau se coince sous l'ongle de l'index. Le doigt dessine des cercles dans le creux de son nombril qui semble relié au bas-ventre d'une façon désagréable, presque douloureuse, et continue à descendre vers le pantalon de pyjama.

Habituellement, c'est à ce moment qu'il s'évade pour se retrouver au stade de foot ou au lac en train de capturer des têtards. Mais aujourd'hui, il se tient au bord du chemin de fer, il regarde passer un train et observe les passagers à travers les vitres. Pour une raison qu'il ignore, cette image se fixe dans son esprit. Ni agréable ni déplaisante, elle s'installe. Dorénavant, c'est toujours près de ce train qu'il se situera quand il s'évadera de lui-même. Mais il ne le sait pas encore. Le train fonce vers lui, faisant crisser les rails.

Septembre 2007, vendredi soir

Elle le pose sur le tapis à côté du lit pendant qu'elle change les draps. L'intensité de ses cris est si forte qu'elle ne reconnaît plus sa voix. À force de hurler, son visage est tout rouge et déformé. Il est 22 h 30. Cela fait quatre heures qu'elle essaie de l'endormir. Mais sans la tétine, c'est peine perdue, et la douleur causée par l'angine l'empêche de la garder. Le paracétamol ne fait plus effet. Dès qu'il déglutit, il a si mal qu'il refuse de manger et comme il est à jeun, il vomit ses antibiotiques. Ça fait trois jours que ça dure. Elle est tellement fatiguée que son état d'épuisement lui semble à présent normal. Pourtant, elle n'a pas haussé la voix une seule fois, ni prononcé de paroles dures. C'est une vraie victoire.

Dans sa tête, le compte à rebours avant le retour de Carl a déjà commencé : les jours, les heures et les minutes. Quatre jours, dix heures et trente minutes. Il est parti au Japon pour un séminaire et il n'est pas joignable. Elle ne peut même pas l'appeler pour entendre quelques mots d'encouragement. C'est aussi bien comme ça. Il aurait été perturbé de savoir que les choses se passaient si mal ici. Quant à elle, elle se serait sans doute mise à pleurer et aurait gaspillé ses forces à s'apitoyer sur son sort, au lieu de les économiser pour lutter. Jusqu'ici, elle a réussi à s'en sortir toute seule, mais à présent, tout lui semble insurmontable.

Les bras chargés de draps couverts de vomi, elle court dans la salle de bains et les fourre dans la machine à laver. Par réflexe, elle sort du bac à linge quelques vêtements de couleurs similaires, les met également dans la machine – quoique déjà trop pleine –, y verse la lessive, sélectionne le programme à 60° et appuie sur DÉMARRER.

Les cris du nourrisson s'arrêtent brusquement. Surprise par le silence, elle entend son propre estomac qui crie famine. Rien ne lui fait envie, mais elle passe quand même par la cuisine et attrape une banane à la peau tachetée posée dans un bol près de l'évier. C'est à ce moment-là que les hurlements reprennent dans la chambre. Elle y retourne rapidement, prend le petit garçon dans ses bras et s'assoit au pied du grand lit, au milieu des draps défaits. Elle pose le bébé à plat ventre sur ses genoux et lui masse le dos. La télévision est allumée, sans le son. Tout en mâchant sans appétit un bout de banane, elle essaie de suivre l'action du film américain. Elle continue à caresser machinalement le nourrisson inconsolable.

À peine quelques minutes plus tard, le film se termine et le générique défile sur l'écran. Elle éteint la télévision, se lève avec difficulté et se dirige vers la fenêtre, le bébé sanglotant dans ses bras. Deux hommes d'âge moyen passent sur le trottoir d'en face. Un peu plus loin, elle aperçoit un jeune couple. Remarquant leur posture et l'absence de parapluie, elle en conclut qu'il s'est enfin arrêté de pleuvoir. Cette pluie, qui tombait sans interruption depuis le matin, a finalement cessé.

Elle essaie de poser le garçon sur le rebord intérieur de la fenêtre en le tenant juste par ses petites mains, mais il n'est pas d'humeur à jouer et agite furieusement ses jambes sans poser les pieds. Elle le soulève à nouveau, pose sa tête contre son épaule et renifle l'odeur de ses cheveux. Ils sont mouillés de sueur et le son de ses cris déchire ses tympans comme un couteau. Elle peut à peine garder les yeux ouverts. Ils picotent par manque de sommeil, même si elle n'a pas envie de dormir. L'espace d'un instant, elle a plus pitié d'elle-même que de la petite créature adorée qui souffre dans ses bras. Un désir de vengeance la submerge soudain. L'envie de se venger d'un phénomène sans nom, incompréhensible, d'un vacarme abstrait et insurmontable. Elle se relève en soupirant profondément et va dans l'entrée avec le garçon dans les bras.

Elle hésite pendant un quart de seconde avant d'insérer la clé dans la serrure, puis se dit que le risque de cambriolage en ce vendredi soir est plus grand que celui d'incendie. Elle ferme soigneusement la porte à clé de l'extérieur.

*

L'appartement résonne de rires et de voix enjouées. Il y a des soirs comme ça, où tout le monde est de bonne humeur, où nul ne râle ou ne se dispute. Solan est dans le salon avec son nouveau mec. Ils ont fermé les portes, ce qui signifie clairement qu'ils ne veulent pas être dérangés. Du coup, tous les autres sont entassés dans la cuisine, il n'y a pas moins de neuf personnes autour de la table. Elise est assise par terre, adossée au réfrigérateur, une bière posée à ses côtés. En face d'elle, Jennifer sirote un verre de gnôle maison mélangée à du Coca-Cola.

Ça grouille toujours de monde chez elles. Les gens commencent à s'incruster dès le matin et prennent du café et des tartines, si quelqu'un a pensé à faire les courses. La maison est ouverte à tous, à condition d'apporter à boire et à manger. Au début, la mère n'a pas osé leur dire, et puis elle en a eu assez que n'importe qui se serve dans les placards et dans le frigo et a fini par mettre le holà. Depuis, tous se plient aux nouvelles règles. Elle veille à ce que les filles aient toujours de quoi prendre un bon petit déjeuner avant de partir le matin. En général, elle envoie l'une d'entre elles faire des courses à la supérette d'Ica, à Ringen. Ce n'est pas par paresse, Elise le sait. Elle préférerait y aller elle-même, mais elle a honte de se montrer. Les filles déjeunent rarement à la maison. Elles s'achètent de la nourriture dehors quand elles ont faim, ou se font inviter chez des copines. Mais elles ont de quoi se payer des vêtements, manger et rester propres. Elles s'en tirent donc bien. Leur mère arrive à joindre les deux bouts, même si ses enfants ont une vie différente des autres filles de leur âge.

Dès le début de l'après-midi, on ouvre les premières bouteilles dans le salon de ce trois pièces de la cité de Ringen. Puis, les invités vont et viennent jusque vers minuit, où ça se calme enfin. Il n'est pas rare que l'un des compagnons de beuverie de la mère reste pour la nuit.

Les filles se rendent en cours. Elles passent ensuite leur après-midi à traîner en ville ou chez des copines. Elles ont une chambre, qu'elles partagent, mais préfèrent éviter la maison tant qu'elle est pleine. Si les fêtes de la mère finissent rarement en pugilat, les discussions sont plutôt animées et il faut faire très attention à ne pas provoquer certains individus susceptibles. Elise et Jennifer passent le moins de temps possible chez elles et se font très discrètes lorsqu'elles rentrent au milieu de la nuit pour se glisser entre leurs draps.

Mais aujourd'hui, c'est vendredi soir, le début du week-end. Demain, il n'y a ni école ni autre contrainte et leur mère vient de toucher son argent. L'atmosphère est joyeuse, la table déjà couverte de bouteilles vides et de cendriers pleins. Gagnées par l'ambiance, Elise et Jennifer en ont profité pour rafler de l'alcool et des cigarettes. D'habitude, elles se seraient faufilées dans leur chambre sans que personne ne les voie, tandis que ce soir, elles se sont retrouvées hélées par quelques types agités en cuisine qui leur proposent un peu de tout.

Elise se sent déjà détendue après la première gorgée. Elle tire longuement sur sa cigarette et ferme les yeux. Elle a bien l'intention de la fumer en entier. En plus, elle sait qu'elle pourra facilement en récupérer d'autres. Elle n'a jamais assez d'argent de poche pour se payer des clopes. Et quand elle tape ses copines, elle doit en général se contenter de mégots. Elle avale une autre grosse gorgée en regardant sa sœur. Tout le monde dit qu'elles se ressemblent, mais elle ne voit pas en quoi. Jennifer a deux ans de plus qu'elle, elle est cool, elle a de l'assurance, de la répartie. Elise, elle, se sent comme une pâle copie de son aînée, plus effacée, moins assurée et surtout avec une paire de seins ridicule comparée à la belle poitrine de Jennifer. Même les pauvres types qui sont là ce soir voient bien la différence. C'est toujours Jennifer la perle rare, celle qu'ils sont fiers d'asseoir sur leurs genoux, celle aussi qui les repousse, toujours avec la même aisance. Alors ils font semblant de pleurer, l'implorent, la supplient, mais elle se contente de secouer la tête en levant les yeux au ciel. C'est à ce moment-là qu'ils se tournent vers Elise, qui refuse à son tour, parce que Jennifer vient de le faire. Parfois, elle accepte de s'asseoir sur les genoux de Dagge, Gordon ou Peo, parce qu'elle a la flemme de dire non, ou parce qu'elle a envie de se sentir un peu appréciée.

— Tu fais quoi, ce soir ?

Elise est presque obligée de crier pour se faire entendre à cause du brouhaha général.

— J'en sais rien, lance Jennifer. Je vais peut-être voir Jocke. Ou pas. En fait, je m'en fous.

Jennifer a un mec. Elise sort avec des garçons de temps en temps, mais Jennifer, elle, a un vrai mec. Un homme.

Jocke a vingt-quatre ans et une barbe. Les copains d'Elise ont à peine mué. Ils ont quelques poils de barbe par-ci, par-là, mais ils sont ridicules et infantiles. Jennifer, elle, a un vrai mec, et elle ne sait même pas si elle a envie de le voir ! En plus, il est gentil et attentionné. Elise n'a jamais rencontré un type pareil. Une fois, elle les a vus tous les deux ensemble, de loin. Jocke la tenait par la taille, comme si Jennifer lui appartenait. Comme pour dire : *c'est ma nana et j'en suis fier.* Et puis il l'a regardée dans les yeux, longtemps, en lui passant la main sur la joue, tout doucement, comme si elle était aussi fragile que de la porcelaine. Elise aurait bien voulu avoir quelqu'un comme lui.

— Comment ça, tu t'en fous ? Qu'est-ce que tu veux dire ?

Jennifer finit son verre cul sec et Elise s'empresse de faire de même.

— Je sais pas.

— Vous êtes plus ensemble ?

— Peut-être ou peut-être pas... Il est trop... Laisse tomber. T'en veux un autre ?

— Ouais. Je veux bien une clope aussi.

Jennifer se lève et se fraie un chemin jusqu'à la table entre les chaises et les corps qui se balancent. Dagge étire ses grands bras et la saisit fermement par les hanches avant de l'asseoir sur ses genoux. Mais elle se relève d'un bond, attrape une bouteille et un paquet de cigarettes avant de regagner sa place près du réfrigérateur.

— Minute papillon ! tu vas pas t'en tirer comme ça, grogne Dagge. Tu me piques mon pinard et j'ai même pas droit à un petit bisou ?

Dagge est blond, un peu rougeaud, il a les yeux injectés de sang et de grandes oreilles poilues. Bizarrement, il porte une chemise à carreaux plutôt mode, mais son jean est plein de taches de peinture et pue la vieille crasse incrustée. Elise peut le sentir de l'autre bout de la cuisine.

— Je t'en ferai peut-être un si tu es sage, rétorque Jennifer pendant qu'elle remplit son verre et celui de sa sœur de vin blanc tiède.

Elise frissonne de dégoût à la seule idée d'avoir à effleurer ce jean dégueulasse.

— C'est moi qui mérite un bisou, c'est mon vin, merde ! braille la mère.

La honte, comme toujours. Plus facile de la gérer quand elle est à moitié déprimée. Ce soir, elle est d'humeur positive et joyeuse. Elle a envie de se faire remarquer. Elise essaie d'oublier qu'elle est là.

— Je te rappelle que tu me devais une bouteille, lance Dagge.

Et la conversation se met à tourner sur les dettes, l'injustice, et soudain, tout le monde autour de la table se retrouve à faire les comptes.

Jennifer propose une cigarette à Elise et en prend une pour elle, avant de glisser le paquet dans son décolleté puisque personne ne l'a réclamé pour l'instant. Elise allume sa cigarette avec la précédente et la tend à sa sœur.

— Tu sors, ce soir ? l'interroge Jennifer.

Elise vide la moitié de son verre en grimaçant.

— Carrément, confirme-t-elle. Avec Nina. Tu peux me prêter du fric ?

— Dans tes rêves, j'ai pas une thune, moi. T'as qu'à leur demander. Apparemment, ils ont les poches pleines ce soir.

Jennifer pointe le menton en direction de la table. Elle vide son verre et se lève, visiblement prête à partir. Elise sent qu'elle a les joues qui chauffent. Le vin lui donne le sourire. Et du courage.

— Jennifer, attends !

— Quoi ?

— Tu veux pas me prêter ta veste ?

— Quelle veste ?

— Ta veste en cuir. La Gina Tricot.

— Et je vais mettre quoi, moi ?

— Je sais pas, autre chose. S'il te plaît, juste pour ce soir.

Jennifer, peut-être ivre elle aussi, cède sans plus de discussion.

— Ça marche. Mais tu me la rends demain.

— Je te le promets. T'es trop sympa.

— Elle est dans l'entrée, précise Jennifer. J'y vais.

Elise reste assise par terre et fume sa cigarette jusqu'au filtre, à se brûler les doigts. Elle vide son verre avant d'y jeter son mégot qui crépite en tombant. En avançant vers la table, elle remarque que sa démarche n'est pas très stable.

— Qui me prête un ou deux billets de cent ? ose-t-elle.

Mais personne ne semble intéressé.

— Prêter, tu parles. On les reverra jamais ces billets-là, gémit la mère.

— Comme si j'avais les moyens, murmure Gordon.

— Si j'avais deux cents en trop, je te les filerais pas à toi, claironne Peo.

Monkan se contente de secouer la tête et les autres ne l'ont même pas entendue, pris par leur conversation. Elle va dans l'entrée, fait les poches des vestes suspendues, mais ne trouve rien. Elle jette un rapide coup d'œil dans le miroir en passant, puis sort en claquant la porte. Il est 22 h 30.

*

— Quelle fille ?

— Une fille comme les autres.

— Elle a bien un nom, cette fille comme les autres ?

— Elle s'appelle Jennifer, tu le sais, je te l'ai dit.

— C'est bien un nom de pétasse, ça.

— C'est pas une pétasse, c'est une fille bien.

— Toi, avec une fille bien ? Tu ne vois pas qu'elle se fout de ta gueule, espèce de laideron ?

Son père a peut-être raison. Jocke n'a rien d'extraordinaire, alors que Jennifer est jolie, une vraie poupée. Il n'a jamais eu de copine, mais cette fois ça y est, pour la première fois, il a une petite amie. D'accord, elle a huit ans de moins que lui, mais c'est sa nana. Enfin, il croit bien. Après tout, ils ont couché ensemble. Elle l'a invité à l'accompagner sur le ferry pour la Finlande demain. Et elle vient de l'appeler pour lui proposer de sortir ce soir.

— Tu as peut-être raison. Mais au moins, j'ai quelqu'un. J'y vais.

— Je voudrais bien voir ça. Tu vas rester ici et tu vas t'occuper de ta mère.

Le visage de son père est déformé par un sourire de triomphe large et grotesque. Jocke sent la nausée le reprendre.

— Elle peut se débrouiller sans moi, elle va bientôt s'endormir, supplie-t-il.

— Tu ne sortiras pas, martèle son père sèchement sans le regarder.

Il tire sur sa cigarette sans souffler la fumée. Jocke sent les sanglots former une boule dans sa gorge. Il a tellement envie d'être avec Jennifer. Il en a besoin. Si elle le voyait comme ça, lamentable, en train de pleurer devant son père. Lui, un homme qui n'a pas de vie, qui fait tout ce que son père lui ordonne. Avec elle, il se fait passer pour un gros dur, toujours à l'aise. En tout cas, il essaie. Il est grand et barbu, il fume et prise. Il n'a pas le droit, mais son père ne s'en aperçoit pas, vu qu'il fume aussi. Au fond de lui, Jocke a l'impression de lui mentir. Il a vingt-quatre ans et elle, seize. Il se cache derrière sa barbe et ses lunettes de soleil et elle le prend pour un homme, grand et fort. Pourtant, n'importe qui peut comprendre au premier coup d'œil qu'il n'est qu'une mauviette.

— S'il te plaît, papa, laisse-moi sortir, supplie-t-il. J'ai passé toute la journée avec elle, c'est vendredi soir…

— Fais ce que je te dis. Va dans la chambre de ta mère, je ne veux plus te voir.

Le trouble de Joakim se mue en désespoir. Mais il refuse de céder si facilement. Pas cette fois.

— Je n'irai pas, lance-t-il en étouffant ses pleurs. Je n'irai pas dans sa chambre parce que je vais sortir. Je fais ce que je veux, c'est pas toi qui décides. Je suis majeur !

— Ah oui, voilà que d'un coup tu es adulte, souffle le père, les mâchoires serrées, la fumée ressortant par ses narines. Et qu'est-ce qui le prouve ?

Il a raison, son père, c'est un raté. Après de longues et inutiles années à l'école, passées à accumuler les mauvaises notes, il a fini par arrêter après le collège, mais il sait tout juste lire et écrire. Il ne possède pas non plus de talent manuel. Les quelques boulots disponibles ne sont pas faits pour des gens comme lui et il est hors de question qu'il poursuive ses études.

Finalement, c'est son père qui a trouvé la solution. Quand l'état de la mère a empiré au point de la rendre inapte au travail, le père s'est arrangé pour faire de Jocke son aide-soignant. En échange, il est nourri, logé et reçoit un peu d'argent de poche. Il livre les journaux le matin, et avec ce qu'il gagne et qu'il s'efforce d'économiser, il espère un jour avoir les moyens de prendre un appartement à lui. Pour commencer sa vie.

— Je me fous de ce que tu dis, je me barre, menace Jocke en reculant vers la porte. Et demain, je pars pour Åbo avec Jennifer, ajoute-t-il sur sa lancée, avant de regretter immédiatement son audace.

— Alors là, tu te mets le doigt dans l'œil ! hurle le père qui se lève de son fauteuil et s'approche de lui à grands pas, la cigarette au coin de la bouche.

Jocke traverse l'entrée en courant et se précipite sur la porte, mais la chaînette de sécurité est accrochée et alors qu'il tente désespérément de la démêler, son père passe un bras autour de son cou. Il le serre si fort que Jocke est pris de spasmes. Il essaie de se libérer à coups de coude, mais son père accentue encore sa prise. Incapable de résister, il se retrouve bientôt face à lui. Il entend un craquement inquiétant dans la nuque. Il cherche à reprendre son souffle quand il reçoit un coup de poing dans le ventre. Jocke est recroquevillé sur le tapis. Encore un coup de poing dans le nez avant que son père le laisse enfin tranquille. À moitié K.-O., il reste cloué au sol, immobile dans le couloir sombre. Il entend les pas lourds de son père et devine qu'il est allé se rasseoir dans son fauteuil pour poursuivre tranquillement la lecture de son journal.

Quand il ferme les yeux, c'est Jennifer qu'il voit. Ses formes généreuses moulées dans son jean, ses lèvres brillantes et pulpeuses, et son regard gris-bleu qui de temps en temps, sans prévenir, laisse paraître son côté introverti et presque craintif. Demain, ils danseront sur la piste à bord du ferry pour la Finlande. Il lui offrira des cocktails colorés au bar. Ils passeront la nuit ensemble. Il pourra caresser sa peau si claire, si douce, qu'il aperçoit entre son jean et son tee-shirt. Il goûtera ses lèvres si appétissantes.

Il a dû perdre connaissance parce que en ouvrant les yeux, le salon est plongé dans la pénombre. Il vérifie que ses bras et ses jambes sont encore en état de marche, se met à quatre pattes, puis s'appuie à la poignée de la porte pour se relever. Ses abdos lui font mal et il n'ose pas toucher son nez. Il tâtonne jusque dans la salle de bains aussi silencieusement que possible, referme la porte derrière lui avant d'allumer la lumière et se regarde dans la glace. La moitié de son visage est couverte de sang séché. Sa lèvre supérieure est enflée et fendue. Quand il appuie doucement sur son nez, la cloison bouge dans un craquement désagréable. Il essuie les points sensibles avec un petit bout de papier toilette humecté, se lave le reste du visage sous le robinet, avant de se brosser les dents.

Il sort de la salle de bains, sa brosse à dents et le tube de dentifrice à la main. Au fond d'un placard, il trouve un sac de sport dans lequel il fourre sa trousse de toilette. Il enlève du sac ses vêtements de sport et met un caleçon propre, un pull et un jean. Ensuite, il se faufile doucement dans le couloir de l'entrée et lace ses baskets dans le noir.

Enfin, il fait ce qu'il n'avait jamais osé faire auparavant : il glisse sa main dans la poche de la veste de son père pour en sortir son portefeuille. Il compte trois mille couronnes en billets et en prend la moitié avant de le remettre en place. Il attrape son blouson, passe son sac à l'épaule et sort sur le palier. Il n'est que 22 h 30.

*

Conny Sjöberg fait le ménage et sa femme prépare les bagages. Toute la famille – cinq enfants de deux à dix ans, Åsa et lui-même – a passé cette soirée du vendredi chez sa mère, qui habite un appartement à Bollmora, à une demi-heure au sud de la ville. Ils sont rentrés plus tard que prévu et, après avoir mis les enfants au lit, Åsa a commencé à rassembler des jouets et des vêtements propres pour le lendemain. Elle part avec les petits rendre visite à ses parents quelques jours à Linköping. Simon et Sara n'ont pas école lundi, elle n'a pas cours non plus, si bien qu'ils vont pouvoir prolonger le week-end jusqu'au lundi soir.

Sjöberg ouvre le lave-vaisselle, sort les paniers et retourne les tasses pour vider l'eau du programme de la veille. Puis il inspecte chaque chambre de leur cinq pièces, d'un regard scrupuleux, pour vérifier que chaque objet est à sa place. Une fois sûr que tout est en ordre, il peut enfin se détendre.

À son travail, c'est la même chose. Il est incapable de se concentrer s'il y a des papiers et des dossiers sur sa table. Les classeurs doivent être bien rangés sur l'étagère, les papiers bien classés, et il en va de même pour les accessoires. À titre d'exemple, le pot à crayons et la perforeuse doivent être placés de manière symétrique et à la bonne distance sur son plan de travail. Il a besoin de cela pour se construire un environnement calme et harmonieux, avec le moins de distraction possible.

Une fois qu'il a fait son tour, Sjöberg met de l'eau à chauffer et prépare quelques sandwiches avec les restes de viande de la veille. Il allume les bougies sur la table de la cuisine et verse le liquide bouillant sur les feuilles de thé avant d'apporter la théière.

— Quand même, qu'est-ce qu'elle est pénible et pleurnicheuse, dit Åsa en s'asseyant.

— Tu as raison, soupire Sjöberg.

— Et pourtant, elle est tellement gentille avec les enfants. Et envers nous aussi. Mais pourquoi être si négative ?

— Je crois qu'elle manque d'assurance, tout simplement. Elle ne sait pas trop comment se comporter et a toujours l'impression de mal faire. Elle est complexée par ses origines sociales et son manque d'éducation.

— Et le repas n'est pas réussi, le pull qu'elle a tricoté est moche, son café est trop fort... Elle n'arrête pas de se dénigrer. C'est vrai que ça ne met pas en appétit qu'elle insiste toujours sur ce qui ne va pas dans ce qu'on mange. Finalement, j'ai de la peine pour elle, rien ne lui fait vraiment plaisir.

Sjöberg sert le thé et verse une grosse cuillerée de sucre dans sa tasse.

— Elle est contente quand la Suède gagne, ajoute-t-il, un peu moqueur.

— On ne peut pas dire que ce soit vraiment essentiel, ce n'est que du sport. D'où lui vient cet intérêt d'ailleurs ? Ce n'est pas courant pour une vieille dame d'aimer le sport. Elle qui a si peur de se faire remarquer.

— Papa suivait le sport, elle a gardé cette habitude. Et puis, comme elle ne lit pas, il faut bien qu'elle s'intéresse à quelque chose.

— Je sais bien, rétorque Åsa en mordant dans son sandwich. Je trouve ça super qu'elle se passionne pour le hockey sur glace, le football, l'athlétisme, le ski, tout ce que tu veux, mais reconnais que c'est inhabituel. Disons que c'est inattendu. Elle était comment avant la mort de ton père ?

— Je ne m'en souviens plus. (Conny Sjöberg prend quelques gorgées de thé pour faire passer son sandwich.) Enfin, je me rappelle qu'elle broyait vraiment du noir pendant qu'il était à l'hôpital. Mais on n'en parlait pas beaucoup et je n'avais pas le droit de lui rendre visite. Il faut dire que j'étais tout petit. J'avais trois ans, je crois.

— Encore une chose étonnante dans ta famille. Tu *crois* qu'il avait un cancer. Comment se fait-il que tu n'en sois pas sûr ?

— Enfin, Åsa, tu la connais. Elle oublie tout. Du moins, elle ne veut pas en parler.

— Mais quand même. J'aurais bien aimé savoir comment tu étais, enfant. Si tu étais turbulent, si tu dormais bien. Si tu avais une tétine ou si tu suçais ton pouce. À quel âge tu as appris à marcher. Elle ne nous raconte jamais rien de tout ça. Il faut dire que tu ne te souviens pas de grand-chose non plus, conclut-elle avec un sourire taquin.

— Tes parents sont universitaires, moi, j'ai grandi dans un milieu modeste. Tout ce que je sais, j'ai dû l'apprendre par moi-même. Mon premier livre, je l'ai acheté avec mon argent de poche. Toi, on t'abreuvait d'informations et de connaissances.

— Pauvre petit autodidacte. (Åsa lui caresse la joue, moitié tendre et moitié moqueuse.) En tout cas, je t'aime plus que tout.

Il prend la main de sa femme et y dépose un baiser. Un petit gémissement leur parvient de la chambre des jumeaux, ils se figent tous les deux un instant. Juste au moment où ils croient la menace passée, un hurlement retentit. Åsa se précipite pour éviter que les autres ne se réveillent.

C'est alors que le téléphone sonne.

— C'était qui ? interroge Åsa en revenant dans la cuisine un peu plus tard. Tu dois aller travailler ?

— Non, c'était maman, soupire Sjöberg. Elle est tombée d'un tabouret et s'est peut-être brisé quelques côtes. Il vaut mieux que je passe la voir. Je l'emmènerai aux urgences, si nécessaire.

— Elle a toujours quelque chose de travers, ces temps-ci. J'espère que ce n'est pas grave.

— Non, je ne crois pas. Elle a l'air de le prendre plutôt bien. Sauf que quand elle a essayé d'aller se coucher, elle a eu trop mal. Désolé, mais il faut que j'y aille.

— *A man's got do to what a man's got to do*, comme on dit, quand faut y aller, faut y aller. Moi en tout cas, je vais me coucher. Tu me feras un bisou en rentrant.

— Il est déjà 22 h 30, je vais sans doute rentrer affreusement tard.

— Pas grave, j'espère quand même qu'on aura le temps de se croiser demain matin.

— Je me lèverai de toute façon, précise Sjöberg, au pire, je ferai une sieste dans l'après-midi.

Il l'embrasse sur le front, et attrape sa veste et les clés de la voiture avant de disparaître.

*

Il y a toujours du monde au Pelikan le vendredi soir, mais aujourd'hui, le bar est encore plus bondé que d'habitude. Difficile de savoir si cela vient du fait que c'est la fin du mois ou si cela tient à la pluie incessante qui a incité tant de monde à se réfugier au chaud derrière les vitraux multicolores de ce pub de Blekingegatan, une institution dans le quartier. Autour des tables en chêne foncé et tout au long du bar, les conversations vont bon train et, depuis 21 h 30, le volume sonore ne cesse d'augmenter. Le plafond est haut et le sol recouvert de carrelage, si bien que l'acoustique donne l'illusion qu'il est plus facile d'entendre ce qui se dit à l'autre bout de la pièce qu'en face de soi.

Petra Westman et Jamal Hamad se parlent en hurlant, assis devant des verres à bière vides.

Ils ont eu la chance de récupérer la table d'un couple d'âge mûr qui a fini par se lasser de la lenteur du service. Petra et Jamal n'étant pas pressés, ils ont patiemment toléré que le personnel sur les dents les néglige quelque temps. Il faut dire qu'ils se trouvent un peu cachés derrière des colonnes au milieu de la grande pièce.

Un serveur s'approche enfin de leur table, un jeune homme grand et élégant, d'une bonne trentaine d'années, à la chevelure sombre et lisse attachée en catogan. D'après son badge, il se prénomme Firas. Il leur apporte les deux demis commandés un peu plus tôt.

— *Shukran*, remercie Jamal.

— *Ahlan*, de rien, répond le serveur, alors qu'une lueur d'interrogation traverse son regard bleu-vert. *Men wen hadrtak ?* (D'où viens-tu ?)

— *Lebnen. O anta ?* (Du Liban. Et toi ?)

— *Suria.* (De Syrie.)

— *Anjar ?* (D'Anjar ?) demande Jamal, moqueur.

Le serveur hésite un instant, puis se penche pour murmurer quelques mots à l'oreille de Jamal, en lui tapotant l'épaule de façon amicale, pour autant que Petra puisse en juger.

— *Ana rabian honek...*

Il repart lestement vers le bar alors que Jamal éclate de rire en le suivant du regard. Il lui lance un clin d'œil avant de disparaître dans la foule.

Petra regarde son collègue, étonnée et admirative.

— Ça y est, je suis tout excitée, dit-elle en levant son verre.

— Par moi ou par Firas ?

Jamal trinque avec elle.

— Les deux. Ou plutôt par votre langue.

— Tu me rejoues la scène d'*Un poisson nommé Wanda* ?

— Maintenant que tu me le dis, tu as un petit air de John Cleese. De quoi avez-vous parlé ?

— De nos ancêtres en quelque sorte.

— Et c'est ça qui vous fait tant rire ?

— Comme tu as pu le constater. Changeons de sujet.

Jamal trinque encore une fois.

— Féminine ? Comment ça ? Tu m'as déjà vue porter des talons hauts ? reprend Petra en secouant la tête.

— Il me semble, non ? (Jamal sourit malicieusement.) Il n'y a pas de mal à être féminine. Tu aurais préféré que je dise que tu as une attitude masculine ? Que tu marches avec les jambes arquées comme un footballeur ? Je pense que c'est à cause de ta façon de te déhancher. De rouler du cul, dit-il en exagérant la prononciation du « u », comme pour souligner l'effet comique de l'expression.

Petra se retient d'éclater de rire. Elle boit une bonne gorgée de bière et s'essuie la bouche d'un rapide mouvement de l'index.

— Il aurait mieux valu que j'aie mon centre de gravité ici, comme toi, entre les épaules ? glousse-t-elle. Tu mets la poitrine en avant, et tu bandes tes muscles, comme un paon qui fait la roue pour attirer les femelles.

— Et ça marche ! Regarde-moi, assis en face de la plus belle policière de Stockholm...

Jamal croise ses mains derrière la nuque et la défie malicieusement du regard. Petra aime sa remarque. Son problème est de savoir s'il le pense vraiment ou s'il la taquine. Elle le fréquente depuis longtemps, mais elle n'arrive jamais à sonder le fond de sa pensée.

Leur conversation tourne autour du séminaire auquel ils viennent d'assister, avec une vingtaine de policiers du commissariat de Hammarby. L'intitulé en était : « Faire le point sur le langage du corps ». Il est question de comprendre en quoi notre langage corporel peut influer sur l'opinion que les autres se font de nous. Le but n'est pas de changer de comportement, mais de connaître, exploiter et développer les atouts dont on dispose déjà.

Ils ont notamment tous été priés de faire quelques pas sous le regard à la fois critique et bienveillant de leurs collègues, qui ont ensuite déterminé où se situait le centre de gravité de chacun. Pour faire preuve d'autorité, au moment d'interpeller un délinquant par exemple, il peut être important de savoir bien placer son centre de gravité. Qu'il ne se situe pas dans la panse à bière (comme chez Jens Sandén), ni dans les pieds (comme chez Einar Eriksson, selon Petra). Globalement, le séminaire s'est bien déroulé. Il a agréablement brisé leur routine et ils ont sans doute retenu un ou deux petits trucs utiles.

— D'ailleurs, si les oiseaux ébouriffent leurs plumes, c'est parce qu'ils ont froid, se défend Jamal.

Ses yeux bruns reflètent la lumière des bougies sur la table. Il lui sourit et dévoile une dentition éclatante, mise en valeur par son teint encore un peu hâlé dû au soleil estival.

— Mon petit bonhomme, viens que je te réchauffe.

Le visage de Petra affiche une mine faussement compatissante alors qu'elle lui prend une main dans les siennes. Elles sont douces et chaudes.

— Je ne savais pas que tu t'y connaissais si bien en oiseaux.

— Je suis plein de surprises.

— Alors dis-moi, le commissaire principal, c'est quel genre d'oiseau ? Lui, en tout cas, il sait parader.

— Brandt ? Je croyais que tu le trouvais sexy ? la taquine-t-il.

— Arrête, lance-t-elle, faussement boudeuse. C'est son adjoint… Malmberg… qui m'a coincée. Je ne savais pas quoi dire. Est-ce que je sais, moi, comment qualifier la démarche du chef de la police ? Malmberg a proposé sexy, alors j'ai acquiescé en souriant, j'étais gênée.

— Tu as dit « oui, peut-être », rit Jamal.

— Qu'est-ce que j'aurais pu trouver d'autre ? Il est aussi sexy qu'une vieille chaussette…

— Tu as dit que tu trouvais le commissaire principal sexy.

— Non, c'est Malmberg qui a lancé ça.

— Je crois que c'est Holgersson, plutôt.

— Tu as peut-être raison. C'est un drôle de type, celui-là.

— Moi, je le trouve marrant. Et puis il lit en toi comme dans un livre ouvert. Il a deviné ce que tu ressentais secrètement pour le chef de la police.

Petra soupire ostensiblement en vidant son verre.

— Et Brandt, il a voulu dire quoi par « féminine » ? lui demande-t-elle, alors qu'une ride inquiète marque son front.

— Je crois qu'il voulait dire... (Jamal la regarde un instant en silence avant de poursuivre :) « sexy ».

Il éclate de rire.

Petra secoue la tête, résignée.

— Allez, c'est ma tournée, reprend Jamal en se levant.

Petra le regarde s'éloigner avec les deux verres vides à la main. Il faut toujours qu'il rie de tout, mais elle a du mal à voir le comique de la situation.

Ils passent encore une heure à enchaîner les bières avant de se séparer devant la bouche du métro de Allhelgonagatan. Petra n'a pas envie de partir, mais Jamal doit se lever tôt le lendemain, il préfère rentrer à pied pour prendre un peu l'air avant de sombrer dans son lit. Quand elle lui demande ce qu'il doit faire tôt le lendemain, il lui explique qu'il doit se rendre à Nacka pour jouer au golf.

— Au golf ? s'étonne Petra. Tu sais jouer au golf, toi ?

Mais intérieurement, c'est une autre question qui la taraude : *Nacka ? Donc, tu as une histoire avec Bella Hansson ?*

— Difficile à dire, sourit-il, c'est la première fois que j'essaie.

Ils s'embrassent vite sur la joue et Petra dévale les escaliers, son centre de gravité clairement situé sous le diaphragme.

*

Il est assez tard, mais la circulation est encore dense. Les voitures, bruyantes, éclaboussent les cyclistes et les piétons, et répandent une odeur de gaz d'échappement. Quand Elise arrive au centre commercial de Götgatan, Nina l'attend déjà devant le grand kiosque à journaux de Ringen.

— Comment t'es trop classe ! s'exclame Nina. (Les néons colorés des boutiques se reflètent dans les lunettes de soleil relevées sur sa tête.) Tu l'as achetée où, cette veste ?

— C'est pas la mienne, enchaîne Elise, c'est ma sœur qui me l'a prêtée.

— T'es bourrée ?

Elise glousse.

— Un peu, j'ai picolé chez ma mère. Et toi ?

— Pas encore. On passe au Krokodilen ?

— Je suis fauchée. Tu peux me dépanner ?

— Mate le type là, chuchote Nina, alors que l'homme dont elle parle se trouve à l'intérieur du grand kiosque. Il est trop laid. C'est un pédophile, un vieux porc.

L'homme est en train de feuilleter un magazine et leur tourne le dos, Elise ne peut pas voir à quoi il ressemble. En tout cas, il ne porte pas de chapeau et le col de son imper n'est pas relevé pour cacher son visage.

— Comment tu sais ça ? l'interroge Elise. Il t'a déjà fait des avances ?

— Non, tu rigoles ? Mais on m'a raconté. Il aime bien tripoter les petites filles. On bouge ?

— Je te dis que je n'ai pas une thune. T'as pas cent couronnes à me passer ?

— J'ai à peine assez pour moi. Sofia et Magda sont déjà au Krokodilen, j'y vais. Passe chez toi récupérer du fric et on se retrouve plus tard ?

Nina file et laisse Elise en plan sur le trottoir, hésitante. Nina se retourne et lui lance en souriant :

— Fais vite !

Elise jette un regard à travers la vitrine du kiosque et aperçoit le bonhomme que Nina a qualifié de pédophile. Il est toujours en train de lire des magazines sans les acheter, mais il y a du monde dans la boutique et le vendeur n'a sans doute pas le temps de lui en faire la remarque.

Elise se rappelle un reportage qu'elle a vu à la télévision il y a peu. Il était question de jeunes filles qui, pour différentes raisons, se prostituaient à Malmö. Leurs visages étaient floutés et leurs voix déformées. Elle s'était dit que leurs copines avaient quand même dû les reconnaître. L'une d'entre elles déclarait économiser pour s'acheter un cheval. Elle avait treize ans.

Elise réfléchit une petite minute, puis entre dans le kiosque. Elle promène son regard distrait sur la petite restauration, les saucisses, les glaces, les sandwiches et les sodas. Puis elle rassemble son courage et s'approche de lui pour voir ce qu'il lit. Il est bien sûr en train de contempler des photos de femmes nues. Elle regarde autour d'elle. Personne n'est assez proche pour entendre ce qu'elle s'apprête à lui dire.

— Ça te dirait de voir ça en vrai ? murmure-t-elle sans croiser ses yeux.

Il jette tout de suite un regard en arrière, pour vérifier que c'est bien à lui qu'elle s'adresse, puis replonge dans son magazine.

— De voir quoi ?

— Une fille nue.

— Combien ? répond-il, imperturbable.

C'est bien un habitué. Nina avait raison.

— Cent pour les nichons, trois cents pour le minou, annonce-t-elle, prenant un air blasé.

— Et le reste ?

— C'est tout.

Il repose le magazine sur le portant, sans la regarder.

— OK pour deux cents, dit-il en se dirigeant vers la sortie.

Elle le suit le cœur battant d'un mélange d'excitation et de peur. Elle a la sensation d'aller vers quelque chose de nouveau et de dangereux.

Nuit de vendredi à samedi

Il trouve sa mère allongée sur son lit. Elle ne se plaint pas de la douleur et se contente de dire qu'elle pense avoir une côte fêlée, parce qu'elle a mal dans la poitrine. Sjöberg lui demande si elle souhaite qu'il appelle une ambulance, mais il n'en est évidemment pas question. Elle ne va pas en faire une histoire, les ambulanciers ont des choses plus importantes à gérer. En plus, les voisins vont s'imaginer des choses. Il l'aide doucement à se lever, lui met un manteau sur les épaules et l'accompagne jusqu'à sa voiture. Puis il remonte à l'appartement et rassemble dans un sac un peu de linge et quelques affaires de toilette. En sortant, il pense à emporter aussi son sac à main. Il éteint la lumière et verrouille la porte.

Dans la voiture, sa mère raconte être montée sur un tabouret pour ranger un plateau dans le placard du haut, juste après leur départ, un peu plus tôt dans la soirée. Elle dit avoir alors perdu l'équilibre et s'être retrouvée par terre.

— Et moi qui vous complique la vie ! Je t'empêche de dormir et la pauvre Åsa qui est seule avec les enfants.

Elle secoue la tête et regarde par la vitre de côté.

— Maman, les enfants dorment et Åsa aussi, la rassure-t-il. Et moi, je ne travaille pas demain. Mais je m'inquiète pour toi. Tu aurais dû me demander de le ranger, ce plateau. Tu ne devrais pas faire des choses pareilles à ton âge, maman.

— Je le sais. On ne se voit pas vieillir.

— Tu te sens comment, là ? Tu n'es pas trop mal installée ?

— Tant que je ne bouge pas, ça va.

Ils restent silencieux un moment et Sjöberg repense à ce que disait sa femme un peu plus tôt. C'est vrai que sa mère est un peu étrange. Il s'y est habitué. Elle a soixante-quatorze ans et lui, quarante-neuf. Elle a été veuve plus de la moitié de sa vie. Comment s'est-elle débrouillée ? Qu'a-t-elle ressenti en se retrouvant seule avec lui ? On ne parle pas de psychologie à la maison. La vie suit juste son cours. Il faut la prendre comme elle vient. Ce n'est ni bien, ni mal.

— Il est mort comment, papa ? demande-t-il soudain.

La mère hésite un instant.

— Il est tombé malade.

— De quelle maladie ?

La mère ne répond rien.

— C'était un cancer, ajoute Sjöberg.

— Je n'ai pas vraiment demandé, rétorque-t-elle, avec une voix tranchante. De toute façon, je ne comprends jamais ce qu'ils disent, les médecins.

Sjöberg soupire. Voilà leur type de conversation. Ça se passe comme ça depuis toujours. Le monde est si grand, si mystérieux, l'homme est si petit, si insignifiant, à quoi bon s'engager, tirer la couverture à soi, se démarquer ? Le mieux est de cacher ses lacunes, ses méfaits, ses vertus, de se mêler de ses propres affaires.

Arrivés aux urgences, ils passent plusieurs heures dans la salle d'attente. Sjöberg va leur chercher un café à peine potable à la machine et, le reste du temps, ils feuillettent de vieilles revues. Ils se parlent peu, puisque ça ne se fait pas en public. Mais chaque fois qu'un nouveau patient se présente, ils lèvent tous deux la tête quelques secondes. Sa mère refuse de s'allonger et reste assise à sa place sans broncher, jusqu'à ce qu'on vienne la chercher, vers 1 h 30.

Une femme médecin estime que plusieurs côtes doivent être cassées et sa mère est conduite en chaise roulante jusqu'à une chambre où elle va passer au moins une nuit en observation, le temps de procéder aux radiographies nécessaires. Quand il la quitte, elle est déjà endormie. Il n'est pas loin de 2 h 30 du matin.

Sjöberg bâille à s'en décrocher la mâchoire en sortant dans le couloir. Il cherche à s'orienter dans l'immense hôpital. Il aperçoit des panneaux un peu plus loin qui l'attirent naturellement dans leur direction. Deux femmes en blouse blanche arrivent vers lui, mais au moment où il s'apprête à leur demander son chemin, il se ravise. Il reste planté là, hébété, incapable de sortir un mot.

L'une des infirmières lui est bien trop familière, avec sa chevelure rousse et son regard vert si vif. C'est la femme à la fenêtre, celle qui hante ses nuits depuis de longs mois. Dans ses rêves, ces derniers temps, son visage a tendance à s'estomper, et elle n'est plus qu'une silhouette féminine, mais toujours aussi rousse. Il y a près d'un an qu'il ne l'a pas vue : Margit Olofsson. Et le voilà, les bras ballants, sans savoir sur quel pied danser. Il a le temps de se reprendre, de se convaincre que c'est ridicule, après tout cette femme ignore tout de ses rêves. Ils se sont croisés deux ou trois fois l'an passé dans le cadre d'une enquête criminelle, sans se dire grand-chose. Qu'est-ce qui lui prend ? Il lit sur son visage qu'elle vient de le reconnaître et elle le gratifie d'un large sourire. Il finit par la saluer maladroitement.

— Bonjour, dit-il avec gêne. Margit Olofsson…

— Monsieur le commissaire ! Vous vous souvenez encore de mon nom après tout ce temps, c'est fort… (Elle a un regard espiègle.) Je devais être suspecte !

La collègue poursuit son chemin et ils se retrouvent en tête à tête. Sjöberg ne sait quoi dire, alors Margit Olofsson continue :

— Que faites-vous ici ? Une nouvelle enquête ?

— Non, ma mère s'est cassé plusieurs côtes, alors je l'ai conduite aux urgences. On y est depuis 21 heures. Elle va rester en observation. Et vous, vous travaillez de nuit ?

— Oui, ça m'arrive. Mais aujourd'hui c'est plutôt calme, ça va.

Sans savoir pourquoi, Sjöberg lui lance soudain :

— Je vous offre une tasse de café ?

Il éprouve aussitôt le besoin de relativiser ce qu'il croit être une proposition déplacée, alors que pour elle ce n'est visiblement pas le cas, il ajoute :

— Je sens qu'il vaut mieux que je prenne un café si je ne veux pas m'endormir au volant.

— Pourquoi pas, dit Margit Olofsson. Je vais juste prévenir que je fais une pause. Suivez-moi, je vais vous servir de guide dans le labyrinthe de Huddinge.

— Comment se porte-t-elle ? demande Margit Olofsson alors qu'ils s'assoient à une table de la cafétéria, une tasse de café à la main.

— Pas trop mal, je crois. Ils vont quand même faire une radio pour contrôler que les poumons n'ont pas été perforés. Avec un peu de chance, elle pourra sortir dès demain.

— Je m'occuperai spécialement d'elle. Comment s'appelle-t-elle ? Sjöberg ?

— Oui. Eivor Sjöberg. Et vous, vous allez bien ? Et cette dame, comment se nommait-elle... Ingrid ?

— Je ne suis plus en contact avec Ingrid Olsson. Je ne la connaissais pas vraiment, c'était une coïncidence.

— Vous aviez joué les bons Samaritains.

— Bof, dit-elle, gênée, moi en tout cas, je vais bien. Mes deux enfants sont grands, heureux, et ne vivent plus à la maison. Mon mari, lui, est peintre en bâtiment, et moi...

— Et lui, il est heureux ? l'interrompt Sjöberg.

— … je travaille ici depuis trente ans.

Sa phrase terminée dans le même élan, elle marque une pause et le regarde, pensive. Sjöberg sent qu'il rougit, mais espère que ça ne se voit pas. Quelle idée de poser une question pareille ! Mais qu'est-ce qui lui prend ? Il est là, à flirter avec Margit Olofsson, rencontrée il y a longtemps dans le cadre d'une enquête. Il est temps qu'il rentre chez lui.

— J'imagine qu'il est heureux à sa façon et moi à la mienne, reprend-elle, énigmatique, avec un sourire imperceptible. Et vous ?

Durant les quelques secondes qu'il faut à Sjöberg pour réfléchir à sa réponse, il ressent l'irrépressible envie de lui parler de ses rêves étranges. Elle suscite en lui des sentiments difficiles à définir. Il ne s'agit pas d'amour… Non, pas de l'amour comme il en éprouve pour Åsa ou les enfants. Il ne peut pas non plus appeler ça de la complicité, qu'ont-ils en commun ? Rien. Pour autant qu'il puisse en juger. Est-ce du désir ? Absolument pas. Margit Olofsson – par ailleurs dotée d'un physique très agréable et d'un charme indéniable – n'a rien de ce qui lui plaît habituellement chez une femme.

Pourtant, il se sent attiré par elle. Il y a quelque chose chez elle qui lui donne envie de se blottir en son sein et de pleurer. Il veut lui révéler ses pensées les plus secrètes, lui avouer ce qu'il a sur le cœur, se mettre à nu. Est-ce qu'elle dégage quelque chose de maternel, qui a poussé Ingrid Olsson à lui demander de l'aide et qui l'attire, à son tour, aujourd'hui ? Il ne croit pas. Il reçoit déjà l'amour, l'amitié et l'écoute dont il a besoin. Margit Olofsson éveille en lui des sensations qu'il n'a jamais connues, en près de cinquante ans de vie. Il doit se sortir de là, se ressaisir.

— Pas mal, je n'ai pas à me plaindre, répond Sjöberg, conscient que ce sont les mots de sa mère et non les siens qui sortent de sa bouche.

Et il se maîtrise. Ils passent le restant de sa demi-heure de pause à parler de leurs vies respectives. Lorsque Sjöberg s'assoit enfin derrière son volant, il considère qu'il a réussi à ne pas trop se livrer. Il n'a pas dit un mot du rêve.

Samedi matin

Hanna est restée longtemps, longtemps, longtemps dans son lit à attendre les bruits familiers du matin. Le store est toujours baissé, mais la chambre est baignée de lumière. Elle ne se sent pas du tout fatiguée, pourtant elle a essayé de se rendormir plusieurs fois. Sa maman lui a dit que si on se réveille avant les autres, on doit rester au lit et essayer de se rendormir. Mais là, elle l'a fait tellement de fois que ce n'est plus possible ! Elle décide qu'elle doit au moins avoir le droit de jouer, en gardant la porte fermée.

Elle sort doucement du lit et attrape une boîte de puzzle sur l'étagère. Aujourd'hui, c'est la boîte verte, avec Bamse, l'ours le plus fort du monde. Elle renverse tous les éléments sur la petite table rouge entourée de chaises jaunes. Son papa et Hanna ont peint les meubles ensemble, mais c'est sa maman qui a dessiné les fleurs bleues sur les sièges, avec un pinceau tout fin.

Elle finit le puzzle et joue ensuite à faire à manger sur sa petite cuisinière. Elle trouve le fouet à piles dans le four et commence à préparer une chantilly pour Magdalena, sa poupée préférée.

Elle a des yeux bruns, des longs cheveux soyeux de la même couleur, et porte une robe rose. Le fouet fait beaucoup de bruit, elle est peut-être en train de réveiller les autres ! Elle l'arrête aussitôt et écoute attentivement à la porte, espérant entendre des signes de vie venant de la chambre des parents. L'appartement est toujours plongé dans le silence.

La couche qu'elle a gardée toute la nuit commence à devenir lourde et pendouille entre ses jambes sous sa chemise de nuit à rayures blanches et rouges. Son estomac gargouille. Elle a faim. Pourtant, d'habitude, elle ne mange pas grand-chose au petit déjeuner. Que pourrait-elle faire pour attirer l'attention de sa mère sans se faire disputer ? Peut-être que si elle criait... Elle pourrait faire semblant d'avoir fait un cauchemar, sa maman viendrait sûrement la consoler.

— Maman ! Viens ! Au secours !

Il ne se passe rien. Elle entrouvre la porte et recommence à crier. Toujours le même silence. Elle prend soudain conscience que son petit frère ne fait pas le moindre bruit. Pourtant, il hurle sans interruption depuis plusieurs jours. Lukas a mal à la gorge. Il prend des médicaments, mais il ne guérit pas. C'est maman qui l'a dit. Peut-être que sa maladie est enfin partie, puisqu'il a arrêté de crier. Comme ça, maman aura un peu plus de temps pour jouer avec elle au lieu de s'occuper tout le temps de Lukas, le brailleur.

Hanna passe la tête dans l'embrasure de la porte. D'un geste, elle dégage la mèche blonde qui tombe sur son visage. Elle a des cheveux longs. Sa maman les attache souvent en queue de cheval ou en couettes, pour qu'ils ne la gênent pas quand elle joue. Elle a trois ans et va à la crèche presque tous les jours. Mais pas aujourd'hui, parce que c'est samedi. Ça, Hanna le sait, c'est important quand on est une grande fille comme elle. Et puis, c'est facile de savoir quand on est samedi : on a droit aux bonbons et au soda.

Tant pis. Maman va se fâcher, mais Hanna n'a plus la patience d'attendre. Elle va dans le salon sur la pointe des pieds. La porte de la chambre est grande ouverte et il y fait grand jour. Bizarre... Ils dorment sans avoir baissé le store ? Elle avance doucement vers l'entrée de la pièce et regarde à l'intérieur. Le grand lit est à sa place. Mais il est vide. Pas de couette, pas d'oreillers. Pas de maman, ni de petit frère.

Elle reste comme ça un moment sans comprendre ce qu'elle voit, puis elle grimpe dans le grand lit vide et se met à pleurer.

*

D'un mouvement brusque, il s'assoit dans le lit et crie. C'est la première fois qu'il crie. Åsa, en bon parent, habituée à passer instantanément d'un sommeil profond à l'état de veille, s'assoit aussi rapidement que lui et regarde son mari, effarée. Puis elle lui caresse le dos, avec des gestes amples et souples, met ses mains sur son visage et le berce lentement.

— Tu as rêvé de quoi ? Tu n'as jamais hurlé comme ça, avant, constate Åsa avec douceur.

Sjöberg ne répond pas, il se contente de secouer la tête en soupirant. Ils restent tous deux ainsi un long moment.

— Il y a une femme à la fenêtre, murmure-t-il enfin, espérant qu'elle ne l'entendra pas. Elle me regarde, et je suis pieds nus dans l'herbe.

Puis il se tait.

— C'est tout ?

— C'est tout.

— Qui est-ce ?

— Je ne sais pas, ment-il.

— Tu n'as dormi que quelques heures, remarque Åsa, allonge-toi, je vais te caresser le dos.

Docilement, il s'étend sur le flanc et lui offre son dos. Elle passe la main dans ses cheveux blonds puis la dirige vers son épaule, son bras, puis son dos et ses lombaires. Malgré les tendres caresses de sa femme, il est baigné de sueur et encore très tendu.

Le rêve est le même. Il se tient pieds nus dans l'herbe mouillée et regarde par terre. Il sait qu'il doit lever les yeux, mais quelque chose l'en empêche. Sa tête est lourde, si lourde qu'il a du mal à la soulever. Mais il rassemble ses forces et finit par incliner la tête en arrière, sauf qu'il n'ose toujours pas ouvrir les yeux. Sa tête repose sur sa nuque et il ne veut plus bouger.

Il finit par regarder. Et elle est là, à la fenêtre, le visage entouré par le halo de sa chevelure rousse. Elle danse pour lui. Leurs regards se croisent enfin, mais elle semble surprise. Étrange.

Il tend les bras vers elle, perd l'équilibre et chute en arrière.

Cette fois, c'est encore plus évident. C'est bien Margit Olofsson qui se rit de lui depuis la fenêtre. Tel n'a pas toujours été le cas. Mais depuis que cette femme à la fenêtre a endossé ses traits, son rêve est devenu bien plus horrible. Il ignore pourquoi. D'ailleurs, ce rêve n'a jamais été plaisant. Il veut le balayer de ses pensées, sans succès. Il envahit son cerveau, comme une couche d'épais brouillard.

Il se tourne dans le lit, doucement, pour dissimuler sa tension et son trouble, prend Åsa dans ses bras et enfonce son visage au creux de son cou. Ses cheveux sentent le céleri. Chaque fois qu'elle en mange, elle dégage cette odeur pendant plusieurs heures. Il hume son odeur, le plus délicieux des parfums qu'il connaisse. Comme il aime cette femme. Pourtant, quand ils font l'amour dans l'obscurité, c'est le visage de Margit Olofsson qu'il voit devant lui.

*

Elise est encore au lit. Elle dort peut-être. Ses yeux sont fermés et elle ne répond pas quand sa sœur l'appelle. Jennifer se dit qu'elle a dû vomir à maintes reprises car elle l'a entendue se précipiter plusieurs fois dans la salle de bains au cours de la nuit. Elle est rentrée relativement tôt, mais dans un sale état. Trop picolé sans doute. À son âge, on tient moins bien l'alcool, c'est sûr, après tout elle n'a que quatorze ans. Jennifer referme la porte de sa chambre et s'engage dans le couloir.

La porte du salon est toujours fermée et Jennifer n'a aucune idée de qui peut bien se cacher à l'intérieur. Peut-être Solan et son mec. En tout cas, il y a forcément quelqu'un qui dort là-dedans, elle entend clairement une respiration et quelques ronflements. De toute façon, la pièce doit être un sacré bordel. Quant à la cuisine, il est hors de question qu'elle y mette les pieds. Ça sent la bière éventée, le tabac froid, et le sol est jonché de détritus. Gordon est étalé par terre, tout habillé, sans couverture, il a juste ramené le tapis sous sa tête en guise d'oreiller. Il dort la bouche ouverte et elle se demande même s'il respire. Si ça se trouve, il est mort, pense-t-elle au moment où il émet une sorte de grognement. Elle le contemple avec dégoût et se dit qu'Elise n'aura qu'à se charger du nettoyage. En ce qui la concerne, elle a bien l'intention de s'éclater aujourd'hui.

Jennifer attrape sa veste en cuir suspendue dans l'entrée et l'enfile. Elle dégage ses cheveux du col pour les laisser flotter sur ses épaules. Puis elle abandonne cette zone sinistrée, son sac bien rempli sur l'épaule. Elle n'a pas l'intention de montrer le bout de son nez ici durant les trente-six prochaines heures.

Fanny et Malin l'attendent à l'angle de Dalslandsgatan et de Götgatan, devant le magasin Intersport. Jocke aussi. Elle ne sait pas pourquoi, elle avait proposé qu'ils se retrouvent à la gare centrale mais il est quand même venu ici. Pour une raison qu'elle ignore, cela la contrarie. Elle l'évite et va saluer ses amies.

*

D'abord, elle fait semblant de ne pas le voir. Jocke ne sait pas comment le prendre, ni ce qu'il doit faire, mais décide finalement d'avancer vers les filles en simulant une démarche insouciante. Jennifer commence par l'ignorer, puis finit tout de même par lui accorder un regard. C'est à ce moment-là qu'elle remarque son visage tuméfié.

— Putain, mais tu t'es fait quoi ? T'es carrément défiguré ! s'exclame-t-elle.

Jocke se demande s'il a intérêt à inventer une histoire, mais songe que le plus simple est de dire la vérité.

— Mon père a encore fait sa crise, dit-il nonchalamment. J'ai l'habitude.

Malin et Fanny le regardent, pleines d'admiration, avant de se tourner vers Jennifer, un peu embarrassée.

— Hmm, se contente-t-elle de marmonner. Je vous présente Jocke, il vient avec nous ce soir. C'est ça… ?

Elle le regarde en affichant toute son indifférence.

— Oui, s'empresse de répondre Jocke. C'est ce qu'on avait dit.

Il y a quelque chose qui cloche. Jennifer n'est pas la même quand ses copines sont là. Il a l'impression qu'elle a honte de lui. Elle est plus douce, plus franche d'habitude. Hier, quand il avait tant besoin d'elle, elle n'a pas répondu à ses appels. Et au lieu de passer la soirée avec elle, il a erré en ville. Il a arpenté le centre, pris le bus de nuit, bu quelques bières et fait plusieurs McDonald's. Aujourd'hui, il a juste envie de l'enlacer, mais il n'ose pas quand elle est comme ça. Il met la main sur son épaule et presse un peu ses doigts. Jennifer ne réagit pas et file vers la station de métro près de Ringvägen.

— Viens, on va chercher les billets, lui intime-t-elle.

Dans le métro, ils restent tous debout alors qu'il y a plusieurs places libres. Les filles papotent de tout et de rien, sans mêler Jocke à leur conversation, et il finit par s'asseoir sur un siège à côté. Il contemple Jennifer, étudie ses mimiques, sa gestuelle, sans écouter ce qu'elles disent.

Il admire sa spontanéité. Elle a tout ce qui lui manque. Il veut la tenir par la taille, la voir lui sourire à nouveau. Il a envie de danser avec elle, de l'embrasser, de caresser ses cheveux.

Que s'est-il passé ? S'est-elle lassée de lui ? Ou alors, il n'y a jamais rien eu entre eux... Et si tout cela n'avait été qu'un jeu pour elle, un caprice du moment et que tout était fini sans qu'il ait compris les règles du jeu ? À moins qu'elle n'ose pas parce que ses copines sont là ? Les autres fois, ils n'étaient que tous les deux.

Soudain, il se demande s'il a vraiment envie de monter à bord de ce ferry pour la Finlande. Le week-end risque de prendre une autre tournure que ce qu'il avait imaginé. En plus, son père ne l'a pas autorisé à partir, alors il vaudrait peut-être mieux laisser tomber. Mais quand il se rappelle la raclée qu'il a prise hier, il n'hésite plus. Bien sûr qu'il va y aller. Après quelques verres, il se sentira mieux. Et Jennifer se détendra enfin, sera plus câline et rigolote. Il va s'occuper d'elle, lui offrir tout ce qu'elle voudra. Bien sûr qu'il va y aller.

Il lui sourit et elle doit avoir senti son regard dans son dos parce qu'elle se retourne et esquisse un sourire. Rapidement, les filles reprennent leurs messes basses. Il est peut-être question de lui, puisqu'elles le regardent. Mais leur sourire est amical.

En sortant du métro à la gare centrale, Jocke se tient toujours à quelques pas derrière elles, et Jennifer regarde régulièrement en arrière pour s'assurer de sa présence. À sa grande surprise, arrivés devant le guichet de la compagnie Viking Line, elle s'arrête pour l'attendre. Quand leur tour arrive, elle l'attrape par le bras pour sortir de la file et avancer vers la vendeuse. Son visage s'embrase et il espère que sa barbe et ses plaies le dissimulent.

En le voyant, la femme derrière le guichet a un mouvement de recul. Il prend alors conscience que son visage doit être effrayant, ce qui pourrait expliquer que Jennifer se soit montrée si distante. Mais maintenant, elle se tient à son côté, à son bras.

— Nous avons des réservations pour Åbo ce soir.

— À quel nom ?

— Jennifer Johansson.

— Quel âge avez-vous ? demande la dame, les toisant par-dessus ses lunettes.

— On a vingt ans, rétorque Jennifer en montrant ses copines.

— Et vous ? lance-t-elle à Jocke sans dissimuler son mépris.

— Vingt-quatre ans, répond-il.

— Je vois, dit-elle d'une voix glaciale. Vous pouvez le prouver ?

Jocke sort son portefeuille de la poche arrière de son jean et lui tend une carte d'identité. Elle examine successivement la photo et le visage de Jocke. Elle l'imagine sans doute déjà en train de saccager le bar du ferry. Elle finit par acquiescer, scrute Jocke, puis Jennifer qui le tient par le bras, dévisage Malin et enfin Fanny.

— Et toi ?

Fanny lui tend son permis falsifié et ils achètent leurs billets.

Samedi après-midi

Son estomac crie famine à présent. Comment sa maman a-t-elle pu aller s'installer ailleurs avec Lukas sans lui laisser quelque chose à manger ? Parce que c'est sûr qu'ils sont partis pour toujours. Maman n'a pas seulement emporté son sac à main, elle a aussi pris les draps. Les oreillers et les couettes sont jetés en tas sur un fauteuil dans la chambre des parents, sans doute parce qu'ils étaient trop lourds à porter. Mais les draps ne sont plus là et donc, ils sont sûrement allés se coucher dans une autre maison. Ils ne se sont pas cachés dans l'appartement, ils ont vraiment disparu pendant qu'elle dormait. Elle l'a toujours su : sa maman n'aime que Lukas. Même s'il ne fait que vomir et hurler.

Dans un premier temps, Hanna s'est sentie très triste. Mais c'est fini maintenant. Sa maman n'est pas gentille, alors peu importe si elle a déménagé. Finalement, c'est un soulagement de ne pas se faire gronder toutes les deux minutes. Tout ce qu'elle ressent à présent, c'est la colère, et surtout la faim, au point d'avoir envie de vomir. Elle sait où sont rangées les casseroles, alors autant s'y mettre tout de suite. Ce n'est pas si difficile quand même. Elle en sort une du placard sous la cuisinière et la pose sur le plan de travail à côté des plaques. Puis elle traîne sa chaise haute de la table à manger jusqu'à l'évier, grimpe dessus et fait couler le robinet. Ses deux petites mains attrapent fermement la casserole et la placent sous le jet d'eau.

— Aïe !

L'une de ses mains se retrouve sous l'eau brûlante et, à cause du choc, elle lâche la casserole qui se vide et projette des gouttes sur son visage. Elle perd l'équilibre, mais par miracle évite la chute en s'agrippant à l'évier. Elle hurle et court se rouler au sol, mais cette fois, personne ne vient à son secours.

Si la douleur au visage s'estompe assez vite, sa main brûlée pulse de douleur et devient écarlate. Le visage ruisselant de larmes, Hanna reste allongée par terre, comme paralysée. Elle continue à hurler, espérant que sa maman accourra enfin, comme elle le fait toujours quand Hanna se fait mal. Mais maman a fini par se lasser. Pourquoi Hanna est-elle si geignarde, si difficile ? Maman l'avait avertie à plusieurs reprises, elle n'en pouvait plus de toutes ces histoires. Cette fois-ci, c'est terminé, elle a pris Lukas et quitté la maison, sans Hanna. Que ça lui serve de leçon.

Une fois qu'elle s'est un peu calmée, la faim se fait de nouveau sentir. Elle part à la recherche de nourriture. Quelque chose qui n'a pas besoin d'être préparé. Minutieusement, elle fouille dans chaque placard jusqu'à ce qu'elle trouve la cachette des bonbons. En se risquant à grimper de nouveau sur la chaise haute, elle a fait sa découverte dans l'un des placards du haut où sont empilés les plats. Sa maman y a caché les sucreries qui restaient d'une fête : une boîte de chocolats, des sucettes, des oursons en gélatine, plus un sachet dont elle n'arrive pas à identifier le contenu. D'un mouvement de la main, elle fait tout dégringoler par terre, sauf la boîte de chocolats. Au bout de plusieurs tentatives, elle finit par la rapprocher du bord du placard et l'attraper du bout des doigts. Elle descend prudemment de la chaise haute, s'assied par terre, et enfourne une grosse poignée de bonbons dans sa bouche. Sa maman n'aurait pas aimé ça, mais bon, comme elle n'est pas restée, elle ne peut pas la gronder.

Une fois rassasiée, elle essuie ses doigts collants sur sa chemise de nuit et se remet debout. Sa couche pèse tellement lourd maintenant que l'une des bandes velcro se détache. Hanna défait celle placée de l'autre côté et la couche tombe sur le sol dans un bruit sourd. Elle erre pendant un moment dans l'appartement désert et finit par s'asseoir devant le poste de télévision dans le salon. Tout en frottant sa main douloureuse, elle observe les boutons de la télécommande avec méfiance. Impossible de savoir sur lequel appuyer pour qu'il se passe quelque chose à l'écran, mais en essayant au hasard toutes les touches, elle finit par mettre la télé en marche.

Elle reste devant une émission dont elle ne comprend rien. Des dames et des messieurs aux habits bizarres parlent une langue étrange. Les pensées se bousculent dans sa tête, mais elle se sent détendue. Elle a bien mangé et la pièce résonne des voix de la télévision. Par contre, sa main lui fait toujours mal. Comme elle aimerait que son papa ou sa maman souffle dessus pour chasser la douleur. Mais son papa sera absent encore pendant plusieurs jours, ça, elle le sait. Et sa maman, elle, a déménagé.

Mais peut-être qu'elle reviendra lui rendre visite ? Alors là, elle sera la plus gentille possible, joyeuse, jamais grognon. Elle montrera à sa maman qu'elle est capable de se tenir maintenant, et qu'elle a tout fait comme il faut quand elle a dû se débrouiller toute seule. Elle dormira dans son lit, et elle fera des beaux dessins pour son petit frère. Elle prendra son bain et se lavera les cheveux sans pleurer. Elle ne sortira pas plein de jouets sans raison et les rangera soigneusement après. En voyant ça, sa maman changera sûrement d'avis et reviendra à la maison.

Hanna n'arrive plus à garder les yeux ouverts. Elle s'allonge sur le parquet et s'endort, réconfortée par la présence de la télévision.

Samedi soir

Une fois enregistrés à la réception et munis de la clé, ils rejoignent leur cabine pour se débarrasser des bagages. Conçue pour quatre personnes, elle comprend deux lits superposés. Il y a aussi une petite salle de bains avec lavabo, douche et toilettes.

Malin et Fanny se réservent immédiatement les deux lits du bas, qui sont aussi les plus confortables. Jennifer proteste et propose un tirage au sort, alors que Jocke n'y voit aucun inconvénient. Là-haut, ils seront tranquilles. Il jette son sac sur l'un des lits du dessus et celui de Jennifer sur l'autre, tout en se disant qu'un lit suffirait bien pour eux deux.

La bande qu'ils ont rencontrée à l'entrée du ferry s'installe dans les deux cabines à côté. Ils sont plus jeunes que Jocke, et aucun parmi eux ne paraît avoir atteint l'âge légal, de vingt ans pour les filles et vingt-trois ans pour les garçons, pour voyager seul. Tous se connaissent déjà, sauf Jocke, qui lui ne connaît que Jennifer. Mais ça lui suffit largement.

Jennifer propose d'aller tout de suite à la

boutique détaxée pour acheter à boire, une suggestion qui enchante tout le monde. Mais pour l'ouverture, ils doivent attendre devant la porte que le ferry ait quitté le quai. Comme Jenny se montre à nouveau distante, Jocke décide de prendre les choses en main. Il glisse un morceau de *snus*[1] sous sa lèvre supérieure et fait le tour pour saluer chacun d'entre eux. Quand on lui demande ce qui est arrivé à son visage, il répond juste qu'il s'est battu. Et ça ne gêne personne, bien au contraire. Le sol sous lui est d'un coup plus solide. D'autant que, lorsqu'il se présente comme le petit ami de Jennifer, il perçoit un peu d'étonnement chez eux, mais aussi un respect évident. Jennifer en fait sans doute rêver plus d'un, et il a l'impression qu'il vient de s'extraire du monde des moins que rien et d'avoir passé un cap pour devenir quelqu'un. Il n'y a plus de doute à présent. Jennifer ne peut plus revenir en arrière, et les gars de la bande ne s'en approcheront pas. Mais Jennifer lui manifeste à nouveau de l'indifférence et ne lui rend pas son sourire.

La boutique détaxée ouvre enfin ses portes. Chacun achète ce qu'il veut sans avoir à se soucier des histoires d'âge légal. Une fois passé le cap de l'achat des billets, le personnel de bord ne s'intéresse plus vraiment à l'âge des passagers. Les fausses pièces d'identité peuvent donc rester bien rangées dans les sacs à main ou les poches arrière des jeans.

1. Tabac à priser suédois. (Toutes les notes sont des traducteurs.)

Jocke arrive parmi les derniers à la caisse et, au moment de payer ses bières, sent un bras se glisser doucement autour de sa taille. C'est Jennifer.

— Salut, toi !

Ce changement de comportement lui fait vraiment plaisir. Il passe son bras autour de ses épaules et la serre contre lui.

— Tu veux quelque chose ?

— Juste ça.

Elle indique du regard le contenu de son panier.

— C'est moi qui t'invite. Mets tout ça dans mon panier.

En sortant du magasin, Jennifer tente une sorte d'excuse :

— Merci, c'est super gentil. C'est pas avec une bourse d'études qu'on peut faire grand-chose.

— Tu as des problèmes d'argent ?

— Ben oui, mais ça va aller.

— Tiens. Jocke lui tend un billet de cinq cents couronnes.

— Ouah, t'es trop chou.

Elle lui sourit et range le billet dans la poche de son jean. Toute la bande retourne vers les cabines pour se chauffer avant la grande fiesta. Plus en confiance, Jocke aimerait bien aller un peu plus loin avec Jennifer. Il avait espéré pouvoir passer un moment seul avec elle dans leur cabine, mais il s'est trompé. Alors, il fait avec. La bière et l'alcool fort coulant à flots, il se sent d'autant plus assuré. Installé sur l'une des couchettes du bas, il tire Jennifer à lui et l'assoit sur ses genoux. Contre toute attente, Jennifer se laisse faire. Il peut la tenir dans ses bras et respirer le parfum de ses cheveux sans qu'elle se dérobe. Tout est redevenu normal. C'était une bonne idée de se présenter comme le copain de Jennifer. Il a été accepté dans la bande, il picole et braille avec eux. Ils sont tous de plus en plus ivres, et Jennifer finit par se tourner vers lui pour l'embrasser sur la bouche. Il répond à son baiser. Plus que jamais il veut être seul avec elle.

— Viens, on va dans notre cabine, lui chuchote-t-il à travers sa chevelure blonde.

Elle se débat en riant.

— Plus tard, Jocke, plus tard. J'ai envie de faire la fête. On peut s'amuser encore un peu avec les autres, non ?

Il n'insiste pas. De toute façon, c'est gagné. Il se sent heureux, amoureux et fier. Il finit d'un trait la moitié d'une cannette de bière et en ouvre aussitôt une autre. Jennifer boit une vodka mélangée à du Coca. Jocke se demande comment son petit corps frêle peut supporter de telles quantités mais, d'un autre côté, Jennifer n'est pas vraiment une novice.

En face de lui se trouve Andreas, un type d'à peine vingt ans, aux épaules larges et à l'allure sportive. Ses bras musclés sont moulés dans un tee-shirt Nike. Lui aussi a du snus sous la lèvre et Jocke lui tend son verre pour trinquer. Andreas commence à lui raconter son voyage de l'été dernier à Kos.

Toujours assise sur les genoux de Jocke, Jennifer discute avec Malin, Fanny et deux autres garçons. Le son est fort. Le lecteur de CD est placé contre le mur du fond de la cabine et la musique finit par couvrir toutes les conversations.

Un peu plus tard, alors que Jocke et Andreas sont plongés dans une discussion à propos d'une petite fille enlevée au Portugal, Jennifer se lève et quitte la pièce, un verre à la main. Comme il y a beaucoup d'allées et venues entre cabines voisines, Jocke en déduit qu'elle est dans celle d'à côté. Il préférerait la rejoindre tout de suite, mais il poursuit la discussion jusqu'à ce qu'elle tourne à vide, et file alors retrouver Jennifer. Il balaye la cabine mitoyenne du regard, mais ne l'aperçoit pas parmi ses copains, qui sont tous dans un état d'ivresse avancé. Deux jeunes Finlandais se sont joints à eux et éructent toutes les chansons à boire de leur pays. Pas la moindre trace de Jennifer. Il ouvre la porte des toilettes : personne. Il retourne à la première cabine : les toilettes sont tout aussi vides.

— Elle est où, Jennifer ? demande-t-il à Malin.

Elle se contente de hausser les épaules.

Fanny n'en sait pas plus. Il se rend à leur propre cabine, mais la porte est fermée à clé. Quand il frappe, personne ne lui ouvre.

Lassé de faire la fête en compagnie d'adolescents soûls qu'il ne connaît pas, il part à la recherche de Jennifer. Il parcourt de longs couloirs bordés d'innombrables portes, jusqu'à un grand escalier qui le mène à un étage où, enfin, il trouve autre chose que des cabines. Il la cherche dans les magasins, les bars, les restaurants, sur les pistes de danse et dans les salles de jeux, sans succès. Sentant poindre le mal de tête, il arrête momentanément ses investigations et va s'installer devant une bière, à une table située près d'une fenêtre de la discothèque du pont supérieur.

*

Tout d'un coup, elle en a eu ras le bol. Ils sont tous si immatures, surtout les mecs, à pousser leurs mugissements adolescents. En fait, les gloussements et braillements des nanas ne sont pas mieux. Jocke est différent bien sûr, mais depuis ce matin, le fossé entre eux s'est creusé. Quelque chose ne va pas, elle ne se sent plus à l'aise. Il n'aurait pas dû être là, sa présence n'était pas souhaitée. Il n'aurait pas dû la regarder de cette manière, même si elle a apprécié, pendant un moment. Des yeux langoureux. Ceux d'un chien qui observe son maître. Mais de son côté, les sentiments n'y sont plus, elle s'est lassée. Elle n'arrive pas à se figurer comment elle va mettre fin à tout cela, quels mots elle va utiliser.

Après avoir erré sans but quelque temps, perdue dans ses pensées, elle se retrouve sur le pont supérieur. Il est 21 h 30, et la vaste piste de danse est encore assez clairsemée, mais les passagers vont bientôt débarquer en nombre, une fois le dîner terminé. Quelques couples épars sont assis dans le vaste salon, surtout près des baies vitrées. Il y a aussi du monde installé au grand bar.

Elle prend appui sur le repose-pieds métallique et se hisse sur l'un des hauts tabourets placés au bout du comptoir. Un peu plus loin, le barman, occupé à mettre ses verres en place, ne semble pas remarquer sa présence. La sono distille une musique sirupeuse, et elle s'interroge sur ce qu'elle va commander quand un homme plus âgé s'installe sur le siège à côté. Machinalement, elle tourne le visage vers lui, mais il ne la remarque pas, absorbé comme il est dans la contemplation des bouteilles alignées sur les étagères. Son allure est un peu négligée, et sa mine presque défaite : une chemise blanche non repassée, des cheveux gras un peu trop longs sur les oreilles, ainsi qu'une barbe de plusieurs jours. Jennifer constate qu'il serre continuellement les mâchoires.

— Qu'est-ce que tu bois ? lui demande-t-il soudain, toujours sans la regarder.

Le ton est presque hostile et un frisson de malaise la parcourt.

— Rien, répond Jennifer en s'apprêtant à partir.

— Dans ce cas, qu'est-ce que tu fais assise au bar ? enchaîne-t-il.

— J'avais pensé me commander une bière, mais…

— Deux bières ! lance-t-il à l'intention du barman qui acquiesce d'un mouvement de tête.

— Mais je ne veux pas…

— Je comprends, dit l'homme en l'interrompant, mais est-ce qu'on fait toujours ce qu'on veut ?

Il se retourne vers elle pour la première fois, et laisse son regard balayer tout son corps sans la moindre gêne. Il ne manifeste que peu d'intérêt pour son visage. Ses yeux, d'assez petite taille, semblent soucieux. Si elle n'a aucune envie de discuter avec cet homme, il va bien falloir le supporter jusqu'à ce qu'elle termine la bière dont il s'est acquitté. Ne sachant où poser son attention, Jennifer se met à fouiller dans son sac à main en quête de son téléphone portable. Elle l'avait coupé en constatant que Jocke cherchait à la joindre, et le remet en marche pour se donner une contenance. Dès que la ligne est rétablie, elle s'aperçoit qu'elle a reçu plusieurs textos. Ils sont tous de Jocke, mais comme elle n'a pas la force de les ouvrir sur l'instant, elle coupe de nouveau l'appareil.

Elle se dit qu'elle devrait faire un petit geste pour remercier cet homme de son invitation, et elle sort de son sac une boîte de Läkerol[1] qu'elle tend vers lui sans rien dire. Il refuse d'un signe de tête et conserve la même mine renfrognée. Le barman apporte les deux verres de bière, et elle en avale aussitôt quelques grandes gorgées pendant que l'homme règle l'addition avec un billet tout froissé qu'il a tiré de sa poche arrière.

— Merci, dit Jennifer, sans savoir quoi ajouter.

Elle se réfugie dans le silence et plonge le regard dans son verre.

— Alors comme ça, te voilà encore soûle aujourd'hui, lui lance-t-il brusquement.

C'est qui, ce mec ? Plutôt mal en point, bien que pas assez pour faire partie des proches de sa mère. D'ailleurs, elle les connaît tous assez bien. Jennifer hésite un instant avant de répondre.

— Comment ça « encore » ? Je ne suis pas du genre à me soûler tous les jours.

1. Marque de pastilles à la réglisse.

Mal à l'aise, elle balaie la salle des yeux, afin d'éviter de croiser le regard de l'homme, jusqu'à ce qu'elle s'arrête sur ses propres doigts qui triturent nerveusement son verre. Elle le porte à sa bouche, et en boit la moitié d'un coup. C'est alors qu'il pose une main sur son épaule, sans avoir nullement l'intention de la réconforter.

— Hier et aujourd'hui, se contente-t-il de dire.

Jennifer tente d'échapper à la pression de ses doigts sans y parvenir. Elle regarde autour d'elle et rencontre le regard d'un homme installé à une table juste derrière eux. Quand la main agrippe encore plus fermement son épaule, elle se retourne vers son voisin et le fixe droit dans les yeux.

— Mais en quoi ça te regarde ? Je picole quand je veux.

La bouche de l'homme se déforme en une grimace menaçante.

— Tu n'as pas à faire ça, espèce de petite salope !

Elle sent la douleur gagner son épaule, mais parvient à se dégager de son emprise en se tortillant.

— Je suis tranquillement assise là, et toi tu débarques juste pour m'agresser. Et pour me balancer un tas de saloperies ! Mais putain, tu cherches quoi ?

Une autre main lui touche l'épaule. Elle se retourne et comprend qu'il s'agit de l'homme assis derrière qui les a rejoints.

— Alors, tu viens ? demande-t-il à Jennifer d'une voix aimable au ton légèrement impérieux, comme si elle était en sa compagnie et s'était juste absentée un court instant.

Jennifer réagit avec promptitude et se lève du tabouret. D'un geste rapide, elle empoigne son sac à main posé sur le comptoir.

— Je dois y aller maintenant. Merci pour la bière, ajoute-t-elle avec un sourire dédaigneux.

*

Où est-ce qu'elle est passée ? Si elle se trouve dans la cabine d'étrangers, inutile de la chercher. Et si elle est encore dans les étages supérieurs, ils auraient dû se croiser dans un escalier ou un couloir. Mais alors, qu'est-ce qu'elle fait ? Tout avait l'air de si bien se passer, Jennifer blottie sur ses genoux, à faire la fête en compagnie des autres. Pourquoi avoir subitement disparu sans laisser la moindre indication ? Merde, elle l'avait pourtant bel et bien embrassé ! Elle avait même mentionné la longue nuit qu'ils allaient vivre ensemble. Or une fois encore, il a l'impression de ne pas être celui qu'elle veut, qu'en vérité, elle est en quête d'autre chose. Mais de quoi ? Elle n'a montré d'intérêt particulier pour aucun mec de la bande, même si tous la trouvent à leur goût.

Jocke ne comprend pas comment elle fonctionne. En fait, ils n'ont eu que quelques rencards pour apprendre à se connaître, trop peu nombreux selon lui. Il ne sait rien de sa vie familiale, de ses proches. C'est un sujet qu'elle n'aborde pas. Il ne sait pas non plus comment se déroulent ses semaines. Apparemment, elle semble aller en cours. Ce qui ne l'empêche pas de le retrouver en pleine journée si le cœur lui en dit. Est-ce qu'elle a des intérêts particuliers ? Fait-elle du sport ? À quoi s'occupe-t-elle quand elle n'est pas au collège et qu'elle ne le voit pas ? Jocke est assis là à se demander ce que signifie leur relation, si ce mot a un sens. Jennifer lui apparaît comme une page blanche. Il ne sait rien de ce qu'elle est ou de ce qu'elle pense de tel ou tel sujet. Et réciproquement, elle n'en connaît pas beaucoup plus sur lui.

Ils se sont rencontrés seulement quelques mois auparavant, en août, quand le temps était encore chaud et agréable. Ils ont fait connaissance sur Götgatan, juste devant l'immeuble de Ringen où elle habite. Jennifer ramenait ses courses dans un sac dont elle s'était d'abord servie pour transporter des bouteilles consignées. Au moment où ils se sont croisés, le fond du sac a craqué et il l'a aidée à ramasser ses affaires avant de courir jusqu'à la boutique d'en face et de lui en acheter un autre.

Sans se préoccuper des nombreux regards braqués sur eux, elle n'a eu d'yeux que pour Jocke. Il a constaté que tout le visage de Jennifer lui souriait, pas seulement sa bouche. Et son regard tourné vers lui brillait tellement que les genoux de Jocke se sont mis à trembler.

Quelques jours plus tard, ils sont retombés l'un sur l'autre au McDonald's, chacun mangeait dans son coin. Jennifer l'a vu et l'a invité à se joindre à elle. Elle s'est alors montrée d'humeur taquine, attentionnée et volubile, puis elle lui a proposé d'aller se jeter une bière à une terrasse de Medborgareplatsen. Surpris par ses manières directes, il l'a suivie. Ils ont trop bu et, bien qu'il soit de loin le plus âgé des deux, c'est encore elle qui a pris les devants. En sa compagnie, Jocke s'est senti libre, un peu sauvage. Pas la moindre question embarrassante ni exigence. Bouillonnante d'énergie, elle a semblé l'apprécier tel qu'il était. Jennifer l'a ainsi mené d'un endroit à un autre, et après quelques caresses au bar du Gröne Jägaren, elle l'a entraîné aux toilettes.

Cette soirée a été magique en tous points, et plusieurs autres de ce genre ont suivi avant que son intérêt pour lui commence à décliner. La dernière fois qu'ils ont passé un tel moment ensemble remonte à deux semaines. Elle a avancé diverses raisons évasives pour se justifier, et parfois, comme hier, elle n'a même pas daigné donner signe de vie alors qu'ils avaient convenu d'un rendez-vous.

Jocke ne sait plus où il en est, mais pour l'essentiel, il n'aime pas la situation. Pour une fois qu'un élément positif a lieu dans sa morne existence, voilà que tout est en train de se déliter. Il préférerait presque reprendre le chemin de son habituelle tristesse, plutôt que de vivre une telle félicité et de la perdre.

Il se décide à retourner vers leurs cabines pour vérifier si elle n'est pas revenue entre-temps. Il avale les dernières gouttes et repose son verre devant lui. C'est alors qu'il la voit, juste au moment où il allait se lever. Elle se trouve là-bas, à l'autre extrémité de la discothèque, à moitié cachée par le bar en arrondi, dos à lui. Assise au fond d'un fauteuil avec, lui semble-t-il, un verre à la main, elle converse avec deux hommes d'un certain âge vêtus de costumes.

Jocke s'arrête net et demeure sur son siège. Il sent un froid glacial l'envahir, en la voyant gesticuler et rire avec les deux étrangers. Pourquoi fait-elle cela ? C'est pourtant avec lui qu'elle est censée sortir. Qui sont ces types ? Ils se permettent même des libertés, tous deux se rapprochant un peu plus d'elle. L'un d'entre eux pose une main sur sa cuisse, tandis que l'autre lui caresse la joue. Elle ne s'y oppose pas, ne paraît pas du tout importunée. Au contraire, elle se met à rire à plusieurs reprises, ce que confirme l'oscillation de ses épaules. Elle tend son verre et trinque avec eux. La musique diffusée par les haut-parleurs et la distance l'empêchent d'entendre le cliquetis des verres ou le son de leurs voix. Mais il en sait suffisamment. Il sent son inquiétude se transformer en colère ; il sait que c'est fini. Bel et bien fini.

*

Jennifer tente de se convaincre qu'elle n'est là que pour le côté palpitant de l'aventure. Mais en vérité, elle sait qu'il y a autre chose, l'envie d'être remarquée, et pas seulement de Jocke ou de tous ces *loosers* qui peuplent son environnement habituel. À cet instant, elle a le sentiment d'avoir raison d'agir ainsi. Et demain, elle conservera le même état d'esprit. Une pensée pour ce pauvre Jocke l'effleure, mais merde, c'est une adulte maintenant. Il doit l'accepter telle qu'elle est ou alors, autant arrêter. Elle en a assez, c'est à elle de forger son bonheur. Elle ne se trouve pas prête à assumer le rôle de petite amie officielle de Jocke.

Elle sent son corps tanguer agréablement et décide de prolonger son ivresse aussi longtemps que possible. Elle ne souhaite pas se soûler davantage, ni revenir à la sobriété.

— Tu voyages seule ? demande le plus brun et le plus mince des deux hommes.

Entre eux, ils se parlent en finnois, une langue qu'elle considère comme magnifique et qui lui fait penser à celle des Moumines[1].

Elle les trouve encore plus virils grâce à ça.

— Non, je suis avec quelques copains. Mais j'en ai eu un peu marre d'eux. Ils sont tellement... immatures, se justifie-t-elle.

— Oublie ça, on va te redonner le moral. Nous, on est très matures, ajoute l'autre en riant. Comment tu t'appelles ?

— Jennifer.

— Moi, c'est Erik, dit le plus costaud des deux, et lui, c'est Henrik. On était en voyage d'affaires à Stockholm. Qu'est-ce que tu veux boire ?

— Tequila Sunrise, lance-t-elle en se disant que ça fait glamour.

— Bon choix d'adulte, ricane Erik en se levant pour aller au bar.

1. Les Moumines ou Moomins sont des personnages créés par la Finlandaise suédophone Tove Jansson. Il s'agit d'une famille de gentils trolls.

Jennifer sent qu'elle rougit légèrement et jette un œil à l'horloge murale pour se donner une contenance.

— Quel âge as-tu ? lui demande Henrik en posant une main sur son épaule.

— Bientôt dix-sept. Et vous deux ?

— Selon toi ? réplique-t-il sur la défensive. Deux hommes dans la force de l'âge.

— Quarante-trois, tente-t-elle, provoquant un hochement de tête appréciateur de la part d'Henrik.

— Pas mal, pas mal du tout. Tu sais, à notre âge, c'est un sujet dont on évite de parler. Tu as un copain ?

Il rassemble les papiers qu'ils compulsaient quand ils l'ont tirée des griffes de cet individu malsain, et les range dans une mallette posée près de lui sur le canapé.

— Bof, je sais pas trop quoi répondre. Ça dépend du moment.

Henrik ne se contente pas de sa réponse et insiste :

— Mais juste maintenant, qu'est-ce qu'il en est ?

Elle pèse rapidement le pour et le contre avant de répondre une demi-vérité.

— On peut pas dire que ce soit vraiment le cas. Il le pense peut-être, mais moi, je ne me considère plus avec lui.

Voilà donc ce qu'il en est. D'une certaine façon, ses propres paroles l'effraient, mais maintenant c'est dit. Et une fois les mots formulés, ils sont devenus réalité. Seulement, Henrik insiste encore.

— Est-ce qu'il se trouve sur le bateau, ce pauvre malheureux ?

Aussitôt, Jennifer se met à mentir, elle ne souhaite pas penser à tout cela, et encore moins en parler.

— Sûrement pas. Tu crois que je l'aurais emmené dans ce genre de voyage ?

Erik revient. Il pose sur la table basse deux bières et une boisson de couleur rouge joliment agrémentée de tranches de kiwi et d'orange plantées sur un cure-dent. Henrik distribue les verres et tend le sien à Jennifer.

— À la liberté, donc, dit-il en lui adressant un clin d'œil.

Erik l'imite et Jennifer les gratifie d'un sourire. Sa boisson est moins forte qu'espéré et elle ne tarde pas à vider son verre.

— Tu es une reine de la descente, commente Erik, amusé.

— Mais c'est comme du sirop. Je les trouve un peu radins avec l'alcool. Je vais plutôt aller me prendre une bière, au moins c'est sans surprise.

— Non, non, pas de ça, c'est nous qui t'invitons, réplique Henrik. Mais tu sais quoi, je propose que nous continuions plutôt la soirée dans notre cabine, avec le vrai bon matériel à disposition. Qu'est-ce que tu en dis, Erik ?

Erik approuve, et les deux hommes vident leur verre avant de quitter le bar avec la jeune fille en direction des ascenseurs.

Leur cabine est située plus haut dans les étages que celle de Jennifer, mais pas assez pour posséder un hublot. Il y a quatre couchettes, toutefois Erik assure à Jennifer que seuls Henrik et lui l'occupent. Ce dernier ouvre la bouteille de vodka finlandaise qu'il a sortie d'un sac de la boutique duty-free, et mélange l'alcool avec du jus d'orange dans des verres à dents. Jennifer et Henrik s'assoient sur l'une des couchettes du bas, et Erik prend place sur celle d'en face. Jennifer se dit qu'Erik a belle allure. Lui et Henrik échangent quelques mots et se mettent à rire sans qu'elle se soucie vraiment de ce qu'ils racontent. Henrik aussi est beau : grand et brun, peut-être un poil trop maigre. Il dégage un air presque dangereux, ses joues portent quelques traces d'acné juvénile. Il est mieux habillé que son camarade, dans un style plus élégant. Mais Erik manie un humour acide, et sa fossette au menton la séduit. Il est un peu plus costaud, avec quelques mèches de cheveux grisonnantes qui contrastent avec l'ensemble châtain clair, ce qui lui va très bien.

Si Jennifer a toujours été attirée par des hommes plus âgés qu'elle, ces deux-là le sont nettement plus que d'habitude. Des vrais mecs, tout simplement. Au meilleur de leur forme. Rien à voir avec les types que sa mère ramène à la maison, ni avec ceux de son âge, à peine pubères et archimaladroits. Elle pourrait choisir Erik, bien que les deux soient envisageables. L'un comme l'autre possèdent quelque chose d'attirant en plus de cette confiance en soi propre aux hommes mûrs. Le monde leur appartient, en quelque sorte, sans qu'ils aient à s'interroger sur l'opinion ou le goût des autres, sans qu'ils se laissent importuner par quoi que ce soit. Ils fixent eux-mêmes les règles.

— Encore une fois, à ta santé, coquine, dit Henrik en posant une main sur sa cuisse.

Il peut agir ainsi, sans aucune gêne, sans risque. Il a une main sur sa jambe et désormais elle lui appartient. Il lui parle comme si elle était une enfant et lui, un adulte. Elle peut donc s'abandonner en arrière en toute quiétude, et lui laisser décider comment s'occuper d'elle. Tout est naturel. Avec Jocke, c'est différent. Elle prend soudain conscience que c'est la chose qui pose problème. Bien que Jocke soit vraiment plus âgé qu'elle, c'est toujours Jennifer qui décide et ce n'est pas ce qu'elle souhaite.

Ils continuent à parler et à boire, et tout cela semble très simple. Elle est bien loin de la routine habituelle, des copains et de leurs bruyantes beuveries d'adolescents. Elle a avancé d'un pas dans le monde adulte, oublieuse des langueurs et des soupirs de Jocke. Il faut peu de temps avant que Jennifer ne se retrouve perchée sur les genoux d'Henrik. Erik se lève alors, pour venir s'installer à la place qu'elle occupait sur la couchette. Elle s'aperçoit soudain qu'il porte une alliance.

— Tu es marié ? demande-t-elle en riant.

— Oui, depuis longtemps. Trop longtemps, ajoute-t-il en plongeant son regard dans le sien.

Jennifer ne comprend pas trop ce que cela signifie, si c'est bien ou mal, mais elle ne le quitte pas des yeux. Le visage d'Erik est tout près du sien, au point de sentir l'odeur de son après-rasage et la chaleur de son souffle. Les mains d'Henrik se mettent alors à lui caresser les jambes, jusqu'à l'intérieur des cuisses, avant de se déplacer comme dans un jeu jusqu'aux boutons de son jean. Elle s'absorbe plus profondément encore dans les yeux d'Erik et leurs visages se rapprochent davantage, jusqu'à ce que leurs lèvres se rencontrent.

Des mains habiles se frayent un passage sous sa chemise pour aller envelopper ses seins. Elle ressent une respiration brûlante au creux de sa nuque, pendant que des lèvres humides et chaudes embrassent son visage, puis d'autres mains, partout sur elle. Deux paires de mains, les lèvres de deux bouches, deux hommes qui jouent avec son corps. La vision de Jennifer s'embrume sous la force d'un désir indicible, se laissant couler dans l'ivresse de l'alcool et d'un abandon total.

En s'éveillant quelques heures plus tard, elle est seule, allongée sur une couchette froide et poisseuse. Sa bouche est sèche, et la gueule de bois se manifeste déjà, elle a mal à la tête, la douleur pulse derrière ses yeux. Que s'est-il passé ? Que fait-elle ici ? Mais bien sûr, ça lui revient. Pourquoi l'ont-ils abandonnée ainsi ? Merde !

Elle se redresse sur les coudes et regarde autour d'elle. Un verre à moitié plein trône encore sur le sol, au pied de la couchette, comme pour qu'on le boive. Jennifer jette un œil au radio-réveil mural : 1 heure du matin. Il est encore tôt. Elle n'a aucunement l'intention d'aller se coucher de si bonne heure et elle avale d'un trait l'insipide boisson, avant de tituber jusqu'à la salle de bains pour prendre une douche rapide et se refaire une beauté. Le mal de tête s'est déjà légèrement atténué et elle se sent ragaillardie. Elle ramasse ses vêtements qui jonchent le sol, les brosse de la main, et se rhabille.

En s'accroupissant pour remettre ses chaussures, son regard tombe sur un tas de couvertures et de coussins qu'on a fourrés sous la couchette d'en face. Mais il y a autre chose, au beau milieu de ce monceau de literie, elle reconnaît la mallette qu'Henrik avait posée près de lui sur le canapé de la discothèque. Elle a quelques secondes d'hésitation avant de se décider.

Sans réelle raison, elle la tire à elle et l'ouvre. Au milieu de papiers et de stylos, elle découvre une calculatrice, une paire de gants et surtout un agenda en cuir. Elle ne peut s'empêcher de s'en emparer et de le feuilleter aussitôt. En le parcourant, elle finit par tomber sur l'identité de son propriétaire, inscrite en première page. Puis elle repose minutieusement l'objet là où elle l'a pris, referme la mallette et la repousse sous la couchette.

Deux vestes sont suspendues à l'intérieur de la petite armoire située près de l'entrée. Après avoir retourné chacune des poches, elle finit par trouver ce qu'elle cherchait : une petite pile de cartes de visite, rangées avec soin dans un modeste étui en velours bleu marine. Les informations imprimées sur les cartes ne correspondent pas à celles qu'ils lui ont données. Elle mémorise donc Fredrik Grönroos et Gustav Helenius, remet le tout en place dans la poche intérieure et quitte la cabine.

*

Quand Hanna se réveille, il fait déjà sombre dehors. Sous elle, le sol est tout humide, comme sa chemise de nuit. La faim est de retour, encore pire qu'avant. Les bonbons l'ont apaisée un moment, mais il lui faut de la vraie nourriture, quelque chose qui ressemble à ce que sa maman et son papa lui préparent. Elle retire sa chemise de nuit mouillée et s'en sert comme d'une serpillière pour nettoyer au mieux le pipi sur le sol. Comme elle se l'est promis, elle fait comme dit sa maman et enfonce la boule de tissu mouillée dans le panier à linge de la salle de bains.

Les restes de sucreries jonchent encore la table de la cuisine. Il n'y a plus que de la réglisse salée, qu'elle ne peut s'imaginer avaler, même en cas d'urgence. Par contre, un sandwich lui plairait bien, et elle sait où se trouve le pain, mais même en se hissant sur l'un des tabourets de bar, elle n'a aucune chance d'atteindre le placard au-dessus du réfrigérateur. Alors elle tente d'ouvrir la porte de l'appareil, qui reste bien close.

Elle sait qu'elle ne doit pas renoncer, alors elle traîne une chaise jusqu'au réfrigérateur, avant de monter dessus pour s'assurer une meilleure prise sur la poignée. Les pieds de la chaise ont laissé des traces au sol et Hanna sait que ses parents ne seront pas contents, mais le mal est fait. Elle remue la poignée dans tous les sens, et alors qu'elle s'apprête à abandonner, la porte finit par céder. En réalité, c'est la partie congélateur qu'elle vient d'ouvrir, mais peu importe. L'air glacé lui donne la chair de poule tandis qu'elle tire l'un après l'autre chaque compartiment du congélateur. Elle finit par découvrir un paquet dont elle reconnaît aussitôt le contenu : du *pyttipanna,* des dés de viande sautée avec des pommes de terre et des oignons. Ce qui, soit dit en passant, est l'un de ses plats préférés.

Elle se met à genoux sur la chaise de cuisine de son papa, déchire l'isolant et le reste de l'emballage. Le contenu est gelé et forme une masse compacte. Elle la frappe sur la table, d'abord délicatement, puis de plus en plus fort, jusqu'à en détacher les premières miettes, puis un gros bloc. Les petits morceaux sont faciles à manger. Ils décongèlent rapidement dans sa bouche, libérant un goût qu'elle connaît bien. Le gros bloc, lui, est plus difficile à attaquer. Elle le mord comme si elle croquait dans une pomme, mais ne parvient pas à en récupérer le moindre petit bout. Elle a toujours la chair de poule et une sensation glacée gagne ses tempes, ça lui fait mal. Ses dents ne parviennent pas à entamer la masse gelée. Hanna sent soudain une grosse colère l'envahir. Elle empoigne ce stupide bloc et le jette au sol dans un hurlement. Il se désintègre alors, formant plein de petits dés congelés. Voilà pour elle une nouvelle occasion de manger par terre, et même si ses dents lui font mal, même si elle tremble de froid, Hanna est plutôt contente d'elle. Son estomac est rempli, et elle a su se débrouiller toute seule.

Elle ramasse les restes à la main, les remet dans l'emballage et pose le tout sur la table de la cuisine. À cet instant, le téléphone sonne. Elle se précipite vers l'entrée, où l'appareil est suspendu au mur, tandis que les sonneries emplissent l'appartement. Elle tente de se grandir le plus possible, sans réussir à atteindre cet objet au bruit furieux. Elle saute en l'air, et essaie d'attraper le fil du combiné. Mais échoue à chaque tentative, et le téléphone finit par redevenir silencieux.

C'était peut-être son papa qui appelait du Japon ? Ou sa maman qui, malgré tout, s'inquiétait un peu pour elle et voulait savoir comment les choses se passaient ? Elle s'écroule par terre et laisse ses larmes couler sur ses joues. Comment sa maman peut-elle lui faire ça ? Idiote de maman qui n'en a que pour Lukas. À cet instant, l'enfant n'éprouve que de la haine envers elle, et espère qu'elle mourra, là-bas, dans cette nouvelle vie où Hanna n'a pas sa place.

Elle s'assied sur le carrelage froid, les mains enfouies sous les aisselles pour se réchauffer, et c'est alors qu'elle pense à la porte d'entrée. Elle n'a même pas essayé de l'ouvrir. On lui a tellement interdit d'aller courir sur le palier, de faire du bruit et de déranger les voisins qu'elle n'y a même pas pensé. Mais vu la situation, les choses sont différentes. Sa maman ne peut pas avoir dans la tête que Hanna habiterait seule dans l'appartement pour le reste de sa vie sans pouvoir sortir pour faire les courses ?

Elle se relève péniblement et avance jusqu'à la grille en fer. Elle paraît fermée, mais dès qu'elle tire sur les barreaux, elle s'ouvre facilement. Hanna se hausse ensuite, attrape la poignée de porte et l'abaisse. Rien ne se passe. La porte reste fermée. Et si elle parvenait à atteindre le verrou situé plus haut et à le tourner, elle devrait sûrement s'ouvrir. Elle va à la cuisine chercher la chaise haute. Cette fois-ci, elle la saisit comme il faut, parvient à la décoller du sol et avance par étapes successives. Pas question de faire de nouvelles rayures. Il y a un bon bout de chemin entre la cuisine et l'entrée, mais elle finit par y arriver. Remplie d'espoir, elle monte sur la chaise et tourne le verrou d'un demi-tour tout en pressant sur la poignée. Rien ne se passe. La porte ne bouge pas d'un poil. Sa maman l'a donc enfermée à l'intérieur. Pour de vrai ? Hanna peut imaginer beaucoup de choses sur sa maman, mais pas qu'elle voudrait la voir mourir de faim.

Hanna descend prudemment de la chaise et la transporte jusqu'au téléphone pour être prête la prochaine fois qu'il sonnera. Au cas où il sonnerait. Elle grelotte, encore gelée par son repas. Elle a froid dans tout le corps, sauf à sa main droite qui lui fait très mal depuis qu'elle a reçu de l'eau bouillante dessus. Elle se rend donc dans sa chambre pour trouver des vêtements. Au moment où elle sort d'un tiroir de la commode un petit tee-shirt blanc avec une fraise imprimée sur la poitrine, au milieu d'une pile de vêtements pliés avec soin par sa mère, le téléphone se remet à sonner.

Cette fois, elle va avoir le temps, avec la chaise déjà en place près de l'appareil. À la première sonnerie, Hanna se met à courir vers l'entrée. À la deuxième, elle atteint la chaise et commence à grimper dessus. Et maintenant la troisième sonnerie, elle est déjà à la moitié, confiante. À la quatrième, Hanna veut agripper le combiné, mais le dessus rouge écarlate et douloureux de sa main vient percuter un cadre avec une photo d'elle et de Lukas. Elle a si mal qu'elle ramène sa main vers elle dans un geste incontrôlé qui lui fait perdre l'équilibre et tomber de la chaise la tête la première. Elle chute de côté, et heurte une commode dont les boutons métalliques dépassent. L'un d'eux l'atteint au-dessus de la lèvre, tandis qu'un autre lui cause une plaie sur une joue. Elle finit sur le dos, à même le carrelage dur et froid, les cheveux formant une couronne blonde comme les blés autour de son visage. Le téléphone sonne une cinquième fois, puis le silence retombe.

*

Sa famille est absente et Sjöberg profite de son célibat temporaire pour sortir en compagnie de Sandén. Ce dernier est toujours partant, se souciant peu de sa santé, Sjöberg, lui, s'octroie rarement ce genre de réjouissances. Quand on décide d'avoir cinq enfants, il faut en assumer les conséquences. Sauf que ce soir, c'est la fête.

Sjöberg ne parvient toujours pas à se détacher de l'impression désagréable que son rêve de la nuit précédente lui a laissée. Il a traîné toute la journée un sentiment de malaise. D'autant que, désormais, son rêve récurrent ne le tourmente plus seulement une fois par mois comme auparavant, mais plusieurs fois par semaine. Et il l'affecte avec une telle force qu'il ne lui procure plus vraiment de repos, même au cours de la journée.

C'est pourquoi le coup de fil de Sandén, alors qu'il se trouve en voiture, tombe si bien. Il vient de rendre visite à sa mère à l'hôpital d'Huddinge. Elle doit y rester un jour de plus pour d'autres examens mais, globalement, son état est satisfaisant. Sandén lui propose de le retrouver pour boire une bière et Sjöberg accepte avec joie l'invitation.

À 16 heures, quand Sjöberg débarque au petit pub Half Way Inn situé dans Swedenborgsgatan, Sandén est déjà là, perché sur un tabouret de bar près de la fenêtre. Mais il n'a pas dû patienter très longtemps puisque les deux pintes posées devant lui n'ont pas été touchées. Sjöberg salue gaiement son vieux compagnon d'armes, mais reçoit en retour un sourire réservé. Il comprend pourquoi dès que Sandén tourne son visage vers lui.

— Merde alors, qu'est-ce qui t'est arrivé ? C'est quoi, cet œil au beurre noir ?

Sjöberg ne peut dissimuler un petit sourire. Sandén est assez grand pour s'occuper de ses affaires et si un tel colosse se retrouve dans cet état, c'est qu'il l'a bien cherché. Il est d'une nature généreuse, mais malheureusement, un peu trop audacieux.

— Je suis rentré dans une porte, répond Sandén tout en tapotant des doigts sur son verre.

— Ah, le grand classique !

Sandén plisse le visage et grimace une sorte d'excuse, puis il reprend d'une voix tremblante :

— C'est Sonja. Elle m'a maltraité.

— Mon pauvre, réplique Sjöberg avec une feinte compassion, bien conscient que la femme de Sandén, douce et pacifique de nature, n'aurait jamais levé la main sur qui que ce soit. On doit appeler SOS hommes battus. Ils peuvent préparer une place en foyer pour toi.

— Non, bordel ! Appelle plutôt SOS femmes battues, je préfère habiter dans un centre féminin. À ta santé.

Il cesse de tambouriner des doigts et porte son verre à ses lèvres. Sjöberg se dépêtre de sa veste, un sourire plaqué sur le visage, l'accroche à une patère, et s'assied. Sandén pousse un verre vers lui et Sjöberg en avale une bonne gorgée.

— Qu'est-ce qui s'est passé ? demande-t-il en reprenant son sérieux.

— C'est ce connard de Pontus, soupire Sandén. Le mec de Jenny.

Jenny est l'aînée des deux filles de Sandén. Elle a vingt-quatre ans, et souffre d'un léger handicap mental. En ce moment, elle ne travaille pas et n'étudie pas non plus, même Sjöberg conserve un œil et une oreille aux aguets concernant tout boulot qui se libérerait et qui serait dans les cordes de Jenny. Ces derniers temps, elle habite avec un homme que Sjöberg n'a jamais rencontré mais qui, selon Sandén, est un sale type qui profite d'elle. Jenny est une personne extrêmement gentille et crédule. Sandén a remarqué en maintes occasions qu'elle fait tout ce que Pontus lui demande de faire.

— Il t'a balancé un marron ?

Sandén inspire avant de souffler un « oui » sur un ton neutre.

— Quoi ? Tu t'es fait frapper par un petit blanc-bec de rien du tout ?

— Il n'est plus si jeune, maintenant...

— Tu dois porter plainte, dit Sjöberg, tout excité. Raconte-moi, qu'est-ce qui s'est passé ?

— C'est plutôt moi qui ai donné les premiers coups, rétorque Sandén en baissant les yeux.

— Ah là, il faut que tu te calmes ! Le mec est un idiot, mais tu n'as pas à en venir aux mains.

— Il avait maltraité Jenny. Elle était pleine de bleus sur les bras, et elle s'était complètement râpé le dos contre une vieille malle qui se trouve dans l'entrée de l'appartement.

Sjöberg sent le froid se répandre en lui. Rien n'a jamais été facile pour Jenny, avec un handicap trop léger pour que son entourage y fasse vraiment attention, mais trop sérieux pour qu'elle puisse par exemple envisager d'assumer un travail normal. Cette année, elle a connu le bonheur de tomber amoureuse. Une situation que ses parents lui souhaitent, mais qui suscite également chez eux une profonde inquiétude.

— Pourquoi il l'a tapée, je n'en sais rien. Elle ne ferait pas de mal à une mouche, reprend Sandén avant de boire une gorgée. Mais quand je m'en suis aperçu, ça m'a mis hors de moi et je l'ai frappé. Cette petite merde a répliqué et Sonja s'est interposée. Mais une chose est sûre, son coquard est bien pire que le mien, ajoute-t-il en laissant éclater un rire joyeux.

Sjöberg secoue la tête.

— Pas très malin de ta part, Jens. T'as conscience que le mec peut porter plainte contre toi. Est-ce que ça en vaut la peine ? En quoi ça améliorera la situation de Jenny si tu te retrouves accusé de coups et blessures ?

— C'était exactement son intention. Et là je lui ai signalé que je pourrais en faire autant contre lui à propos des sévices infligés à Jenny. Il m'a répondu qu'il s'en foutait. Il considère que la vie en prison sera plus pénible pour moi que pour lui, parce que je suis flic. Qu'est-ce que tu veux répondre à ça ? Il a sans doute raison.

— Alors, qu'est-ce que tu lui as dit ?

— Je lui ai proposé dix mille couronnes pour oublier l'affaire, quitter l'appartement et rompre tout contact avec Jenny.

— Il a mordu ?

— Il a dit qu'il allait y réfléchir.

— Jenny va en souffrir, commente Sjöberg, attristé.

— C'est sûr, mais on fera vraiment tout pour elle. Il serait idiot de ne pas accepter. Dix mille couronnes, c'est beaucoup d'argent.

Il n'y a rien à rajouter. Sjöberg caresse distraitement son verre, le regard posé sur un tartan écossais accroché au mur. Au bout d'un moment, Sandén rompt le silence.

— C'est supposé représenter « l'authenticité britannique » ou quoi ? Bon Dieu, comment on peut afficher ça dans un pub ? Des sacrés rigolos, ces Écossais...

Sjöberg vient juste d'avaler le reste de son verre, et en se mettant à rire, la bière lui ressort par le nez et la bouche. Sandén s'esclaffe à son tour et les clients se retournent. L'ambiance pesante n'est plus qu'un souvenir. Sandén ne laisse jamais les chagrins et les douleurs pourrir l'ambiance.

Deux verres de bière plus tard, ils partent pour le Portofino, situé dans Brännkyrkagatan. Le restaurant affiche complet et ils n'ont pas de réservation. Mais au fil de ses nombreuses visites à ce merveilleux petit italien, Sandén a appris à connaître Marco, le patron, et ce dernier use de sa magie pour leur trouver une table à la vitesse de l'éclair. Après de grandioses plats de pâtes accompagnés de vin, suivis de cafés arrosés de grappa, les voilà qui se retrouvent juste avant minuit au comptoir du Cadierbaren, au Grand Hôtel. Sjöberg a bien proposé de continuer en allant prendre une bière en toute simplicité, par exemple à l'Akkurat sur Hornsgatan qui en offre un beau choix. Mais Sandén s'est montré décidé à dépenser sans compter, souhaitant à tout prix poursuivre la soirée dans un piano-bar. Et comme il n'en reste qu'un dans tout Stockholm, ils atterrissent donc au Grand Hôtel.

Avec Sandén, les sujets de conversation ne manquent jamais. Ils ont un long passé commun, s'étant suivis tout au long de leur carrière depuis qu'ils se sont rencontrés à l'École de police. De plus, leurs deux familles se fréquentent et prennent plaisir à le faire. Bien sûr, les filles des Sandén ne vivent plus chez leurs parents, mais quand ils se voient tous, la présence des enfants Sjöberg ne pose aucun problème au jovial Sandén et à son épouse aussi affectueuse que lui.

Le pianiste joue *Fly Me to the Moon* et le public éméché s'est rassemblé autour du piano pour chanter avec lui. Sjöberg et Sandén se trouvent au bar, un peu plus loin, devant une bière. L'ivresse, la musique, l'atmosphère détendue entre Sandén et lui, tout cela rend Sjöberg euphorique, animé d'un puissant sentiment de liberté et d'humeur permissive. Avec Jens, il suffit de poursuivre la discussion, sans faire de manières, sans regards inquisiteurs. Ils se sont jaugés vingt-cinq ans durant, et n'ont plus besoin désormais d'analyser la personnalité de l'autre. En plus, Sandén est un marrant. Quand il s'y met, les éclats de rire fusent, et Sjöberg sait déjà que demain, il aura la voix cassée. Aucune crainte de cauchemar n'effleure sa pensée, aucun devoir à accomplir. Il n'a qu'à jouir de la vie.

C'est à ce moment que Margit Olofsson s'extrait du groupe massé autour du piano et s'avance vers eux.

— Salut, Conny ! lance-t-elle joyeusement pour se faire entendre malgré la musique.

— Ça alors, salut ! répond Sjöberg tout surpris en la prenant spontanément dans ses bras.

Il est convaincu que c'est le comportement à adopter quand on croise une connaissance dans le fourmillement d'un tel lieu. Le regard de Sandén passe de l'un à l'autre en s'interrogeant. Il voit bien que cette femme ne lui est pas inconnue, mais le lien entre elle et Sjöberg reste pour lui une sorte d'équation insoluble.

— Tu ne reconnais pas Margit, l'infirmière ? La bonne fée d'Ingrid Olsson !

En disant cela, il lui touche amicalement les épaules.

— Ah, voilà ! s'exclame Sandén, sans que son interrogation ait totalement disparu.

— Nous nous sommes revus hier, à Huddinge. Quand j'y ai conduit ma mère.

— Tout s'explique, dit Sandén d'un ton enjoué. Je commençais à me demander si tu entretenais des liens aussi amicaux avec tous les anciens témoins, meurtriers, victimes, ou inculpés...

— Jens... lance Sjöberg impérieusement.

— Jens Sandén, dit celui-ci en tendant la main à Margit Olofsson.

— Oui, toi aussi je te reconnais, dit Margit, toujours souriante. Vous célébrez la résolution d'un meurtre, ou... ?

— Nous célébrons le fait que Conny a recouvré sa jeunesse, réplique rapidement Sandén. Il est comme célibataire ce soir, et il profite de sa liberté, sans ses cinq morveux sur les talons.

— Et toi ? intervient Sjöberg.

— On est tout un groupe d'infirmières venues pour fêter un anniversaire. Pas le mien, ajoute-t-elle en levant une main pour parer d'avance la question.

— Est-ce que le vieil infirmier octogénaire est de la partie ? demande Sandén avec sa franchise habituelle.

— Gunnar, oui ! Il n'est pas du genre à louper une occasion de faire la fête. Je signale juste qu'il n'a que soixante-trois ans, et que c'est de son anniversaire qu'il s'agit. Il souhaitait une soirée dans un piano-bar, et il n'y en a plus qu'un dans toute la ville.

Sjöberg l'invite à boire un Irish coffee et ils restent tous les trois debout à discuter un bon moment de manière décontractée. Des collègues de Margit Olofsson passent échanger quelques mots, mais sans s'éterniser. Ils ont déjà quitté les lieux quand les trois complices décident qu'il est temps de rentrer à la maison. Sandén saute dans un taxi, tandis que Sjöberg et Margit Olofsson se dirigent à pied vers Gamla stan.

Dès que Sandén les quitte, l'atmosphère change. Ils se mettent à parler de leurs vies. Sjöberg a l'impression de se trouver dans une bulle, à l'écart du monde et de la réalité. Maintenant que le bruyant Sandén n'est plus là, une tendresse manifeste s'établit de nouveau entre eux. Mais cette fois, elle n'a rien d'inopportun. Plus rien en lui pour lui dicter quel sujet aborder, ou pour lui dire combien de temps sourire. Il passe son bras autour de ses épaules, et la chose paraît on ne peut plus naturelle.

Quand un moment plus tard, il l'attire à lui et l'embrasse, aucune voix ne se fait entendre pour le dissuader. Aussi étrange que cela puisse paraître, il a le sentiment d'être à sa place. Il hume sa belle chevelure qui sent bon le shampoing et le parfum frais d'une nuit de septembre. Tout à coup, il se sent complètement détendu. Il reste un long moment ainsi, la bouche pressée contre le front de Margit, une main dans ses longs cheveux et l'autre enserrant sa taille. Sjöberg ne se questionne pas sur les raisons de son acte ni sur celles de Margit. Des adolescentes à vélo passent en hurlant, mais Sjöberg ne les remarque pas. Il reste dans sa bulle et ne veut pas en sortir. Il prend le visage de Margit dans ses mains et le tient devant lui. Il plonge son regard dans les yeux verts et brillants de cette femme, avant de l'embrasser à nouveau.

Il la suit jusqu'à l'écluse de Slussen et ils se séparent sans se dire un mot.

Nuit de samedi à dimanche

Il doit être très tard car la plupart des passagers sont déjà allés se coucher. Une étrange ambiance a pris possession du grand navire. Seuls les moins fortunés et les ivrognes dorment ici et là.

Jennifer ne porte pas de montre, mais elle est fatiguée et a besoin de dormir. Elle sent ses jambes chanceler et il lui faut du temps pour retourner à sa cabine. Bien que son esprit soit étrangement clair, elle ne sait pas si elle se trouve à la bonne extrémité du bateau. Prise de nausées, elle cherche des toilettes autour d'elle. Elle en découvre à l'arrière d'une salle de machines à sous et de jeux vidéo. Elle s'y rend en titubant, aussi vite que possible, contrainte à plusieurs reprises de se retenir de vomir sur la moquette.

Elle se jette dans l'une des cabines sans même avoir le temps de refermer la porte derrière elle. Les vomissements jaillissent en cascade. Il en tombe autant sur le sol que dans la cuvette. Comme elle n'a rien mangé depuis des heures, elle ne rend que du liquide. Les convulsions lui donnent des suées et elle tend la main vers un rouleau de papier toilette que quelqu'un a posé sur le réservoir. Elle a besoin de s'essuyer et de se moucher. Le rouleau est tout humide et plissé. Elle espère qu'il ne s'agit que d'eau, réussit à en détacher quelques feuilles et sèche son visage.

Elle entend soudain la porte de la cabine claquer derrière elle. Dans son état d'hébétude, elle est incapable de se retourner. Elle sent un mouvement sur la gauche de son visage et entend une voix qui siffle à son oreille :

— Ne sois pas si curieuse, espèce de petite salope.

Au moment où elle tressaille de peur et tente de pivoter, elle sent des mains chaudes lui enserrer la gorge.

Elle essaie de crier, mais aucun son ne sort de sa bouche. Les doigts pressent puissamment sur son larynx pour l'enfoncer. À travers les palpitations de ses yeux, elle voit les froids carreaux de faïence blancs devenir roses, puis rouges. Elle finit par sentir ses yeux éclater. Les mains relâchent leur étreinte et elle s'écroule sur le siège souillé des toilettes.

Dimanche matin

Enveloppée par la brume, Petra Westman court sur les pavés le long du port. Partie de l'hôtel de police, elle a pris tout en bas de Östgötagatan, puis direction Danvikskanalen, et même parcours pour le retour. Elle dépasse les bateaux amarrés côte à côte, certains arborant de charmants pavillons, d'autres munis de lanternes flottant sur des ponts bien entretenus. Juste avant la jetée de Barnängsbryggan, elle remarque un panneau qui indique un bateau de pêche à vendre. Elle pose son regard sur les eaux sombres qui se rident sous l'effet du vent. Dans le lointain, elle distingue la colline de Hammarbybacken, verdoyante et solitaire.

Il n'est que 6 h 30, mais elle a entamé son jogging depuis vingt minutes déjà. Elle attaque alors la partie retour du parcours en tournant vers le parc de Vita Bergen, et monte Tengdahlsgatan en direction des jardins ouvriers. L'air est frais et humide, avec une touche automnale, même si les arbres n'ont pas encore commencé à perdre leurs feuilles. Le mobilier de jardin et les barbecues sont encore de sortie, et les fleurs d'été ornent toujours les pots à l'extérieur des maisonnettes.

Une porte d'entrée bat quelque part derrière elle, et elle tourne la tête instinctivement. Rien en vue. Elle n'était pas comme ça avant. Elle aurait continué sa course, peut-être se serait-elle dit qu'elle n'était pas la seule à être éveillée si tôt un dimanche matin, ou probablement n'aurait-elle même pas remarqué le bruit.

Peder Fryhk est sans aucun doute sous les verrous à la centrale de Norrtälje, pour au moins trois ans encore, peut-être plus. Petra n'a pas participé à son arrestation, elle n'a pas été entendue par la police, n'a pas témoigné au tribunal. Son nom ne figure même pas dans le rapport d'investigation sur les viols répétés qu'il a commis. À part elle, il n'y a que le procureur Hadar Rosén, le technicien de la police scientifique de Linköping, Håkan Carlberg, et Fryhk lui-même à savoir qu'elle figure parmi les victimes.

Et une personne encore. Le deuxième homme. Carlberg a constaté que le sperme contenu dans les préservatifs qu'elle lui a remis à Linköping, après le viol, provenait de deux hommes différents dont l'un était Peder Fryhk. L'autre reste inconnu.

Petra a passé beaucoup de temps à s'interroger depuis qu'elle a été droguée et violée en novembre dernier. Elle n'a donné que son prénom à Fryhk, rien de plus. Elle lui a raconté qu'elle travaillait comme agent d'assurances chez Folksam, sans lui fournir de raison de la soupçonner de mentir. Il a sans doute fouillé son portefeuille, pour savoir à qui il avait affaire. Dans ce cas, il a dû découvrir son nom de famille et son numéro d'identité. Et il s'est sûrement satisfait de cela. Il n'a pas dû entreprendre de passer tout son portefeuille au peigne fin jusqu'à y découvrir sa carte de police bien cachée derrière son permis de conduire. Quand bien même aurait-il été jusque-là, il n'y a aucune raison qu'il en vienne à la soupçonner d'être derrière son arrestation. Devant lui, elle a joué son rôle, s'est blâmée elle-même pour la gueule de bois et lui a dit tendrement au revoir. Le tout sans laisser de traces de ses investigations sur le lieu du crime.

Néanmoins, certains éléments l'amènent à douter. Comme le fait qu'on ait retrouvé dans le sous-sol de Peder Fryhk une grande quantité d'enregistrements vidéo de tous les viols qu'il a commis. Celui la concernant aurait dû également y figurer, mais non. Pourquoi ? Où se trouve-t-il ?

Fryhk est un ancien légionnaire. Intelligent, éduqué, poli. Médecin-chef à l'hôpital de Karolinska, il avait donc beaucoup à perdre : jolie villa, haute position sociale et belle renommée. Malgré cela, il a agi ainsi, encore et encore. Il a violé. Dans sa propre demeure et, qui plus est, en filmant les scènes. Et il a perdu. Tout.

Le deuxième homme tenait la caméra. Il embellissait les plans de panoramiques artistiques, changeait d'angle ou de cadre pour mieux capturer l'essence du drame, s'approchait en zoomant. Et violait. Sans jamais se laisser filmer. Il était plus prudent que Fryhk, pas aussi prompt au sacrifice que lui. Avait-il plus à perdre ? Et plus que Peder Fryhk ? Difficile. En tout cas, le deuxième homme n'était pas prêt à gâcher quoi que ce soit.

Fryhk dupait ses proies, les trompait pour les amener chez lui. Il prenait le risque d'être reconnu plus tard par elles, mais il faisait confiance à son charme ainsi qu'aux pertes de mémoire et au sentiment de culpabilité qui les assaillait. Quant au deuxième homme, il ne laissait jamais aucun souvenir à ses victimes. Et Fryhk s'est montré manifestement solidaire, n'ayant jamais révélé le moindre élément sur un hypothétique complice. Un vrai soldat. Pendant tous les interrogatoires, il est resté muet comme une carpe concernant la présence de quelqu'un tenant la caméra au cours des viols commis chez lui. Et ce, malgré le poids du parjure ou la promesse d'une réduction de peine.

Et Petra reste plongée dans l'incertitude. Elle a été violée par un deuxième homme sans visage et sans identité. La police ne sait pas que ce caméraman l'a également violée, et les efforts entrepris pour le retrouver se sont depuis longtemps arrêtés. Et voilà que quelqu'un s'est mis à l'appeler la nuit. Pas très souvent, mais pas assez rarement pour qu'elle puisse s'en moquer. Une ou deux fois par mois, à l'heure du loup, elle se fait réveiller par le téléphone sans que personne ne parle quand elle décroche. A priori, le deuxième homme ne devrait pas connaître son numéro puisqu'elle se trouve sur liste rouge. C'est pourtant ce qu'elle craint. Que ce soit lui qui appelle, et qu'on veuille la punir pour avoir fait tomber Fryhk. La terroriser pour qu'elle se taise. La détruire pour se prouver sa force. N'est-ce pas là le principe même du viol ? Le pouvoir. Voilà ce qui inquiète Petra Westman. Le fait que cet homme existe. Qu'il vive et qu'il soit en pleine forme. Qu'il jouisse d'une totale liberté. Le deuxième homme.

Elle a couru plus que d'habitude, mais en ce petit matin frais de septembre, elle ne se sent pas spécialement fatiguée. Elle vole au gré de légères enjambées et les livreurs de journaux ensommeillés font un pas de côté quand ils la croisent. À part leur présence, autant qu'elle puisse en juger, tout est tranquille dans le coin. À hauteur des jardins ouvriers, elle quitte la rue bitumée pour un petit escalier menant aux logements qui jouxtent le parc de Vita Bergen.

Elle court sur les allées de gravier au milieu des pelouses abîmées et argileuses, passe devant l'amphithéâtre et la terrasse du café encore fermé, et se dirige vers la partie de la rue prévue pour manœuvrer dans Stora Mejtens Gränd. L'air sent l'aubépine et l'asphalte mouillé.

Malgré la brume, elle parvient à distinguer l'église Sofia au sommet de la colline. Mais d'un coup, son regard est attiré par autre chose. Sur sa gauche, aux alentours d'une maisonnette en bois peinte au rouge de Falun, elle distingue quelque chose de bleu en grande partie enfoui dans les broussailles. Surprise, elle décide de modifier sa trajectoire et court dans cette direction, avant de se pencher et de créer une ouverture dans les branchages. Elle découvre le haut d'une poussette recouvert d'un tissu bleu marine à petits pois blancs. Il a l'air en bon état, pas du tout abîmé, et sa première intuition est que des vandales à l'acné juvénile ont volé une poussette, puis balancé cette partie dans les buissons. Elle saisit l'un des bords à deux mains pour le tirer à elle. Elle parvient à le sortir à moitié des fourrés récalcitrants et, avant de poursuivre la manœuvre, jette un œil à l'intérieur.

Elle découvre un petit bébé couché là, les yeux clos, portant un bonnet bleu clair et enveloppé dans une gigoteuse. Instinctivement, elle se redresse et se jette dans les broussailles. Les branches épineuses déchirent son pantalon fin et lui griffent les jambes. Elle fait barrage de son corps pour protéger l'enfant, se penche prudemment en avant, et soulève le sac avec une main sous la nuque du bébé et l'autre sous ses pieds. Quelque chose dans le petit visage la convainc qu'il s'agit d'un garçon. Elle pose sa joue contre la sienne, mais est incapable de dire s'il respire ou pas.

Elle se met alors à courir avec l'enfant dans les bras – du sang suinte des griffures sur ses jambes – jusqu'aux portes imposantes qui donnent sur le jardin intérieur d'un immeuble d'habitation. Elle a beau tirer et pousser autant qu'elle peut, le verrou ne cède pas. Elle décide de foncer vers Stora Mejtens Gränd. Malgré sa précipitation, elle remarque une poussette sur la pelouse située de l'autre côté de la zone de manœuvre, à laquelle il manque la partie couchette amovible. D'un coup de hanche, elle pousse la barrière d'une des villas de la ruelle avant de se précipiter jusqu'à l'entrée en haut d'une volée de marches. Elle frappe à la porte et actionne la sonnette, tout en criant qu'elle a besoin d'une ambulance.

Au bout d'un moment qui lui semble une éternité, la porte s'ouvre sur une vieille dame qui la fait entrer sans plus de cérémonie, lui indique d'un geste son lit défait dans la chambre proche de l'entrée, et elle se précipite sur le téléphone pour appeler la police et une ambulance.

— Le bébé est gelé, une assez grave hypothermie, peut-être même qu'il est mort ! crie-t-elle à l'intention de la vieille dame. Je l'ai trouvé dans le parc, possible qu'il soit là depuis un bon moment.

Elle ouvre la fermeture éclair du sac de couchage et pose le petit garçon sur le lit. Il ne montre aucun signe de vie et son corps est anormalement froid. Tout en soufflant sur son visage, elle lui masse les bras et la poitrine pour le réchauffer. Elle lui saisit ensuite les jambes et les plie à plusieurs reprises pour stimuler sa circulation. Finalement, elle le prend dans ses bras, et blottit le petit corps contre le sien du mieux qu'elle peut. Elle est assise ainsi, les larmes coulant le long de ses joues, lorsque les ambulanciers finissent par arriver.

*

Ewa Tuominen est fatiguée. Comme l'une de ses collègues est malade, elle doit travailler deux fois plus, et a déjà une heure de retard sur le programme. Elle fait le ménage à bord du Viking

Amorella depuis neuf ans déjà et elle en a vu de toutes les couleurs, mais le marasme qu'elle découvre en poussant la porte des toilettes lui arrache un puissant soupir. Et pour comble, il y a une jeune fille endormie au milieu du désordre, dans une position inconfortable. On aperçoit un peu de son dos dénudé entre son jean et son blouson. Elle ne devrait pas se trouver ici, n'importe qui pourrait s'attaquer à elle.

Au moment même où Ewa décoche un petit coup de pied à ce corps inerte, elle se dit qu'il y a quelque chose d'anormal dans tout ça. L'attitude n'est pas naturelle. Même la personne la plus soûle ne dormirait pas dans une telle posture. D'ailleurs, la jeune fille ne réagit pas. Ewa est prise de panique, son cœur s'emballe et elle reste figée quelques secondes, la main devant la bouche, le cerveau en ébullition. En fin de compte, elle choisit d'appeler tout de suite le médecin plutôt que de chercher le pouls de la jeune fille. Elle recule de quelques pas jusqu'aux lavabos et compose le numéro d'urgence du praticien de bord sur son portable.

Arrivé rapidement sur place, le Dr Magnusson ne peut que constater le décès. En retournant le corps, il découvre des traces bleues sur le cou et décide de ne plus bouger le cadavre. À n'en pas douter, c'est désormais l'affaire de la police. Il intime l'ordre à Ewa Tuominen de verrouiller l'accès à ces toilettes et prend contact avec les autorités du navire. Dans une heure environ, ils accosteront à Åbo.

*

Hanna a passé toute la nuit couchée sur le sol de l'entrée. Elle s'est réveillée une fois, elle avait mal à la tête et sa plaie à la joue la brûlait. Sa bouche était enflée et lui faisait mal. Le sol sous elle était froid, elle tremblait. Elle n'a pas eu le courage de se lever et de marcher jusqu'à son lit chaud et douillet, mais elle est parvenue à ramper jusqu'au tapis de l'entrée. Elle est restée allongée là, dans la seule position à peu près confortable. En se réveillant tôt ce matin, elle se trouve encore recroquevillée, sa joue indemne plaquée sur le tapis et les mains jointes sous le menton.

Hanna touche la joue couverte de sang coagulé. Elle effleure la plaie et sursaute de douleur, retirant aussitôt sa main brûlée. Mais elle ne pleure pas, ferme juste fort les yeux et serre les dents, comme il faut le faire face à une épreuve. « Il faut juste serrer les dents », lui dit sa maman quand Hanna pleurniche, comme maintenant. Pour la première fois. Même si le plus dur est déjà passé. Mais pleurer ne sert à rien puisqu'il n'y a personne ici pour la consoler. Même si sa main et sa bouche lui font affreusement mal, ce n'est rien comparé aux douleurs causées par sa plaie à la joue ou son affreux mal de tête.

Qu'est-ce qu'elle peut bien faire ? Plusieurs jours se sont écoulés. Son papa devrait rentrer bientôt. Est-ce qu'il sait que maman et Lukas sont partis ? Est-ce qu'il va aller habiter avec eux plutôt que de revenir ici ? Malgré tout, Hanna sait que son papa l'aime vraiment beaucoup, qu'il est moins sévère que sa maman, et il joue souvent avec elle le soir en rentrant de son travail, pendant que maman s'occupe uniquement de Lukas. Pas de doute, son papa va venir retrouver Hanna à la maison quand il rentrera du Japon.

Sa crotte tombe sur le tapis presque sans qu'elle s'en aperçoive. Il faut qu'elle fasse plus attention et utilise les toilettes. Sa maman le lui a répété de nombreuses fois, jusqu'à présent sans succès. Mais elle a dû faire face à tellement de choses, ces derniers temps. Pour le moment, elle doit surtout ramasser avant que son papa rentre. Elle doit oublier qu'elle a mal partout et faire le ménage. Elle se relève péniblement et repense à sa chemise de nuit pleine de pipi. Elle atteint la salle de bains en titubant, tire la chemise de nuit du panier à linge sale, et repart vers l'entrée. Après avoir frotté et séché, tout n'est pas parfait, mais elle remporte le vêtement poisseux à la salle de bains et le pousse de nouveau au fond du panier. Ses mains sentent mauvais. Elle sait que quand on a fait caca, on doit se doucher, mais c'est pas facile. Quand elle essaie, la salle de bains est mouillée du sol au plafond, l'eau gicle même jusqu'à la chambre, et sa maman n'est pas contente. Hanna décide plutôt de prendre un bain. Et de se laver les cheveux. Son papa aimera sentir sa bonne odeur en arrivant.

Elle sait comment on fait. On enfonce le bouchon dans le trou et on tourne le robinet. D'abord, l'eau est froide, puis elle se réchauffe. Hanna s'assied sur le siège des toilettes et regarde l'eau couler dans la baignoire. Elle a la tête qui tourne. Elle se force même parfois à cligner d'un œil pour ne pas voir trouble. Elle claque des dents, elle est impatiente de se glisser dans l'eau chaude, mais elle n'ose pas monter dans la baignoire tant qu'elle n'est pas pleine. Le bruit de l'eau la dérange.

Un moment plus tard, elle ferme le robinet et grimpe dans la baignoire. Que c'est agréable ! Elle est en train d'y pénétrer avec précaution, quand le téléphone se met à sonner dans l'entrée. Mais pourquoi juste maintenant ? Il faut qu'elle réponde, elle doit parler avec quelqu'un. Vite, vite ! Elle se remet debout, glisse sur le fond lisse, et réussit à éviter d'un cheveu que son menton vienne heurter le bord. Mais elle a perdu du temps et elle sent les larmes revenir, même si elle fait de son mieux pour les retenir. Elle prend un nouvel appui et finit par se mettre debout, en faisant plus attention cette fois. Elle enjambe le bord et retrouve le sol, mais avant même d'avoir atteint la chambre, la sonnerie du téléphone s'arrête.

Penaude, elle repart vers la salle de bains et se glisse à nouveau dans l'eau chaude. D'une main mouillée, elle essaie de sécher les larmes sur ses joues. Au mur, les carreaux de faïence dansent devant ses yeux, mais elle s'en fiche. Même si elle a dormi toute la nuit et qu'elle vient d'entrouvrir les yeux, elle replonge dans un profond sommeil.

*

Jocke se réveille en sursaut quand quelqu'un frappe à la porte. Il se redresse sur les coudes et regarde autour de lui, encore endormi. La couchette prévue pour Jennifer, au cas où elle n'occuperait pas la sienne, est intacte. D'un regard en biais vers le bas, il voit Fanny qui continue à dormir sans bouger d'un poil. Il jette un œil sur sa montre et constate qu'il n'est que 8 heures.

On frappe de nouveau à la porte et Jocke entend bouger dans la couchette en dessous de la sienne, Malin commence à sortir de sa torpeur. Fanny, elle, reste sans réaction. Malgré son esprit embrumé, il se remémore comment la nuit dernière a dégénéré, et sent le malaise le gagner. Il fait chaud dans la cabine, et la sueur perle au-dessus de sa lèvre supérieure. On frappe encore, plus fort cette fois.

— Ouvrez, c'est la police ! crie une voix à l'accent finlandais depuis l'extérieur.

Même Fanny réagit et râle en enfonçant son visage dans son oreiller.

— Mais merde, vas-y, Jocke !

— J'arrive ! lance-t-il faiblement en s'extirpant de sa couchette et en atteignant le sol.

Il vérifie d'abord qu'il porte bien quelque chose sur lui et, après avoir remis son caleçon en place, il ouvre la porte. Deux hommes se tiennent sur le seuil, ils sont en civil. L'un d'eux lève devant lui ce qui doit être une carte de police. Instinctivement, Jocke se pousse de côté pour les laisser entrer dans la cabine.

— Nieminen, commissaire de police à Åbo, se présente l'homme le plus proche de lui de son accent chantant. Et voilà l'inspecteur Koivu. Et vous, qui êtes-vous ?

Le second policier se tient un peu en retrait, occupé à étudier des documents. Quand Jocke prononce son nom, il le coche sur l'un des papiers. Les deux policiers regardent les filles qui ont fini par se relever dans les couchettes et les observent avec étonnement.

— Et vous, mesdemoiselles ?

Elles déclinent leur identité, et leurs noms sont cochés à leur tour.

— Je dois quand même vérifier vos papiers, enchaîne Nieminen sur un ton impérieux, soyez assez aimables pour me les présenter. Qui dort ici ? interroge-t-il en désignant la couchette vide.

— Jennifer, mais elle n'a pas dormi ici, répond Jocke.

— Jennifer Johansson ?

— Oui.

— Vous savez où elle a passé la nuit ? demande Nieminen. Si elle n'a pas couché ici.

Les deux jeunes filles se lèvent et commencent à fouiller dans leur sac. Aucune ne sait vraiment quoi répondre et le policier manifeste son impatience.

— Quand l'avez-vous vue pour la dernière fois ?

— Chez les mecs de la cabine d'à côté où on a entamé la soirée, répond Malin. Il était encore assez tôt.

Fanny acquiesce d'un geste avant d'ajouter :

— Tu devrais savoir toi, Jocke. C'est quand même ta copine.

Gêné, Jocke s'absorbe dans la contemplation de ses pieds, sans trop savoir quoi dire.

— Ah bon, tu es le petit ami, enchaîne Nieminen.

— Je sais pas trop, répond faiblement Jocke. Ou plutôt non, on peut pas dire ça. Mais qu'est-ce que vous voulez exactement ?

— On a trouvé le corps d'une jeune fille dans des toilettes du bateau. Nous pensons qu'il peut s'agir de Jennifer. Si elle n'a pas de parent à bord de ce navire, j'aimerais que l'un d'entre vous nous suive pour l'identifier.

Jocke s'assied sur la couchette de Malin.

— Auparavant, je voudrais voir vos pièces d'identité.

Malin et Fanny lui donnent les leurs. Plus question de jouer les idiotes, maintenant. Jocke allonge le bras pour attraper son pantalon en boule par terre au pied des couchettes, et sort son portefeuille de sa poche arrière. Il le tend à Nieminen, qui le passe à son collègue. Aucun des jeunes gens ne pipe mot, ils fixent les policiers avec de grands yeux sans trop réaliser ce qui se passe.

— Alors, c'est toi qui nous suis ?

Nieminen s'est tourné vers Jocke, qui marmonne quelques paroles inaudibles, tout en enfilant son pantalon.

— Je suis vraiment désolé pour tout ça. Mais nous devons en avoir le cœur net le plus rapidement possible, ajoute Nieminen sur un ton plus amical.

Koivu rend leurs papiers aux jeunes gens pendant que Jocke enfile son tee-shirt.

— Jeunes filles, on se reparle plus tard dans la journée. En attendant, essayez de vous souvenir de ce que vous avez fait vous-mêmes, et à quoi Jennifer a consacré sa soirée et sa nuit.

Jocke et les deux policiers disparaissent derrière la porte de la cabine qui se referme d'elle-même.

Quand ils sortent de l'ascenseur à hauteur du pont supérieur, Jocke constate que plusieurs zones sont déjà interdites d'accès par des rubans. Un certain nombre de policiers en uniforme y veillent. Jocke ne parvient pas à garder les idées claires. Il est conduit dans une pièce qui, d'après la plaque extérieure, donne sur le bureau du médecin de bord. Elle est également gardée par un policier en uniforme. Les deux hommes qui l'escortent échangent quelques mots en finnois avant de déverrouiller la porte et de le pousser à l'intérieur. Elle claque en se refermant et Jocke fait quelques pas hésitants. Il a l'impression que ses jambes vont se dérober sous lui et, instinctivement, il retient son souffle.

Jennifer est allongée sur un brancard près d'un mur. C'est elle, sans aucun doute. Mais il n'y a plus trace de vie sur son visage au teint rouge violacé. Son front est recouvert de taches de rousseur, tout comme ses paupières closes. Sur son cou, on distingue quelques faibles marques un peu plus grandes, qu'il ne lui connaissait pas. Quant à ses lèvres, elles n'ont plus leur brillance. Elle porte encore son blouson et, comme d'habitude, on aperçoit un peu de son ventre entre le haut de son pantalon et le bas de sa chemise. Jocke est frappé par le silence effroyable qui règne ici. On n'entend pas un bruit, même les policiers semblent retenir leur souffle.

Un long cri semblable à un gémissement s'échappe de sa bouche. Son intensité augmente jusqu'à ce qu'il ramène ses mains à son visage et laisse libre cours à ses larmes. Il se tourne alors et se précipite vers la porte.

— Laissez-moi sortir d'ici ! supplie-t-il. C'est bien Jennifer, je ne veux pas en voir plus ! Laissez-moi sortir, laissez-moi sortir !

— Je ne sais pas ce qu'elle a fait de sa nuit, doit admettre Jocke devant le commissaire de la police criminelle finlandaise qui l'interroge un peu plus tard, dans une pièce proche du bureau du médecin.

Il apprend que le navire se trouve ancré à Åbo et qu'aucun passager n'est autorisé à débarquer avant qu'ils aient tous été interrogés. Il n'y accorde aucune importance, mais il est certain que le retour à Stockholm n'est pas pour tout de suite.

— Est-ce qu'on l'a assassinée ? demande Jocke qui connaît déjà la réponse.

— Oui, c'est ce qu'on dirait. Étranglée, probablement. Dans des toilettes du bateau.

— Et n'importe qui peut l'avoir fait ?

— Dans ce genre d'affaires, c'est rarement n'importe qui, répond le policier avec un sourire morne.

Il croise les mains devant lui sur la table et se racle la gorge avant de se lancer :

— Et toi, tu étais son petit ami ou pas ? Ou l'étais-tu un peu ? Comment tu te situes exactement ?

En apparence, Nieminen se comporte avec Jocke de manière correcte et aimable, mais il n'arrive pas très bien à masquer le fait qu'il le soupçonne. C'est sans doute inhérent à sa fonction. Jocke se sent mal à l'aise et se tortille sur sa chaise, encore bouleversé d'avoir croisé ce visage figé par la mort.

— Un peu des deux, répond-il d'un ton hésitant.

Lui-même ne sait pas vraiment ce qu'il en est. Alors comment pourrait-il l'expliquer aux autres ?

— Parfois, nous étions ensemble. Et parfois non.

— Tu te servais d'elle à ta guise ? Tu as vingt-quatre ans et elle en avait seize. Au fond, était-elle faite pour toi ?

— Peut-être pas.

Jocke n'a la force de répondre qu'à une question à la fois. Ce que le policier insinue sur le fait qu'il ait profité de Jennifer reste donc sans réponse. En a-t-il été ainsi ? Il s'est toujours senti amoureux de Jennifer. Vraiment. Jusqu'à hier. Jusqu'à ce qu'il la voie se pavaner avec ces vieux dans la discothèque. À ce moment-là, ses sentiments et ses espoirs se sont éteints. Ensuite, il n'a plus éprouvé pour elle que de la colère. Et du dédain. Il s'est d'abord senti blessé, comme tant de fois auparavant dans son existence. On ne peut pas supporter de saigner en permanence, alors il oblige ses plaies à guérir rapidement. Mais elles laissent toujours de vilaines cicatrices.

— Raconte-moi la soirée. Parle-moi de Jennifer.

— Pendant environ une heure, on s'est retrouvé à faire la fête dans une cabine toute proche de la nôtre. Jennifer, moi, et quelques autres. Elle était assise sur mes genoux. C'était aussi la fête dans la cabine d'à côté et la porte restait ouverte. Ils étaient tous de la même bande. Moi, au départ, je ne connaissais que Jennifer, les autres étaient ses copains à elle.

— Tu étais ivre ?

— Oui, probablement. C'était comme qui dirait le but. Tout le monde était soûl.

— Tous soûls ? Mais ce sont des gamins. D'ailleurs, comment ont-ils fait pour embarquer ?

— Pas très difficile. J'ai montré mes papiers d'identité, mais pas les filles. Pour les autres, je ne sais pas.

Ce n'est pas tout à fait vrai. Mais Jocke ne voit pas de raison de mentionner les cartes d'identité falsifiées.

— Qu'est-ce que tu t'es fait au visage ? demande Nieminen de façon inattendue.

Jocke ne s'est pas vu dans une glace depuis la veille et il a oublié de quoi il a l'air. Sans réfléchir, il porte la main à son nez et le touche délicatement.

— J'ai pris un coup, marmonne-t-il.

Il lui en coûte, mais Jocke ne parvient pas à mentir face au regard perçant du policier.

— De mon père, ajoute-t-il. C'est mon père qui m'a fait ça.

— Il voyage avec toi ?

— Bien sûr que non ! C'était vendredi dernier. Il se met parfois un peu en colère, dit Jocke en arrondissant les angles.

— D'accord. Et pour revenir à la soirée ? enchaîne Nieminen.

— D'un coup, Jennifer a disparu. J'ai cru qu'elle était dans la cabine d'à côté. Au bout d'un moment, j'y suis allé pour voir, mais elle y était pas. J'ai voulu rentrer dans notre cabine, mais elle était fermée et c'était silencieux à l'intérieur. Je n'avais aucune des deux clés sur moi. Pas de traces d'elle non plus dans les toilettes les plus proches, elle était bel et bien partie.

— Et tu t'es satisfait de ça ?

— Non, je me suis mis à sa recherche dans tout le bateau. Je l'ai cherchée partout, sans succès.

— Il était quelle heure quand tu t'es aperçu de sa disparition ?

— 21 heures ou 21 h 30, peut-être, j'en suis pas sûr.

— Et après ?

— J'ai pris l'ascenseur vers les étages supérieurs. J'ai cherché partout. Dans les bars et les restaurants, dans la discothèque, partout, mais elle n'était nulle part. Alors, je me suis posé près de la grande piste de danse et j'ai pris une bière.

— Mais où croyais-tu qu'elle était partie ?

— Aucune idée. Elle faisait ça, parfois. Elle prenait juste ses cliques et ses claques. On ne savait jamais trop quoi penser avec elle. Mais au bout d'un moment, j'ai quand même fini par l'apercevoir. Elle était assise à l'autre extrémité du local, avec deux hommes. Plus vieux qu'elle. En costume.

— Et alors, tu es allé la voir ?

— Non. Je suis resté assis là un moment et après je suis parti.

— Pourquoi as-tu réagi comme ça ? C'était quand même ta petite amie.

Le regard soupçonneux est à présent manifeste. Oui, pourquoi ne pas être allé la rejoindre ? Comment peut-il parvenir à mettre des mots sur la déception qu'il a ressentie ? Comment expliquer au policier que c'était Jennifer qui dirigeait et décidait de leur relation, même si elle était plus jeune que lui ? Qu'il était comme un petit chien qui la suivait partout. Qu'il n'avait jamais eu de petite copine avant elle. Et qu'elle commençait à deviner qui il était vraiment.

— J'en avais juste rien à foutre d'elle, lance-t-il sur un ton nonchalant. Pour moi, elle pouvait bien rester assise là à se pavaner devant ces vieux mecs.

— Qu'est-ce que tu as ressenti ? Tu étais sonné ?

— Je me suis juste dit qu'elle n'était plus ma petite amie. Rien de plus, ment Jocke.

— Et qu'as-tu fait ensuite ?

— Je suis allé dans un autre bar et j'ai bu quelques bières, continue-t-il à fabuler. Et après, je me suis couché.

— Et ces hommes, tu les reconnaîtrais ?

— Je ne sais pas. Peut-être.

— De quoi avaient-ils l'air ?

— Je crois que l'un était brun et l'autre blond. Mais sans certitude.

— Ils étaient Finlandais ? Suédois ?

— Aucune idée. J'étais assis trop loin.

— On reprendra plus tard, conclut Nieminen en lui indiquant la sortie.

*

La police arrive au moment même où l'ambulance quitte la maison de Stora Mejtens Grand en emportant le bébé. Petra remercie la dame – Ester Jensen – de son aide, tenant à s'excuser pour le dérangement et le désordre qu'elle laisse derrière elle. Elle lui explique qu'elle est elle-même policière, et indique qu'ils repasseront pour parler davantage plus tard dans la journée.

Puis elle sort dans la rue accueillir ses collègues. Petra reconnaît vaguement les deux hommes de la patrouille. Celui qui s'appelle Staaf est bonne pâte. Quant à l'autre, Holgersson, c'est un lourdaud dont le centre de gravité se situe entre les omoplates. Il dodeline d'une telle façon en marchant qu'on croirait qu'il va tomber en arrière. Le gras de ses bras l'empêche de les tenir le long de son corps comme tout un chacun, à moins qu'il ne cherche à se donner cette allure. Lui aussi fait partie du cours d'expression corporelle du vendredi. Avec une pointe d'irritation, elle croit se souvenir que c'est lui qui avait affirmé qu'elle avait qualifié la démarche du commissaire principal de « sexy ».

Staaf la gratifie d'un sourire poli. Quant à celui esquissé par Holgersson, il s'accompagne d'un regard qui balaie tout le corps de Petra.

— Salut, dit-elle en leur adressant un signe de tête. C'est moi qui ai trouvé le bébé.

— Bah, merde alors, ponctue Staaf.

— Je vous montre où ça s'est passé, enchaîne Petra en entraînant les deux policiers en direction du parc et des fourrés où elle a découvert le petit garçon.

Elle les arrête d'un geste, et s'avance seule à pas prudents sur la pelouse encore imbibée de rosée. Elle sent d'instinct les yeux d'Holgersson rivés sur son dos. Ou bien, pour le dire autrement, elle sait exactement ce qu'il est en train de contempler. Holgersson n'est pas la personne devant qui porter des vêtements moulants.

— Il se trouvait là-dedans, explique Petra en tirant la partie amovible de la poussette hors des broussailles.

Elle se rend ensuite à l'endroit où elle a mis au jour l'autre partie de ce qui pourrait constituer une même poussette. Elle s'aperçoit alors qu'elle est esquintée. L'une des roues est complètement tordue, et toute la structure métallique est cabossée sur l'un des côtés. Avec précaution, elle saisit les poignées en tissu de la partie couchage et la cale sur la structure basse.

— C'est bien une seule et même poussette, affirme Petra. Les deux parties vont ensemble, même si la structure est un peu endommagée. Ce qui veut dire qu'il va falloir délimiter une assez grande zone pour nos recherches, dit-elle, en balayant de la main la trentaine de mètres qui les sépare des fourrés concernés.

Une autre voiture de police arrive avec deux hommes à son bord, et alors qu'ils descendent du véhicule, Holgersson les exhorte à se munir du matériel pour installer le périmètre de sécurité. Petra les informe de sa découverte macabre, avant de se lancer seule dans un nouveau tour des lieux, tout en essayant d'analyser la situation. Pour la première fois, elle se rend compte à quel point les griffures la brûlent. Elle jette un œil dessus et constate qu'elle n'a plus qu'à jeter son coûteux pantalon de survêtement Nike.

Il y a obligatoirement quelqu'un à qui l'enfant manque, se dit-elle. En ce moment, quelqu'un cherche désespérément une poussette bleu marine à pois blancs. Nous devons mettre la main sur les parents de l'enfant. Mais elle prend conscience d'un coup que ce n'est pas son travail. Dans cette affaire, elle n'est que témoin. Elle doit laisser la place et rentrer chez elle.

Elle repart vers la chaussée. Les barrages sont presque en place. Par habitude, elle jette un regard à la poubelle qui se trouve sur son chemin. Rien de spécial. De toute façon, ce n'est pas à elle de fouiller et de rechercher des indices. C'est à Staaf et Holgersson, ainsi qu'à leurs collègues.

— J'y vais ! lance-t-elle à Staaf qui se trouve un peu plus bas dans la descente. Vous savez où me trouver. La dame du numéro 10 est prévenue que vous allez passer. Bonne chance.

— Merci. On se parle plus tard, répond Staaf en la saluant d'un geste de la main.

Un peu plus loin, Holgersson l'observe avec un sourire qu'elle a du mal à définir. Un léger frisson la parcourt avant qu'elle se retourne et parte en direction des jardins ouvriers. Sans trop savoir pourquoi, elle s'arrête en voyant un container à sable des services de la voirie qui se trouve juste derrière une clôture. Elle retourne à la grille d'accès, l'ouvre et se dirige jusqu'au coffre en question. Spontanément, elle tire sur la manche de son haut de jogging à capuche pour protéger ses doigts de tout contact avec le plastique du lourd couvercle. Elle reste figée quelques secondes, avant de le laisser retomber dans un fracas.

— Holgersson ! Staaf ! crie Petra Westman. Il va falloir élargir la zone interdite au public. Je crois que je viens de découvrir la mère.

Dimanche matin

Alors qu'il peut dormir autant qu'il le souhaite, Sjöberg se réveille à 5 h 45. Je commence à me faire vieux, songe-t-il avant d'être assailli par les souvenirs de la veille. Assez bizarrement, il éprouve d'abord un sentiment de contentement. L'éclairage tamisé et les lueurs festives de cette sortie du samedi soir filtrent encore ses pensées. Il se retrouve couché là, à sourire pour lui-même en repensant à sa chaleureuse étreinte avec Margit et à l'odeur de ses cheveux. Le regard qu'elle lui a alors adressé, franc, ouvert et compréhensif, le fait chavirer et lui procure le sentiment d'avoir un autre chez-lui.

— Comment ça ? se dit-il à voix haute. Qu'est-ce que ça veut dire ? C'est ici, chez moi, avec Åsa.

Et voilà que la mauvaise conscience l'envahit. Mais pas totalement. Pas autant qu'elle devrait le faire. Elle devrait le frapper en plein ventre comme la ruade d'un cheval, mais elle se contente de le frôler tel un chat avant d'aller se poser tranquillement et en silence dans un coin de sa conscience.

Il s'attendait à avoir la gueule de bois, mais est

plutôt en forme. Il va pieds nus jusqu'à la porte d'entrée et s'empare de l'édition de son quotidien, le *Dagens Nyheter*. Il passe ensuite par la cuisine, avale quand même trois verres d'eau et prend un stylo. Au lieu de se rendormir quelques heures, il regagne son lit et résout la quasi-totalité de la page mots croisés du dimanche. À 7 h 20, il se lève et se prépare pour se rendre à l'hôpital d'Huddinge.

Sa mère est rétablie, et les radiographies laissent penser que sa fracture aux côtes n'aura pas de conséquences sérieuses. Sjöberg la conduit chez elle à Bollmora et l'aide à rejoindre son appartement situé au premier étage. Après avoir sorti les tasses du placard au-dessus de l'évier, elle leur fait un café, pendant que Sjöberg se met en quête d'un classeur dans les rayonnages de la chambre à coucher. Une fois qu'il l'a, il vient s'installer à la table de cuisine pour l'aider à s'occuper du règlement des factures mensuelles. En feuilletant le dossier à la recherche de la bonne pochette en plastique, il tombe par hasard sur tout autre chose.

— C'est quoi, ça ? Björskogsnäs 4 : 14. Ça ressemble à l'extrait de cadastre officiel d'un terrain. Tu possèdes un terrain ?

— Non, je ne crois pas, répond sa mère d'un ton guindé, sans se tourner vers lui.

Elle s'empare de la cafetière et commence à remplir les tasses.

— Tu veux un peu de lait avec ? C'est bon pour l'estomac.

— Je n'ai aucun problème d'estomac, maman. Pourquoi possèdes-tu un terrain ? Où est-ce qu'il se trouve ?

— Sans doute quelque chose que papa a laissé derrière lui. Ce n'est rien.

— Maman, bien sûr que c'est quelque chose. Il s'agit d'un terrain. C'est où, Björskogsnäs ?

— Tu sais bien que je suis très mauvaise en géographie. Je n'en ai pas la moindre idée.

Comme elle lui tourne toujours le dos, il se lève et va jusqu'à l'évier pour obliger sa mère à le regarder dans les yeux.

— Tu me mens ? lui demande-t-il.

— Si je te mens ? répète-t-elle avec un soupir de désapprobation avant de porter les tasses jusqu'à la table.

Elle les pose, et reporte son attention sur le classeur, feuilletant les pages avant de lancer :

— Tiens, voilà la pochette des factures. Le carnet de chèques et les enveloppes sont sur l'étagère.

Sjöberg ne comprend rien. Mais il sait qu'il est inutile d'essayer de forcer sa mère à aborder un sujet dont elle ne veut pas parler. Il boit donc son café en regardant, par la fenêtre, le ciel chargé de nuages gris, tandis qu'elle remplit ses chèques et les signe. Au final, une fois que Sjöberg a vérifié chaque demande de paiement et le chèque correspondant, elle place chacun dans une enveloppe qu'elle referme et colle. Sjöberg se rend compte qu'il n'a sans doute pas le droit de fouiner dans les affaires de sa mère. Si elle désire posséder un terrain quelque part, qu'elle le fasse.

Néanmoins, il ne peut ignorer le sujet sans rien dire. Trop de choses dans leur vie commune sont demeurées inexprimées et inaccomplies. Il se sent contrarié par toutes ces manœuvres souterraines, par l'habitude qu'a sa mère d'éviter les sujets de conversation qui dérangent, par sa façon de toujours se dérober face aux difficultés.

— Quelque chose dont papa a hérité ? reprend Sjöberg. Un bien qui lui est venu de grand-mère ou grand-père ?

— Je t'ai déjà dit que je n'en sais rien ! Il faut que tu arrêtes, là !

Sa mère ne hausse pas la voix très souvent. Il vaut mieux laisser tomber. Et faire comme si de rien n'était, comme le veut la coutume dans la famille Sjöberg.

— Je vais aller faire tes courses, maman. De quoi as-tu besoin ?

Ensemble, ils rédigent une liste. Une action simple qui ne peut pas être matière à polémique.

*

Hanna ouvre les yeux et remarque qu'elle ne peut pas respirer. Elle ne sait pas où elle se trouve. Paniquée, elle fait de grands gestes avec les bras. Elle se souvient alors être encore allongée dans la baignoire et se redresse en position assise, crache, avant de réussir enfin à prendre une profonde inspiration. Elle sait bien qu'on ne peut pas dormir dans la baignoire. Une fois calmée, elle se dresse sur ses pieds. Son corps entier est douloureux. Elle a mal presque partout, bouge lentement et prudemment, pour éviter de se blesser à nouveau. Elle se souvient qu'elle aurait dû se laver les cheveux, mais elle n'en a pas le courage. Il faut qu'elle dorme.

Elle grimpe par-dessus le bord de la baignoire, et tend le bras pour attraper une serviette, à la vitesse d'un escargot. Elle essuie tout son corps en douceur en faisant bien attention, comme si elle le badigeonnait de crème. Puis elle laisse tomber la serviette au sol et part d'une démarche mal assurée vers la chambre des parents. Elle n'arrive pas à voir avec netteté, mais en clignant un œil, elle parvient à repérer les couettes posées sur le fauteuil, en saisit une et la traîne avec elle jusqu'au lit. Elle monte dessus en rampant, a juste le temps de se dire qu'il manque le drap avant de rabattre la couette sur elle et de se rendormir.

*

— Conny, c'est Petra.

Sjöberg se trouve au beau milieu du supermarché Ica, poussant un chariot rempli de courses.

— Il vient de tomber une affaire. Tu vas sans doute devoir t'en occuper.

— Je croyais que tu étais de repos, aujourd'hui ?

— Oui, moi aussi. Ce matin, en faisant mon jogging, j'ai traversé le parc de Vita Bergen. Et là, j'ai découvert une partie de poussette dans des fourrés, et quand je l'ai tirée à moi, j'ai vu un bébé couché à l'intérieur. Un bébé au beau milieu des broussailles ! Sans savoir s'il était encore en vie. Je me suis précipitée avec lui dans les bras jusqu'à une maison du voisinage et j'ai essayé de le ranimer. Ensuite, l'ambulance est arrivée.

— Merde alors ! Tu sais comment il va maintenant ?

— Non, je n'ai pas eu le temps d'appeler. J'ai d'abord aidé les policiers envoyés sur place – Staaf et Holgersson, et quelques autres – à installer le périmètre de sécurité.

— Bien. Ils vont sûrement s'occuper de contacter les parents du bébé. Il y a bien des gens qui le recherchent, non... ?

— C'est là que tu dois m'écouter, Conny. J'étais sur le point de rentrer chez moi...

— Oui... ?

— Tu sais comme je suis curieuse. En passant devant, je n'ai pas pu me retenir d'ouvrir le couvercle d'un container à sable de la voirie...

— Et... ?

— Il y avait une femme à l'intérieur. Le cadavre d'une femme. Je n'en suis évidemment pas sûre, mais j'ai le pressentiment qu'il s'agit de la maman.

Quelques secondes de silence sur la ligne, avant que Sjöberg ne reprenne :

— Comment est-elle morte ?

— Elle a le crâne complètement défoncé. Quelqu'un l'a fourrée dans ce bac. Je ne crois pas que ce soit aux policiers de terrain de s'en occuper.

— Où es-tu, Petra ?

— Je suis encore à Vita Bergen.

— Et qu'est-ce qui se passe ?

— Ils ont photographié les endroits où on a découvert la femme et le bébé et s'occupent maintenant des alentours. J'ai appelé Bella, quelques-uns de ses hommes passent déjà la zone au peigne fin. Elle-même est en route depuis je ne sais plus quel club de tennis. Le médecin légiste est attendu aussi. Nous avons interdit l'accès au public d'une large partie du parc. Je vais appeler l'hôpital et m'informer de l'état de santé du bébé. J'espère juste que lui non plus n'est pas mort... Pauvre petit bonhomme. Maintenant, c'est à nous de prendre les choses en main.

— J'ai l'impression que tu l'as déjà fait. Bien joué, Petra. Appelle Einar, Jamal et Sandén. Il faut qu'ils viennent tous voir la scène de crime. Je vais parler au commissaire principal. On contactera le bureau du procureur plus tard. Je suis à Bollmora. Je te retrouve sur place dans l'heure qui vient.

— Et les journalistes, Conny ? Qu'est-ce que je fais avec eux ? Ils sont déjà ici et l'affaire va faire la une des journaux dès l'édition de ce soir.

— Reste calme. Contente-toi de dire que nous avons trouvé le cadavre d'une femme, mais que nous n'en savons pas plus pour l'instant. Laisse-les prendre leurs photos. Est-ce qu'ils sont au courant pour le bébé ?

— Non, ils n'en ont pas l'air.

— Bien. On fait comme ça.

Sjöberg remet son téléphone dans la poche intérieure de sa veste. Il paie ses provisions et les rapporte d'un bon pas chez sa mère. Après l'avoir aidée à les ranger, il prend rapidement congé et se met en route. Il n'arrive pas encore à canaliser ses pensées, qui vont et viennent d'un container à sable à Margit Olofsson, d'un mystérieux titre de propriété à un nourrisson abandonné.

*

— Oui, je l'ai vue au bar.

Le barman Juha Letho touche du doigt les photos que vient de lui présenter Nieminen, assis face à lui en train de l'étudier par-dessus ses lunettes. L'interrogatoire a lieu dans des fauteuils pivotants situés près d'une baie vitrée, dans la discothèque du pont supérieur du navire. Aux tables voisines, d'autres policiers entendent le reste du personnel ainsi que les passagers. Il est prévu d'interroger les quelque deux mille personnes présentes à bord, avant qu'on les autorise à descendre ici à Åbo et que le ferry puisse regagner Stockholm.

— Tu es sûre que c'est elle ? insiste Nieminen.

— Oui, je reconnais son blouson, précise Letho en indiquant le cliché pris sur la scène de crime quelques heures plus tôt. Et je reconnais son visage aussi. Elle était très mignonne.

— Quelle heure était-il quand tu l'as vue ?

— Il devait être 21 heures, peut-être 21 h 30. Il y avait encore peu de monde au bar.

— Elle était seule ?

— Non, elle était en compagnie d'un homme plus âgé. Il devait avoir entre cinquante et soixante. Mais je ne crois pas qu'ils étaient vraiment ensemble. Je l'ai d'abord pensé, vu qu'ils sont arrivés au même moment et qu'il a commandé à boire pour eux deux.

— Qu'est-ce qu'il a commandé ?

— Je crois que c'était deux bières. Mais il n'avait pas l'air aimable avec elle. Il paraissait mal à l'aise.

— Tu as entendu de quoi ils parlaient ?

— Non, mais il lui a violemment attrapé le bras et il semblait en colère. Et même agressif. J'allais justement intervenir quand un autre homme, qu'elle avait l'air de connaître, s'est mêlé à l'histoire. Elle l'a suivi et ils se sont installés à une table tout près du bar.

Letho la pointe du doigt, à l'opposé de l'endroit où ils se trouvent.

— Celle qui est là-bas, juste à gauche du bar. Elle était occupée par deux Finlandais. Propres sur eux, en costume. Ils avaient l'air de travailler, mais ils ont arrêté quand elle s'est assise avec eux.

— Et l'homme du bar, celui qui était désagréable, finlandais aussi ?

Le barman hésite un instant avant de répondre.

— Non, suédois. De ce que j'ai entendu, il n'avait aucun accent. Quand la fille est partie, il s'est juste levé et a quitté les lieux.

— De quoi avait-il l'air ?

— Banal. Rien de particulier. À part son air hostile, comme je l'ai dit.

— Et cet homme, tu le reconnais ?

Nieminen présente au barman une photographie de Jocke prise un peu plus tôt dans la matinée.

— Non, je ne crois pas. Pourquoi, je devrais ?

— Il s'est assis à une table presque au même moment et déclare avoir vu la fille en compagnie des deux Finlandais. Il mentionne aussi avoir commandé une bière.

— Sans doute à un de mes collègues qui s'occupait de la salle. On prend parfois les commandes aux tables quand il y a peu de monde. En tout cas, je me souviens pas de lui.

— Tu penses que tu pourrais identifier les hommes dont on a parlé ?

— Pas sûr. Surtout en ce qui concerne les types en costume. Pour celui du bar, peut-être, mais sans certitude.

Nieminen laisse le barman retourner à ses affaires, rédige quelques notes dans son carnet, et passe à la personne suivante.

*

Jocke est installé dans la salle du petit déjeuner, et tient distraitement une tranche de pain de seigle au pâté de foie à la main. Sur le navire, l'ambiance est toute en retenue, et aux tables voisines, les gens conversent discrètement. Luimême se sent complètement vide. Il devrait manger quelque chose, mais la simple vue du sandwich lui provoque un haut-le-cœur. Sans vraiment les voir, il pose son regard sur les mouettes qui volent à l'extérieur, dans l'air chargé de pluie. À sa table, quelques places plus loin, un papa finlandais joue aux cartes avec ses deux fils, tous les deux âgés d'une dizaine d'années. Sans que Jocke le remarque, quelqu'un tire la chaise située à côté de lui et s'installe, tandis qu'il continue de fixer la baie vitrée avec le même regard apathique. Et ce, jusqu'à ce qu'une voix au ton impitoyable le tire de ses pensées.

— Sacrée ambiance, sur ce voyage, tu ne trouves pas ?

Les traits figés, Jocke se retourne vers ce visage qu'il connaît trop bien, sans rien répondre. Il éprouve d'abord un sentiment d'irréalité. Pas ça en plus, il ne peut pas y croire. Il ne parvient pas à réagir, ne sait pas comment il est censé réagir, hésite entre se sentir horrifié ou soulagé. Soulagé de se retrouver dans son quotidien, rassuré de côtoyer cette terreur paternelle qui fait son quotidien.

— En plus, elle est mignonne, cette petite nana.

Jocke ne pipe mot.

— Tu vois de qui je veux parler, celle des chiottes. La morte. Bien qu'un peu salope à mon goût. Elle en a un peu trop fait, comme on dit.

C'est alors que Jocke recouvre ses sens, qu'il comprend ce qu'il voit et ce qu'il entend.

— Papa, c'est de Jennifer dont tu parles. De ma Jennifer, ajoute-t-il à voix basse.

— Ah, c'est pour ça, reprend le père avec un sourire railleur. Je savais bien que le nom me disait quelque chose.

— Ils t'ont interrogé ? demande Jocke.

— Interrogé est un bien grand mot. Ils m'ont demandé comment je m'appelais, où j'habitais et si je savais quelque chose. Et puis ils m'ont montré des photos et m'ont demandé si je la reconnaissais.

Et j'ai dit que non. C'est donc allé vite. Et pour toi ?

— C'était ma petite amie, papa. Bien sûr qu'ils m'ont posé des questions. J'ai vu le corps...

Il détourne son regard, le laissant de nouveau franchir la baie vitrée et errer quelque part à l'extérieur, au loin.

— Je comprends, dit le père. Tu l'as vue au moment où tu l'as tuée.

Jocke sursaute et fixe son père droit dans les yeux.

— Je ne l'ai pas tuée, siffle-t-il. Pourquoi dis-tu une chose pareille ?

En guise de réponse, son père lui adresse un sourire fourbe.

— D'ailleurs, qu'est-ce que tu fais ici ? reprend Jocke.

— Ce que je fais ici ? Je garde un œil sur toi, évidemment. J'ai le souvenir de t'avoir dit de ne pas faire cette traversée.

— Et maman, alors ? réalise subitement Jocke. Tu l'as pas laissée toute seule ?

— Je n'ai pas le droit ? Pourtant toi, tu l'as bien fait.

Son père affiche une expression sardonique.

— Je n'ai pas fait ça. Tu étais à la maison quand je suis parti. Il lui faut quelqu'un pour veiller sur elle...

— Elle ne risque pas de mourir de faim, l'interrompt son père.

Dans son emportement, Jocke se lève d'un coup et s'en va, mais il sent le regard de son géniteur lui brûler le dos.

Dimanche après-midi

Les chaises crissent sur le parquet en bois et les blocs-notes tombent lourdement sur la table. Pour une fois, tous sont à l'heure à la réunion dans la salle bleue du 100 rue Östgötagatan. Cela s'explique parce que tous débarquent du même McDonald's de Götgatan, à l'exception de Bella Hansson qui a fait un crochet par l'institut médico-légal en venant, et de Hadar Rosén qui arrive directement de sa maison de campagne à Rosalen. Au lieu de son habituel costume gris, il porte un jean, une chemise à carreaux en flanelle et des bottes en caoutchouc. Il installe sa haute carcasse de pratiquement deux mètres sur une chaise, le dos incliné en arrière, juste au moment où Sjöberg prend la parole :

— Hadar, désolé de troubler votre repos dominical. Et même chose pour tous les autres. Mais, comme vous le comprenez, cette affaire a un caractère prioritaire. Westman, si tu peux nous résumer les faits pour qu'on essaie de se faire une idée générale de la situation.

Petra porte encore le survêtement dans lequel elle s'est démenée toute la matinée. Elle est assise, les mains autour d'une tasse de thé afin de se réchauffer. Elle n'a pas eu le temps de se doucher ni de se changer. Bella Hansson et Jamal sont également en tenue de sport et paraissent aussi avoir manqué la case douche. Petra savait déjà que Hansson avait passé la matinée sur un court de tennis, mais en voyant Jamal débarquer lui aussi en survêtement, elle a eu le sentiment qu'il arrivait du même endroit. Sans trop savoir pourquoi, elle n'a pas vraiment aimé.

Petra raconte ce qu'elle sait de l'affaire, seulement interrompue par quelques questions de Rosén.

— Nous nous trouvons donc avec un petit garçon d'environ cinq mois qui se bat pour survivre à l'hôpital Karolinska, résume-t-elle en guise de conclusion. Il ne semble pas avoir subi de violences, mais souffre à la fois de déshydratation et d'hypothermie. Et puis il y a cette femme morte, qui pourrait être la mère de l'enfant ou sa babysitter, retrouvée dans un container à sable de la voirie à quelques mètres à peine de l'endroit où le bébé a été découvert. D'après ce qu'on a pu constater jusqu'à maintenant, elle est au minimum victime d'un choc violent au niveau du crâne. Nous pouvons partir du fait qu'elle ne s'est pas couchée d'elle-même dans le bac. Elle n'a pas encore pu être identifiée. Il n'y avait pas d'avis de recherche en cours, ni aucune disparition d'enfant de cet âge signalée à Stockholm ou dans ses environs. Par contre, le descriptif d'un certain nombre de femmes disparues pourrait correspondre à celui de la victime, il faudra vérifier plus précisément.

— Bella, que disent les experts de l'institut médicolégal ? demande Sjöberg.

— Comme la femme n'est pas identifiée, ils préfèrent attendre un peu avant de commencer l'autopsie. Sinon, fort traumatisme crânien, enfoncement violent, probablement suffisant pour causer la mort. Les deux jambes sont fracturées à plusieurs endroits. Nombreuses hémorragies internes constatées dans la partie inférieure du corps. J'ai récupéré ses vêtements, mais je n'ai pas eu le temps de les examiner avec soin. Et comme ça a déjà été dit, aucun papier trouvé sur elle ou dans le parc.

— Pas de papiers d'identité, marmonne Sandén. Quelque chose d'intéressant dans ses poches ?

— Rien, répond Hansson. Des mouchoirs en papier, c'est tout.

— Pas même un peu d'argent. Pas de porte-monnaie, pas de clés ?

— Pas de clés.

— Si elle n'a pas de clés, ça signifie soit que quelqu'un l'attendait à la maison – une personne qui, remarquant son absence prolongée et celle de l'enfant, devrait se manifester – ou soit qu'une autre personne, par exemple l'auteur des faits, a mis la main dessus, constate Sandén.

— Elle portait des bagues ? s'enquiert Jamal.

— Non plus. Mais il y a une trace de bague à l'annulaire gauche.

— Donc elle est mariée.

— Ou l'a été, précise Sandén.

— À quand remonte la mort ? demande Sjöberg.

— Trop tôt pour le dire. Le médecin légiste rendra son premier rapport dans la soirée.

— Une idée de ce qui a pu lui arriver ?

— Il est possible qu'elle ait été renversée par une voiture, mais même dans ce cas, ce n'est pas le véhicule qui a pu lui occasionner ses blessures au crâne. On cherche encore des traces de sang sur place.

— Tu veux dire par là qu'elle a pu être propulsée sur une certaine distance ? fait remarquer Sandén.

— Oui.

Typique de Gabriella Hansson. Un raisonnement concis et factuel, comme toujours. Pas de spéculations inutiles, juste des réponses directes et concrètes.

— Et concernant la poussette ? interroge Petra. Elle a l'air mal en point.

— Les endroits endommagés de la partie métallique correspondent aux fractures des jambes en termes de hauteur. D'autres analyses sont en cours.

— On a donc un éventuel scénario sur lequel travailler, constate Sjöberg. Une femme avec une poussette fauchée par une voiture. Tout simplement un accident avec délit de fuite.

— Avec dans ce cas une brute diabolique, qui vide les poches de la victime, cache le cadavre et laisse mourir le bébé dans les fourrés, tonne Sandén.

— Le conducteur a peut-être été pris de panique, suggère Sjöberg.

— Einar, regarde dans le fichier des personnes disparues celles qui peuvent correspondre à cette femme. Et au bébé, bien sûr.

— Le papa va sûrement se manifester avant même que j'aboutisse à quoi que ce soit, maugrée Einar Eriksson.

Sjöberg ne tient pas compte de son mécontentement. Eriksson réagit souvent comme ça, pas besoin de s'en soucier, d'autant qu'il fait bien son boulot.

— Et vérifie auprès des réparateurs automobiles s'ils ont une voiture en dépôt dont les dommages correspondent à ceux de la poussette, poursuit Sjöberg. Petra, tu nous tiens informés de l'état de santé du bébé. On a aussi besoin d'une photo de lui. Jens, Jamal et Petra, entamez le porte-à-porte dans le quartier voisin. Grosse mobilisation. Nous avons besoin de témoins, mais surtout, nous devons apprendre qui est cette victime. Hansson, tu maintiens le contact avec le service médicolégal. Dès que tu apprends quelque chose sur l'heure du décès, je veux que tu m'en informes pour en tenir compte dans la recherche de témoins. On a aussi besoin d'autres éléments d'identification : les empreintes digitales, la dentition, les vêtements, le modèle de poussette, ce genre de choses.

Sjöberg est interrompu par un cognement prudent à la porte.

— Oui ? crie-t-il à Sundin, le jeune gardien de la paix qui est de permanence aujourd'hui, et dont le visage apparaît flouté à travers la partie vitrée.

Tous les regards se tournent vers lui lorsque Sundin entrouvre la porte, un peu gêné.

— Un appel pour Conny Sjöberg. On m'a dit que c'était urgent, ajoute-t-il pour se disculper.

— Passe-le moi ici, dit Sjöberg en ouvrant son carnet de notes.

Sandén pousse le téléphone sur la table en direction de Sjöberg, qui ne cesse d'actionner machinalement la pointe de son stylo, tout en avalant deux rapides gorgées de café.

La conversation s'éternise plus longtemps que prévu et, pour finir, il raccroche en poussant un soupir.

— On dirait que c'est la journée, constate-t-il d'une voix lasse. On a trouvé une jeune fille de seize ans étranglée dans les toilettes d'un ferry de la compagnie Viking Line. Elle a été tuée pendant la nuit dans les eaux territoriales suédoises et est domiciliée en haut de Götgatan, près du centre commercial de Ringen. C'est donc à nous que l'affaire revient. La police finlandaise s'est chargée du boulot jusqu'à présent et continuera de collaborer si nous en avons besoin. Mais c'est nous qui menons l'enquête.

— Merde alors ! Deux enfants dans la même journée, lâche Sandén en résumant ce que tous les autres pensent.

— Je prends en main cette enquête, poursuit Sjöberg. Jamal bossera avec moi. Petra se charge de l'affaire du parc de Vita Bergen. Tu feras ça très bien. Jens sera avec toi. Et Einar travaillera sur les deux. Si ça ne suffit pas, on demandera des renforts, mais on va commencer comme ça.

Petra ne s'est jamais vu confier la direction d'une enquête. Elle se sent fière et un peu nerveuse à la fois. Surtout par rapport à Sandén, plus ancien et bien plus expérimenté. Mais il lui tape sur l'épaule en signe d'encouragement et lui décoche un clin d'œil. La quête de reconnaissance n'a jamais été la marque de fabrique de Sandén. Durant toutes ces années sur les talons de Sjöberg, il ne s'est jamais montré envieux, ce qui permet de définir un autre trait de son caractère : un homme facile à contenter. Il prend les choses comme elles viennent, s'inquiète rarement et ne se laisse jamais abattre.

— Vous pouvez vous y mettre dès maintenant, déclare Sjöberg avec un regard pour Westman et Sandén. Je reste disponible à tout moment, ajoute-t-il pour alléger un peu la pression, en adressant un sourire à Westman. Pour ceux qui sont avec moi, on reprend tout depuis le début.

— Et moi, je fais quoi ? demande Einar Eriksson, dont l'expression laisse entendre qu'il se sent un peu défavorisé.

— C'est important que tu te mettes sur l'affaire du parc de Vita Bergen aussi vite que possible, mais j'aimerais bien que tu consacres d'abord cinq minutes à celle du ferry. Même si le bateau ne sera pas à Stockholm avant demain matin, tôt.

Eriksson laisse échapper un long soupir sonore. Westman et Sandén quittent la salle de réunion, et Sjöberg résume ce qu'il a appris au téléphone.

— Où se trouve le corps ? demande Hansson quand Sjöberg en a fini.

— Il est resté à Åbo. Mais pour combien de temps, je ne sais pas. Je ne connais pas la procédure dans ce type de cas. Bella, tu pourrais peut-être te renseigner là-dessus ? Pas de traces apparentes de viol, les vêtements sont intacts, mais selon la police finlandaise, elle a eu des relations sexuelles dans les heures qui ont précédé sa mort. Pour l'instant, c'est le seul élément qui a été établi. Parle avec Kaj Zetterström de l'institut médicolégal et prenez les mesures appropriées. Peut-être faut-il vous rendre sur place ?

Sjöberg avale ses dernières gouttes de café et repousse sa tasse. Einar Eriksson consulte sa montre, se lève et quitte la pièce.

— Les cinq minutes sont écoulées, ironise Sjöberg, la mine désabusée, tandis que la porte de la salle de réunion se referme.

— Ça s'annonce costaud, constate Hadar Rosén. Une sacrée masse de gens à interroger et la moitié d'entre eux se trouvent en Finlande. Est-ce que la famille de la jeune fille est prévenue ?

— Non, c'est sans doute la première chose à faire, soupire Sjöberg. Je m'en charge.

— Demandons qu'on nous envoie la liste des passagers, dit Jamal. Pour partir de quelque chose de concret.

— Oui, approuve Sjöberg, et la liste du personnel de bord. Dans un premier temps, Einar se chargera de recouper l'ensemble de ces informations avec nos fichiers criminels et de demander aux Finlandais de faire la même chose de leur côté. Globalement, on ne peut pas faire grand-chose d'autre avant demain et l'arrivée du ferry. Mais là, ça va être les grandes manœuvres à bord. Une sacrée charge de boulot, Bella.

— Pas de problème, répond Hansson avec un sourire frais. Jusqu'à ce soir, on s'occupe de l'affaire Vita Bergen. On dort quelques heures. Et demain matin tôt, on est sur le quai avec nos valises.

— Combien de passagers trouve-t-on sur ce type de ferry pour la Finlande ? s'enquiert le procureur sur un ton abattu.

— Le navire en question a une capacité de 2 480 personnes, répond Sjöberg. Mais je ne sais pas combien ils étaient sur cette traversée.

— Faites en sorte d'arriver en nombre suffisant, enchaîne Rosén. Ça va faire beaucoup de monde à entendre.

— Il va falloir qu'on calcule bien notre coup. On va commencer par le petit ami et les copains de la victime, puis on cherchera les hommes du bar – le Suédois et les deux Finlandais.

— Si nous ne parvenons pas à identifier le meurtrier, cette affaire va vite devenir gênante, soupire Rosén en secouant la tête.

— Je sais, répond Sjöberg. Mais si on est face à un crime perpétré sans préméditation, il y a sûrement quelqu'un qui a vu quelque chose. Et dans le cas contraire, on résoudra l'affaire en approfondissant les recherches.

— Veille surtout à ce que ça aille vite, ajoute le procureur sur un ton pressant. Quand il y a des enfants impliqués – ou des jeunes gens…

— Tu seras sur place demain ? coupe Sjöberg. Sur le bateau ?

— J'y serai, répond Rosén. À quelle heure ?

— Peut-être dès 6 heures. Je te préviens dès que j'ai la confirmation.

— Est-ce qu'on peut dire que la réunion est terminée ? interroge Hansson en frappant la table de la paume de ses mains.

L'intensité de son regard, braqué ailleurs, prouve qu'elle est déjà mentalement dans son laboratoire, occupée à éclaircir les éléments scientifiques en lien avec la mort d'une jeune femme dans le froid automnal d'un espace vert du centre de Stockholm.

Dimanche soir

Quand Hanna finit par se réveiller, il fait déjà sombre dehors. Elle reste allongée un moment dans le lit double de ses parents pour comprendre si sa vue est redevenue normale et pour décider si tout cela est réel ou juste un horrible cauchemar.

— Maman ! crie-t-elle, pleine d'espoir.

Pas de réponse. Elle réitère son appel, plus fort encore. Toujours pas de réponse. Elle rabat la couette sur sa tête.

— Maman, s'il te plaît, reviens, murmure-t-elle pour elle-même. C'est pas rigolo, maintenant. On joue à autre chose.

Hanna se rend compte qu'elle a très faim, son ventre crie famine. Elle se glisse avec précaution hors du lit. Il faut être prudente. Elle prend la couette à deux mains et la pose sur ses épaules. Hanna la traîne derrière elle et va à pas feutrés jusqu'à la cuisine. Mais la couette est trop lourde. Elle l'abandonne sur le pas de la porte et pénètre dans sa chambre. Sur le tapis, Hanna récupère le tee-shirt blanc avec la fraise rouge et l'enfile. Dans la commode encore ouverte, elle prend une culotte et une jupe en velours côtelé rouge, qu'elle parvient à mettre malgré quelques difficultés. Puis elle retourne à la cuisine.

L'emballage du *pyttipanna* est encore sur la table. Elle le secoue pour en vider le contenu. Il n'est plus gelé ! Il n'y a plus qu'à le manger et c'est bien bon. Presque autant que quand c'est chaud. Elle s'empare de petits morceaux de viande et de pommes de terre par poignées, qu'elle enfourne dans sa bouche. Comme c'est bon de manger, et en plus, de la vraie nourriture. Elle en oublie presque son chagrin. Maintenant, tout va beaucoup mieux, sauf son bobo à la joue qui brûle beaucoup. Mais Hanna serre les dents.

Une fois qu'elle a vidé toute la boîte, elle tire sa chaise jusqu'à l'évier, monte dessus, et ouvre prudemment le robinet pour ne pas se brûler au cas où l'eau serait trop chaude. Elle règle la température et fait couler l'eau froide. Elle prend un verre sur l'égouttoir, le remplit à moitié et boit.

Puis Hanna repense au téléphone. Comme personne ne l'appelle, elle n'a qu'à le faire. Il suffit d'appuyer sur les petits boutons et quelqu'un finira bien par répondre. Elle se laisse glisser au sol et rejoint l'entrée. La chaise haute est encore à côté du téléphone mural. Hanna grimpe dessus en faisant bien attention de ne pas s'approcher des boutons de la commode ni de la photo encadrée. Elle soulève le combiné et appuie au hasard sur les touches. Elle entend sonner dans son oreille, mais personne ne répond. Hanna raccroche et essaie encore une fois. Soudain, elle entend une voix :

— Allô ?
C'est la voix d'un monsieur.
— Allô, répond Hanna.
— Qui est à l'appareil ? demande le monsieur, pas content.
— C'est Hanna ! Et toi, t'es papa ?
— Non. Tu as fait un mauvais numéro.
Il raccroche. Mais Hanna n'abandonne pas. Elle essaie plusieurs fois, jusqu'à ce qu'elle entende une autre voix à l'autre bout du fil :
— Vous êtes bien chez les Larsson. On ne peut pas vous répondre pour l'instant, mais laissez-nous un message après le signal sonore et on vous rappellera.
— Il est là, mon papa ? interroge Hanna.
— Bip, répond la machine, puis plus rien.
— Allô, je veux parler ! hurle Hanna, mais le répondeur reste silencieux.
Elle raccroche, mais n'est pas décidée à laisser tomber si vite.
— Hagström, annonce la voix dans le combiné.
— Bonjour, dit Hanna.
— Bonjour, toi ! C'est Emma ?
La voix est gentille. Elle lui rappelle celle de sa maman.
— Non, c'est Hanna. Et toi, t'es maman ?
— Non, ma petite chérie, tu as dû faire un faux numéro.
— Je dois faire quel numéro, alors ?
— Essaie le numéro de ta maman, répond la voix d'un ton enjoué.
— Elle est partie, ma maman.
— Alors là, c'est pas facile ! Et ton papa ?

— Il est au Japon. Il revient à la maison dans plein de jours.

— Mince alors ! Tu sais, il ne faut pas jouer avec le téléphone. Je crois que c'est mieux que tu arrêtes. Mais j'étais quand même contente de parler avec toi. Au revoir, ma petite.

Et le silence revient. Hanna soupire et remet le combiné en place. Elle se dit qu'on peut quand même trouver des personnes gentilles en faisant comme ça. Elle ne va pas s'arrêter. Elle va téléphoner encore et encore jusqu'à ce que quelqu'un vienne à son secours. C'est ce qu'elle va faire.

Après quelques échecs, elle a une nouvelle touche.

— Dahlström.

C'est la voix d'une dame. Elle a l'air très vieille.

— Bonjour, c'est Hanna.

— Bonjour, Hanna !

La dame est toute contente.

— Comment tu t'appelles ?

— Je m'appelle Barbro.

— Tu connais ma maman ?

— Non, je ne crois pas.

— Alors, pourquoi tu veux bien parler avec moi ?

— Euh, c'est plutôt toi qui veux me parler, non ?

— Oui, parce que mon papa et ma maman ne sont pas là.

— Quoi ? Mais qui s'occupe de toi, alors ?

— Moi toute seule, affirme Hanna, très fière d'elle.

— Mais ma pauvre petite, quel âge tu as ?

— Ça, répond Hanna en levant trois doigts en l'air. Et bientôt comme ça.

Hanna en lève un quatrième. La dame reste silencieuse quelques secondes avant de reprendre :

— Tu n'es quand même pas toute seule chez toi ?

— Si.

— Où est ta maman, alors ?

— Elle a déménagé. Elle aime que Lukas, et moi je fais que des bêtises.

— Ça, je n'y crois pas du tout, proteste Barbro. Je trouve que tu parles comme une petite fille gentille et courageuse. Et ton papa ?

— Il est au Japon.

— Mais il y a bien quelqu'un qui s'occupe de toi ?

— Non, je peux presque tout faire toute seule. J'ai mangé du *pyttipanna.* Sauf que je me suis fait bobo, j'ai saigné beaucoup, et je veux que mon papa rentre à la maison maintenant pour souffler dessus.

— Tu me fais une farce, Hanna, ou est-ce que tu es vraiment seule à la maison ? s'inquiète Barbro.

— Non, c'est pas une farce. Tu peux venir m'aider ? Je veux pas être toute seule.

— Hanna, tu dois d'abord me dire où tu habites. Tu connais le nom de ta rue ?

— Suède ? tente Hanna en hésitant.

— Tu sais si tu habites à Stockholm ?

— Oui. Et en Suède.

— Et ton nom de famille, tu le connais ?

Hanna ne sait pas quoi répondre.

— Peut-être que tu t'appelles Andersson, ou Petersson ? Ou Hanna Karlsson ? Tu sais ça ?

— Je m'appelle Hanna Birgitta, répond la petite, ravie, mais Barbro n'a pas l'air de trouver ça joli et continue à poser ses questions.

— À quoi ça ressemble, là où tu habites ? Il y a beaucoup de voitures et de magasins ?

— Oui, et des petites maisons en bois.

— Écoute-moi, Hanna, reprend Barbro avec enthousiasme. Tu vas aller à la fenêtre et regarder ta rue. Laisse le téléphone – mais ne le raccroche pas – et quand tu reviens, tu me racontes ce que tu as vu. Tu peux faire ça ?

— Mais il fait tout noir, dehors.

— Il y a bien quelques lampes allumées dans la rue, assez pour voir quand même un petit peu ?

— Mmm..., fait Hanna, avant de poser l'appareil sur la commode comme la gentille dame l'a demandé et d'aller jusqu'à la fenêtre de la salle de séjour.

À son retour, elle reprend le téléphone et raconte comme promis ce qu'elle a vu :

— Il y a un château. Il est très grand et jaune, avec des carrés rouges et bleus. Et des lettres aussi. Et il y a une tour tout en haut. C'est là qu'elle habite, la princesse.

— Pas de petites maisons en bois ?

— Si, aussi. Et un château.

— Tu connais quelqu'un qui habite dans la même maison que toi ?

— Que monsieur Bergman, mais il est toujours fâché.

— Hanna, entame Barbro d'une voix grave. Écoute-moi bien, maintenant. Je vais venir t'aider, mais ça va peut-être prendre un peu de temps. D'abord, je veux que tu manges bien. Et tu vas être courageuse. N'ouvre pas les fenêtres, ne touche pas à la cuisinière ni aux fils électriques. Tu comprends, Hanna ? Il faut faire comme je dis, c'est très important.

— Je vais être gentille, affirme Hanna.

— Si le téléphone sonne, réponds et raconte tout ce que tu m'as raconté. Et pendant que moi je viens pour t'aider, essaie de rester de bonne humeur. Même si c'est long, il ne faut pas être triste. Tu comprends ?

— Oui.

— Au revoir, ma petite. Prends bien soin de toi. Sois prudente.

Hanna a l'impression que Barbro va pleurer. Mais non, c'est pas possible. Barbro est trop grande pour ça.

— Au revoir, Barbro, répond-elle d'une voix enjouée, pour que la gentille dame redevienne contente.

Elle raccroche juste après, et s'installe pour attendre sur le tapis de l'entrée.

*

Au fond de lui, il est reconnaissant à Jamal d'avoir proposé de l'accompagner. Sjöberg s'en est chargé à maintes reprises, seul, et le moment est toujours aussi difficile. Surtout là, pour une jeune fille de seize ans, presque une gamine. C'est après la réception des listes récapitulant les coordonnées des passagers faxées par les Finlandais, quand Sjöberg s'apprête à se rendre à cette adresse du quartier de Skanstull, que Jamal remarque la tête de son chef qui s'enfonce de plus en plus dans ses épaules.

— Je viens avec toi, dit-il. Soutien psychologique.

Sjöberg pense refuser, mais son soulagement est tel qu'il n'en fait rien. Jamal ajoute :

— Tôt ou tard, ça sera à moi de le faire, alors autant m'y habituer.

Mais les choses ne se déroulent pas comme prévu.

— C'est ouvert ! braille quelqu'un dans l'appartement tandis qu'ils frappent à la porte pour la troisième fois.

La cage d'escalier sent fort le savon noir et encore plus l'oignon frit. Avec prudence, ils poussent la porte de l'appartement du premier étage, se regardent en silence, enjambent l'amas de prospectus publicitaires qui jonchent le sol de l'entrée, et font les quelques pas jusqu'à la pièce la plus proche, qui s'avère être la cuisine.

Trois femmes et un homme sont assis à la table. Le débit sonore est très élevé. Un autre homme est assis à même le sol de la cuisine, il porte un manteau bien trop chaud pour la saison, et se trouve confortablement adossé à une porte de placard, une bouteille de vin à moitié vide à la main. La table est couverte de cannettes de bière, de bouteilles diverses et de tasses contenant autre chose que du café.

Comme personne n'a remarqué leur arrivée, Sjöberg se racle la gorge bruyamment. Aucune réaction.

— Nous sommes de la police, lance-t-il d'une voix sonore.

Une femme avec une longue natte finit par leur jeter un bref coup d'œil avant d'éteindre sa cigarette dans une cannette.

Au moment où Sjöberg s'apprête à reprendre la parole, elle s'écrie d'une voix stridente :

— Holà, vous pouvez fermer vos gueules, un peu ! Les flics sont là.

Le silence se fait, et les deux policiers voient cinq paires d'yeux fatigués se tourner vers eux à travers les volutes de fumée de cigarettes.

— Conny Sjöberg, brigade criminelle d'Hammarby, dit celui-ci en montrant sa carte de police. Et voici Jamal Hamad, un collègue. Qui d'entre vous habite ici ?

— Elle, répond l'homme à la table, en désignant du doigt une femme aux cheveux emmêlés d'un blond décoloré qui lui tombent aux épaules.

Celle-ci se redresse tant bien que mal, regarde les policiers, et tente de leur adresser un sourire amical.

— Vous êtes Lena Johansson ?

Elle s'éclaircit la voix, mais ne dit finalement pas un mot et se contente d'acquiescer d'un signe de tête.

— Vous êtes donc bien la maman de Jennifer Johansson ?

— Oui, confirme-t-elle, avant de tirer une courte bouffée sur sa cigarette.

— On peut se parler tranquillement dans une autre pièce ?

Elle hausse les épaules d'un air désabusé, repousse sa chaise, et se lève dans un équilibre précaire, une bière à la main. Elle les précède dans une salle de séjour meublée de façon minimaliste, et s'assied dans l'un des deux canapés en velours usé installés de part et d'autre d'une table basse. Son dessus en pin est marqué de traces d'humidité circulaires, masquées partiellement par une fine couche de poussière et de cendre. Sjöberg et Jamal s'installent dans le canapé opposé. Dans la cuisine, la conversation reprend et les éclats de voix redeviennent aussi sonores qu'auparavant.

— J'ai une grave nouvelle à vous annoncer, entame Sjöberg.

La femme le regarde sans comprendre. D'habitude, la police ne fait pas tant de manières quand les voisins se plaignent.

— Malheureusement, Jennifer est morte.

Elle ne semble pas avoir compris la nouvelle, et continue à fumer sa cigarette sans montrer la moindre émotion. Sjöberg garde le silence et attend.

— Je ne l'ai pas vue depuis plusieurs jours, affirme-t-elle au bout d'un moment. Je crois me souvenir qu'elle est en Finlande.

— Lena, elle est morte. Jennifer est morte. Vous comprenez ce que je dis ?

— Je ne suis pas idiote. Même si je suis peut-être un peu soûle.

Elle parle d'une voix calme et un peu traînante. Son regard va d'un policier à l'autre.

— Je dois ajouter que Jennifer a été tuée, enchaîne Sjöberg.

Lena reste silencieuse quelques secondes avant de reprendre :

— Elle a eu mal ?

Enfin une réaction saine, se dit Sjöberg, peiné.

— Oui, probablement, répond-il avec sincérité. Jennifer a été étranglée. Il a sûrement fallu un peu de temps avant qu'elle perde connaissance, mais pas nécessairement beaucoup. Son corps se trouve actuellement à Åbo. Elle a été assassinée à bord d'un ferry en partance pour la Finlande. On n'a pas encore arrêté de suspect. Est-ce que vous avez une idée de qui a pu faire ça à Jennifer ?

— Non, réplique la mère, incapable de retrouver ses esprits. Vous devriez demander ça à Elise.

— Elise ?

— Mon autre fille. Mais elle n'est pas ici pour le moment.

— Qui encore fait partie de la famille ?

— Il n'y a que nous trois.

— Est-ce que vous avez des proches ou des amis à qui vous pouvez demander de venir ?

Des rires et du vacarme leur parviennent depuis la cuisine. La mère fait tomber une longue cendre de cigarette dans la cannette de bière ouverte.

— On va vous laisser un peu de temps pour digérer le malheur qui vient d'arriver, continue Sjöberg, mais il va falloir qu'on revienne vous parler, ainsi qu'à Elise.

— Ah oui ?

— Le plus tôt sera le mieux. Est-ce qu'on peut repasser demain dans l'après-midi ?

— Ça me va. Mais je ne sais pas si Elise sera à la maison.

— J'aimerais bien que vous fassiez en sorte qu'elle soit présente. Et il serait aussi préférable que vous puissiez être complètement sobre.

Sjöberg a un peu honte de parler sur ce ton. Il ne souhaite pas se montrer menaçant, mais il est tenu de le faire.

— Sinon, on sera obligé de vous convoquer pour un interrogatoire officiel, et je pense que vous souhaitez éviter d'en passer par là.

Lena Johansson marmonne quelques mots incompréhensibles en guise de réponse et laisse son regard se fixer sur un point visible d'elle seule, sur le mur jaune situé derrière les policiers.

— Nous sommes vraiment très tristes de ce qui est arrivé. Si vous en ressentez le besoin, vous pouvez vous faire aider. Ce numéro est joignable en permanence, ajoute Sjöberg, qui pousse une carte vers elle. Je vais aussi leur demander de vous envoyer quelqu'un avec qui vous pourrez parler. Mais essayez de convaincre un ami ou un proche de vous apporter son soutien.

La carte a laissé une longue traînée sur la surface poussiéreuse de la table. Dans la cuisine, la bande entière part d'un grand rire. La mère tourne la tête dans cette direction, l'air distrait. Sjöberg et Jamal se lèvent en même temps du canapé.

— On se voit donc demain après-midi, conclut Sjöberg. Vers 17 ou 18 heures. Nous sommes réellement désolés de ce qui s'est passé.

Il espère qu'il en est de même pour Lena Johansson.

*

Il est environ 22 heures quand Petra est de retour au commissariat central. Sandén, elle et quelques policiers appelés en renfort se sont livrés à du porte-à-porte à proximité du parc de Vita Bergen, mais autant qu'elle le sache, aucun d'entre eux n'a recueilli des renseignements intéressants jusqu'à maintenant. Le médecin légiste Kaj Zetterström s'est déjà manifesté pour les informer que, selon ses analyses, la femme est morte entre vendredi soir et samedi matin.

En apprenant la nouvelle, Petra se raidit. Donc, le bébé est resté dans le froid plus d'une journée entière avant d'être secouru ? Au beau milieu d'un parc du centre de Stockholm, sans que personne ne le remarque ? Il a quand même dû crier !

En dehors de sa déshydratation et de son hypothermie manifestes, les médecins de l'hôpital Karolinska n'ont pas décelé de lésion. Par ailleurs, il souffre d'une sévère infection de la gorge. D'après ce que Petra vient d'apprendre des médecins, le bébé n'aurait pas tenu beaucoup plus longtemps. Maintenant, son état est stable et ils pensent qu'il s'en tirera sans séquelles, bien qu'ils ne puissent pas non plus le garantir.

Jusqu'à présent, personne ne s'est manifesté. Personne ne s'est inquiété de la disparition de ce bébé et de sa maman. Ou baby-sitter. C'est horrible de constater combien on peut être seul dans une ville, même entouré de plein de gens. Isolé au beau milieu de la foule. Le fait de pouvoir dater les événements facilite la chasse aux témoins, mais ils n'ont toujours rencontré personne qui ait vu ou entendu quoi que ce soit. Petra est retournée rendre visite à la charmante Ester Jensen, qui habite près du lieu du crime et qui se trouvait chez elle dans la nuit de vendredi à samedi, mais elle non plus n'a rien remarqué.

C'est un vaste et difficile travail qui les attend. Le parc de Vita Bergen est entouré de nombreuses habitations. Ils n'en ont visité qu'une infime partie avant d'arrêter pour aujourd'hui. Petra a laissé rentrer chez eux les policiers venus en renfort durant leur repos dominical. De même pour Sandén, qui semblait exténué. Elle le soupçonne de s'être couché très tard la veille, même s'il ne s'en est pas plaint.

Tous les bureaux qui donnent sur le couloir qu'elle arpente sont plongés dans l'obscurité, à l'exception de celui d'Einar Eriksson. Il n'est pas du genre à s'agiter pour rien, mais il fait ce qu'on lui demande, et plutôt bien, même s'il se montre souvent récalcitrant au début. Petra hésite un instant, puis finit par s'arrêter devant son bureau. Elle frappe à la porte déjà ouverte et entre. Eriksson ne relève pas les yeux, et continue à scruter l'écran face à lui.

— Il fait trop sombre, ici, dit-elle d'une voix pleine de sollicitude qu'elle ne se connaissait pas. Tu vas t'abîmer les yeux.

Il marmonne une réponse inaudible, toujours sans la regarder.

La pièce diffuse une odeur de renfermé.

— Tu as trouvé quelque chose ?

— Pour l'affaire finlandaise, j'ai établi une liste détaillée de tous les passagers du ferry qui ont déjà été condamnés par la justice. Aucun d'entre eux pour meurtre. Et pour ce qui t'intéresse, je n'ai trouvé aucune trace de nourrisson porté disparu, pas plus que de maman ou de baby-sitter. Mais je peux te dire que la poussette est de la marque Emmaljunga et d'un modèle de l'année 2003.

— Un 2003, répète Petra en réfléchissant.

Elle est sur le point d'ajouter quelque chose quand son portable se met à sonner. Elle le sort de sa poche et constate sur l'écran que l'appel provient d'un « numéro masqué », probablement Sjöberg.

— Et là, tu as la liste de tous les magasins de Stockholm qui en vendent, poursuit Eriksson, indifférent à la sonnerie. Aussi bien neufs que d'occasion. Et pour finir, une liste de tous les centres pédiatriques du quartier en question. Je n'ai rien d'autre pour toi, dit-il en guise de conclusion, avant de retourner à ses recherches.

Petra n'est pas sûre d'avoir croisé son regard une seule fois pendant leur conversation. Même si elle veut lui adresser quelques mots reconnaissants, elle se contente de ramasser les listes qui lui sont destinées et de quitter la pièce pour répondre à l'appel.

*

— Et votre nom, c'est ?

— Barbro Dahlström.

— Votre adresse ?

— 6, rue Dr Abelins Gata.

— Ça se trouve où ?

— Dans le quartier de Södermalm. Mais là n'est pas la question…

— Je vous mets en relation avec le commissariat d'Hammarby, interrompt la voix féminine.

— Non, attendez. Où j'habite *moi* n'a pas d'importance. L'enfant, elle, peut habiter n'importe où à Stockholm.

— Dans ce cas, c'est à la police criminelle départementale qu'il faut vous adresser. Je vous demande donc de rappeler demain.

— Dans ce cas, je tente le commissariat d'Hammarby, réplique Barbro d'un ton irrité, elle-même surprise par son entêtement.

— Comme vous voulez.

Pendant les quelques secondes d'attente qui suivent, Barbro se prépare pour formuler au mieux sa demande, avant qu'une voix masculine prenne la communication :

— Lundin, commissariat d'Hammarby.

— Je souhaiterais faire une déclaration concernant une petite fille que je crois être en danger, lance directement Barbro en omettant à dessein les phrases de politesse.

— Est-ce qu'il s'agit d'un acte de violence ?

— Non, on ne peut pas vraiment dire ça. Mais je voudrais en parler à quelqu'un.

— Alors, je vous mets en contact avec un membre des forces de l'ordre.

— Très bien. Merci.

— Holgersson, enchaîne une voix au timbre autoritaire, avant même que Barbro ait perçu quelque signal de transfert.

— Je m'appelle Barbro Dahlström, et j'ai reçu un appel téléphonique troublant.

— Alors, ce n'est pas ici que vous devez vous adresser.

— Mais je le fais quand même, réplique-t-elle sèchement, et c'est important. Une petite fille m'a appelée – sans que je la connaisse, elle a fait un numéro au hasard et est tombée sur moi. Elle m'a raconté qu'elle se trouvait toute seule chez elle. Elle doit être assez jeune car elle n'a pas su me dire son nom de famille ni son adresse. Mais à part ça, elle s'exprimait très bien...

— Venez-en au fait, coupe Holgersson d'un ton renfrogné. J'ai beaucoup à faire.

— Concrètement, il n'y a personne à la maison pour s'occuper de la petite. Selon ce qu'elle dit, le père est en voyage et la mère a déménagé. Elle s'est blessée et se fait seule à manger. Elle veut que je vienne l'aider, mais je ne sais pas où elle habite. Je vous demande d'avoir l'amabilité de m'aider.

— Comment voulez-vous que je fasse ? Vous ne savez ni où elle habite, ni comment elle s'appelle.

— Vous êtes bien policier, pour l'amour de Dieu !

— Oui, mais je ne suis pas devin.

Barbro se mord la lèvre, elle doit absolument garder son calme.

— Je sais qu'elle se prénomme Hanna. Et qu'elle habite Stockholm.

— Stockholm est une grande ville. Je vous suggère de contacter la police criminelle départementale.

— J'ai quand même réussi à glaner quelques renseignements sur l'environnement de l'immeuble où elle habite.

— Mmm.

— Vous notez ces éléments ?

— Non, avoue Holgersson. Comme je viens de vous le conseiller, dans un cas de cette espèce, vous devez vous adresser à la police criminelle départementale. Bonne chance à vous.

Fin de la conversation. Barbro n'a pas du tout l'impression que cet autre service va la prendre plus au sérieux.

*

Il est peut-être un peu tard, mais après cette journée mouvementée, Sjöberg ressent le besoin d'appeler Åsa. Il a envie de vérifier que sa famille va bien, de bien garder à l'esprit le sens de son existence. Pourquoi opérerait-il une soudaine remise en question ? Il s'attable à la cuisine, avec un verre de lait et un sandwich, quand le parfum de Margit Olofsson lui revient en mémoire. Il en a été ainsi toute la journée, la fameuse odeur est venue le hanter par intermittence. Il avale une bouchée et tente de se focaliser plutôt sur le parfum d'Åsa. *Pleasures*, se dit-il. Mais rien n'y fait, celui de Margit ne cède pas la place. Il se penche pour attraper le téléphone et compose le numéro de sa femme.

— Je te réveille ?

— Ne t'inquiète pas, on vient tout juste de mettre les petits au lit. Et toi, qu'est-ce que tu fais ?

— Je viens de rentrer à la maison. J'ai bossé toute la journée.

— Comment ça ? Tu n'étais pas à l'hôpital ?

— Si si, et ensuite j'ai ramené maman chez elle, je l'ai aidée à faire des courses et tout le reste. Mais c'est surtout qu'on s'est retrouvé le même jour avec deux cadavres sur les bras, en plus d'un nourrisson abandonné.

— Tu dois être vraiment claqué. C'était bien la nuit dernière que Jens et toi aviez décidé de faire une virée ?

— Oui, je vais vite me coucher.

— Mais vous êtes sortis, ou pas ?

— Oui, oui. Je suis complètement épuisé.

— Et vous êtes allés où ?

Comme toujours, Åsa se montre curieuse sans en faire un problème. Ils ont pour habitude de se raconter ce qu'ils font séparément. Pas pour se contrôler, mais par simple intérêt l'un pour l'autre, voulant juste partager leur existence.

— On a d'abord pris une bière au Half Way Inn. Ensuite, on est allé manger un morceau au Portofino.

— Le Portofino de Brännkyrkagatan ? Tu te moques de moi ?

— Pourquoi tu dis ça ?

— On avait dit qu'on irait ensemble, toi et moi.

Åsa a un ton indigné, et Sjöberg sent aussitôt la colère monter en lui. Mais nom de Dieu, il est quand même majeur !

— Quand ça ? Dans dix-sept ans, quand les enfants seront partis ?

Il regrette ses paroles au moment même où il les prononce. Mais Åsa ne se laisse pas abattre.

— En plus, c'est monstrueusement cher !

— Pas tant que ça, d'après moi... En tout cas, pas assez pour nous empêcher d'y retourner toi et moi.

— À moins que tu n'aies dilapidé tout notre argent au cours de ta soirée avec Sandén.

— On a juste pris un plat de pâtes ! Mais attends, est-ce que je dois te demander la permission pour aller boire un verre ?

— Bonne nuit.

Et il se retrouve seul au téléphone. Åsa est furieuse. Sjöberg ne s'y attendait pas, mais d'une certaine façon, une dispute à ce stade n'est pas sans l'arranger. Il n'a pas eu à lui raconter la suite de la soirée, après le restaurant.

Lundi matin

Petra Westman a sous sa responsabilité une vingtaine de policiers, tous lancés dans le porte-à-porte, dont Sandén. Jusqu'à maintenant ils n'ont pas obtenu de témoignage ou de renseignement utile sur la maman ou le bébé. Le service médicolégal a affirmé tôt ce matin qu'il y avait une forte probabilité pour que la victime soit la mère du bébé. Une information que Petra a accueillie avec soulagement par rapport à l'enquête, mais qui l'effraie tant du point de vue humain qu'elle préfère ne pas y penser.

Petra se trouve dans un centre pédiatrique de Barnängsgatan dans l'espoir d'y rencontrer un membre du personnel qui reconnaîtrait l'enfant ou la victime. C'est le premier endroit de ce type inscrit sur sa liste qu'elle visite. Tous les enfants en bas âge viennent y passer des contrôles réguliers, notamment pour faire surveiller l'évolution de leur croissance par le personnel médical présent sur place. La femme et l'enfant ont l'air suédois. Il y a donc quelque part dans ce pays une infirmière qui connaît ces deux personnes, avec un peu de chance à Stockholm, et, ce qui serait encore mieux, dans le quartier de Södermalm.

La salle d'attente est déjà pleine de monde. En majorité des mères accompagnées de très jeunes enfants, mais il y en a quelques-uns qui peuvent déjà marcher à quatre pattes ou se tenir debout. Un papa est installé à une table miniature et se fait servir un repas imaginaire dans la dînette en plastique de sa fille.

— Maman, crie un garçon de quatre ans au volant d'une voiture rouge, tu peux me pousser ?

Sa mère est une trentenaire, qui tente de lire un magazine tout en donnant le sein à un nourrisson.

— Pas pour l'instant, Hugo, lui répond-elle à voix basse pour ne pas déranger l'enfant qui tète. Ton petit frère a besoin de manger.

Et pour la première fois, il vient à l'esprit de Petra que la femme assassinée pourrait être mère de plusieurs enfants, qu'il y a peut-être en ce moment des frères et sœurs à qui cette maman manque. Mais ils se trouvent sans doute en de bonnes mains, se dit-elle. Ils sont peut-être chez leur grand-mère, ou leur papa. Peut-être aussi que leurs parents sont séparés. Il faut absolument découvrir qui est cette femme. Ils pourraient diffuser un portrait d'elle, mais la seule photographie de la victime en leur possession est celle d'une femme morte avec de sérieuses blessures à la tête.

Une infirmière arrive dans la salle d'attente et la balaie des yeux, comme si elle cherchait quelqu'un en particulier. Un bon signe, se dit

Petra, qui laisse supposer que le personnel connaît ses « patients ». Petra va à sa rencontre et s'adresse à elle à voix basse tout en tournant le dos aux autres personnes présentes, pour éviter d'attiser inutilement la curiosité.

— Je voudrais vous parler. Je suis de la police et je m'appelle Petra Westman.

Son interlocutrice, la cinquantaine, la regarde, surprise.

— Bien sûr. Je vais faire patienter les personnes que je m'apprêtais à recevoir. Allons dans mon bureau.

L'infirmière cherche des yeux ceux dont elle vient de parler.

— C'est Otto, n'est-ce pas ? dit-elle à la femme en train d'allaiter. Je suis à vous dans un tout petit moment. J'ai juste une chose à régler avant.

Elle fait entrer Petra dans son bureau, ferme la porte derrière elles et lui tend la main.

— Je suis Margareta Flink. De quoi s'agit-il ?

Petra tente d'expliquer sa démarche et résume vite les faits. L'infirmière se montre intriguée.

— Je vais vous présenter quelques photographies, dont l'une est assez choquante. Je suis désolée, mais je suis obligée.

Petra lui tend les photos.

— Je voudrais savoir si vous connaissez l'une de ces personnes. La femme a environ trente-cinq ans.

L'infirmière est prise d'un tressaillement en regardant le cliché du cadavre, mais elle s'oblige à tout observer avec attention avant de répondre.

— Désolée, mais je ne connais aucune de ces personnes. Elles ne font pas partie des patients que je reçois ici, j'en suis certaine.

— Je dois poser la même question à tous vos collègues. À ce stade de l'enquête, c'est notre meilleure piste. Et j'aimerais aussi obtenir une liste de toutes les structures de ce type situées dans le coin.

— Il y en a peu, je vous en rédige la liste, répond l'infirmière avec empressement.

— Est-ce qu'on choisit soi-même le centre pédiatrique auquel on veut recourir ?

— On bénéficie automatiquement d'un accès à celui qui correspond au lieu de déclaration de naissance de l'enfant. Mais il est possible d'en changer en fonction du domicile familial. Il existe également quelques structures privées du même type dans Stockholm et sa région, qui accueillent tout le monde.

— Vous pouvez les ajouter à votre liste ?

Elle se retrouve finalement avec un relevé assez réduit en main, mais quand elle apprend le nombre d'infirmières qui travaillent dans ce seul centre et le nombre d'enfants dont chacune a la charge, elle se rend compte de l'ampleur de la tâche. Si tant est que cette femme et cet enfant soient bien de Stockholm.

Il paraît étrange qu'une soixantaine d'heures après, personne n'ait encore alerté la police de leur disparition. Mais est-ce vraiment bizarre ? Si la femme vivait seule avec le bébé, peut-être n'entretenait-elle aucun contact au quotidien. Elle est morte vendredi soir, et une nouvelle semaine débute à peine. Si elle avait un emploi, elle devait être en congé parental ces derniers temps. Si elle se prend elle-même en exemple, Petra téléphone-t-elle souvent à ses parents ou à ses connaissances ? Bien trop rarement. Mis à part ses collègues de travail, il se passerait sûrement des semaines avant que quelqu'un s'inquiète de son sort en cas de disparition.

Toujours est-il que cette femme et son bébé habitaient sûrement à proximité du parc de Vita Bergen. Il est donc logique, se dit Petra, de passer d'abord dans chaque centre pédiatrique du coin, et si nécessaire, d'élargir après.

Dans celui de Barnängsgatan, les autres infirmières ne reconnaissent pas plus les personnes qu'elle leur montre en photo. La seule soignante absente pour cause de maladie n'habite pas loin, aussi Petra décide-t-elle de se rendre chez elle pour l'interroger. La malade la reçoit, toussant et s'époumonant, sans avoir plus d'informations à lui communiquer.

En chemin pour le prochain centre de Wollmar Yxkullsgatan, Petra s'arrête dans une épicerie pour acheter une banane et une bouteille d'eau minérale. Une jeune mère qui la précède dans la queue tient son petit dans un porte-bébé, mais guide devant elle une poussette. Petra se demande pourquoi la faire entrer dans la boutique quand on porte l'enfant sur soi. Et c'est alors qu'elle sursaute.

La partie couchage de la poussette est recouverte d'un tissu bleu marine à petits pois blancs identique à celui du parc de Vita Bergen. Petra n'est pas le genre de femme à s'extasier devant des landaus et leur contenu avec des yeux remplis d'envie. En réalité, elle ne s'est jamais intéressée auparavant à l'aspect de ce type d'objet. Mais elle se dit que c'est comme pour les voitures. On remarque à coup sûr un véhicule identique au sien. Et on peut même en venir à faire attention à la personne qui le possède.

— Excusez-moi, je peux vous poser une question ? demande Petra en touchant doucement l'épaule de la femme devant elle. Connaissez-vous quelqu'un qui possède la même poussette que vous ?

La jeune mère se retourne et observe Petra avec de grands yeux étonnés.

— Non, pas directement. Mais oui, il m'arrive parfois d'en croiser.

— Est-ce qu'on se salue, dans ce cas… ? poursuit Petra.

La jeune femme pouffe de rire.

— Oui, ça peut arriver. Un petit sourire ou un signe de tête, comme une marque de connivence.

C'est maintenant au tour de cette femme de payer. Derrière, Petra quitte la file pour la suivre, elle s'entête dans ses questions :

— Vous allez sûrement me trouver pénible, mais j'aimerais vous parler encore un peu. Je suis de la police, et j'ai besoin de votre aide sur un point. Vous auriez le temps ? Juste quelques minutes.

— Pas de problème.

Elles laissent la poussette à proximité de la caisse et se mettent un peu à l'écart.

— Vous savez peut-être que le corps d'une femme a été retrouvé dans le parc de Vita Bergen. Nous ne parvenons toujours pas à identifier la victime. Mais elle possédait une poussette identique à la vôtre, ce qui me fait penser que vous pourriez avoir remarqué cette personne. J'ai une photo d'elle qui est assez choquante. Vous vous sentez capable de la regarder ?

Au fond d'elle-même, Petra se demande pourquoi elle prend tant de précautions avec cette femme. Elle n'a pas manifesté le même tact envers les infirmières. Elle se dit que ce doit être la vue du bébé que porte cette femme qui l'attendrit.

— Allons-y, répond la jeune maman, avec un intérêt plus marqué.

Petra lui tend la photo, que la jeune femme examine avec une expression mêlant dégoût et tristesse. Elle finit par la rendre en faisant lentement non de la tête.

— Je suis désolée, mais je ne la reconnais absolument pas.

— En tout cas, merci pour votre aide. Vous m'avez quand même donné une idée, avec votre poussette. Peut-être que ça marchera avec quelqu'un d'autre. D'ailleurs, où l'avez-vous achetée ?

— Oh là, je ne saurais pas vous dire. Avec le premier enfant, on fait l'acquisition de tellement de choses, vous savez ! C'était la poussette de sa sœur aînée, et entre ça, le lit, la table à langer, et le reste, on est allé partout...

— Et elle est née quand, la grande sœur ?

— En décembre 2003.

— Merci encore, conclut Petra en se débarrassant de ses courses pour foncer vers la rue.

Elle a déjà son portable à l'oreille quand la porte du magasin se referme derrière elle.

— Einar, c'est Petra.

— Oui. J'ai devant moi une longue liste de garçons nés en mars, avril et mai 2007.

— C'est bien. Je me suis lancée dans une recherche qui va prendre un temps fou...

— Bah oui, les miennes aussi.

— Je trouve pénible qu'on ne soit toujours pas parvenu à identifier la victime. Dans l'état actuel des choses, on va s'autoriser à tenter un petit coup de poker. Il faut qu'on cible les recherches. Je veux que tu te mettes à appeler les familles de tous ces garçons, en commençant par celles qui habitent le plus près du parc de Vita Bergen, et en élargissant progressivement.

Petra se rend compte du ton autoritaire de sa voix. Eriksson a bien plus d'expérience, mais c'est elle qui donne les ordres. Elle pourrait peut-être s'exprimer autrement, avec un peu plus d'humilité. Mais pourquoi en vient-elle à ce genre de réflexion ?

— En leur demandant s'ils possèdent une poussette bleu marine à pois blancs, c'est ça ?

— Oui, bien sûr. Et savoir où se trouvent la mère et le garçon. Autre chose, Einar. Je veux que tu commences par les familles avec une petite fille née en 2003 ou 2004. Et qu'ils te disent s'ils connaissent d'autres familles de ce type.

— C'est vachement bien d'apprendre tout ça maintenant, une fois que j'ai déjà établi la liste sans ces paramètres...

— Si tu veux, on peut échanger toi et moi, au cas où tu préférerais écumer les centres pédiatriques ?

Petra se mord la lèvre et respire un grand coup. Il s'avère toujours mieux de dorloter Einar Eriksson. On ne gagne jamais rien à se prendre la tête avec lui. Si on veut qu'il fasse le boulot, et il le fait d'ailleurs bien, il vaut mieux le caresser dans le sens du poil. Et elle ressent presque un peu de peine pour lui. Avec la position particulière qui est la sienne par rapport aux autres collègues et aux tâches qui lui incombent, il n'a pas la partie facile.

— Einar, je te prie de m'excuser pour le travail supplémentaire. Je viens juste de comprendre que le garçon a probablement un frère ou une sœur aînés, étant donné que la poussette date de 2003.

— Elle peut tout aussi bien avoir été achetée d'occasion, ou bien empruntée, ou donnée par quelqu'un.

— C'est vrai. Mais je veux quand même qu'on parte sur ces bases. Il faut bien commencer quelque part. Démarre donc par les garçons nés en mars, avril et mai 2007, habitant à proximité du parc de Vita Bergen, qui ont un frère ou une sœur aînés nés en 2003 ou 2004.

— Oui, oui, répond Einar d'un ton résigné.

— Rédige une note précise pour chaque conversation téléphonique. Ceux que tu ne parviens pas à joindre, tu les rappelles jusqu'à ce qu'ils répondent. D'accord ?

— Mais bien sûr, lance Einar Eriksson, sans chercher à masquer son mécontentement.

*

Barbro Dahlström est hors d'elle. Mais elle ne veut pas non plus en conclure que la police ne fait pas son travail sous prétexte que l'*un* d'entre eux l'a traitée avec arrogance. Elle est malgré tout persuadée que ce Holgersson du commissariat d'Hammarby ne l'a pas prise au sérieux. Dans la matinée, elle rappelle pour qu'on la mette en relation avec la police criminelle départementale. Mais elle n'obtient que la réception, la personne qu'elle doit joindre n'étant « pas là pour l'instant ». Il est convenu qu'elle rappelle à 11 heures.

— C'est une affaire épineuse, constate Nyman, une fois à son poste.

— C'est aussi ce que je me dis, répond Barbro d'un ton aussi aimable que possible. D'un autre côté, il n'est peut-être pas compliqué de découvrir le numéro qui a appelé chez moi hier soir ?

— C'était à quelle heure ?

— Je ne me souviens pas exactement. Autour de 20 heures. Mais comme je n'ai reçu qu'un seul appel de la soirée, celui de cette petite fille, la chose est assez simple.

— Je vais voir ce que je peux faire.

— Il ne faut pas que ça traîne, lance Barbro, incisive. Promettez-moi de vous en occuper immédiatement.

— Je vais le faire. Mais la réponse peut prendre un peu de temps.

— Combien ?

— D'habitude, environ une semaine.

— Et dans les cas prioritaires comme celui-ci ? On parle d'une enfant manifestement en danger.

Barbro se dit qu'un ton offensif va finir par payer.

— Au mieux vingt-quatre heures. C'est en fonction de la charge de travail de l'opérateur.

— Je peux peut-être les appeler pour leur mettre la pression ?

— Non, ça ne marche pas comme ça, répond Nyman sur un ton qui laisse imaginer son sourire moqueur. C'est un service dont l'accès est réservé à la police, un particulier ne peut pas réclamer ce type de renseignements.

— Je vous fais donc confiance, conclut Barbro, la voix doucereuse.

— Vous pouvez, madame Dahlström. Je vous appelle dès que j'en sais plus.

*

Sjöberg est assis dans le métro, en train de se remémorer l'essentiel de ce qui s'est passé ce matin sur le Viking Amorella. Dans un premier temps, Hamad, Eriksson, Hansson, Rosén et lui-même ont été accueillis par leurs collègues de la police de Åbo responsables de l'enquête – Nieminen et quelques autres – en compagnie du commandant de bord. Puis ils sont passés voir la scène de crime, avant d'être invités à prendre un petit déjeuner et de tenir ensemble une réunion dans la salle de conférences du navire. Nieminen a alors exposé l'état de la situation, ainsi que les médiocres résultats obtenus au cours des premiers interrogatoires.

À ce stade, tous ont convenu que les personnes qui présentaient le plus d'intérêt pour l'enquête – en dehors du petit ami Joakim Andersson et de la bande de copains qui accompagnaient la victime – étaient l'homme vu au bar en compagnie de Jennifer Johansson et les deux messieurs en costume qu'elle a rencontrés ensuite. Aucune de ces personnes ne s'est fait connaître au cours des auditions initiales, et personne n'a mentionné avoir vu la victime après cet épisode. Ils ont donc décidé que la recherche de ces trois hommes était prioritaire du côté finlandais comme du côté suédois.

Juha Letho, le barman, bénéficie de quelques jours de congé. Il se trouve donc chez sa petite amie suédoise qui habite un appartement près de Thorildsplan. C'est là que Sjöberg se rend après sa visite matinale du ferry. La porte s'ouvre dès qu'il sonne.

— Vous avez fait vite. Pas de problème pour trouver une place ?

Letho parle le suédois avec un accent finlandais chantant, et même s'il s'exprime très bien, il est évident que ce n'est pas sa langue maternelle. Dans le cas de Nieminen, par contre, difficile de dire s'il fait partie de ces Finlandais d'origine suédoise ou s'il parle juste superbement cette langue.

— J'ai pris le métro, répond Sjöberg. Quand on tient une place de parking dans le quartier de Söder, on ne la lâche pas.

Il suspend sa veste à un portemanteau de l'entrée et se montre bien élevé en laissant ses chaussures sur le tapis du hall. Letho le guide jusqu'à un fauteuil du séjour meublé de façon spartiate. Bien qu'il se soit couché tôt la veille, Sjöberg a peu dormi, mais il refuse de s'abandonner à la fatigue et s'assied, penché en avant, ses mains croisées entre ses genoux.

— Café ?

Letho s'installe dans le fauteuil opposé près de la table basse, pendant que Sjöberg décline l'invitation d'un geste.

— Je sais que tu l'as déjà fait, mais j'aimerais que tu recommences. Raconte-moi avec tes propres mots tout ce qui te revient à propos de ce qui s'est déroulé au bar. Si tu n'as rien contre, je vais enregistrer notre conversation.

Letho donne son accord d'un signe de tête. Sjöberg sort de sa poche le lecteur MP3 qu'Åsa lui a offert pour son anniversaire et active la fonction enregistrement. Il s'en sert de plus en plus comme d'un dictaphone. D'un signe de tête, il signale au barman qu'il peut se lancer.

— Ça s'est passé tôt dans la soirée, commence Letho, qui relate comment Jennifer Johansson et cet homme bien plus âgé ont débarqué à son bar à peu près en même temps.

Letho réfléchit un petit instant avant de continuer :

— Elle était jolie, cette fille. Très jolie. Je me suis dit qu'elle n'avait rien à faire assise là avec lui. Il était à la fois trop âgé et trop négligé. Je me suis vraiment fait la réflexion, mais je n'arrive pas trop à mettre le doigt sur la raison qui m'a incité à penser ça. Je me souviens qu'il portait une chemise blanche. Probablement qu'elle était froissée et sale, pour que j'en vienne à le remarquer. Et je crois me souvenir aussi qu'il n'était pas rasé. Mais pas pour être tendance, comme on dit. Je ne pense pas qu'il était soûl. Il n'était pas gros. Il n'y avait rien de spécial ou remarquable dans son aspect. Tout ça fait beaucoup de « pas ceci, pas cela », mais je suis désolé, je ne peux pas faire mieux.

Letho écarte les mains en signe d'excuse, avant de reprendre et de détailler du mieux qu'il peut la suite de la scène et l'attitude hostile qu'il avait ressentie à l'encontre de la jeune fille, jusqu'à ce qu'un autre homme l'aborde.

— Tu crois que Jennifer et lui se connaissaient ?

— J'ai eu cette impression, mais peut-être que c'était une mise en scène. En tout cas, elle s'est levée et l'a suivi pour s'installer à sa table.

— Et l'homme du bar, il est parti où ?

— Il s'est juste éclipsé, sans même finir sa bière.

— Il a payé ?

— Je ne me souviens plus s'il a laissé l'argent sur le comptoir ou s'il avait payé auparavant. Ce qui est sûr, c'est qu'il a disparu.

— Quel âge avait-il ?

— Entre la cinquantaine et la soixantaine.

— Et toi, quel âge tu as ?

— Trente et un.

— Donc il n'avait ni la quarantaine ni plus de soixante-dix ans ?

— Non.

— Tu te souviens s'il avait un accent ?

— Je dois avouer que je ne suis pas très expert en accent suédois, mais en tout cas, pas l'accent de Scanie.

— Et les deux autres hommes, tu peux les décrire ?

— Ils étaient un peu plus âgés que moi. Je dirais la quarantaine. Des mecs classes. Les deux portaient des costumes du genre hommes d'affaires. Je crois qu'on peut dire qu'ils étaient assez beaux. Je ne les ai vus de près que quand ils sont passés au bar pour chercher à boire.

— Qu'est-ce qu'ils ont bu ?

— La fille a pris un cocktail, mais en ce qui concerne les mecs, je ne me souviens plus.

— Tu te rappelles comment ils ont payé ?

— En espèces.

— Et tu ne crois pas que tu pourrais identifier l'un de ces trois-là ?

— Les deux Finlandais, non, mais peut-être celui du bar.

— Et ce type-là, tu le reconnais ?

Sjöberg lui présente une photo de Joakim Andersson.

— J'y ai longuement réfléchi, mais je ne me souviens vraiment pas de l'avoir servi.

— Ça se serait passé relativement tôt dans la soirée. Si tu l'avais servi, tu ne te serais pas souvenu de sa tête ?

— À cause des marques de coups sur son visage ?

— Oui.

— Il faut bien se rendre compte qu'au bar, on voit pas mal de gens dans cet état.

Après avoir quitté Letho, Sjöberg se retrouve à attendre sur le quai du métro, quand il reçoit alors un appel de Lotten, la réceptionniste du commissariat, toujours guillerette.

— Qu'est-ce qui se passe avec vous tous ? Einar est le seul présent ici.

— Tu es peut-être au courant que le congé dominical a été un peu perturbé. On est tous au boulot à droite à gauche. On te manque ?

— Tout le temps ! rit-elle.

— Et comment va Pluto ?

Lotten est folle de chiens à un degré rarement atteint. Le sien – un lévrier afghan qui ne s'appelle pas du tout Pluto, mais porte un nom français prétentieux – échange des cartes de Noël ou d'anniversaire avec le caniche royal de Micke, le concierge. Sjöberg s'est souvent demandé si l'on célèbre l'anniversaire d'un chien sept fois par an ou une seule, mais il n'a jamais osé le demander à Lotten. Probablement parce qu'il se sent incapable de poser la question sans un soupçon de mépris et que, pour l'essentiel, il doit bien avouer qu'il apprécie beaucoup Lotten, une nature pétillante capable de rendre n'importe quelle situation plus simple et agréable à vivre.

— « Pluto », répond Lotten sur un ton faussement indigné, souffre d'un léger rhume, mais sinon tout va bien. À part ça, j'ai quelque chose à te demander.

Toujours efficace et directe, même si elle enrobe ça de gaieté.

— Une journaliste d'*Aftonbladet*[1] a appelé concernant le nourrisson du parc de Vita Bergen. Je n'ai pas su si je devais l'adresser à toi, ou à Petra, ou faire autrement…

— Attends. Je n'entends plus rien.

Le métro entre en gare et la voix de Lotten est noyée dans le fracas. Sjöberg monte dans un wagon et reprend la conversation.

— Qu'est-ce que tu disais à propos du nourrisson ?

— Oui, elle a mentionné le nourrisson du parc de Vita Bergen. Je croyais qu'officiellement, l'affaire n'était pas sortie…

Les portes se referment et le métro quitte la station.

— Elle s'appelle comment ? Tu as son numéro ?

Il y a de plus en plus de grésillements sur la ligne.

— … SMS… rappeler…

— Je ne t'entends plus, crie Sjöberg. Mets Petra sur le coup. Je serai de retour après le déjeuner.

*

Petra est ressortie sans résultats probants des centres pédiatriques de Wollmar Yxkullsgatan et de Hornstull, qui se retrouvent donc rayés de sa

1. Grand quotidien du soir suédois.

liste. Elle retourne maintenant au commissariat central pour faire le point avec Eriksson et Sandén. Si tout se passe bien, elle trouvera même le temps d'avaler quelque chose. Mais elle n'a pas franchi la porte de son bureau que Lotten la joint au téléphone.

— J'ai une journaliste d'*Aftonbladet* au bout du fil. Elle a cherché à vous joindre toute la matinée.

— Et pourquoi nous ?

— Elle a des questions concernant la découverte d'un nourrisson dans le parc de Vita Bergen.

— Elle a employé ces mots ? « La découverte d'un nourrisson » ?

— Oui, c'est exactement ce qu'elle a dit, affirme Lotten en riant.

— Elle doit voir ça avec Conny. Je n'ai pas autorité pour parler à la presse.

— J'ai appelé Conny. Il souhaite que tu t'en occupes.

— Il a dit ça ? Mais la dernière fois qu'on s'est parlé, il considérait qu'on devait rester discret sur cette affaire.

— Oui, mais maintenant, c'est bel et bien sorti.

Petra soupire. En effet, ça semble évident. Il y a toujours quelqu'un qui ne peut s'empêcher d'appeler tel ou tel grand quotidien du soir. Après une rapide analyse de la situation, elle en arrive à deux conclusions : que c'est probablement la jeune maman de la boutique qui s'est laissé tenter par un peu d'argent facile, et qu'un peu d'éclairage médiatique sur le bébé du parc de Vita Bergen est peut-être ce dont ils ont besoin pour trouver une piste.

— Bon, d'accord, passe-la-moi, lance Petra en jetant son blouson sur le bureau.

Elle n'a jamais eu de contact direct avec la presse, c'est toujours Sjöberg qui s'en est occupé. Mais quand on se retrouve en charge d'une enquête, il faut assumer, serrer les dents et faire attention à ne pas trop en dire. Sans laisser de place non plus aux interprétations personnelles.

— D'après ce que j'ai compris, c'est vous qui menez l'enquête, dit la journaliste après s'être présentée. Comment s'épelle votre nom ?

Petra la renseigne, espérant ne pas regretter cette conversation.

— J'ai entendu dire que vous n'avez pas seulement trouvé le corps d'une femme dans le parc de Vita Bergen, mais aussi un nourrisson. Des commentaires ?

Petra explique le lien entre les deux, décrit l'allure et l'âge du bébé, puis ses vêtements et la poussette.

— Et personne ne s'est manifesté ?

— Non. Mais nous acceptons tout renseignement avec gratitude, ajoute-t-elle pour devancer la journaliste et se montrer aimable. À condition qu'il soit sérieux, bien entendu.

— Vous êtes en possession de photographies qu'on pourrait publier ?

— À l'heure actuelle, nous préférons ne pas divulguer de photos, réplique Petra sur un ton qu'elle ne se connaissait pas. Évidemment, nous espérons rentrer en contact avec des membres de la famille le plus vite possible.

— Il est apparemment question d'un frère ou d'une sœur aînés ?

— Nous n'en savons rien, rétorque Petra d'un ton décidé, tout en imaginant la jeune mère de la boutique se précipiter sur son téléphone dès qu'elle avait eu le dos tourné.

— Mais puisque la poussette est un modèle de 2003. C'est une donnée qui va dans ce sens ?

— Oui, c'est une éventualité, répond Petra, diplomate, comme le fait que la poussette a pu être empruntée ou achetée d'occasion.

Elles consacrent ensuite quelques minutes à parler de la façon de qualifier ce crime. Alors que la journaliste évoque un « vol suivi de meurtre », Petra l'oriente ostensiblement vers « un possible accident de la circulation avec délit de fuite ».

Une fois la conversation achevée, elle est incapable de dire si elle s'en est bien sortie ou si c'est un fiasco. Ça va probablement dépendre de la journaliste et de la forme qu'elle tient aujourd'hui, se dit Petra dans un soupir, tandis qu'elle quitte son bureau pour aller retrouver ses collègues aux responsabilités moindres.

Lundi après-midi

Elle a le sentiment que c'est insuffisant. Elle n'a pas confiance en ce Nyman de la brigade criminelle départementale. Et si la pauvre petite a vraiment été abandonnée par ses parents ! Une semaine pour intervenir, c'est beaucoup trop long. Si seulement elle avait eu un téléphone avec présentation du numéro, elle aurait pu voir par elle-même de quel poste Hanna l'avait appelée et se renseigner sur sa domiciliation. Cela lui aurait également permis de la joindre pour la réconforter et l'aider. Si nécessaire. Il serait peut-être apparu que la gamine n'était pas du tout seule et le problème se serait évanoui. Mais dans la situation actuelle, Barbro ne parvient pas à se la sortir de la tête, elle doit faire quelque chose.

La fillette a parlé de petites maisons en bois en plein milieu urbain. Barbro en conclut qu'il doit s'agir des cabanons de jardins ouvriers. Et comme il est vraisemblable que l'enfant n'a pas composé le numéro de Barbro précédé de l'indicatif de Stockholm, elle se dit donc qu'elle doit se trouver dans cette ville, dans un appartement avec vue sur un lotissement de jardins ouvriers.

Sinon, quoi d'autre ? Il faut bien partir de quelque chose.

Elle s'assied dans la cuisine, devant son ordinateur, et le met en marche. En général, elle n'est pas très portée sur les innovations technologiques. Tant que son vieil appareil marche, elle garde le même téléphone. À quoi bon en changer ? Et l'affichage du numéro – en quoi en a-t-elle besoin ? Quand le téléphone sonne, elle répond, sans tenir compte de qui appelle. Le répondeur ou le téléphone portable ne sont pas faits pour elle non plus. Si elle n'est pas là quand on cherche à la joindre, il suffit de la rappeler plus tard. Cette façon de faire a fonctionné tout le siècle dernier, elle peut vraisemblablement se perpétuer. D'autant que, comme retraitée, elle ne bénéficie pas de ressources illimitées.

Mais avec l'ordinateur, les choses sont différentes. Elle pourrait à peine concevoir son existence sans son ordinateur adoré. Tous ces indispensables moteurs de recherche l'aident à résoudre sa grille de mots croisés, à réserver voyages et places de théâtre, et avant tout à se tenir informée des événements culturels dans Stockholm. La chose a beau représenter une coquette somme, elle en vaut vraiment la peine.

Après une recherche rapide dans les Pages blanches, elle constate qu'il existe des milliers de Bergman dans la seule capitale. Non, elle doit prendre le problème par un autre bout. Quelques minutes après, elle trouve ce qu'elle voulait : la liste exhaustive de tous les jardins ouvriers du grand Stockholm, figurant sur la page d'accueil de l'association correspondante. Ils sont nombreux, environ quatre-vingts, mais elle décide de garder la tête froide et de les visiter l'un après l'autre. Autant commencer par ceux qui sont le plus proche de chez elle et élargir ensuite, tout en ouvrant l'œil à chaque fois pour ne pas louper l'éventuel château jaune ou un vieux monsieur acariâtre du nom de Bergman.

Barbro Dahlström a soixante-douze ans. Elle a enseigné le français et l'anglais au collège. Elle est veuve depuis treize années. Chaque fin d'été, en compagnie d'amis également retraités, elle parcourt à pied les Alpes françaises, loge dans des gîtes, profite de la bonne chère et du bon vin. Septembre se termine juste, et voilà bien l'occasion idéale de se débarrasser des kilos pris en France en se promenant dans Stockholm.

Elle se prépare quelques sandwiches et les loge dans le petit sac à dos qu'elle utilise en randonnée, en y ajoutant une thermos de café et une bouteille d'eau du robinet. Mais elle laisse à la maison ses bâtons de marche, et prend la route dans la douceur d'une journée d'été indien.

Elle se rend en premier lieu aux jardins ouvriers de Eriksdalslunden, où elle s'est baladée tant de fois. Elle compte ensuite continuer son tour du quartier de Södermalm dans le sens des aiguilles d'une montre. Elle se rend bien compte qu'elle ne pourra pas tout faire en un après-midi, mais chaque chose en son temps. À l'aide d'écouteurs, elle profite du programme culturel de la station P1, ou change parfois pour une chaîne musicale. Depuis que sa fille lui a offert cette radio portable comme cadeau de Noël, il y a quelques années, elle ne peut plus s'en passer, au point de toujours garder des batteries en réserve dans son sac à dos.

Ensuite, la vaste étendue de Tantolunden ne donne rien. Pas de château jaune en vue, mais elle contrôle quand même l'entrée de chaque immeuble situé à proximité, pour savoir si un Bergman figure sur la liste des occupants.

Elle n'a pas plus de succès avec les jardins ouvriers d'Årstalund, mais s'autorise une pause. Elle retire ses écouteurs et s'installe sur un banc du parc pour manger ses sandwiches, avec pour seul fond sonore le clapotis des vagues sur la plage de la baie. Des canards sauvages fouillent le sable à l'abri de deux grands saules, qui ont poussé de telle façon qu'on les croirait tombés à l'eau la tête la première, leurs branches étalées comme pour amortir la chute. Dans sa tête, elle s'imagine la petite Hanna. Quel âge peut-elle avoir ? À coup sûr bien trop jeune pour se débrouiller toute seule. Cinq ans, peut-être ? Ou six ?

Barbro se rend bien compte qu'il n'est guère possible qu'on l'ait volontairement abandonnée dans l'appartement. On ne laisse pas une enfant si jeune livrée à elle-même, ne serait-ce qu'un court moment. Pas dans le Stockholm d'aujourd'hui, avec la profusion d'appareils électriques, l'importante circulation automobile, les violeurs et les pédophiles, les produits ménagers corrosifs, les hautes fenêtres donnant sur la rue... Elle ose à peine penser à tous les dangers qui peuvent menacer un petit enfant curieux et sans surveillance. Probablement que la maman s'est absentée à peine quelques minutes, pour se rendre à la laverie ou se précipiter faire une course.

Mais alors, qu'est-ce que c'est que ces histoires de nourriture ? Hanna qui lui raconte qu'elle s'est nourrie elle-même. Et qui lui dit aussi qu'elle s'est fait mal, et qu'elle veut que son papa rentre du Japon pour souffler dessus. C'est sûrement une enfant qui a beaucoup d'imagination, toutefois quelque chose laisse penser à Barbro qu'il y a du vrai là-dedans.

Elle termine son pique-nique, remballe avec soin un sandwich dans son emballage en aluminium, et le range dans son sac à dos. Et elle repart. Une promesse est une promesse.

*

La réception est soudain pleine de monde et Lotten est débordée, à noter l'identité de chacun des jeunes gens. Ils ont tous entre quinze et dix-huit ans. Sjöberg l'avait prévenue qu'il avait convoqué à 13 heures l'ensemble des copains de Jennifer Johansson présents sur le ferry pour les interroger, et les voilà sur place, une dizaine de personnes. Malgré l'ambiance pesante, ils gardent leur comportement adolescent, s'étalant exagérément et faisant du bruit comme s'ils étaient trois fois plus nombreux. Plusieurs d'entre eux sont vautrés dans des fauteuils, d'autres sont assis sur les bancs le long du mur, et certains errent dans l'entrée. Le tout sans cesser de parler dans leurs portables.

L'une des jeunes filles reste debout à pleurer, entourée de deux camarades qui la réconfortent. Elle a peut-être plus de raisons que les autres de pleurer Jennifer Johansson, se dit Lotten, ou bien elle veut juste attirer l'attention. Une autre jeune fille pleure, mais seule sur son banc. Les garçons ne veulent pas montrer leur émotion et font du boucan, comme à leur habitude. Mais Lotten perçoit quand même la peine et l'effroi au fond de leurs yeux, et constate qu'il n'est pas facile d'être adolescent. Tous ont un rôle à jouer.

Et puis il y a Joakim Andersson. Lui aussi est convoqué pour cet interrogatoire, mais il garde ses distances avec les autres et se tient près de la fenêtre, le regard perdu au loin sur les bâtiments qui bordent le canal. Il conserve les mains enfouies dans ses poches et n'a pas l'air d'être affecté par le remue-ménage causé par les autres jeunes gens.

*

Sjöberg débarque volontairement dans l'entrée avec quelques minutes de retard. Il jette un coup d'œil rapide aux jeunes gens installés çà et là et se dirige vers le bureau de Lotten.

— Celui près de la fenêtre, c'est Joakim ?

— Exact. Il a salué deux filles en arrivant, celles qui se prénomment Fanny et Malin, mais à part le moment où il est venu me voir pour se présenter, il est toujours resté seul là-bas.

— Il n'a pas dit un mot à qui que ce soit ?

— Non. Et personne n'est allé vers lui non plus. Ils craignent sans doute d'être confrontés à son chagrin. Tu sais comment sont les jeunes...

— Pas si sûr. C'est peut-être de lui qu'ils ont peur.

— Je trouve qu'il a l'air gentil. Gentil et triste.

— Comment tu peux voir ça avec toute cette barbe ?

— Tu vas un peu loin dans le cynisme, Conny. C'est juste un truc à la mode chez les jeunes en ce moment.

— Il a vingt-quatre ans. Qu'est-ce qu'il a à voir avec une collégienne de seize ans ?

— Ça date de quand, ton conservatisme ?

— C'est probablement lui qui a fait ça. Qui d'autre, sinon ? Sache bien que cette phrase bourrée de préjugés est le fruit de maintes années d'expérience, ajoute-t-il sur le ton de la plaisanterie. C'est un vrai bordel ici, avec cette bande !

— Alors, sois content de ne pas être prof, comme la pauvre Åsa.

Soudain, un malaise l'assaille à l'évocation de son épouse et il s'apprête à décamper.

— Envoie-moi Joakim dans cinq minutes. Et dis à Jamal de débuter par Fanny et Malin, dans cet ordre. Pour les autres, peu importe.

Il laisse la porte se refermer derrière lui, contourne les jeunes gens, et monte l'escalier à grandes enjambées jusqu'au premier étage.

*

— Donc, jusqu'à l'épisode du bar, tu considérais Jennifer comme ta petite amie ?

— Oui, plus ou moins, répond Jocke tout en observant Sjöberg disposer un enregistreur MP3 sur la table placée entre eux.

— Qu'est-ce que tu veux dire ? Tu as d'autres petites amies ?

— Mais non, merde, c'est pas ça…

— Elle avait peut-être d'autres mecs ?

— Peut-être. Je ne sais pas. Je ne crois pas.

— Maintenant, il va falloir que tu m'expliques quel était vraiment le type de liaison que vous entreteniez.

Joakim prend une profonde inspiration. À quoi une liaison doit-elle ressembler ? Comment explique-t-on ses sentiments ? Lui qui n'est pas dans la parole, il va devoir pour la première fois de sa vie se lancer dans l'explication de choses qu'on ne peut pas verbaliser.

— … quel type de liaison… reprend Jocke comme un faible écho.

— Eh bien, raconte-moi la manière dont vous vous êtes rencontrés. Il faut bien commencer quelque part.

À ce moment-là, ça devient plus facile. Il est question de jours heureux et d'événements factuels. Jocke relate leur première rencontre, comment le sac à provisions a craqué, leurs soirées arrosées dans les bars, leurs promenades main dans la main. Mais il en arrive bientôt à évoquer le vide grisâtre qui suit les premières semaines houleuses en compagnie de Jennifer.

— Tu sais ce que je pense ? lance Sjöberg d'un ton rhétorique. Je pense que Jennifer était ta première petite amie. Exact ?

— Oui, avoue Jocke à voix basse, sans oser regarder le policier dans les yeux.

*

Sjöberg a vu le regard du jeune homme s'embraser quand il lui a raconté ses premiers moments en compagnie de Jennifer. Il l'a ensuite guidé vers des eaux de plus en plus profondes, et s'est attendri quand la vérité lui est apparue : ce gamin de vingt-quatre ans n'a jamais eu de femme avant elle. À la lumière de cette précision, on comprend mieux sa difficulté à décrire sa relation avec Jennifer. Joakim Andersson n'a rien à quoi la comparer, aucun moyen d'estimer la valeur de ce qu'ils ont vécu ensemble.

À mesure que Sjöberg se fait une idée de l'intimité de ce jeune homme novice et mal assuré, l'image de la jeune fille devient elle aussi plus claire. Pour la gamine de seize ans expérimentée qu'elle était, une relation avec une personne de vingt-quatre ans était séduisante. Mais elle avait perçu que sous son apparence virile, derrière sa barbe et ses lunettes de soleil relevées sur le front, se trouvait tout autre chose qui l'avait de plus en plus dérangée. Et même si ce qu'elle devinait était peut-être beau de fragilité, elle avait besoin de plus de virilité et de fermeté, de quelqu'un aussi grand et fort à l'intérieur que ce que laissait entrevoir son allure.

— Pas besoin d'avoir honte, affirme Sjöberg, pour tenter de gommer le ton assez rude utilisé plus tôt. On passe tous par une première fois. Mais maintenant, je voudrais que tu me décrives en détail ce que tu as fait entre ton réveil vendredi dernier et le moment où les policiers ont frappé à la porte de ta cabine hier matin.

— Vendredi dernier ? (Joakim se montre surpris.) En quoi vendredi a-t-il quelque chose à voir avec cette affaire ?

— C'est moi qui pose les questions. Vas-y, raconte.

— J'ai distribué les journaux au porte-à-porte entre 4 heures et 6 heures du matin. Ensuite, j'ai passé le reste de la journée à la maison. Il ne s'est rien produit de spécial.

— Distribuer les journaux, c'est ton boulot ?

— Oui.

— Tu le fais régulièrement ?

— Seulement quelques jours par semaine.

— Ça ne rapporte pas beaucoup. De quoi tu vis ?

— J'habite chez mes parents. J'ai pas besoin de tant d'argent que ça.

— Et le reste du temps, tu fais quoi ?

— Le plus souvent, je reste chez moi, se contente-t-il de dire, mais Sjöberg insiste en le pressant du regard.

— Je m'occupe de ma mère, finit-il par lâcher. Elle est malade.

— Désolé de l'apprendre. Et de quoi souffre-t-elle ?

S'il pose la question, c'est pour se faire une idée la plus juste possible de la vie de Joakim

Andersson, du lieu où il habite, des conditions familiales. Il veut scruter les recoins les plus sombres, exhumer les secrets, s'insinuer dans sa sphère privée.

— Elle est handicapée, répond Joakim d'une voix suraiguë. Problème de mobilité. Elle ne peut pas se déplacer.

Il vient de cracher les mots d'un ton presque pompeux, et avec une rage inattendue. Peut-être se sent-il offensé ? Sjöberg pense qu'il se comporte comme un enfant qui jure, qui prononce le plus grand nombre de gros mots possible alors qu'on voit briller au fond de ses yeux la peur des représailles. Le jeune homme en face de lui vient de parler de quelque chose d'interdit, d'un sujet qu'il ne mentionne jamais, qu'il n'a peut-être même pas le droit d'aborder. Il vient de révéler un secret de famille.

— Mince, alors ! commente Sjöberg en essayant d'apparaître le plus neutre et factuel possible. Ça doit être pénible pour elle. Elle dispose de tous les soins dont elle a besoin ?

— Je m'occupe d'elle. Comme je viens de vous le dire.

— Et ton père, c'est quoi, sa profession ?

— Il travaille dans une banque. La Swedbank du quartier de Farsta.

— Vous partagez la prise en charge de ta mère, ou c'est toi qui fais l'essentiel ?

— Mon père lui donne à manger quand je ne suis pas à la maison. Sinon, c'est moi qui m'occupe d'elle.

— Je vois. Donc, vendredi dernier, tu as passé toute ta journée à t'occuper de ta maman. Et ensuite, le soir ?

— Je devais retrouver Jennifer, mais ça s'est pas fait.

— Et qu'est-il arrivé à la place ?

— Mon père ne m'a pas laissé sortir. Il ne l'aimait pas.

— Ils se sont rencontrés ?

— Non, mais il n'aimait pas que j'aie une copine. Je lui ai dit que je sortirais quand même, et que samedi, on partait sur le ferry pour un aller-retour en Finlande.

— Et alors... ?

Sjöberg désigne du doigt le visage amoché de Joakim.

— Il m'a frappé et je me suis écroulé. Je ne sais pas si je me suis évanoui ou si j'ai dormi. En tout cas, quand je me suis réveillé, il était allé se coucher. J'ai balancé quelques affaires dans un sac et j'ai dégagé.

— Il te maltraite souvent ?

— Ça arrive. Il a plutôt mauvais caractère.

Sjöberg remarque que Joakim Andersson disculpe son père, qu'il lui trouve des excuses quand il le frappe.

— Tu rends les coups ?

— Non, à quoi ça servirait ?

— Et tu es allé où ?

— J'ai traîné à droite à gauche pendant toute la nuit. J'ai essayé de trouver Jennifer, je suis allé au McDonald's, j'ai fait un tour en bus.

— Tu n'as pas dormi du tout ?

— Un peu, dans le bus.

— Pourquoi n'es-tu pas allé chez Jennifer ?

— Elle ne voulait pas que je vienne chez elle.

— Pourquoi ?

Joakim répond d'un haussement d'épaules. Sjöberg a bien une idée de la raison, mais il garde pour lui ses spéculations.

— Avec tout ça, tu devais être très fatigué et facilement irritable, le samedi ?

— Pas que je me souvienne. Mais je ne me suis pas trop posé la question.

— Comment la journée s'est-elle passée ?

— Le matin, j'ai attendu Jennifer devant chez elle jusqu'à ce qu'elle sorte. Fanny et Malin sont arrivées aussi. On est allé ensemble à la gare centrale pour acheter les billets de bateau.

— Tu connais bien les fréquentations de Jennifer ? Comme Fanny et Malin, par exemple.

— Je n'en connaissais aucune avant.

— Pas un seul de ses copains présents sur le ferry ?

— Non.

— D'où ça venait, d'après toi ? Pourquoi ne voulait-elle pas que tu les connaisses ?

— Mais avec ce voyage en Finlande, elle a bien voulu.

— Et pourquoi pas avant ?

— Je ne sais pas. Elle avait peut-être l'intention de rompre avec moi.

— Tu le craignais ?

— Non, pas exactement. Mais peut-être quand même un peu. J'arrivais pas à croire qu'elle soit d'accord pour qu'on sorte ensemble. Et vers la fin, elle était étrange avec moi. Un moment elle semblait super-heureuse, et la seconde d'après... c'était comme si je n'existais pas.

— Et comment c'était, samedi dernier ?

— Dans ce style-là.

— Des hauts et des bas, donc ?

— Elle m'a fait la tête pendant toute la journée, jusqu'à ce qu'on se retrouve dans cette cabine à boire des coups. À ce moment-là, tout se passait bien entre nous. Et puis soudain, elle a disparu. La suite, vous la connaissez sûrement.

— Mais je voudrais quand même que tu me donnes ta propre version des faits. Raconte-moi tout ce qui s'est passé à partir du moment où vous êtes montés sur le bateau.

Joakim se lance, et Sjöberg l'écoute attentivement. Une heure et demie plus tard, il laisse repartir Joakim, puis se rend à la kitchenette de l'étage pour se servir un café, et appelle Lotten pour qu'elle fasse monter la personne suivante.

*

Jens Sandén a déjeuné au bureau en compagnie de Petra Westman et d'Einar Eriksson. Il aurait préféré le faire à l'extérieur, mais Eriksson est têtu et refuse de manger autre chose que ce qu'il apporte au travail dans sa gamelle. Petra a semblé angoissée et a signifié qu'elle devait repartir sans tarder. Tous les deux ont donc avalé un sandwich et une tasse de café dans la salle de conférences, pendant qu'Eriksson dégustait un plat de saucisses réchauffé au micro-ondes. En même temps, ils ont fait rapidement le point de la situation, et Eriksson leur a remis ses dernières listes avec les adresses où se rendre en priorité.

Après ce bref retour au camp de base, Sandén se remet à frapper aux portes des logements situés à proximité du parc de Vita Bergen.

Il s'occupe d'abord de Barnängsgatan, en remontant vers le nord pour poursuivre avec Bondegatan et ses deux perpendiculaires, Skånegatan et Åsögatan, avant de finir par Klippgatan. À l'extérieur d'un bâtiment jaune sur lequel un panneau clinquant indique la présence d'un entrepôt, Sandén voit une femme de soixante-cinq ans environ, penchée au-dessus d'une poussette de marque Emmaljunga dont la partie couchage est habillée d'un tissu bleu marine à pois blancs. Il s'arrête à sa hauteur, se racle la gorge et lui lance :

— Ah, c'est la grand-mère qui s'en occupe aujourd'hui ?

La dame se redresse avec un sourire amical.

— Oui, ma fille est chez le dentiste et je suis de garde pour une heure. Mais ce n'est pas le plus facile avec un petit comme ça.

Elle secoue légèrement la tête d'un geste de lassitude. Sandén jette un regard. L'enfant a l'air de bien dormir, ce qui signifie qu'elle ne s'acquitte pas si mal de sa tâche.

— Quel âge a-t-il ?

Sandén a pris le risque de se tromper sur le sexe de l'enfant, mais il n'en est rien et il apprend que le bébé a six mois. Il en vient à se présenter et à lui parler de l'enquête sur laquelle il travaille en ce moment. Il sort alors les photographies de la poche intérieure de sa veste en daim, et lui montre d'abord celle du petit garçon.

— Ce jeune bébé a été retrouvé dans une poussette identique à celle de votre petit-fils. Vous le reconnaissez ? Il a environ cinq mois.

Elle examine la photo un petit moment, mais secoue négativement la tête.

— Vous n'avez pas une tâche facile. En plus, on a beaucoup de mal à différencier des petits de cet âge quand on ne fait pas partie des très proches. Non, je ne le reconnais pas.

— Voilà sa mère. Peut-être qu'elle vous dit quelque chose ?

— Oh ! s'exclame-t-elle en portant sa main à la bouche.

— Je suis désolé, mais je n'ai pas d'autre moyen de procéder…

— Alors là, mais je la reconnais tout à fait ! l'interrompt-elle. Je lui ai parlé à plusieurs reprises. Je suis parfois tombée sur elle dans Bleck-tornsparken. J'ai l'habitude d'y aller en compagnie du grand frère de celui-ci. L'aire de jeux est particulièrement amusante, avec des lapins et tout le reste.

— Et elle-même, qu'est-ce qu'elle y faisait ?

— Oh, mon Dieu ! s'écrie la dame, les larmes aux yeux. Mais il y a aussi une grande sœur ! Une petite de… quel âge peut-elle avoir… ? Un peu plus jeune qu'Edvin, mon petit-fils aîné. Je dirais trois ou quatre ans. Une petite fille vive et joyeuse, gaie et bavarde. Vous savez où elle se trouve ?

— En fait, non. Mais on peut espérer qu'elle est en de bonnes mains. Peut-être avec son papa. D'ailleurs, avez-vous entendu parler de lui ?

— Non, jamais. Les quelques fois où nous avons discuté, c'était surtout à propos des enfants et de leurs jeux, ou du temps et d'autres choses de ce genre. Aucune conversation plus profonde.

— Est-ce qu'en une occasion, vous l'avez vue en compagnie de quelqu'un ?

— Pas que je me souvienne.

— Vous avez une idée où elle habitait ?

— Non, je crois qu'elle ne l'a jamais mentionné. Ça peut être n'importe où, Blecktornsparken est sûrement le parc le plus prisé de tout le quartier de Söder.

— Parlait-elle avec un accent ? Ou utilisait-elle un quelconque dialecte qui vous reviendrait en mémoire ?

— Une chose dont je suis sûre, c'est qu'elle était suédoise. Elle n'avait aucun accent, et il n'est pas possible d'avoir l'air plus suédois que ses deux enfants. Mais pour ce qui est du dialecte... Non, je ne crois pas. En tout cas rien de particulièrement notable, comme l'accent provincial de Scanie ou de Gotland.

— Et quel type d'allure avait-elle ? la presse encore Sandén. Par exemple, s'habillait-elle avec élégance ?

— Autant que je puisse m'en souvenir, ses vêtements n'avaient rien de remarquable. Elle avait l'allure commune des parents d'enfants en bas âge. Des vêtements robustes, rien qu'elle ne puisse craindre d'abîmer, mais pas négligée pour autant. Elle était surtout très aimable, ce qui n'est pas si courant que ça.

— Avez-vous eu l'impression qu'elle avait peur ou qu'elle se sentait menacée ? Vous a-t-elle paru nerveuse ?

— Pas du tout. Au contraire, elle avait un air tout à fait épanoui et décontracté. Et elle était très mignonne avec sa fille. Comme je l'ai déjà dit, la petite était vraiment pleine d'entrain et exigeait pas mal d'attention. Elle est à l'âge où l'on tombe et se fait mal tout le temps. Elle était toujours à demander à sa mère de venir la pousser sur la balançoire ou autre chose de cet ordre et, en règle générale, sa maman s'exécutait.

— De quand date votre dernière rencontre ?

— Je dirais du début de l'été.

— L'avez-vous vue ailleurs qu'au parc ?

— Non, jamais.

Le petit bébé commence à geindre, et Sandén considère qu'il en sait assez pour l'instant.

— Vous avez été d'une grande aide, avoue-t-il sur un ton de gratitude sincère. Comme nous allons devoir reprendre contact avec vous, je vous remercie de bien vouloir me donner vos coordonnées. Vos nom, adresse et numéro de téléphone.

— Et moi, je vous serais reconnaissante de m'indiquer d'abord les vôtres, réplique la grand-mère avec une pointe d'ironie.

— Oh, toutes mes excuses. Naturellement, concède Sandén en tirant avec maladresse sa carte de police de sa poche.

Elle l'étudie un instant, avant de saisir le bloc-notes et le stylo qu'il lui tend pour inscrire ses coordonnées.

— Il va falloir que vous rendiez vite ce petit avant qu'il se mette à hurler pour de bon, plaisante Sandén.

Le bébé est en train de se tortiller, et son visage se chiffonne sérieusement.

— Merci encore, ajoute Sandén.

— Il n'y a pas de quoi. Faites juste en sorte que le coupable soit arrêté.

Elle reprend son chemin avec sa poussette, laissant Sandén face à sa tâche, qui désormais ne semble plus si désespérée.

Il sort son portable de sa veste et s'apprête à appeler Petra Westman au moment où son téléphone se met à vibrer.

— Salut, mon petit Jens ! Pontus à l'appareil.

Comment ça « mon petit Jens » ? Il se moque de lui ou quoi ? À moins que ce ne soit une tentative pathétique de rapprochement ? Mais bordel, jamais de la vie il ne souhaiterait entretenir un quelconque lien familial avec un salaud de cette espèce. Et encore moins maintenant que tout est terminé. Parce que ça l'est, Sandén en est persuadé. Avec sa proposition de lui donner dix mille couronnes, il clôt ce chapitre de la vie de Jenny. Il le sait. Un tel mec aime l'argent. Et l'arrivisme qui le dévore a quelque chose de malsain. Il n'a pas d'éducation, pas le moindre signe de culture, pas plus qu'une quelconque forme d'intelligence à prendre en considération. Néanmoins, il veut donner l'impression d'avoir beaucoup d'argent, il parle en termes vagues d'investissements à droite et à gauche, ou se répand à la manière d'un nanti sur des projets de business que Sandén juge manifestement douteux.

Et avec Pontus, tout doit se faire dans le clinquant. Il faut porter des vêtements de marques coûteux et sortir dans les endroits chics à la mode. Des soirées dont Sandén sent que Jenny, sa petite fille chérie, est exclue.

Le peu de fois où tous les trois se sont retrouvés dans la même pièce, il a parlé *de* Jenny, jamais *avec* elle. Comme si ce salopard la voyait comme un mignon petit chien. Ou un meuble.

Il a su dès le premier instant qu'un tel mec ne pouvait signifier que des ennuis. Pas seulement à cause de son attitude obséquieuse de prétendu *yuppie* – Sandén présume qu'un vrai possède un véritable emploi – mais surtout à cause du simple fait qu'il se focalise sur Jenny. Un tel choix en dit long. Voilà un jeune homme de vingt-six ans qui tombe amoureux d'une jeune femme mentalement handicapée de deux ans plus jeune. Sandén trouve cela tellement invraisemblable qu'il est persuadé que c'est un mensonge. Jenny est une jolie fille et, de ce point de vue, elle convient à Pontus. Mais avant tout, elle s'offre. Elle s'offre à toute personne qui lui manifeste la moindre considération. Et c'est là un trait de caractère charmant. Dans la plupart des cas. Mais pas dans celui-ci.

À contrecœur, Sandén se force à voir sa fille telle une femme qui a atteint l'âge d'avoir une sexualité, comme la plupart des autres. Et le don de soi qui la caractérise fait sûrement d'elle un bon coup.

Il a horreur de penser de cette manière, mais il refuse de se voiler la face. Pontus profite d'elle. De quelle manière précisément, Sandén n'ose pas se poser la question. C'est là sa limite. Et de plus, Pontus la bat. Impossible d'imaginer pourquoi, tant Jenny est incapable de faire du mal à une mouche. Peut-être juste par plaisir. Mais il faut que ça cesse. Maintenant.

— Et qu'est-ce que tu as sur le cœur, exactement ? lance Sandén avec tout le dédain dont il est capable.

— J'ai réfléchi à ton offre.

La voix est joyeuse. Impassible.

— Et ?

— C'est généreux de ta part. Mais j'avais pensé à un peu plus.

Un maître chanteur, se dit Sandén. Ce salaud a mis au point une arnaque. Il drague des filles qui souffrent d'un handicap mental, avant d'escroquer de l'argent aux parents en négociant son départ.

Il faut conclure.

— Tu ne renonces pas facilement.

— J'ai pensé à cinquante mille. Ça te va ?

— Je ne veux plus jamais te revoir dans le coin. Tu dois être parti de l'appartement avant que Jenny rentre du travail.

— Yes, baby.

Ce mec n'est pas net.

— Alors ?

— Marché conclu, s'entend répondre Sandén, qui coupe la communication en frissonnant.

*

Petra est assise dans la salle d'attente du centre pédiatrique de Gullmarsplan, en train de feuilleter un guide de soins très usé. Elle a atteint le stade où le rose scintillant utilisé par le mensuel *Vi föräldrar* pour glorifier le rôle des parents lui sort par les yeux, et elle s'est promis de ne plus jamais le lire. Et ce, même si elle a une bonne raison de le faire. Ce qu'elle espère à plus ou moins long terme. Il lui reste deux infirmières à qui montrer ses affreuses photographies, les personnes sollicitées précédemment n'ayant reconnu ni la mère ni l'enfant.

Dès que le refrain désuet qui lui sert de sonnerie de téléphone retentit au fond de sa poche, les regards d'environ dix mamans et quatre enfants se braquent sur elle. Il est temps d'en changer, se dit Petra alors qu'elle passe devant le panneau interdisant l'usage des portables dans le centre, avant de se faufiler dehors pour répondre. C'est Sandén, qui lui résume sa rencontre avec la dame à la poussette.

Petra pousse un soupir de satisfaction.

— Ça veut donc dire qu'on est sur la bonne voie. Il faut continuer à bosser pour essayer de trouver la grande sœur et le père.

— On devrait peut-être faire paraître ça dans la presse ?

— C'est déjà fait.

— Je pensais que Conny avait dit…

— Je le croyais aussi, coupe Petra. Mais il a changé d'avis. Une journaliste d'*Aftonbladet* m'a appelée tout de suite après avoir eu vent du bébé retrouvé. J'ai juste complété avec quelques éléments concernant le signalement et d'autres trucs. Mais on risque d'entendre crier au scandale à n'importe quel moment.

— « L'inspectrice de la criminelle Petra Westman et sa traque à rebondissements de l'assassin d'une femme ». Non mais, merde, Petra, tu vas finir avec de l'avancement, rigole Sandén.

Elle entend le signal du double appel de son portable.

— Quelqu'un essaie de me joindre. On s'est tout dit ?

— Oui, on se reparle plus tard.

Elle appuie sur la touche pour prendre l'autre correspondant.

— Westman.

— Bonjour, Petra, c'est Roland.

La voix a l'air… pleine d'allant. Pendant quelques secondes, Petra se demande qui peut bien être Roland.

— Brandt, dit la voix. Roland Brandt. Tu te souviens de moi ?

— Oui, bien sûr, désolée. Je n'avais juste pas fait le rapprochement.

Le commissaire principal. Qu'est-ce qu'il peut bien avoir à lui dire ?

Il y a tout juste quelques secondes, Sandén plaisantait en lui lançant : « Tu vas finir avec de l'avancement. » Mais on ne se retrouve pas promue pour avoir répondu à quelques questions d'une journaliste. Je pencherais plus pour virée, se dit-elle. Pourtant, la voix paraît amicale.

— Qu'est-ce que tu fais ? demande le commissaire principal.

« Bonjour, c'est Roland. Qu'est-ce que tu fais ? » Mais de quoi s'agit-il exactement ?

— Je travaille sur l'affaire du parc de Vita Bergen. J'essaie de trouver quelqu'un qui pourrait identifier la victime.

— Bien, bien. Tu fais donc du terrain.

— Euh… oui, répond Petra.

— Ça te dit de passer me voir à mon bureau, plus tard, quand tu seras dans le coin ?

La voix est douce comme la soie, à la limite de l'obséquiosité. Est-ce le calme avant la tempête ? Veut-il la bercer dans un climat de confiance avant de lui porter le coup mortel ?

— Bien sûr. Vous êtes là encore combien de temps ?

— Je t'attendrai, distille le commissaire principal avec un sourire qui transparaît dans sa voix.

— Très bien, répond Petra, espérant une formule neutre de la part de Brandt pour mettre fin à la conversation.

Mais elle ne vient pas.

— On se voit donc plus tard, tente-t-elle, aussitôt consciente que les mots ne sont pas si formels qu'elle l'aurait souhaité.

— Oui, faisons ça, reprend-il en douceur. Prends soin de toi.

Ainsi se termine la conversation.

Petra reste figée debout quelques secondes, à fixer son portable.

Puis elle passe la main dans ses cheveux et revient à la réalité. Elle place l'appareil sur mode vibreur, et retourne dans la salle d'attente du centre pédiatrique.

*

Sandén vient d'actionner toutes les sonnettes de l'immeuble sans obtenir la moindre réponse. Toutes sauf celle du rez-de-chaussée, qui lui offre enfin une perspective. Un homme de soixante-dix ans bien sonnés lui ouvre la porte et le dévisage derrière ses lunettes d'un jaune vif. Il est maigre, un peu voûté, vêtu d'une chemise en flanelle à carreaux bleus et d'un jean, une cigarette au coin des lèvres. Si Sandén ne savait pas qu'il se trouve dans un immeuble autogéré, il pourrait le prendre pour le concierge. Sandén lui tend sa carte de police et se présente.

— Je présume que vous êtes monsieur Bergman ?

— Oui. De quoi s'agit-il ?

— Je souhaite juste vous poser quelques questions. Ce sera très rapide. La famille qui habite au-dessus – les Hedberg – vous savez où ils se trouvent ?

— Comment je le saurais ?

— J'ai besoin de leur parler.

— Alors, vous n'avez qu'à sonner à leur porte, pas à la mienne, réplique le vieil homme d'un ton renfrogné.

— C'est ce que j'ai fait, naturellement. Mais de toute évidence, ils ne sont pas chez eux, lance Sandén, sans dissimuler l'exaspération qui le gagne. C'est pourquoi je vous demande si vous savez où ils sont.

— En voyage, je crois.

Il semble quand même avoir été un peu ébranlé par le ton ferme de Sandén.

— Qu'est-ce qui vous fait penser ça ?

— Parce qu'ils partent souvent.

Il tire une bouffée tout en gardant la cigarette aux lèvres, rejetant la fumée par l'autre coin de sa bouche.

— Ils sont sûrement « en week-end », ajoute-t-il d'un ton emphatique et plein de dédain.

— Pourquoi dites-vous ça ? insiste Sandén sans se départir de son calme.

— Ils sont tellement *classe*. Lui se balade tous les jours en costume.

— Vous m'en direz tant ! Et généralement, où rangent-ils leur poussette ?

— Dans l'appartement, répond le vieil homme avec un sourire de façade.

— C'est tout le temps le cas ?

— Pour tout vous dire, ils ont longtemps eu l'habitude de laisser leur maudite poussette à tout bloquer près de la porte d'entrée. Mais j'ai mis le holà, et depuis, on en est débarrassé.

Sandén pousse un soupir. Le visage de Bergman s'illumine.

— Et c'était quand ?

— Il y a peut-être six mois.

— À quoi ressemble la poussette ?

— Je crois bien qu'elle est noire. Ou bleue.

— Avec des pois ?

— Peut-être avec des pois. Ou bien des carreaux. Ou des raies, ou des fleurs, j'en sais foutrement rien.

— J'aimerais vous montrer une ou deux photographies, commence Sandén, aussitôt interrompu…

— Ça n'a aucun intérêt, commissaire, je suis pratiquement aveugle.

Sandén arrête son geste et retire sa main de sa poche.

— Vous voulez dire que, par exemple, vous ne voyez pas mon visage ?

— C'est bien ça. Je vois que vous avez une tête et un corps, ce dont on doit déjà être reconnaissant.

— Comment vous trouvez mon costume ?

— Je sais faire la différence entre une chemise blanche et une veste de costume sombre, si c'est là votre question.

En tout cas, il est clair qu'il n'est pas né de la dernière pluie, celui-là.

— Eh bien, merci pour votre aide, conclut Sandén.

Il réussit à contenir le sarcasme qu'il a senti monter en lui. Une fois encore, il se rend au troisième étage et sonne à la porte à plusieurs reprises. Il s'accroupit et colle une oreille sur la fente prévue pour le courrier, mais à l'intérieur, pas le moindre bruit ni mouvement. Il redresse son corps un peu trop enveloppé et étouffe un soupir, puis inscrit quelque chose sur sa liste, avant de descendre les escaliers à moitié au pas de course.

Allongée sur le dos dans le lit défait de ses parents, enveloppée par la douceur des deux couettes, Hanna murmure quelques mots dans son sommeil. Elle se tourne sur un côté, on ne voit dépasser que quelques mèches de ses cheveux emmêlés et un petit bout de pied.

*

Jamal et Sjöberg terminent les interrogatoires des jeunes tard dans l'après-midi, mais sans avoir appris quoi que ce soit de nouveau. Ils marchent alors d'un pas rapide jusqu'au domicile de la famille Johansson à Götgatan. Leur inquiétude ne se vérifie pas, puisqu'ils y trouvent bien la mère de Jennifer ainsi que la sœur cadette, par chance seules dans l'appartement. Lena Johansson semble le plus proche possible de la sobriété, ce qui explique peut-être qu'elle paraisse aujourd'hui plus perdue et épuisée que la veille.

— Merci d'avoir attendu, commence Sjöberg. Nous sommes désolés d'arriver si tard.

Ils se rendent dans le séjour et se présentent à Elise, recroquevillée sur le canapé avec les bras autour de ses genoux, l'air apeuré. Elle a les yeux rougis par les pleurs et évite de croiser leur regard.

Sjöberg pose son appareil MP3 sur la table basse en constatant que quelqu'un a essuyé la poussière depuis la fois précédente. Même la cuisine semble à peu près en ordre, de ce qu'il en a vu en passant. Il a le sentiment que c'est la jeune sœur qui a remis les choses en état après la fête de la veille. Sa mère donne l'impression d'être éveillée depuis peu, avachie à l'autre extrémité du canapé, les cheveux en bataille. D'un geste rapide, Elise taxe une cigarette dans le paquet posé devant sa mère et l'allume de ses doigts tremblants. Pas de réaction de la part de cette dernière, qui n'a rien remarqué ou s'en moque.

— Alors, comment vous sentez-vous ? demande Sjöberg avec prudence. Ça doit être dur… ?

Elise détourne les yeux vers les fenêtres sales. Elle ne réagit pas à la question, ce qui incite Sjöberg à reporter son regard sur la mère.

— Oh oui, répond-elle, les yeux remplis d'incertitude et l'expression du visage presque servile.

Peut-être se force-t-elle à calquer sa réaction sur ce qu'elle croit qu'on attend d'elle. Ou peut-être que le chagrin est bien plus grand intérieurement qu'il n'y paraît. Ou que la douleur n'existe pas du tout. Il semble impossible de savoir ce que cette personne ressent. Soit elle est habituée à ce qu'on la dévalorise du regard, soit elle est totalement diminuée après des années d'excès. Cette nouvelle catastrophe n'est peut-être qu'une ligne supplémentaire sur la longue liste des coups mortels qui l'ont frappée au fil des années.

— On ne sait pas… On ne sait pas bien quoi faire.

Elise garde les yeux fixés sur la fenêtre, indifférente à ce qui se dit. Sjöberg observe son profil bien dessiné, frappé par la ressemblance avec celui de la sœur aînée. Il s'étonne des caprices de la nature : deux aussi jolies filles mises au monde par un être comme Lena Johansson. Elle qui n'a jamais dû être jolie. Même si l'on fait abstraction de ses rides, ses yeux gonflés, sa peau épaisse et grêlée, il ne reste pas mieux qu'un visage qu'on peut qualifier de quelconque.

— En effet. Il est sûrement très difficile de retrouver ses esprits après un choc pareil. Si ça peut vous aider, sachez que nous faisons de notre mieux pour arrêter le coupable. Et dans ce cadre, nous avons besoin de vous poser à toutes deux quelques questions.

— Mais si, on va faire en sorte de répondre. Pas vrai, Elise ? Il faut qu'on aide le commissaire.

Du regard, elle cherche l'approbation de sa fille, mais ne reçoit aucune réponse. Elise tend le bras vers la table basse pour attraper le cendrier et le pose sur ses genoux.

— Elise, parle-nous du petit ami de ta sœur. Elle en avait bien un ?

La jeune fille se tortille un peu et lui répond à voix basse, laissant errer son regard entre sa cigarette et le cendrier :

— Il s'appelle Jocke. Je crois qu'il a vingt-quatre ans. Mais je ne sais pas s'ils sortaient toujours ensemble. Ils devaient se voir vendredi soir, mais j'ai eu l'impression qu'elle s'en foutait.

— Elle te l'a assuré ?

— Elle a dit qu'elle allait *peut-être* le voir. Si elle en avait envie.

— Tu as déjà rencontré Jocke ?

— Non.

— Qu'est-ce qu'elle t'a rapporté sur lui ?

— Rien de spécial. Sans doute qu'il était gentil.

— Vous étiez proches, toi et Jennifer ?

— Je sais pas vraiment. Je crois pas. On partage la chambre. Ou plutôt, on partageait.

Elise aspire une ou deux profondes bouffées de sa cigarette, et fait ressortir la fumée par la bouche en formant de beaux petits ronds. Une pensée traverse alors l'esprit de Sjöberg : fumer va mieux aux dames un peu fortes.

— Et donc, qu'est-ce qu'elle a fini par faire, vendredi dernier ? Elle l'a vu ?

— Aucune idée. Je suis sortie de mon côté. En tout cas, quand je suis rentrée, elle était à la maison.

— Quelle heure était-il ?

— Je dirais minuit et demi.

— Qu'est-ce que tu as fait ce soir-là ?

— Je suis juste allée faire un tour. J'ai un peu traîné vers le bas de Götgatan. J'ai rencontré une copine. Nina.

— Et vous-même, vous avez passé la soirée de vendredi dernier à la maison ?

Sjöberg vient de se retourner vers la mère, qui semble avoir perdu le fil. Elle n'a pas l'air de suivre ce qui se dit. Il voit bien comme elle doit se concentrer quand il s'adresse à elle.

— Oui, j'étais à la maison. Vendredi dernier.

— Et Jennifer ? insiste Sjöberg. Elle est restée ici, ou est-ce qu'elle est sortie un moment ?

Lena Johansson a l'air gêné et répond en bégayant :

— Je ne pourrais pas dire précisément… oui… non… Franchement, je dois avouer que je ne m'en souviens pas.

Sjöberg imagine bien que, pour elle, un vendredi soir n'est pas très différent d'un dimanche soir. En réalité, il n'y a pas beaucoup de soirées dont Lena Johansson puisse véritablement rendre compte.

— Vous aviez aussi des invités, ce soir-là ? interroge Jamal.

— Elle a toujours des invités, précise Elise.

— Et donc, qui était présent vendredi dernier ? continue Jamal. Peut-être que tu t'en souviens, Elise ?

— Les habitués, répond-elle d'une voix monocorde. Monkan, Gordon, Peo, Solan. Dagge. Quelques types nouveaux, que Solan avait traînés ici. Bengtsson et Lidström. Plus cet immense et horrible salaud sans dents. Putain, comment il s'appelle ?

Elle se tourne vers sa mère et la dévisage d'un regard impassible.

— John, répond-elle en arrachant nerveusement une peau de son pouce, sans relever la tête.

— John, répète Elise. Et puis le Finlandais. Je ne me souviens que de ceux-là.

Jamal note le tout et Sjöberg enchaîne :

— Toi et Jennifer, vous participiez à ces fêtes ?

— Non, pas très souvent.

— Et vendredi dernier ?

— On a passé un petit moment avec eux.

— Vous avez beaucoup bu ?

Elise hésite. Elle s'interroge sur le type de réponse qui serait le plus à son avantage. La vérité ? Plutôt une version modifiée ?

— J'étais soûle. Pas trop, mais un peu.

— Et Jennifer ?

— On a bu à peu près autant. Peut-être qu'elle a continué après mon départ. J'en sais rien.

— Vous permettez à vos filles de boire de l'alcool ? interroge Sjöberg, plus par curiosité que par reproche.

— C'est elles qui me le fauchent. Que voulez-vous que je fasse ? Et d'ailleurs, tu m'as piqué mes clopes en partant ! Vrai ou faux ? lance la mère à Elise qui refuse de commenter l'accusation.

— Et donc toi, Elise, tu étais plutôt d'humeur à faire des bêtises vendredi dernier ?

— Oui, mais j'avais pas d'argent... commence-t-elle, avant de se mordre la lèvre aussitôt ces mots prononcés. C'est vrai qu'on devait sortir, Nina et moi. Mais pour finir, on s'est juste baladé. On n'a rien fait de spécial, ajoute-t-elle.

Sjöberg a remarqué le petit changement dans sa manière de parler, la façon dont elle s'est brusquement reprise après sa première phrase. Il se demande quelle bêtise cette jeune fille a pu commettre, mais décide de laisser le sujet de côté pour l'instant, il pourra toujours y revenir plus tard si nécessaire.

— Pourquoi tu n'étais pas du voyage en ferry pour la Finlande ? préfère-t-il enchaîner.

— Parce qu'ils ne voulaient pas que je vienne, réplique-t-elle en haussant les épaules, avant de fixer quelque chose par la fenêtre et de paraître de nouveau désabusée.

— Peux-tu dire si quelqu'un détestait Jennifer, si elle avait reçu des menaces ?

— Qui aurait fait ça ? Tout le monde voulait traîner avec Jennifer. Et tous les mecs rêvaient de la sauter, ajoute Elise.

— Elle en avait beaucoup ?

— Avant, oui. Mais pas les derniers temps, à ce que je sache. Elle trouvait que tous les mecs étaient trop immatures. Et en plus de ça, il y avait Jocke.

— Oui, qui était donc un peu plus âgé. Un peu plus mûr.

Sjöberg entend l'écho de ses propres paroles et se dit qu'il parle comme un vieux bonhomme s'adressant à une enfant. Des phrases vides de contenu, une tentative maladroite pour aboutir finalement à une formule qui ne correspond à aucun d'entre eux. Elle n'est plus guère une enfant. Et lui, par rapport au long vécu qui est le sien ? Il évacue cette pensée.

— Mmm, commente Elise.

— Elle n'a pas eu d'histoire avec l'un des types qui ont l'habitude de traîner ici ? suggère Jamal.

— Ah non, quelle horreur ! crache-t-elle spontanément. Si vous les connaissiez, vous ne poseriez pas la question.

Elle lance un regard méprisant à sa mère qui ne réagit pas.

— Pas non plus d'ex-petit ami jaloux qui lui aurait cherché des ennuis ?

— Non, se contente de répondre Elise.

Comme Sjöberg le craignait, Lena Johansson refuse de se rendre en Finlande pour identifier le corps. Les deux policiers quittent donc le domicile de la famille Johansson sans avoir obtenu le moindre renseignement déterminant. Mais leur image de Jennifer est désormais bien plus claire. Une jeune fille de seize ans précoce par de nombreux aspects, fruit d'un foyer familial en lambeaux, et une façon de vivre que le regard des autres juge incohérente. Une jeune fille qui pourtant sait ce qu'elle veut, qui possède de l'ambition, mais sans la traduire sur un plan professionnel. Habituée à se débrouiller par elle-même, sans savoir ce que sont les liens affectifs. Habituée à une existence dont elle décide seule, ignorant toute exigence venant de l'extérieur.

Elise, la petite sœur, a gardé l'empreinte des années vécues près de sa sœur, même si elle ne manifeste pas le désir d'aller de l'avant si frappant chez son aînée. Que sera l'existence d'Elise sans la présence de cette sœur dominante ? Même si elles ne se parlaient pas vraiment, elles bavardaient du moins, échangeaient quelques mots. Désormais, qui sera là pour Elise ?

*

Barbro est fatiguée. Elle a sommeil et ses pieds la font souffrir. Comme prévu, le programme de la journée aurait dû être terminé depuis deux heures. Mais à ce moment-là, elle s'est assise sur un banc pour boire ce qui restait de café et manger le dernier sandwich. En se restaurant, elle s'est d'abord dit qu'il serait un peu impoli de rentrer chez elle pour joindre de nouveau ce Nyman. Et une fois l'estomac plein, elle s'est sentie plus forte et a laissé tomber cette idée. L'appeler ne la mènerait nulle part, c'était juste une façon de céder à la fatigue, d'échapper à ce qu'elle avait prévu de faire. Elle a donc décidé de se rendre à Zinken avant que le soir tombe, et d'attendre une journée avant de remettre la pression à la police. D'ici là, Nyman aurait peut-être récupéré les renseignements qu'elle le somme d'obtenir par le biais de l'opérateur téléphonique.

La nuit est déjà là. Barbro a accompli ce qu'elle s'était promis de faire, mais elle doit se l'avouer, sans succès. Elle a bien trouvé deux bâtiments, situés à proximité des jardins ouvriers de Zinken, pour lesquels le nom de Bergman figurait sur la liste des occupants. Mais elle n'a pas localisé le moindre château jaune. Et il est très improbable que l'on puisse apercevoir les cabanons des jardins ouvriers depuis les fenêtres de ces deux bâtiments.

Après avoir vérifié la situation dans Krukmakargatan, elle se décide enfin à rentrer chez elle, choisissant un chemin verdoyant à travers Zinken plutôt que de repartir par le même itinéraire. À l'entrée du parc, elle passe devant quelques maisons de bois rouge à un étage et leurs aires de jeux, le tout entouré par une clôture verte. Le panneau sur la façade indique qu'il s'agit de la crèche Pipmakaren. Sans réfléchir, Barbro ouvre la grille et se dirige jusqu'à une porte close. Elle n'a pas beaucoup d'espoir que quelqu'un soit encore là, mais elle appuie sur la sonnette, et une personne vient aussitôt ouvrir. C'est une jeune femme d'environ vingt-cinq ans, qui porte une veste et des chaussures de sport, son sac accroché à l'épaule. De toute évidence, elle s'apprêtait à quitter les lieux.

— Désolée de vous déranger, dit Barbro, j'aimerais vous poser une ou deux petites questions. Je suppose que vous travaillez à la crèche ?

— Exact, répond la jeune femme, mais je suis sur le point de fermer pour aujourd'hui.

— Je comprends, ça ne prendra qu'une minute. J'aimerais savoir si vous connaissez une petite fille prénommée Hanna. Hanna Birgitta pour être précise. Je n'ai malheureusement pas son nom de famille, mais je sais qu'elle a un petit frère qui s'appelle Lukas.

La jeune femme réfléchit un moment avant de répondre :

— Des Hanna, j'en connais quelques-unes, mais je ne crois pas que l'une d'entre elles ait un petit frère prénommé Lukas. Quel âge a-t-elle ?

— Je ne le sais pas non plus, et c'est pourquoi j'ai une deuxième question. Selon vous, quel âge a une petite fille qui ne connaît pas son nom de famille ?

— Ben, ça dépend évidemment de son degré d'éveil, commente la jeune femme avec une pointe d'amusement au coin des yeux.

— Cette gamine est très mûre, s'empresse d'affirmer Barbro. Elle connaît les couleurs et s'exprime très bien. Elle sait faire des phrases entières.

— Dans ce cas, je dirais trois ans, au maximum quatre. À cinq ans, habituellement, ils connaissent leur nom de famille. Et ils sont aussi très attentifs à compter les demis, ajoute-t-elle avec malice. Ils voient une grande différence entre avoir cinq ans ou cinq ans et demi…

Barbro rit et la remercie pour son aide. Mais au fond d'elle-même, elle sent l'inquiétude enfler. La réponse qu'elle vient d'obtenir lui confirme bien ce qu'elle avait en tête en repensant à sa propre fille, même si elle espérait se tromper. Cette petite fille abandonnée n'a pas plus de quatre ans, peut-être même seulement trois.

*

Lena Johansson en a marre. De tout, mais principalement d'elle-même. Elle a trente-sept ans, mais quand, en de rares occasions, elle a le courage de se regarder dans la glace, elle constate qu'elle fait beaucoup plus. Elle n'a jamais été une beauté, mais malgré cela, le début de sa vie s'est montré facile. Même si beaucoup de filles de son école étaient plus mignonnes qu'elle, quelque chose dans sa manière d'être, dans sa façon d'aborder l'existence, attirait ses camarades de classe, même les garçons. À l'image de ce que Jennifer a vécu. Elise est d'une autre trempe, plus réservée. Toutes deux ont été dotées d'un très beau physique, hérité de Janne.

Janne et elle avaient le même âge quand ils se sont rencontrés au lycée de Södertälje. Il s'était construit lui-même, ayant grandi auprès de parents toxicomanes qui avaient très vite renoncé à leur rôle d'éducateurs. Apparemment, son passé ne l'avait pas affecté, et il possédait tout ce qui manquait aux autres garçons qu'elle avait côtoyés jusque-là. Il était grand, fort, bien bâti, doté d'un sens pratique et entreprenant. Sans oublier une maturité qu'elle n'avait jamais vue chez aucun autre auparavant, un portefeuille bien garni au fond de sa poche arrière, et une éloquence qui pouvait défier n'importe qui.

Mais c'est avant tout sa témérité qui l'avait séduite. Son irrespect des règles et de l'autorité, son attirance pour l'aventure et l'interdit. Elle-même était fille unique, avec des parents bien plus âgés que ceux de ses camarades. C'est peut-être pour ça qu'ils ne lui avaient pas donné de frère ou de sœur. Il est possible aussi qu'ils l'aient autant gâtée et si peu bridée pour se faire pardonner leur grand âge.

Dès qu'ils étaient sortis du lycée – Lena avec un Bac pro en Sciences sociales, et Janne avec le même niveau en Bâtiment et Techniques de construction –, ils avaient pris leurs cliques et leurs claques, et quitté Södertälje pour la grande ville. En deux jours à Stockholm, Janne s'était trouvé un boulot sur un chantier, avant de rapidement mettre la main sur un appartement en sous-location grâce à son baratin, l'appartement qu'elle habite encore avec ses filles. Elle aussi n'avait pas tardé à trouver un travail qui lui plaisait dans une imprimerie offset de Västberga.

Mais six mois plus tard, Janne s'était cassé le bras et retrouvé en arrêt de travail. Du Janne tout craché : il avait travaillé au sommet d'un bâtiment sans harnais de sécurité, et était tombé de plusieurs étages pour se retrouver sur un autre toit en contrebas, avec un seul bras cassé. Les témoins de l'accident en avaient conclu qu'un ange gardien devait veiller sur lui. Durant la période de convalescence de Janne, ils avaient à leur tour sous-loué leur appartement et étaient partis en Thaïlande avec l'argent mis de côté. Une époque agréable : soleil et chaleur, vie bon marché, plus fête à longueur de temps pour qui le souhaitait. Et tous deux étaient très demandeurs. Elle s'était d'abord montrée hésitante face à toutes les drogues qui circulaient – champignons hallucinogènes et pilules amaigrissantes qui permettaient de danser des jours durant –, mais la présence de Janne l'avait rassurée et elle s'était laissé convaincre de toucher à des choses qu'elle n'aurait jamais osé essayer seule.

Après pratiquement une année à vivre de la sorte, ils étaient rentrés, s'étaient mariés et avaient conçu leurs enfants. Mais pour Janne, pas question de retour à la normale. Il avait poursuivi l'expérience des drogues, et Lena avait compris qu'il en prenait même au travail. Il s'était retrouvé diminué, nonchalant, et quand le chantier du pont de l'ouest de la ville l'avait prévenue de sa mort, elle s'était sentie accablée, mais pas surprise.

Elise venait de naître, au moment où sa propre vie s'était écroulée. Peu après l'accident, la mère de Lena était morte d'un cancer et son père de quinze ans plus âgé l'avait suivie dans la foulée. Malgré tous les chagrins et la désolation, Lena n'avait jamais abandonné et s'était montrée présente pour ses enfants. Disponible pour les consoler et panser leurs plaies. C'est pour elles que Lena s'était ressaisie, bien qu'il lui en ait souvent coûté.

Pas de nouvel homme dans sa vie après Janne. Pas de drogue non plus. Mais l'alcool oui, dont elle n'a jamais pu se passer par la suite, même si elle s'est juré d'arrêter un nombre de fois incalculable. Et voilà qu'elle se retrouve à se regarder fixement dans le miroir de la salle de bains. Rougeaude, bouffie et ridée. Et le fait de pleurer n'améliore pas les choses.

Les larmes ruisselant sur ses joues, elle s'assied sur le siège des toilettes et extériorise son chagrin d'avoir perdu une fille. Pour la première fois depuis qu'elle a appris la mort de Jennifer, elle laisse ses sentiments s'exprimer. Elle voit l'image de sa petite fille chérie devant elle, livide et dénudée, couchée sur un brancard métallique luisant, dans une pièce couverte de carrelage blanc. Une vision insupportable. Il lui faut quelque chose à boire.

Lundi soir

Dès le matin, Hanna a sorti du congélateur tous les paquets dont elle pouvait voir le contenu. Elle est maintenant dans la cuisine, agenouillée sur la chaise de son papa, et mange à même la table les boulettes de viande les moins dures. C'est son deuxième repas de la journée. Dans la matinée, elle a découvert du pâté de foie dans le réfrigérateur et, après une longue hésitation, elle a décidé d'ouvrir le paquet avec le grand couteau et a réussi sans se couper. Elle a tout mangé sans rien avec. C'était très bon et elle s'est sentie rassasiée.

Ensuite, elle a joué un moment dans sa chambre, mais s'est sentie seule. Et elle a trouvé plus réconfortant de rester dans l'une des pièces où toute la famille *a l'habitude* de passer du temps. Elle a donc chargé son petit chariot à poupées de jouets, et l'a fait rouler jusqu'au salon. Puis elle est restée une grande partie de la journée devant la télévision. Et même si elle n'a pas compris grand-chose aux programmes, le son des voix l'a rassuré. Durant l'après-midi, quand la fatigue l'a gagnée, elle est allée se coucher dans le lit de ses parents pour dormir, et ne s'est réveillée qu'à la nuit tombée.

— Elle est pas gentille, Barbro, se répète-t-elle à haute voix.

Barbro n'est pas gentille parce que Hanna l'a beaucoup attendue, même si elle lui a dit qu'il lui faudrait du temps pour venir l'aider. Et aujourd'hui, personne n'a appelé Hanna au téléphone. Même pas sa maman. Elle pourrait quand même lui parler un peu. Même si elle ne veut plus habiter ici. Et quand Hanna a essayé d'appeler des gens au téléphone, personne n'a répondu. Elle s'enfourne une nouvelle boulette de viande dans la bouche, tellement grosse qu'elle prend toute la place.

Comme elle n'en peut plus, Hanna remet celles qui restent dans le paquet et laisse le tout sur la table. À la crèche, les enfants qui ne portent plus de couches sont obligés d'aller faire pipi après le repas, et donc, Hanna fait pareil. Aujourd'hui, tout s'est très bien passé. Elle n'a fait pipi dans sa culotte qu'une fois, et juste des gouttes. Elle a réussi à se retenir, courir aux toilettes et finir dessus. Quand son papa rentrera, elle lui montrera qu'elle sait le faire, et il sera content. Si jamais il revient un jour.

Elle est debout sur son petit tabouret blanc pour se laver les mains après son passage aux toilettes, quand tout à coup, le téléphone sonne pour la première fois de la journée. Sans se sécher les mains, elle se précipite dans l'entrée, grimpe le plus vite possible sur la chaise haute en faisant bien attention, et soulève le combiné.

— Allô ! crie-t-elle, mais c'est le silence à l'autre bout du fil. Allô ! Allô ! C'est Barbro ?

Toujours pas de réponse. Pourtant, elle sent qu'il y a quelqu'un. Soudain, elle repense à ce que Barbro lui a dit, que si quelqu'un appelait, Hanna devait redire tout ce qu'elle lui avait raconté.

— Ma maman a une nouvelle maison, mon papa est au Japon, et moi je suis toute seule !

Les mots jaillissent de sa bouche comme un torrent.

— Viens m'aider, je suis tombée et je me suis fait mal. J'ai saigné, mais c'est presque parti maintenant. Ma maman m'a enfermée à clé parce que je fais trop de bêtises, et je peux pas sortir. Barbro va venir pour m'aider, mais j'attends et je suis toute seule.

Toujours pas de réponse. Comme elle est certaine d'avoir entendu respirer, elle continue :

— À la fenêtre, je vois un château. Un beau château jaune avec une tour pour la princesse et des carrés rouges et bleus dessus. Et des lettres...

— Je sais où tu habites, dit soudain une voix grave à l'autre bout de la ligne.

— Ah bon ? lance Hanna, surprise. Bah alors, s'il te plaît, viens me sauver, s'il te plaît ! Je ferai pas de bêtises. Je serai gentille.

— C'est bien, ça, juge l'homme d'une voix traînante.

— Comment tu t'appelles ?

— Björn[1].

1. Ce prénom signifie « ours » en suédois.

Hanna ne savait pas qu'on pouvait s'appeler comme ça. Elle trouve que c'est mignon, et aussi un peu bizarre. Mais elle ne le dit pas. Elle ne veut pas faire de la peine au monsieur.

— Et toi ? Quel est ton nom ?

— Hanna. Tu trouves que c'est joli ?

— Je trouve que c'est un très joli prénom, affirme-t-il sur un ton amical. Tu es toute seule chez toi ?

— Mais je te l'ai déjà dit ! Alors tu viens maintenant ?

— Je ne peux pas venir ce soir, parce qu'il est déjà très tard. Mais demain, peut-être ?

— Oui ! s'écrie Hanna. Et c'est long pour aller à demain ?

— Euh, hésite l'homme, ça dépend des gens. Il faut d'abord que tu dormes toute une nuit, et après, on sera demain. Je viendrai te voir le soir.

— Comment tu vas ouvrir ? Ma maman m'a enfermée à clé !

— On s'en occupera demain. J'ai beaucoup de clés, et il y en a sûrement une qui peut ouvrir ta porte. Tu as quelque chose à manger ?

— J'ai mangé des boulettes et du pâté. Mais y a plus de bonbons.

— Demain, je t'apporterai des bonbons. Et peut-être un hamburger, si tu aimes ça ?

— Oh oui, c'est bien ! J'adore ça !

— Mais tu dois être sale, Hanna ? Non ?

— J'ai pris un bain. Mais j'ai eu de l'eau dans le nez.

— Il ne faut pas faire ça toute seule. Quand je viendrai demain, on pourra prendre un bain ensemble, toi et moi. J'arriverai avec des hamburgers, des bonbons, on fera une petite fête, et après on se baignera, pour que tu sois toute propre et toute belle !

— Oui, on fera tout ça !

— Mais Hanna, je crois qu'on ne doit en parler à personne. C'est notre secret à nous...

— Oui, d'accord. Je promets de faire tout comme tu veux. Je vais toujours obéir, maintenant.

— C'est bien ! Au revoir, Hanna !

La conversation s'arrête là. Mais Hanna est sur un nuage. Elle a de nouveau espoir. Elle est si contente qu'elle reste éveillée très tard dans la nuit. Les voix et la musique qui sortent de la télévision depuis cet après-midi se transforment en bruit de friture. Elle décide de se traîner jusqu'à la chambre, de s'installer en position fœtale sur le grand lit double, pour enfin plonger dans le sommeil.

*

Elise n'aurait jamais pensé ressentir ça. Elle qui, à l'école, éprouve tellement de difficultés à se concentrer, voit sa mémoire totalement accaparée par cet événement, par le souvenir des quelques secondes au cours desquelles elle s'est montrée si stupide. Comment a-t-elle pu être aussi conne ? Rien dans cette affaire ne valait l'angoisse qui l'étreint maintenant. Tout ça pour quelques maudits billets de cent.

Depuis que c'est arrivé, elle n'a pratiquement

plus réussi à dormir. Elle repense au regard visqueux qui se balade sur elle sans jamais croiser le sien, qui la contemple sans la voir. La main qui bouge de haut en bas, de bas en haut, et les bruits bizarres qui suivent, et se répètent encore et encore. Les doigts qui errent à tâtons sur tout son corps, qui s'insinuent entre ses cuisses tandis qu'elle se tient assise, les jambes écartées, la jupe relevée, avec sa petite culotte dans la poche de son blouson. Chaque fois, elle refuse et repousse les assauts. Mais il y revient sans cesse.

Et au bout d'une éternité, les interminables cris étouffés, les yeux révulsés, le portefeuille posé juste là, qui ne demande qu'à être dérobé, le dégoût, et l'idée qui jaillit brutalement. La voix qui résonne en écho dans sa tête longtemps après et les mots qui restent gravés en elle :

« Salope, petite pute ! Qu'est-ce que tu fous ? Je vais... »

Et pour finir le démarrage sur les chapeaux de roues, les pneus qui crissent et les portières qui claquent. Mais elle est déjà loin, à courir aussi vite que possible. Avant de bifurquer dans une autre rue, elle se retourne et lance un dernier regard vers lui. Il sort d'un coup de la voiture, dans l'intention de la poursuivre à pied. Elle finit par se retrouver hors de portée de sa voix et ne le distingue plus. Elle a couru si vite qu'il n'a pas pu la rattraper.

Mais depuis, il reste sans cesse présent dans sa tête. Elle le craint tellement qu'elle ose à peine sortir de chez elle. Que ferait-il si elle tombait sur lui ? Quand elle quitte son immeuble, elle passe tout le temps par la sortie de derrière, vers Tjurberget. Elle n'ose pas risquer le moindre pas dans Götgatan. Elle fait de longs détours pour éviter de passer à proximité de ce kiosque à journaux maudit.

Elle a dissimulé le portefeuille en question dans une boîte à couture placée sous son lit, au milieu de vêtements épars. Elle n'a toujours pas le courage de l'ouvrir, d'oser y prendre l'argent qu'elle désirait au point de commettre un délit pour la première fois de sa vie. Elle n'a aucune idée de ce qu'elle va en faire. Pas question de s'en débarrasser, dans l'hypothèse où il parviendrait à mettre la main sur elle et exigerait de le récupérer. Mais elle ne peut pas se résoudre non plus à le conserver éternellement. Il est déjà assez pénible de devoir faire face à la situation, sans devoir en plus garder auprès de soi la cause de ses tourments.

Et puis il y a Jennifer, à qui elle pense parfois. Le vrai malheur, celui de Jennifer. Cette histoire de portefeuille lui prend tellement la tête qu'elle est incapable de pleurer sa sœur. Jennifer n'est plus là. Elle est morte. Assassinée. Et là voilà qui se sent accaparée par tout autre chose. Quand elle pense à Jennifer, elle ressent une pointe de culpabilité. Tous les autres la pleurent. Elle lui manque aussi, même si elle trouve également agréable d'avoir la paix, de profiter seule de la chambre, et de ne penser qu'à elle-même. Si Jennifer était encore de ce monde et qu'elle avait eu vent de ce qu'Elise avait fait, elle l'aurait taquinée, aurait ri d'elle. Si elle vivait encore.

Qui pleurerait la mort d'Elise ? Absolument personne. Sa mère ferait comme si de rien n'était et continuerait la fête en compagnie de ses potes dégueulasses. Nina et ses autres copains ou copines ? Ils verseraient peut-être une petite larme pour faire bien, mais Elise serait vite oubliée. La vie doit continuer. Quand on ne sait pas s'affirmer dans l'existence, on ne peut pas espérer laisser un vide après son départ. Mais dans le cas de Jennifer, c'est un gouffre.

Elise en vient à penser à Jocke, avec sa barbe et son regard doux. Il est possible que Jennifer lui manque. Oui, c'est même sûr. Si ces deux-là étaient encore ensemble, ce qui n'est pas si évident. C'est peut-être lui qui l'a tuée. Qui tue les femmes la plupart du temps ? Des hommes jaloux : petits copains, maris, ou ex. Elle frémit rien qu'à s'imaginer Jocke et Jennifer. Lui, debout au-dessus d'elle, ses mains puissantes enserrant sa gorge. Elle, terrorisée, qui se débat et tente de reprendre son souffle. Et ça dure encore et encore, jusqu'à ce qu'elle finisse par renoncer, qu'il la lâche, et qu'elle s'écroule.

Mais voilà l'esprit d'Elise qui revient à ce portefeuille. Elle essaie de réfléchir en toute logique. Le fait est qu'elle l'a volé. Et elle n'est pas la première voleuse de l'histoire. Qu'est-ce qui arrive à ceux qui volent ? La plupart d'entre eux restent impunis. Et pour les autres, que se passe-t-il ? La police les arrête et ils doivent purger leur peine. Et au pire, quelle est-elle ? De la prison ? Rarement la première fois. Une amende, un établissement pour jeunes délinquants ? Elle pourrait se retrouver avec un casier judiciaire. Et alors ? Pas de quoi s'inquiéter.

Et pourtant, la peur la paralyse. C'est à cause de son regard, de ses yeux qui contemplent sans voir. Dans le regard de ce type effrayant, elle n'est rien d'autre qu'un mégot qu'il écrase du talon de sa chaussure. Quand même, il ne va pas la tuer parce qu'elle lui a volé son portefeuille. Les êtres humains ne sont pas malades à ce point. À moins qu'il n'y ait une grosse somme d'argent à l'intérieur. Elise est allongée sur le dos, en bas du lit superposé, les mains croisées sous sa tête, les yeux levés vers la couche supérieure qu'occupait Jennifer. Elle contemple l'affiche de Robbie Williams qu'elle a placée là il y a des années. Les bouts de scotch sont jaunis et en partie décollés. La chambre sent encore légèrement le parfum de Jennifer. L'ambiance est plus calme qu'à l'accoutumée. Elle entend quelques voix qui lui parviennent de la cuisine, mais aujourd'hui, la majorité des amis de sa mère ne se sont pas montrés. Ils ont peut-être trouvé un autre endroit où passer la soirée.

Sinon, sa mère se comporte comme si de rien n'était. Il est possible que dans le brouillard qui l'enveloppe, la perte de Jennifer lui cause du chagrin, qu'elle éprouve des sentiments pour ses filles. Mais rien ne se voit à l'extérieur. Quand elle parle avec des personnes sobres, comme les deux policiers qui sont passés plus tôt dans la soirée, elle fait tellement d'efforts pour masquer son alcoolisme qu'elle perd tout son naturel. Elise voit alors sa mère adopter un phrasé affecté et ridicule, tenter de prononcer toutes les consonnes avec précision, jusqu'à prolonger chaque mot de façon idiote et exagérée. Dans ce genre de situation, Elise a honte de sa mère. Elle la préfère encore quand elle est juste soûle. Au moins, elle est elle-même.

Elise s'assied sur le bord du lit. Elle souffle un grand coup avant de s'accroupir pour ramener à elle la boîte à couture. Elle soulève des bouts de tissu et dévoile un portefeuille petit et mince en cuir noir. Elle le soupèse d'une main pour se faire une idée du contenu. Elle l'ouvre ensuite avec précaution, comme si elle craignait qu'il ne tombe en morceaux ou n'explose. Il ne contient aucune carte bancaire, juste un badge des services hospitaliers, plus deux cartes de fidélité de chaînes de magasins concurrentes, Ica et COOP, et une carte d'adhésion à un vidéoclub. Dans l'emplacement réservé aux billets, elle découvre six coupures de cinq cents couronnes. En tout, trois mille couronnes. Pour elle, c'est beaucoup d'argent. Et pour lui ? Assez pour qu'il décide de se faire justice, qu'il la recherche et veuille lui faire du mal ? Elle n'en a pas la moindre idée. Mais maintenant, au moins, elle sait qui il est. Sur la photo de son permis de conduire, il affiche une mine sérieuse. Elise découvre aussi son nom, son numéro d'identité et son adresse. Mais que faire de ces informations ?

*

Conny Sjöberg est assis dans le bureau d'Eriksson en compagnie de Jamal. Ils passent au crible les listes du personnel et des passagers de l'imposant ferry. Einar Eriksson en a établi de nouvelles, sur lesquelles chaque patronyme est suivi du sexe de l'individu, de son âge et de sa nationalité. Sur d'autres, il a regroupé les familles, ou les individus déjà condamnés, les noms liés à des crimes et délits, les personnes en rapport avec les services sociaux, les mineurs, et ainsi de suite selon différents critères.

Sjöberg sent que le champ d'investigation pour retrouver l'auteur du crime ne cesse de s'élargir. Et il sait qu'en fondant leurs recherches sur de telles listes, il va leur falloir un temps infini pour ne serait-ce que mener à bien tous les interrogatoires. Parmi toutes ces personnes, l'une d'entre elles a assassiné Jennifer Johansson, et vraisemblablement, ce n'est pas le fruit du hasard. Cet individu a estimé avoir de bonnes raisons de tuer la jeune fille. Il doit s'agir de quelqu'un qui la côtoyait, une personne qui appartient au cercle de ses connaissances, un individu qui l'a rencontrée dans certaines circonstances, une ombre surgie du passé, qui se trouvait à bord du ferry, peut-être même avec pour seul dessein de la tuer.

Il peut aussi s'agir d'une personne qu'elle aurait croisée pour la première fois sur le navire, quelqu'un dont elle aurait découvert un secret ou qu'elle aurait blessé, et qui l'aurait tuée sans réfléchir. Quel que soit l'individu en question, Sjöberg ne veut éliminer aucune piste. Il se dit qu'il doit y avoir des témoins, des personnes qui ont assisté à un événement lié au meurtre.

La police finlandaise fait tout ce qu'elle peut pour traquer les deux hommes d'affaires vus en compagnie de Jennifer à la discothèque. Sjöberg espère que leur travail va vite porter ses fruits. De son côté, on essaie d'identifier le Suédois solitaire présent avec elle au bar, mais la tâche se révèle encore plus ardue. Pourtant, si l'on imagine que l'homme est le meurtrier et qu'il se trouvait à bord avec pour unique dessein d'assassiner Jennifer, il ne voyageait probablement pas accompagné et devient donc plus facile à cerner. Eriksson travaille sur le recoupement de deux listes : celle de la compagnie Viking Line qui rassemble les noms de tous les passagers de sexe masculin qui ont voyagé en cabine individuelle ou partagé une cabine avec des inconnus, et l'autre qui recense toutes les personnes présentes sur le ferry déjà condamnées par le passé. Il ne s'agit que d'une hypothèse, mais Sjöberg mise beaucoup sur la recherche de cet homme.

Jennifer Johansson a été autopsiée. On n'a rien découvert d'étrange. Elle n'était pas enceinte, pas de traces de sévices récentes en dehors de la strangulation, et rien non plus qui témoigne d'une quelconque maladie ou d'une autre cause ayant entraîné la mort. On a retrouvé sur ses vêtements des cheveux appartenant à plusieurs personnes. Ils peuvent aussi bien venir d'une bousculade sur la piste de danse que du sol des toilettes sur lequel elle gisait. Certains peuvent aussi appartenir au meurtrier.

On a également constaté que Jennifer Johansson a eu une activité sexuelle dans ses dernières heures de vie. L'analyse du sperme recueilli est en cours. La logique voudrait qu'il appartienne à

Jocke, mais si ce n'est pas le cas, cela ouvre la voie à d'autres pistes. L'assassin l'a-t-il violée ? En apparence, c'est peu probable. Pas au moment du crime, dans des toilettes communes bien trop risquées, sans parler de l'étroitesse de la cabine. Sauf si elle a volontairement eu un rapport sexuel avec lui dans ce lieu avant de se faire tuer. Une éventualité envisageable. Comme il est possible qu'elle ait eu une aventure avec le meurtrier plus tôt dans la soirée. Ou avec un autre homme se trouvant à bord. Les hypothèses sont nombreuses, mais tôt ou tard, l'analyse du sperme va les conduire à une personne qui leur a menti, ou qui a gardé pour elle des informations importantes.

Tout en avalant les dernières gouttes de son café, Sjöberg observe Jamal du coin de l'œil. Jamal Hamad a une mémoire d'éléphant. Lui-même ne connaît pas de problème en la matière, mais Jamal possède des capacités tout à fait hors du commun. Il est assis là à parcourir les listes d'Eriksson. Sjöberg observe comment le regard de Jamal glisse sur les lignes avec une concentration totale. Après l'avoir imité un certain temps, Sjöberg sent ses yeux le piquer et souhaite discuter certains points avec ses collègues. Mais Eriksson est plongé dans l'analyse de ses données, l'air bourru. Quant à Jamal, il lui murmure juste une brève réponse sans même lever les yeux de ses papiers. À cet instant, un signal sonore l'avertit qu'Åsa lui a envoyé un SMS. Il en profite pour filer dans le couloir et se soustraire quelques instants à son travail fastidieux.

« Enfants malades, je reste chez ma mère. Plein de baisers, ne te tue pas au boulot ». Il se sent évidemment compatissant. Le SMS date du début d'après-midi, mais son maudit opérateur a encore mis un temps fou à le lui transmettre. Il efface le message et compose le numéro de téléphone de ses beaux-parents.

— Je viens juste d'avoir ton SMS, s'excuse-t-il quand Åsa prend la ligne. Alors, qu'est-ce qui se passe ?

Åsa inspire un grand coup.

— Simon et Sara ont attrapé la varicelle. C'est donc aussi bien qu'on reste ici et que je profite un peu de l'aide de mes parents.

— Et pour ton boulot, comment tu vas faire ? Il faut bien que tu ailles travailler ?

— J'ai droit à quelques jours de congés en cas d'enfant malade à garder. Je devais reprendre jeudi. On verra à ce moment-là si je peux ou pas.

— La varicelle, reprend Sjöberg sur un ton résigné. Mais ça ne dure pas plusieurs semaines ?

— Et ça s'attrape, aussi, ajoute Åsa en ponctuant sa réponse d'un rire désabusé. Ça prendra un bon mois avant d'en être totalement débarrassé.

— Tout le monde a deux enfants. Pourquoi on en a cinq, nous ?

— Tu aurais dû y penser avant.

— En tout cas, tu ne peux pas faire le trajet retour en train avec des gamins malades. Il faut que je vienne te chercher avec la voiture. Et d'ailleurs, comment ils vont ?

— Rien de grave, juste un peu de fièvre. Mais ils n'arrêtent pas de rabâcher que ça démange. Profites-en pour être au calme quelques jours, on va voir comment on s'organise pour la suite.

— Si je comprends bien, les deux petits monstres sont plus en forme que jamais ?

Sjöberg fait référence aux jumeaux de deux ans qu'ils ont adoptés pratiquement à leur naissance, en lien avec une affaire sur laquelle il travaillait. Leur mère biologique était toxicomane et ignorait totalement être enceinte. Elle a accouché d'eux peu avant sa mort. Dans les premiers jours de leur vie, Sjöberg leur a régulièrement rendu visite à l'hôpital. Ensuite, il n'a pas hésité à les accueillir dans sa famille déjà nombreuse, d'autant qu'Åsa n'a pas été difficile à convaincre. Le moins que l'on puisse dire, c'est que Jonathan et Christoffer sont deux petits garçons plein d'entrain.

— Oh que oui, et le grand-père est sous le charme, affirme Åsa.

— Je veux bien le croire, d'autant qu'il n'a pas à passer derrière pour ranger. Et toi, comment tu vas ? Fatiguée ?

— Je suis épuisée, concède Åsa. Mais on est quand même trois adultes. Ça soulage.

— Je suis partant pour assumer ma part. Il faut juste les ramener à la maison.

— Pour le moment, ne t'en préoccupe pas. Et comment va ta mère ?

Pendant qu'il lui raconte, il comprend à quel point il se languit d'Åsa. Sa compagne de vie et son grand amour. Il a besoin d'elle et il la veut à ses côtés. Un ou deux jours de célibat sont bien suffisants. Il veut retrouver sa famille. De plus, il ressent le besoin d'aller puiser du réconfort dans ses bras, sans avoir à parler, juste sentir qu'ils sont ensemble. Quant à l'incident – ou comment nommer ça ? – avec Margit Olofsson, il l'a repoussé et enfoui quelque part au fond de lui-même. Point barre.

Quand Sjöberg retrouve ses collègues, Eriksson lui annonce que la liste des passagers masculins qui ont voyagé seuls est prête. Comment peut-il en faire autant sans bouger de sa chaise ? Il y a donc une cinquantaine d'hommes qui ont acheté un billet pour la traversée en se disant seuls. Jamal se voit confier la responsabilité d'interroger ceux domiciliés dans Stockholm et sa région, et cela dès le lendemain matin. Pour sa part, Sjöberg va se rendre au lycée où étudiait Jennifer Johansson, afin de se faire une idée plus précise du tempérament de la jeune fille avec l'aide de ses professeurs et des élèves qui la connaissaient. Comme il n'a plus la force d'analyser d'autres listes, il décide de s'accorder une soirée de libre, à l'inverse de Jamal et d'Eriksson, toujours assis à leur bureau au moment où Sjöberg quitte le commissariat central.

*

Petra est de retour à son bureau depuis un moment et enchaîne les tâches afin de retarder le plus possible sa visite au commissaire principal. Elle est contrariée de ne pas savoir où il veut en venir ainsi que du ton qu'il a employé. Elle est aussi dérangée par la façon dont s'est déroulé son premier contact officiel avec les médias. Mais y a-t-il vraiment matière à s'inquiéter ?

Sur le chemin du retour vers le commissariat, elle a acheté le journal du soir en question et relit l'article pour la centième fois. Il s'étale sur une page. Une page *entière,* mais *seulement* une page. Il n'est pas petit, mais pas immense non plus. En tout cas, il est *de trop* pour la tranquillité d'esprit de Petra. Son souhait est de ne pas apparaître du tout dans la presse. Elle n'aime pas l'idée que Peder Fryhk et le deuxième homme puissent lire quoi que ce soit à son sujet dans un journal et découvrent qu'elle est dans la police. L'article ne comporte pas de portrait d'elle, juste une photo parue précédemment sur laquelle elle se tient dos au photographe, vêtue de son survêtement déchiré, en compagnie d'autres collègues dans le périmètre sécurisé du parc de Vita Bergen. En revanche, son nom apparaît à plusieurs reprises dans l'article : « l'inspectrice criminelle adjointe Petra Westman, qui a fait cette découverte macabre… », « Il est possible que le bébé ait une sœur plus âgée, estime Petra Westman, de la brigade criminelle d'Hammarby », « Westman admet que la police n'a pas encore réussi à identifier la femme assassinée ». C'est là. Voilà la raison pour laquelle elle pourrait être sanctionnée par sa hiérarchie. Les mots choisis par la journaliste ne sont pas favorables à Petra. L'emploi du verbe « admettre » semble indiquer qu'on garde certaines choses cachées, et le « pas réussi » suggère une forme de fiasco dans l'action menée par la police.

Le grand public aime ce genre de propos, mais pas le haut commandement d'une unité de police criminelle.

Petra soupire et se lève. Il est temps de prendre le taureau par les cornes et de se présenter devant le commissaire principal. Elle se dirige vers le bout du couloir et prend l'ascenseur pour le dernier étage, là où se trouvent les huiles et une partie de l'administration. En chemin, elle se répète sa ligne de défense, qu'elle juge naïve, et qui consiste à dire que ses propos ont été déformés par la journaliste, en plus du fait qu'on lui a donné l'ordre de prendre en charge l'entretien alors qu'elle manque d'expérience avec les médias.

La porte du bureau de Brandt est fermée et Petra frappe avec précaution.

— Oui, entend-elle depuis l'intérieur, sentant son dos se raidir avant qu'elle n'ouvre et entre.

— Petra ! s'exclame le commissaire principal, qui se lève de son siège avec un large sourire. Bienvenue !

Petra lui sourit en retour, tandis qu'il s'avance vers elle la main tendue. Elle s'attend à un salut formel, mais a droit à une chaleureuse poignée de main. Il relâche sa prise et d'une pression dans le bas du dos, l'invite à s'installer dans un fauteuil près de la fenêtre. Petra s'assied à l'endroit indiqué tandis qu'il reste debout à l'observer, d'un regard impénétrable.

La cage thoracique, se dit-elle. On dirait qu'il va tomber en avant. Son centre de gravité est placé dans sa cage thoracique. Comme Groucho Marx.

— Café ?

— Non, ça va, merci, répond Petra en soulignant son refus d'un geste défensif.

— De l'eau gazeuse ?

— Je veux bien.

— Deux Loka, s'il vous plaît, prononce-t-il dans l'interphone placé sur son bureau, avant de venir s'asseoir dans l'autre fauteuil.

La table ronde qui les sépare est trop petite pour l'empêcher de poser une main sur l'épaule de Petra quand il lui demande :

— Comment avance l'enquête ? Ça semble un peu laborieux ?

Le contact physique tétanise Petra, mais elle tente de répondre avec l'air le plus détendu qui soit :

— Oui, on peut dire ça. Nous avons toutes les peines du monde à ne serait-ce qu'identifier la femme. Et aucun des garagistes interrogés n'a eu de réparation à effectuer sur un véhicule dont les dégâts pourraient correspondre aux blessures de la victime ou aux dommages sur la poussette.

On frappe à la porte et Brandt ramène sa main à lui. Une femme d'âge moyen apparaît, le stéréotype de la secrétaire, en jupe et chemisier, avec un collier de perles. Elle pénètre dans la pièce avec deux verres et deux bouteilles d'eau minérale sur un plateau, qu'elle dépose sur la table basse. Elle les salue aimablement d'un signe de tête avant de ressortir et de refermer la porte.

— Oui donc, tu disais que les choses avancent péniblement, soupire Brandt qui la contemple à la manière dont un adulte pose son regard sur un enfant qui vient de tomber et s'est fait mal.

Petra se verse de l'eau et boit, tandis que Brandt continue à l'observer, la tête inclinée sur un côté.

— Mais on va vite trouver la solution, ajoute Petra sur un ton qui se veut ferme.

— Sûrement, acquiesce Roland Brandt. J'ai appris pas mal de choses sur toi dans l'article d'*Aftonbladet*.

— Sur moi ? s'exclame Petra. Il parlait plutôt de l'affaire. J'ai juste répondu à quelques questions.

— Et tu l'as bien fait.

Quel foutu regard. C'est celui qui doit correspondre à « il plonge son regard dans ses yeux ». Je veux juste que cette conversation avance et qu'on en finisse, se dit Petra.

— Je suis heureuse de l'entendre. J'ai essayé de m'en tenir aux faits. Ne pas trop en dire et ne pas laisser place aux spéculations. Vous ne pensez pas que...

— Avec en prime une photo de toi, l'interrompt-il. Belle femme.

Il lui adresse un large sourire.

— J'imagine que tu as dû te faire mal, ajoute-t-il en baissant le regard vers les jambes croisées de Petra et en jetant un regard sur le pantalon de survêtement en loques de la photo.

— Non, rien de méchant, réplique-t-elle en se tortillant sur son fauteuil. Il fallait bien que je sorte le bébé des fourrés. Il y a des fois où le sacrifice s'impose, ajoute-t-elle dans un rire qu'elle-même trouve à la limite de l'hystérie.

Il n'est d'ailleurs que le reflet exact de son état d'esprit du moment. Le regard du commissaire principal se promène lentement sur son corps avant de plonger dans ses yeux.

— Tu aimes les enfants, lance-t-il de manière inopinée.

Petra ne sait plus comment s'en sortir. Elle envisage d'abord de ne rien répondre du tout, de se lever et de quitter la pièce. Mais elle réussit à dominer sa pulsion et à se ressaisir. Pour la suite de sa carrière, se dit-elle. Pour ne pas gâcher toutes les perspectives d'avancement sur un unique coup de tête. Pas de doute, elle se trouve face à un individu mentalement perturbé. Mais autant ne pas s'en préoccuper. Pour une malheureuse fois, se dit-elle, laisse-le te dévorer des yeux et dire n'importe quoi.

— Oui, répond-elle en expulsant l'air de sa poitrine sans que cela ressemble trop à un soupir d'exaspération. J'aime beaucoup les enfants.

Comme il reste assis à l'observer sans rien dire, elle se sent obligée de rajouter quelque chose. Le silence est trop pesant.

— Mais pensez-vous que je me suis ridiculisée dans cet entretien ? Je n'ai pas l'habitude des médias et j'étais très sceptique…

— Petra, approche-toi, coupe Roland Brandt sur un ton sucré dégoulinant comme du miel. Ne t'inquiète pas, tu as fait du très bon travail. Viens plus près.

Il agite légèrement la main. Petra est sur le point de lui tourner le dos, mais elle ne veut pas tout bousiller. Tiens bon, se dit-elle, avant de se lever pour faire deux pas vers lui.

— Je devrais plutôt dire que tu *fais* du bon travail, précise-t-il en tendant sa main gauche vers elle.

Elle garde les bras le long du corps, sans tenter quoi que ce soit d'autre.

— Pour te prouver mon estime, j'ai pensé t'inviter à dîner ce soir, enchaîne-t-il, en lui souriant comme s'il était le père Noël.

— Ce n'est pas nécessaire, réplique aussitôt Petra. Je suis contente de savoir que vous appréciez mon travail, mais ce soir, j'ai beaucoup à faire.

Il lui prend une main et l'attire à lui. Petra n'ose pas se débattre. Elle sait qu'en agissant de la sorte, c'est comme si elle manifestait ouvertement qu'elle considère ce geste comme un acte déplacé et non amical.

— Il n'y a pas que le travail, Petra, même s'il est vrai que j'apprécie le tien, lui dit-il dans un sourire. J'ai déjà réservé une table pour ce soir 20 heures chez Mathias Dahlgren. Ça ne se refuse pas.

— Mais je n'ai pas le choix, Roland, répond-elle. (Et en le prononçant, ce « Roland » sonne bizarrement à son oreille.) J'ai d'autres projets pour la soirée.

D'un coup, elle sent qu'il lui tire sur le bras. Qu'essaie-t-il de faire ? Incroyable, il tente de la contraindre à s'asseoir sur ses genoux. Mais elle reste forte, inébranlable, bien campée sur le sol, ses mains luttant contre celles du commissaire principal. Une telle situation ne peut pas être réelle.

— Moi aussi, Petra, j'ai fait des projets. J'ai pensé qu'après le dîner, nous pourrions prolonger la soirée ensemble quelques étages plus haut.

Quelques étages plus haut ? Petra ne comprend pas l'insinuation. Mais le sens lui apparaît clairement quand il lui lâche la main pour lui agripper la cuisse droite. Elle sent aussitôt qu'elle vient d'atteindre la limite de sa tolérance. Elle recule d'un pas et se place hors de portée du commissaire principal, qui s'assied alors dans son fauteuil, bouffi d'orgueil, et part d'un ricanement amusé.

— Je suis désolée de devoir dire ça, lance Petra, résolue, mais je ne peux interpréter votre comportement que d'une seule manière. Je trouve cela choquant. Et ce que vous venez de faire peut s'apparenter à du harcèlement sexuel.

Suite à quoi elle lui tourne le dos et se dirige vers la sortie.

— Tu plaisantes, Petra ? lance-t-il alors qu'elle a déjà la main sur la poignée. Il me semble que tu as dit que j'étais sexy, enchaîne-t-il avec une touche de triomphe dans la voix, qui n'échappe pas à Petra.

La porte est ouverte.

— Je n'ai pas dit ça, rétorque-t-elle froidement. Ce sont des paroles qu'un autre a placées dans ma bouche.

Petra abandonne Roland Brandt à son sort sans même se retourner. Dans sa tête, elle entend la phrase « ne pas laisser place aux spéculations » résonner en boucle.

Mardi matin

Sjöberg a mal au crâne. La veille au soir, il a réussi à se mettre au lit vers 23 heures, après avoir avalé des bâtonnets de poisson aux macaronis. Malgré son état d'épuisement, par habitude, il a résolu la page jeux du quotidien *DN*, avant d'éteindre sa lampe de chevet, et de s'endormir aussitôt.

Cinq heures plus tard, c'est son propre cri qui l'a réveillé. Joliment encadré par la masse de cheveux roux qui ondulait comme des flammes, le visage de Margit Olofsson et son habituelle expression sereine ont encore écourté son sommeil. Elle l'a d'abord considéré avec un certain étonnement, avant de bouger voluptueusement ses hanches dans l'encadrement de la fenêtre, et c'est alors qu'il est tombé. Il a perdu tout contrôle et a chuté.

Une fois éveillé, bien que totalement fourbu, il n'a pas pu retrouver son calme. Le quotidien du matin pas encore livré, il s'est levé pour se caler devant la télévision et faire défiler des programmes du câble. Il a reconnu le bruit familier, et s'est demandé si c'était Joakim Andersson qui venait de glisser le journal dans la fente de la porte d'entrée. Il a lu chaque page de son quotidien dans le silence de l'appartement vide, avant de prendre un vrai petit déjeuner, de se préparer et de se rendre au travail.

Il est maintenant assis à se masser les tempes et à tracer les grandes lignes de ce que seront les auditions du jour. Il est 7 heures passées. Autant essayer de mettre la main sur le plus grand nombre de ces passagers solitaires du ferry avant qu'ils ne partent au travail. Il avait pensé placer Lotten sur le coup, mais puisqu'elle n'est pas encore arrivée, il vaut mieux qu'il s'y attelle lui-même. Au moment où il décroche son téléphone de bureau, son portable se met à sonner. C'est Kaj Zetterström, le médecin légiste qui l'appelle de Åbo, où il se trouve pour l'autopsie et le retour de la dépouille en Suède.

— Tu es déjà debout ? demande Sjöberg.

— Il y a une heure de plus ici, à cause du décalage. C'est *toi* qui es tombé du lit.

— Aujourd'hui, oui. Mais pourquoi tu m'appelles si tu croyais que je n'étais pas au bureau ?

— Ah, t'es pas réveillé, toi ! Je t'appelle sur ton portable et je pensais te laisser un message. Comment tu veux que je devine où tu es ?

— J'abandonne, tu as gagné ! Comment ça se passe là-bas ?

— Tu as parlé à Nieminen ?

— Aujourd'hui ? Non, pas encore. Je devrais ?

— Il a essayé de te joindre sur ton portable, il t'a sûrement laissé un message.

— Quel connard d'opérateur ! jure Sjöberg. Les SMS sont bloqués en permanence. Je les reçois parfois plusieurs heures après leur envoi. Bon, raconte-moi ce qui se passe.

— Le sperme retrouvé sur la victime ne correspond pas à l'ADN de Joakim Andersson.

— Ça alors ! Je ne sais pas si c'est une bonne nouvelle ou pas. En tout cas, il a dit la vérité. Au moins sur ce point, précise Sjöberg.

— Mais pas sur tout, reprend Zetterström. Ce que Nieminen voulait te faire savoir, c'est qu'ils ont mis la main sur les deux hommes en costume, ceux assis près du bar dans la discothèque.

— Bien joué, enfin une percée.

— Attends, écoute le reste. Nieminen est un type intelligent. Comme il ne savait pas vraiment s'il s'agissait d'eux et qu'il avait juste un pressentiment, il leur a fait croire qu'ils avaient été vus sur les lieux en présence de la jeune fille.

— Il les a entendus simultanément ? intervient Sjöberg.

— Oui, il est tombé sur eux à leur bureau. Ils sont consultants dans je ne sais plus quel domaine et travaillent au même endroit. Les Finlandais vont passer au crible leurs activités professionnelles pour voir dans le détail de quoi ils s'occupent. Toujours est-il qu'il les a bernés en affirmant qu'ils avaient menti au cours des premières auditions en prétendant ne pas connaître la jeune fille. Il s'est retrouvé avec un avantage psychologique sur eux et a qualifié leur attitude de « pour le moins étrange », vu la gravité de la situation. Et subitement, ils ont tous les deux admis qu'ils étaient avec la victime dans la discothèque mais aussi qu'ils avaient eu des rapports sexuels avec elle dans leur cabine.

— Merde alors ! Quel âge ont-ils ?

— La quarantaine.

— La pauvre petite. Pourquoi aller se mettre dans une telle situation ? Tu crois qu'ils l'ont violée ?

— Il n'y a aucune trace de viol sur le corps de la victime, et ils nient fermement que ça en soit un. Mais impossible de l'attester avec certitude. Elle avait un gramme et demi d'alcool dans le sang.

— Alors, pourquoi ils ont menti ? Ils ont juste aggravé leur cas.

— Peut-être parce qu'elle avait seize ans et eux quarante, réplique Zetterström avec cynisme. Ou parce qu'ils sont tous les deux mariés.

— Ou qu'ils s'occupent d'affaires pas très nettes et qu'ils ne veulent pas qu'on vienne fourrer notre nez, suggère Sjöberg.

— Comme je te l'ai dit, les Finlandais sont en train de vérifier ça.

— À propos de Joakim, quand tu as insinué qu'il ne semblait pas avoir dit la vérité sur tous les points. Qu'est-ce que ça signifie ?

— Après en avoir fini avec la jeune fille, les deux Finlandais – qui s'appellent Helenius et Grönroos – sont ressortis pour continuer la fête. Dans le couloir, juste à l'extérieur de leur cabine, ils affirment avoir vu un homme et ils sont tout à fait convaincus qu'il s'agit de la personne qu'on leur a montrée en photo, Joakim Andersson. Ils précisent qu'il était clairement posté là, mais qu'il a filé dès qu'ils sont sortis, prétendant chercher son chemin.

— Et ils commencent par nous dissimuler cette information ! s'exclame Sjöberg. La jeune fille avec qui ils viennent de coucher a été retrouvée assassinée, et ils cachent ce genre d'élément qui pourrait confondre l'assassin. Quels salopards ! « Je ne voulais pas que ma femme soit au courant. » Mais il faut faire tomber ces pourris. J'espère qu'en plus, on va les coincer pour trafic de drogue ou un truc dans le genre.

— Il est possible qu'ils mentent, fait remarquer Zetterström. Ils peuvent avoir inventé ça pour détourner les soupçons.

— Ça donne encore plus envie de les coincer. Comment sont les techniciens sur place ? Ils font du bon boulot ? Ou est-ce qu'on devrait leur envoyer Hansson ?

— Je ne crois pas que ce soit nécessaire. Ils ont l'air sérieux.

— Tout ce qui a été prélevé dans le local des toilettes doit être analysé. Dans le moindre détail. Il faut comparer ça avec l'ADN de ces deux messieurs en costume et de Joakim.

— Ce n'est pas à moi que tu dois le dire, se défausse Zetterström. Je ne fais que relayer les informations.

— Je vais en parler à Nieminen. Il est avec toi ?

— Non, on ne travaille pas au même endroit de la ville.

Sjöberg le remercie pour les renseignements et raccroche. Puis il appelle Nieminen pour discuter de ces nouvelles données. Le Finlandais lui indique aussi qu'ils ont trouvé la somme de cinq cents couronnes dans une poche du jean de Jennifer Johansson. En soi, ce n'est pas beaucoup, mais une pensée traverse néanmoins l'esprit de Sjöberg : peut-être s'est-elle vendue aux deux Finlandais. Il demande à Nieminen de lui faire parvenir des photos d'eux. Ils conviennent que Stockholm creusera la piste de l'homme du bar et accentuera la pression sur Joakim Andersson. De son côté, la police d'Åbo interrogera les voyageurs solitaires de sexe masculin déjà débarqués en Finlande et poursuivra l'enquête sur Helenius et Grönroos.

Jamal apparaît à la porte, frais et bien mis, comme d'habitude.

— Bien dormi ? demande-t-il à Sjöberg.

— Pas du tout. Je rêve comme un malade. Mais toi, tu as l'air en forme. Tu es resté tard, hier soir ?

— J'ai passé encore un bon moment à étudier les listes.

— C'est courageux. Et qu'est-ce que ça t'a apporté ?

— Je ne sais pas. Je veux juste m'imprégner des noms. Les avoir en mémoire, en cas de besoin. Sentir si un déclic se produit.

— Et alors ? Tu l'as eu ?

— Non, mais on ne sait jamais. Tôt ou tard, peut-être.

— J'ai parlé avec Zetterström et Nieminen. Assieds-toi, je vais te raconter. Eriksson est arrivé ?

— Je crois que oui. Je vais le chercher.

Sjöberg fait un point sur la situation avec ses deux collègues, avant qu'Eriksson ne s'éclipse. Sjöberg comprend qu'il est également très pris par l'affaire du parc de Vita Bergen, et le libère dès son compte rendu terminé.

— On devrait convoquer Joakim Andersson, suggère Jamal.

Sjöberg secoue négativement la tête.

— Je suis curieux d'en apprendre plus sur cette famille, et je crois que je préfère aller chez eux. Pour saluer la maman. Et avec un peu de chance, également rencontrer cette brute de père, s'il n'est pas déjà parti au travail.

Sjöberg jette un coup d'œil à sa montre. Il est 7 h 30.

— On sait bien que dans les banques, les horaires de travail sont particuliers. Il est possible qu'il soit encore à la maison. Je propose que tu t'attelles à la liste des passagers solitaires. Appelle-les toi-même, ou fais-toi aider par Lotten, et qu'ils soient convoqués ici à, disons quinze minutes d'intervalle. Je pense être de retour vers midi. Après, tu peux compter sur moi, on se partagera les interrogatoires.

— Pour en revenir à la famille, dit Jamal. Drôles de gens que ces Johansson ! Et les filles ont été élevées dans ce milieu sans rien connaître d'autre. Même après la disparition de papa Johansson, elles auraient pu au moins bénéficier de l'appui des grands-parents, des oncles et tantes, des cousins. Ou des voisins, qu'importe. Il aurait pu y avoir quelqu'un qui se préoccupe d'elles. Je crois que c'est la faute du système de l'État providence. C'est comme si on n'avait plus besoin de s'entraider. La société s'en charge à notre place.

Il reste silencieux quelques secondes à méditer ce qu'il vient de dire. Sjöberg attend la suite.

— Ce que je veux dire, c'est qu'une chose pareille n'est pas arrivée pas à Jennifer Johansson par hasard. Qui sait dans quelle mesure elle n'a pas provoqué les choses. Elle vivait dans un milieu où tout le monde était potentiellement dangereux à sa manière, pour soi-même ou pour les autres. Elle ne savait pas différencier les vrais dangers des situations banales. Elle a donc pu en venir à accepter n'importe quelle compagnie, ou à faire n'importe quelle connerie. Jusqu'à commettre un acte très stupide ou très moche.

— Et comme ça, elle n'aurait qu'à se blâmer elle-même pour ce qui s'est passé ? questionne Sjöberg, moqueur, souhaitant balayer cette spéculation.

— Plutôt le contraire. Ce que je veux dire, c'est qu'elle n'était pas en mesure de se défendre. Cette histoire dans la cabine avec les Finlandais… La personne qui marche dans un plan comme ça, qu'est-ce qu'elle sait de la vie ?

— Bien trop de choses, affirme Sjöberg.

— Ou rien du tout. Je ne suis pas sûr que cet événement soit à coup sûr lié au meurtre, mais il nous apprend une chose : Jennifer Johansson était capable d'aller loin.

— Ou incapable de décider quoi que ce soit, rétorque Sjöberg. Elle n'était qu'un roseau agité par le vent. Ballottée de toutes parts sans pouvoir prendre en main son destin.

— C'est l'image que tu as d'elle ? Qu'elle était une idiote qui se laissait manipuler par les autres ?

— Non, pas dans ce sens. Mais pour ce qu'elle a subi, elle n'est en rien responsable.

— Elle avait seize ans. C'était juste une enfant. On va coincer ce salaud, Conny.

— On va faire ce qu'il faut, confirme Sjöberg.

*

Ce lundi soir, il fait déjà sombre quand Barbro arrive à son domicile rue du Dr Abelins Gata. Elle est fatiguée, affamée et frustrée. Elle avale un petit quelque chose, se couche et s'endort comme une masse.

Elle se réveille en colère. Surtout contre elle-même, pour ne pas s'être mise en route plus tôt la veille, et par conséquent pour avoir dû abandonner les recherches après son passage aux jardins ouvriers de Zinken. Mais c'est aussi la situation qui la met hors d'elle. Face à l'éventualité qu'une petite fille de trois ans ait été abandonnée par ses parents, comment la police peut-elle ne pas considérer la question avec plus de sérieux et laisser la responsabilité du problème aux mains d'un agent débordé par son travail de standardiste ? Au fond d'elle-même, elle connaît la réponse. C'est simplement qu'elle a manqué de force de conviction, peut-être à juste titre d'ailleurs. Dans ce cas précis, ce serait même souhaitable. Barbro aimerait bien s'apercevoir qu'Hanna est juste une petite fille à l'imagination fertile, qui s'est amusée à inventer des histoires palpitantes au téléphone, pendant que sa maman était à la buanderie. En même temps, Barbro n'aime pas l'idée qu'on puisse la prendre pour une vieille dame perdue, alors qu'il y a sept ans, elle était encore une universitaire active et un pilier de la société. Pour faire court, elle se sent blessée, comme si on lui avait marché sur les pieds. Une journée entière s'est écoulée depuis qu'elle a parlé avec ce Nyman de la police criminelle régionale, et elle n'a pas l'intention de le laisser tranquille. Autant profiter de sa colère avant qu'elle ne s'estompe. Elle se souvient d'une histoire qu'elle a lue sur Internet. Un homme se réveille une nuit et remarque la présence de voleurs dans son garage. Il appelle la police et raconte ce qui se passe, mais on lui répond qu'il y a beaucoup à faire et qu'aucune voiture de patrouille n'est disponible. L'homme rappelle un peu plus tard pour expliquer qu'il ne faut plus tenir compte de son précédent coup de fil, qu'il vient de tirer lui-même sur les intrus. Deux minutes plus tard, six voitures de police débarquent chez lui et les malfaiteurs sont arrêtés. « Vous aviez dit avoir tiré sur les voleurs ? l'interroge l'un des policiers.

— Et aussi ne pas avoir de voitures de patrouille disponibles », réplique l'homme. Forte de cela, Barbro considère qu'elle devrait grossir le trait en ce qui concerne son affaire. Elle pourrait ajouter un mensonge, par exemple que la petite fille lui aurait affirmé que sa mère gisait morte dans leur appartement. Mais elle finit par renoncer à l'idée.

S'il s'avère que toute l'histoire n'est qu'un malentendu, elle peut se retrouver accusée d'avoir déclenché une fausse alarme et elle ne souhaite pas prendre un tel risque.

Elle se rend compte que, rien qu'à sa voix, Nyman l'a tout de suite considérée comme une sorte d'hystérique à la Miss Marple, et elle a bien l'intention de le faire changer d'avis. Elle va donc endosser le rôle d'un chien de chasse irascible. Encore vêtue de son pyjama, elle se redresse et attrape le téléphone, toutes dents dehors.

— Barbro Dahlström à l'appareil. Nous nous sommes parlé hier, comme vous vous en souvenez sûrement. J'aimerais savoir si vous êtes parvenu à localiser l'origine de l'appel que j'ai reçu dimanche soir dernier.

Rien que les faits, pas de bavardage sur une petite fille abandonnée qui la ferait juste passer pour une personne émotive et sujette à caution.

— La question a été transmise à l'opérateur, réplique Nyman.

Barbro se demande s'il dit vrai.

— Comme je vous l'ai expliqué, la recherche peut prendre jusqu'à une semaine s'ils ont beaucoup à faire, poursuit-il, ce qui est le cas la plupart du temps.

— Vous avez aussi dit que cela pouvait ne prendre que vingt-quatre heures si la situation était prioritaire. Comme dans ce cas précis, ajoute Barbro.

— Oui et non, on n'est pas dans une situation véritablement prioritaire, avance Nyman, mais Barbro le contre aussitôt.

— Ça peut très vite le devenir. Si, dans quelques jours, on retrouve une fillette de trois ans morte chez elle, vous regretterez peut-être de ne pas avoir donné la priorité à cette affaire. À mon avis, il vaut mieux s'éviter de prendre un tel risque.

— Dis comme ça, c'est bien alarmant, constate Nyman en ponctuant d'un rire. Et je vais faire tout mon possible. Au-delà de ça, il n'y a même pas vingt-quatre heures que vous nous avez prévenus.

Barbro jette un regard à sa montre. Il est tout juste 8 h 15. Elle devrait s'estimer heureuse qu'il soit déjà au travail. Mais elle ne se sent pas particulièrement reconnaissante. Au contraire, elle a plutôt le sentiment qu'une fois de plus, il ne la prend pas au sérieux.

— Ça ne doit pas être bien difficile, lance-t-elle sur le ton le plus cassant qui soit. Veillez juste à ce que ce soit fait, et vous vous éviterez de m'avoir sur le dos. Je vous rappellerai dans la journée.

Barbro raccroche. Elle est toujours aussi en colère, mais sa détermination à faire aboutir sa requête s'est encore accrue. Dans un grognement hargneux, elle évacue le souvenir du ton condescendant employé par ce type de la criminelle, et une demi-heure plus tard, elle referme la porte de son domicile pour entamer une nouvelle journée d'exploration dans les jardins ouvriers de Stockholm.

*

Comme prévu, c'est Joakim qui lui ouvre la porte de l'appartement à 8 h 15. En voyant Sjöberg, il affiche d'abord un air surpris, qui se mue bientôt en crainte.

— Je passais dans le coin, explique Sjöberg.

Un mensonge innocent.

— Je me suis dit que ça t'éviterait une nouvelle convocation au commissariat dans la journée.

Joakim le regarde. Sjöberg se rend compte que derrière ces yeux, les pensées se bousculent.

— Comme tu dois déjà t'occuper de ta maman, enchaîne Sjöberg en voyant qu'il n'obtient pas de réponse. J'ai quelques questions à te poser, si tu n'y vois pas d'inconvénient. Je peux entrer ?

— Oui... bien sûr, bredouille Joakim avant de reculer de quelques pas.

Il reste planté là dans l'entrée, et Sjöberg a l'impression que le jeune homme préférerait qu'il ne pénètre pas davantage dans l'appartement. Malgré cela, le policier enlève ses chaussures et avance vers Joakim sans retirer sa veste. Ce dernier semble collé au sol, le regard teinté de désespoir.

— Bon, dit Sjöberg d'un ton tranquille, un peu exagéré. On y va alors ?

Joakim recule vers le mur et le laisse passer. Sjöberg pénètre dans la salle de séjour et jette un regard vers le coin canapé.

— C'est une perquisition ou... ?

— Pas du tout, l'interrompt Sjöberg avec calme. Je me repère juste un peu.

Il continue en visitant la cuisine de petite taille. Elle n'est meublée que d'une table pour deux. Près de la fenêtre donnant sur la cour intérieure, on trouve le plan de travail, les rangements et la cuisinière. Le réfrigérateur est placé contre le mur opposé, près d'un placard qui pourrait être un débarras. Si le mobilier est bas de gamme, le tout est propre et bien rangé.

— Où se trouve ta maman ? questionne Sjöberg d'une voix qui se veut impassible.

— Elle dort, réplique Joakim en vitesse. Qu'est-ce que vous vouliez me demander ?

Sjöberg, sur le point de sortir de la cuisine, répond par une nouvelle question :

— C'est là-bas qu'elle est couchée ?

Sjöberg repasse par le séjour meublé sans inspiration, d'une bibliothèque sans livres, du traditionnel coin canapé, et d'un téléviseur qui a connu des jours meilleurs. Un cendrier à moitié plein trône sur la table. La fenêtre est parée de rideaux jaunis semi-transparents. Le petit couloir d'en face abrite une penderie, l'accès à la salle de bains, et se termine par deux portes fermées. Derrière l'une d'entre elles, on perçoit les voix émanant d'un programme radio ou télévisé. Sjöberg frappe avec une certaine prudence, et adresse en même temps un sourire qui se veut candide à Joakim.

— Vous n'avez peut-être pas besoin de faire ça, implore Joakim.

Mais Sjöberg fait abstraction de tout apitoiement et se laisse guider par sa curiosité. Il appuie sur la poignée et ouvre la porte, bien décidé à ne rien montrer de ses émotions.

De taille modeste, la chambre est occupée dans son entier par un lit double. Le téléviseur est fixé au mur qui lui fait face. Une femme est allongée sur le lit, vêtue d'une immense robe de chambre bleu ciel. Elle est jambes nues, d'énormes poteaux appartenant à un corps gigantesque, totalement démesuré. Sa tête sans cou ressemble à une citrouille colossale, dont la peau sèche est fendillée et rugueuse.

Sjöberg n'a jamais rien vu de semblable. La personne sur ce lit n'est pas un être humain, mais un monstre. Perdus au milieu de ce visage gigantesque, deux petits yeux enfoncés le regardent avec effroi. Comme il avait prévu de le faire, Sjöberg parvient tout de suite à masquer son horreur et son dégoût, même si jamais il ne s'était attendu à découvrir une femme pareille derrière cette porte. Il lui adresse un sourire amical et s'adresse à elle avec une vigueur exagérée :

— Bonjour, bonjour. Je m'appelle Conny Sjöberg. De la police criminelle d'Hammarby.

Elle a toujours l'air terrorisé, mais elle lui répond d'une jolie voix claire, comme irréelle :

— Bonjour.

Sjöberg ne sait pas quoi dire. Il considère la possibilité d'enchaîner par une ou deux phrases de politesse, mais après quelques secondes d'hésitation, le représentant de la loi en lui reprend le dessus.

— Il semblerait que vous ayez besoin d'être prise en charge par des professionnels. C'est Joakim qui s'occupe de vous ?

— Oui, et il le fait très bien. On s'en sort comme il faut.

— Vous êtes en contact avec un médecin ?

— Je ne suis pas vraiment malade.

Son regard passe de cet étranger effrayant à son fils :

— Pourquoi tu as fait venir la police ?

Sjöberg répond à la place de Joakim.

— C'est juste une question de routine. Rien qui vous concerne. Je suis ici parce que nous enquêtons sur un meurtre. Une personne que Joakim connaît a été tuée. Vous êtes au courant ?

— Non, répond-elle, surprise, avant de se tourner vers son fils pour qu'il lui fournisse une explication.

Depuis d'innombrables années, cette femme passe sa vie dans ce lit, coupée du monde, privée de toute responsabilité, heureuse d'ignorer ce qui se passe à l'extérieur de sa chambre.

— Vous ne pouvez pas continuer comme ça, affirme Sjöberg. Vous avez besoin de soins médicaux. Il n'est pas envisageable que vous restiez couchée ici. Joakim n'est pas capable d'en assumer seul la responsabilité. Il n'est pas formé pour ça. Il a vingt-quatre ans, et toute la vie devant lui. Je vais prendre contact avec les services sociaux concernés. C'est mon devoir.

— Mais que vont dire les gens… ?

C'est la seule phrase qu'elle laisse échapper.

Sjöberg trouve les mots détestables. Des propos qui conditionnent la vie de tellement de personnes, dans ce pays où il faut toujours savoir rester discret. Il a bien envie de lui répliquer qu'elle aurait dû y penser avant. Mais que sait-il de la raison qui l'a conduite à se retrouver dans cette chambre ? C'est peut-être sa façon de fuir les exigences que la vie lui impose. Elle s'est peut-être abandonnée à la boulimie pour ne plus voir que son mari maltraite son fils, pour panser les plaies de son existence, et se murer dans un espace qu'elle peut contrôler. Même si ce n'est qu'un réduit, c'est au moins un endroit personnel – où quelqu'un s'occupe d'elle, et qui n'appartient pas aux services sociaux –, un lieu où elle échappe aux paroles blessantes et aux reproches. Elle est devenue un secret de famille, un déshonneur qui doit rester caché aux yeux du monde. Mais en réalité, pense Sjöberg, elle a la stature d'un monument. Un monument qui renferme tous les secrets d'une famille.

Sjöberg se tourne vers Joakim, resté derrière lui dans le couloir à regarder ses pieds.

— Passons aux questions suivantes, lui dit Sjöberg.

Mais en voyant l'autre porte, il lui vient l'idée de découvrir également ce qui se cache derrière.

La porte s'ouvre sur une chambre plus petite, meublée d'un lit individuel plutôt large et d'une table de nuit. Le store est encore baissé, et malgré l'obscurité ambiante, Sjöberg remarque que le lit n'est pas fait. Il a d'abord l'impression d'une chambre à coucher ordinaire, décorée comme le reste de l'appartement, sans aucune volonté de créer une atmosphère douillette. Mais alors qu'il s'apprête à refermer la porte, il remarque que plus d'une personne dort ici. Des vêtements qui doivent appartenir à Joakim sont jetés en tas sur une chaise placée dans un coin de la pièce. Mais devant la fenêtre, le gilet de laine et la cravate suspendus sur un valet de nuit sont de toute évidence au père. Sur le lit, il note la présence de trois oreillers et de deux couettes. Il reste un long moment debout sur le seuil de la pièce, mutique. Que peut-il, ou doit-il, dire ?

— C'est donc ta chambre ? se contente-t-il de demander.

Joakim opine, gêné.

— Et aussi celle de ton père ? ajoute Sjöberg sur le ton le plus neutre possible.

— Mmm, marmonne Joakim.

Sjöberg sent une forte inquiétude s'emparer de lui. Il éprouve une répugnance pour l'ensemble de la situation, pour le petit trois pièces à moitié délabré à l'odeur de renfermé, avec sa demi-obscurité et ses murs ternes. Un soupçon germe dans sa tête, cette famille lui semble recéler plus de secrets qu'il ne l'a d'abord cru.

Il referme la porte et regagne le séjour.

— On peut s'asseoir ? demande-t-il à Joakim en indiquant le coin canapé vert foncé.

— Bien sûr, répond ce dernier avec réserve.

Chacun d'eux s'installe dans un fauteuil. Sjöberg tente de faire abstraction de ce qu'il vient de voir. Il met son MP3 en mode enregistreur et se lance dans son interrogatoire, pour lequel il est venu.

— Nous en savons plus sur ce que Jennifer a fait durant ses dernières heures, annonce-t-il.

Joakim ne montre aucune réaction.

— La dernière fois que tu l'as vue, elle était dans la discothèque, assise en compagnie de deux hommes bien plus âgés, n'est-ce pas ?

— Oui.

— Après avoir bu un ou deux verres, ils ont quitté les lieux tous les trois ensemble.

— C'est ça, confirme Joakim d'une voix éteinte.

— Ensuite, ils ont gagné la cabine de ces deux hommes.

Pas de commentaires.

— D'après moi, Joakim, tu le savais déjà. J'ai tort ?

Le jeune homme ne dit rien et se contente de regarder ses mains.

— Joakim, quand je te pose une question, je veux que tu me répondes.

— Alors je devrais avoir un avocat ?

— Tu n'es soupçonné de rien. En tout cas pour le moment, souligne Sjöberg. Mais il est clair que si tu refuses de répondre à mes questions ou si tu me mens, tu me rends méfiant. Tu ne les as pas suivis jusqu'à la cabine et tu n'as pas attendu dehors que leur petit manège se termine ? Ça ne s'est pas passé comme ça ?

Joakim laisse échapper un profond soupir et acquiesce sans regarder Sjöberg dans les yeux.

— Si, sans doute.

— Et pourquoi tu ne nous l'as pas dit tout de suite ? questionne Sjöberg, qui connaît déjà la réponse.

— Parce que vous auriez cru que je l'avais suivie.

— C'est bien ce que tu as fait ?

— Non, mais après. Que je l'avais tuée.

— Et ce n'est pas le cas ?

— Non.

— Mais tu l'as suivie. Pourquoi ?

— Je voulais savoir ce qu'elle faisait. Ce qu'elle avait en tête.

— Tu veux dire, vous concernant ?

— Oui.

— Et qu'est-ce qu'elle pensait de votre histoire ?

— Rien, apparemment.

— C'est exactement ce que je pense aussi, le provoque Sjöberg. J'ai l'impression qu'elle avait perdu tout intérêt pour toi.

Joakim reste muet et ne laisse rien paraître. Sjöberg l'observe en silence, avant de continuer :

— Et donc, selon toi, qu'est-ce que Jennifer faisait dans la cabine ? Avec ces deux types.

Pas un mot.

— Joakim, quand je te pose une question, tu es tenu de répondre. Si tu préfères, je peux t'emmener au commissariat.

— Ils... couchaient sans doute ensemble, chuchote presque Joakim.

— Oui, c'est ça, Joakim. Une histoire de sexe. Ça a dû être un choc pour toi. Le fait qu'elle te trompe.

— Pas vraiment. Je m'attendais pas à autre chose.

— Tu ne t'attendais pas à autre chose, répète Sjöberg. À ta place, j'aurais été vraiment furieux. Et je crois bien que tu l'étais, toi aussi. Je pense que tu éprouvais une telle colère à l'égard de Jennifer que tu ne savais pas quoi faire. Et tu l'as donc surveillée toute la soirée. Tu l'as suivie quand elle est repartie. Tu as attendu le moment opportun pour te retrouver seul avec elle. Sans que personne puisse vous voir. Comme dans ces toilettes situées près des machines à sous. Et alors, tu l'as tuée. Voilà ce que je crois.

— Je ne l'ai pas tuée.

Sa voix l'abandonne et ses paroles semblent confuses.

— Je pense que si, Joakim. Tu l'as tuée, après plusieurs heures à planifier la chose. À attendre le bon moment.

— C'est pas vrai.

— On finira par découvrir la vérité. Le meurtrier a laissé des traces de pas à l'intérieur des toilettes. Si on découvre ne serait-ce qu'un cheveu de toi là-dedans, tu es cuit.

— Ça n'arrivera pas. Je ne suis jamais entré dans ces toilettes. D'ailleurs, il n'y aurait rien de bizarre à retrouver mes empreintes sur elle. Jennifer a passé tout le début de soirée assise sur mes genoux.

— Alors qu'est-ce que tu as fait, Joakim ? Qu'est-ce que tu as fait en constatant que Jennifer était dans cette cabine avec deux inconnus ?

— Je suis juste resté devant la porte, parce que je voulais être sûr de ce qu'ils faisaient. Je suis resté là plusieurs heures, sans savoir quoi faire d'autre. Jusqu'au moment où ils sont ressortis.

— Tous les trois ? lance Sjöberg.

— Je sais pas. J'ai juste vu les deux mecs, et après, je suis parti. J'ai fait semblant de passer là par hasard.

— Et ensuite ?

— Après, j'ai déambulé à droite à gauche. Je savais pas quoi faire.

— Tu as croisé quelqu'un qui pourrait en attester ?

— À plusieurs reprises, j'ai vu une ou deux personnes de notre bande. Mais je suis resté à l'écart. J'avais pas envie de parler.

— Et quand tu es allé te coucher, les filles étaient déjà en train de dormir ?

— Fanny et Malin, oui.

— Donc elles ne peuvent pas dire à quelle heure tu es rentré ?

— Apparemment pas, sinon elles l'auraient fait.

— C'est vraiment pas de chance. Et il était quelle heure ?

— Peut-être 2 heures.

— Mais comment as-tu ouvert ? Tu as dit toi-même que tu n'avais pas de clé.

— J'ai tapé à la porte jusqu'à ce que Fanny m'ouvre.

— Elle ne s'en souvient pas.

— Ça s'est pourtant passé comme ça.

— Les choses ne se présentent pas très bien pour toi, Joakim.

— Non.

— C'était stupide de ta part de commencer par un mensonge.

— Je sais.

— Mais maintenant, tu dis la vérité ?

— Oui.

— Rien que tu veuilles ajouter ou changer ?

— Non, rien qui me vient.

— Tu sais, enchaîne Sjöberg d'un ton aimable en posant une main sur l'épaule de Joakim, j'espère pour toi que tout ça tiendra bon. Tu comprends bien qu'on ne tolérera pas de nouveaux mensonges de ta part.

Joakim acquiesce, la mine sombre.

— Tu devrais déménager d'ici, ajoute Sjöberg quand il se lève de son fauteuil.

Alors qu'il quitte l'appartement, Joakim est toujours assis, le regard vide perdu devant lui. Sjöberg descend les escaliers à pas lourds avant de se retrouver dans la rue.

*

Lundi dernier, quand ils ont rendu visite à Jenny, à son appartement situé près de Brommaplan, elle a paru désespérée. Très triste, mais pas butée. Au final, avec l'aide de sa femme Sonja et de la petite sœur Jessica, Sandén est parvenu à lui faire comprendre qu'une vie avec Pontus la rendrait malheureuse. Qu'il ne se souciait pas d'elle, qu'il l'utilisait. Qu'il était antipathique et qu'il l'avait maltraitée. Sandén ne lui a pas avoué qu'il avait lui-même prié Pontus de prendre ses affaires et de ne plus jamais se montrer, ni même qu'il avait payé pour cela. Jenny était déjà assez affectée que son grand amour l'ait abandonnée. Tous trois partagent le même avis, elle n'a pas besoin d'en savoir davantage.

À tour de rôle, ils se sont assis auprès d'elle, l'ont réconfortée, lui ont fourni des explications. Dans le même temps, ils ont débarrassé les lieux et éliminé toute trace de Pontus. Ils ont proposé à Jenny de venir dormir dans sa chambre d'enfant au domicile familial de Önskeringsvägen, mais elle a refusé. Elle veut continuer à habiter son appartement, même si Pontus est parti. Elle n'a pas non plus accepté que l'un d'entre eux passe la nuit chez elle : sa tristesse ne l'empêche pas de s'occuper d'elle-même.

Finalement, elle les a priés de la laisser en paix. Avec de continuels regards en direction de la pendule murale, elle a manifesté le besoin de dormir et a dit ne plus en pouvoir de ce rabâchage à propos de Pontus ou de l'avenir. Un soupçon a envahi Sandén, sur un éventuel retour de Pontus qu'ils auraient programmé et qu'elle attendrait. Sur un ton amical mais déterminé, il lui a demandé si c'était le cas. Elle l'a regardé droit dans les yeux et lui a promis que non. Il s'en est satisfait, vu que Jenny est incapable de mentir. Sandén a ri quand un souvenir de Jenny enfant lui est revenu en mémoire, à propos de disparitions dans le garde-manger.

— Jenny, il manque des bonbons. Tu en as pris ?

Et là, ses yeux bleus qui étincellent, avec une pointe d'angoisse, et qui croisent les siens en toute innocence.

— Oui, papa, j'en ai pris onze.

— Onze ? Mais comment as-tu pu faire ça, tu savais bien que je serais en colère ?

— J'avais trop envie. J'ai pas pu m'empêcher.

Pas plus que tu ne peux mentir, petite Jenny. La pensée n'a jamais effleuré Jenny de reporter la faute sur sa petite sœur ou juste de nier avec impudence. C'est un trait de caractère inhérent à son handicap. Elle éprouve déjà pas mal de difficultés à comprendre son environnement, alors il ne lui viendrait jamais à l'esprit de pouvoir relater des événements qui n'ont pas eu lieu.

Il ne se sent donc pas inquiet quand il descend de voiture à Spinnrocksvägen, près de Brommaplan. Si Jenny affirme que Pontus n'a pas l'intention de réapparaître, on peut la croire. En tout cas de son point de vue à elle. Il compose le code d'entrée de l'immeuble, monte au premier étage, et sonne à la porte de l'appartement de sa fille. Heureusement, sa femme Sonja et lui-même sont propriétaires de ce studio. Une précaution qu'ils ne regrettent pas aujourd'hui.

Il colle son oreille à la porte et n'entend rien venir. Il sonne à nouveau. Toujours rien. Il abaisse la poignée pour s'assurer que la porte est fermée à clé, comme il lui a demandé de le faire systématiquement. La porte n'est pas verrouillée. Elle s'ouvre, il fait un pas dans le hall d'entrée et appelle sa fille. Toujours pas de réponse. Sans retirer ses chaussures, il pénètre dans la pièce et promène un regard inquiet autour de lui. Il a juste le temps de constater que le lit est défait avant que la porte de la salle de bains ne s'ouvre. Jenny apparaît, vêtue d'un peignoir et les cheveux entourés d'une serviette.

— Tu es supposée fermer le verrou… commence-t-il avant de voir apparaître un homme derrière elle.

Sandén reste bouche bée. Jenny ne lui a pas menti. Ce n'est pas Pontus qui croise son regard et lui sourit, sans manifester la moindre gêne. C'est un autre homme, nu, qui se fraie un passage derrière elle et franchit l'embrasure de la porte, avant d'avancer avec insouciance jusqu'au fauteuil du salon et de commencer à s'habiller. Il est grand et musclé, brun, pas rasé.

— Mais merde, t'es qui, toi ? finit par sortir Sandén, tandis que des milliers de pensées se bousculent dans sa tête. Bordel, c'est qui ? demande-t-il alors à Jenny, qui se tient là debout comme pétrifiée, et qui le regarde avec des yeux remplis à la fois de crainte et de désespoir.

— Papa, il ne faut pas débarquer ici comme ça, sans téléphoner, répond-elle d'une voix piteuse. J'ai bien le droit d'avoir ma propre vie.

— C'est qui, bordel ? répète-t-il, et il se tourne vers l'homme qui ne montre pas le moindre empressement. Dégage d'ici ! lui lance-t-il d'une voix résolue qui l'étonne lui-même. On ne sert pas le petit déjeuner. Dehors !

— Oui, je m'en vais, réplique l'homme. Calme-toi.

Sandén le suit des yeux en silence, jusqu'à ce que l'homme quitte l'appartement, avec un clin d'œil à l'adresse de Jenny. Elle y répond par un sourire affligé et s'assied sur le bord du lit. Sandén s'installe à ses côtés et l'entoure de son bras. Il n'a jamais trouvé facile de crier sur sa fille aînée, et cette fois-ci, il n'est pas sûr que ce soit nécessaire.

— Qu'est-ce que tu fabriques, Jenny ? demande-t-il avec prudence. Qui était cette personne ?

— Dejan.

— Dejan ? Mais où l'as-tu rencontré ?

— C'est un copain de Pontus, répond-elle sans le regarder dans les yeux.

— Un copain de Pontus ? Mais... ? Tu étais encore assise là hier soir, à pleurer parce que Pontus était parti. Et voilà que tu laisses un copain à lui rentrer ici ! Peut-être même que ce n'est pas la première fois ?

Elle ne réagit pas et incline sa tête sur l'épaule de Sandén. Il lui caresse la joue tout en douceur.

— Tu ne peux pas faire des choses pareilles. Si on a deux hommes en même temps, ça ne peut pas être de l'amour. Et il avait l'air d'un drôle de type. Promets-moi de ne plus le revoir, Jenny.

D'un geste, il relève son visage, afin de la regarder dans les yeux.

— Tu peux me jurer de ne plus revoir Dejan ?

— Oui, je crois, réplique Jenny qui semble sincère.

— Et tu dois aussi m'assurer de fermer le verrou de ta porte. Toujours.

— Je te le promets. Mais vous ne devez pas venir ici sans me téléphoner avant.

— D'accord, répond Sandén sur un ton résigné. Mais c'était vraiment une chance que je l'aie fait cette fois-ci, sinon je n'aurais jamais su pour ce Dejan. Et je n'aurais pas pu t'aider. Tu ne crois pas ?

— Je ne veux pas qu'on m'aide.

— Je suis ton papa. Quand je considère que c'est nécessaire, je t'aide.

— Alors, trouve-moi un travail.

— J'essaie, Jenny, tu le sais. Et maman aussi. Ça va finir par se faire. C'est juste que ça prend un peu de temps.

Après avoir passé encore un moment en compagnie de sa fille et pris un deuxième petit déjeuner, il est contraint de la laisser.

L'air sombre, il s'assied au volant de sa voiture, et les interminables files de véhicules sur Drottningholmsvägen ne sont pas faites pour améliorer son humeur.

Mardi, fin de matinée

Elle a fini par se décider. Elle a songé à se confier à Nina, à lui raconter l'histoire et à lui demander conseil. Mais ce n'est pas une bonne idée. Avec Nina, on peut parler des choses du quotidien : le collège, les copains, les ragots, les fringues, les fêtes. Mais pour ce qui est des choses sérieuses, Nina écarte toute discussion d'un simple rire. Pour elle, rien n'est assez grave pour mériter de se pourrir la vie, de « se prendre la tête » comme elle dit. Et Elise est sans doute supposée avoir le même avis, puisqu'elles sont inséparables.

Nina l'a appelée lorsqu'elle a su à propos de Jennifer, mais la conversation a coupé court quand Nina a dû foncer faire quelque chose. Elise imagine Nina parader au milieu des autres pendant les pauses, répondre avec zèle à toutes les questions relatives au meurtre. Au fond, elle s'en fout de savoir comment va Elise. Une chose dont celle-ci est sûre, c'est que Nina aurait ri de cette histoire de portefeuille. Seulement, Elise a du mal à évacuer la question d'un simple haussement d'épaules. Elle ressent de la culpabilité pour le vol, et de la honte pour avoir joué la pute.

Après beaucoup d'hésitations et une nouvelle nuit sans sommeil, elle a pris sa décision. Pour une fois, elle va se plier à la règle. Elle va aller au commissariat et déposer ce putain de portefeuille. Dire qu'elle l'a trouvé, qu'il était rempli d'argent, mais qu'elle n'a touché à rien. Et c'est bien la vérité. Elle l'a depuis plusieurs jours, y a beaucoup pensé, mais n'en a rien fait. Elle a mis fin à sa carrière criminelle presque avant même qu'elle ne commence. Maintenant, elle va effacer la connerie qu'elle a commise, la rayer de sa mémoire une fois pour toutes.

Forte de ce courage nouveau, elle pénètre dans le commissariat d'Hammarby. Elle balaie du regard l'énorme hall d'entrée, avant de se diriger vers la réception.

— Bonjour, dit la réceptionniste. Je peux vous aider ?

— Je viens remettre un portefeuille que j'ai trouvé, répond Elise en essayant de paraître sûre d'elle.

— Oui, il faut vous rendre au service des objets trouvés. Prenez le couloir qui se trouve là-bas et au bout, tournez à droite. Il suffit de suivre les panneaux.

— Merci beaucoup, répond Elise, qui se met en marche dans la direction indiquée.

Au moment où elle passe devant l'escalier, elle jette un regard vers l'étage et aperçoit un visage connu. C'est l'un des deux flics d'hier, le brun, en train de descendre droit sur elle. Avant qu'elle ait le temps de détourner le visage, il la remarque et lui adresse un sourire. Qu'est-ce qu'elle va bien pouvoir lui raconter ? Il va se demander ce qu'elle fait ici, et elle ne peut pas lui expliquer qu'elle vient rendre un portefeuille. Il va se dire que dans une famille comme la sienne, on garde l'argent qu'on trouve.

— Salut, Elise, lance Jamal, en lui tendant la main.

Elle la serre et lui sourit en retour en espérant que son malaise n'est pas trop visible.

— Qu'est-ce que tu as sur le cœur ? lui demande-t-il.

Il croit bien sûr qu'elle est venue ici pour le trouver, lui ou son collègue. Elle ne parvient pas à prononcer le moindre mot.

— Il y a quelque chose que tu souhaites nous raconter ? Un détail qui t'est revenu ?

— Je… J'aimerais juste savoir où vous en êtes, finit-elle par sortir.

— On fait de notre mieux, réplique Jamal. Si tu me suis à mon bureau, on peut prendre un moment pour parler ?

Il pose une main sur son épaule et elle se sent entraînée dans une direction qu'elle était loin de s'imaginer. Mais il n'y a plus de marche arrière possible. Elle doit faire ce qu'il lui dit, et elle le suit donc dans l'escalier, avant de prendre un couloir et de se retrouver dans son bureau. Il lui propose une chaise et elle s'assied. Lui s'installe derrière sa table de travail, la fixe d'un regard qui se veut amical.

— Tu veux quelque chose ? Thé, café ?

Elle refuse d'un signe de tête ; ce qu'elle souhaite, c'est partir d'ici. Le plus vite possible.

— Tu n'es pas en cours ?

— Pour le moment, j'arrive pas à y aller. C'est trop dur.

Et elle dit la vérité, mais pas dans le sens où lui l'entend.

— Oui, je comprends. Il va te falloir un moment pour retrouver ta routine. Mais malgré tout, c'est sans doute une bonne idée que tu ailles au collège, histoire de penser à autre chose. De rencontrer des gens.

Comme elle exècre ce regard apitoyé. Il lui rappelle celui de certains professeurs, de l'infirmière scolaire, de l'assistante sociale. Elle n'a pas demandé qu'on s'apitoie sur son sort, mais certaines personnes ne peuvent pas faire autrement. Et il y a quelque chose de désagréable dans ce regard, qui veut percer sa carapace et mettre au jour une petite faiblesse qui n'existe pas. Il veut qu'elle se mette à pleurer, ce qu'elle n'a jamais fait, pour ensuite aller fouiller à l'intérieur, se repaître de sa mauvaise éducation. Elle frémit et bouge légèrement sur sa chaise pour masquer son malaise. Elle ne veut pas être considérée comme une victime, elle veut que cet homme la considère comme une adulte qui n'a que faire de sa voix doucereuse et de ses regards compatissants.

— Comment ça se passe ? Vous avez arrêté le meurtrier ? lance-t-elle sur un ton bien plus brusque qu'elle n'en avait l'intention.

Il se redresse et tapote ses doigts les uns contre les autres.

— Non. Pas encore. Mais il s'en tirera pas. Nous avons beaucoup de gens à interroger, peut-être des centaines, il nous faut du temps, mais on le pincera.

— Le… ?

— Oui, on croit qu'il est question d'un homme. Il faut de la force pour être capable d'étrangler un être humain à mains nues.

Pendant quelques secondes, il l'observe en silence et souhaite sans doute une réaction, mais elle n'a pas l'intention de lui faire ce plaisir.

— Rien de nouveau qui te soit venu ? enchaîne-t-il. Quelque chose que tu veuilles raconter ? Est-ce que Jennifer avait des ennemis ? Ou est-ce qu'elle avait fait un truc vraiment idiot, que quelqu'un lui a fait payer cher ?

Elle se dit que Jennifer ne commettait jamais d'idioties. Jennifer savait ce qu'elle avait le droit de faire ou pas, et ne dépassait jamais la frontière. Elle gardait la tête sur les épaules, n'en faisait ni trop ni trop peu.

— Non, il n'y a rien qui me vient, répond Elise. Je voulais juste savoir si vous avanciez.

— C'est le cas, réplique Jamal. On progresse, mais peut-être pas aussi vite qu'on le souhaiterait.

— Bon bah, je vais y aller, dit Elise en se levant.

— N'hésite pas à appeler ou à venir ici s'il y a quoi que ce soit qui te revient, ou si tu as juste besoin de parler.

Besoin de parler. Pas avec toi, espèce de mielleux, faux-cul…

Elle finit par ressortir de là. Elle reprend le couloir et descend les escaliers. Elle jette un coup d'œil par-dessus son épaule afin de s'assurer qu'elle ne risque pas d'autres mauvaises surprises, et se dirige vers le service des objets trouvés. Elle dépose le portefeuille de manière anonyme, et déclare ne plus se souvenir de l'endroit où elle l'a trouvé. Elle ressent un léger frisson au moment où les portes du commissariat se referment derrière elle et monte d'un pas rapide en direction de Skanstull.

*

Du côté du professeur et des camarades de classe de Jennifer Johansson, l'atmosphère est tout en retenue. Dans la pièce où Sjöberg les rencontre, on a installé une photographie encadrée de Jennifer et allumé une bougie à sa mémoire. Un joli bouquet de fleurs apporte une touche de chaleur supplémentaire à l'ensemble, et Sjöberg ne peut s'empêcher de se demander si Jennifer a jamais reçu de fleurs de son vivant.

Comme la veille, la journée est consacrée à la parole et aux échanges, plutôt qu'aux cours prévus dans l'emploi du temps.

Sjöberg dit d'abord quelques mots à l'ensemble de la classe, avant de passer deux, trois minutes seul à seul avec chacun pour obtenir des témoignages qui aboutissent à la même image : Jennifer Johansson était populaire et, d'une façon singulière, elle donnait le ton, sans pour autant faire trop de bruit. Quant à la question d'une éventuelle haine à son égard, elle se retrouve balayée d'un revers de main.

Même les autres professeurs de Jennifer avec qui il a l'occasion de s'entretenir durant la matinée partagent ce jugement. Ils lui font aussi comprendre qu'elle possédait les capacités d'une bonne élève, mais qu'elle montrait un manque total de motivation. Une affirmation qui ne surprend pas le moins du monde Sjöberg. Pas plus que l'assistante sociale, dont la contribution au portrait de Jennifer ne fait que conforter ce que Sjöberg savait déjà.

Mardi midi

Sjöberg est de retour à Östgötagatan. Il vient juste de terminer un interrogatoire sans intérêt avec un jovial marchand de meubles de province, parti en croisière pour passer un bon moment, « se faire une petite gâterie », pour reprendre ses propos. Et en effet, il a su indiquer les coordonnées d'une passagère dont il promet qu'elle peut confirmer que cette nuit-là, il ne s'est pas levé pour aller assassiner des jeunes filles à 3 heures du matin.

Au moment où ce divorcé de cinquante-huit ans referme la porte derrière lui, Sjöberg reçoit un coup de fil du commissaire principal. Il propose de renforcer l'équipe. Une offre de la direction plutôt rare, mais Sjöberg préfère mener l'enquête à son terme avec sa seule équipe de base. Question de confiance. Il fait peu de cas de l'opinion d'un collaborateur inconnu sur la crédibilité de l'un des suspects. Le personnel venu en renfort a autant tendance à en faire trop que pas assez. Si Sjöberg n'a aucun mal à déléguer les responsabilités, il n'est pas prêt à perdre le contrôle de l'enquête juste pour accélérer le processus.

— Non, merci. (Sa réponse est sans appel.) En cas de besoin, je te le ferai savoir. Par contre, en profite Sjöberg, je sais que Lotten a besoin d'un coup de main à la réception. La fille de Sandén, qui a un léger handicap mental, cherche actuellement du boulot. Donne-lui une chance.

À l'autre bout du fil, son supérieur se contente de bougonner un commentaire inaudible, avant d'ajouter :

— Et qu'en est-il de l'affaire de Vita Bergen ?

Il passe déjà à autre chose, se dit Sjöberg. Il sait que Brandt ne s'intéresse guère aux ressources humaines, mais il est plus étonnant qu'il ne consacre même pas une minute à parler du meurtre de Jennifer Johansson. Il n'évoque aucun élément susceptible de guider Sjöberg sur une nouvelle piste, pas plus qu'il ne propose de mesures pour faire avancer l'enquête. Il est clair que Roland Brandt n'est, au mieux, qu'un gratte-papier incompétent. La plupart du temps, il se contente de se pavaner en se donnant des airs importants. Mais cela présente aussi des avantages. Il semble faire confiance aux méthodes de Sjöberg et il est plus agréable de ne pas avoir le commissaire principal sur le dos en permanence.

— Il faut voir ça avec Westman, répond Sjöberg. Mais je pense qu'elle en est à peu près au même point que nous.

— Justement, je voulais t'en parler. En fait, elle est comment, cette Westman ?

En fait ? Sjöberg devient méfiant. *Mais qu'est-ce qu'il cherche là, Brandt ?*

— Excellent élément, répond Sjöberg sans hésiter. Petra Westman est irréprochable, sinon je ne lui aurais pas confié l'affaire. En général, elle fait des journées plus longues que ses collègues. L'enquête avance donc plus vite que si je l'avais confiée à quelqu'un d'autre. Comme moi-même, par exemple, ajoute-t-il en rigolant pour atténuer la tension désormais palpable à l'autre bout de la ligne.

Brandt part aussi d'un rire que Sjöberg estime chargé d'une sorte de complicité masculine. Il n'a aucune intention de laisser s'installer une telle relation entre lui et son supérieur.

— Elle donne quand même l'impression d'être un peu instable, tu ne trouves pas ?

— Absolument pas, rétorque Sjöberg d'un ton sec.

Aïe, se dit-il. *Pas ce ton-là avec un supérieur. Ne te retrouve pas en conflit avec ton chef pour un stupide malentendu.*

— Son entretien d'hier, dans le journal du soir…

— Elle s'est débrouillée comme un chef, l'interrompt Sjöberg, d'un ton beaucoup plus amical.

— Pas si sûr. Je trouve qu'elle a plutôt mal géré la rhétorique. Telle qu'elle a décrit la situation, on a l'impression que la police a mal fait son travail. Et tu sais bien, Conny, que je n'aime pas du tout qu'on donne une image erronée de notre maison.

— Mais c'est la journaliste qui a tourné les choses comme ça. Petra ne se serait jamais exprimée de cette façon.

— Tu lui fais confiance ?

— Totalement.

— Dans ce cas, je voudrais te montrer un petit courrier électronique qu'elle m'a envoyé l'autre jour.

Sjöberg perçoit un plaisir malsain dans le ton de Brandt.

— Je te le transfère tout de suite.

C'est les mains moites que Sjöberg rallume l'écran de son ordinateur. Qu'a-t-elle donc fait ? Un signal sonore indique qu'il a reçu un mail. Il double-clique sur le message transféré par Brandt. D'abord, il vérifie l'expéditeur et l'horaire. C'est bien un mail de Petra, ça ne fait aucun doute, et il a été envoyé vendredi dernier à 23 h 58. Un horaire auquel on ne prend pas les décisions les plus sages, s'inquiète-t-il.

Il reprend sa respiration et commence à lire le message. Il est impossible que Petra ait rédigé un texte pareil. Pourtant, les preuves sont accablantes. Brandt reste silencieux à l'autre bout du fil, attendant visiblement une réaction de Sjöberg. Sans un mot, celui-ci déplace la souris vers la pièce jointe et clique dessus. Il ne lui faut que trois secondes avant de réaliser ce qu'il a sous les yeux. Il referme aussitôt le document et laisse échapper un profond soupir.

— Alors ? s'impatiente Brandt.

— Je ne sais pas quoi dire. Je n'en crois pas mes yeux.

— Oui, il y a de quoi se poser des questions.

— Mais est-ce qu'elle était bien dans les locaux quand ça a été envoyé ? Il faut vérifier. C'est peut-être quelqu'un d'autre qui a...

— C'est déjà fait. L'enregistrement de sa carte magnétique montre qu'elle est entrée dans l'immeuble à 23 h 44, et qu'elle l'a quitté à 00 h 06.

Essuyant ses mains sur son pantalon, Sjöberg lâche un nouveau soupir et désactive l'écran. Il ne veut pas voir cette horreur.

— Je vais lui parler, dit-il d'une voix fatiguée. Je te rappelle quand j'y vois plus clair dans cette histoire.

*

Le temps est plus couvert aujourd'hui, mais il fait encore assez chaud et, au moins, il ne pleuvra pas. Barbro a passé la matinée à visiter les immeubles situés à proximité des jardins ouvriers de Långholmen. Il lui a fallu plus de temps que prévu, à cause des distances, mais surtout à cause des différents éléments à prendre en compte. Elle a dû contrôler chaque immeuble susceptible d'avoir une vue sur les jardins ouvriers. Difficile aussi de rechercher tous les Bergman. Parfois, le panneau avec les noms des locataires n'est pas visible de l'extérieur. Il lui faut attendre le passage de quelqu'un, ou bien se servir au hasard de l'interphone. Comme les réactions sont méfiantes, elle se fait passer pour le facteur qui a des soucis avec le code. Elle peut parfois voir le panneau à travers la porte vitrée, mais elle arrive rarement à déchiffrer les noms. C'est pourquoi, aujourd'hui, elle s'est munie de jumelles.

Cette vieille prison de 1840, peut-elle ressembler à un château pour une petite fille ? C'est bien possible. Pourtant, jusqu'ici, elle n'a toujours pas trouvé de bâtiment qui ait à la fois une vue sur un « château » et sur des jardins ouvriers, et où logerait un certain Bergman. Ses recherches dans le quartier de Långholmen sont presque terminées, mais elle a si mal aux jambes et ressent une telle faim qu'elle doit s'accorder une pause, même s'il ne lui reste qu'un seul endroit à explorer avant de s'attaquer au quartier de Södermalm. Elle se dirige ensuite vers le jardin ouvrier de Barnängen dans le parc de Vita Bergen.

Pour la suite, elle va devoir utiliser les transports en commun. Elle a bien envisagé de se déplacer en taxi, mais ce n'est pas du tout dans ses moyens. Sa petite retraite ne lui permet pas ces extravagances. Rien que de s'imaginer scruter les entrées d'immeuble pendant que le compteur tourne lui donne la chair de poule. Elle n'a pas non plus de vélo, et d'ailleurs, elle ne se voit pas affronter la circulation intense de Stockholm à soixante-douze ans. Il ne lui reste donc que les promenades à pied et, lorsque c'est nécessaire, les transports en commun.

La voix claire de la petite fille résonne encore dans sa tête. Comme elle s'exprime bien. Certainement une enfant précoce. Dégourdie. Elle sait s'occuper d'elle-même, trouver de la nourriture quand elle a faim. Mais elle ne connaît pas son nom de famille et ne peut dire ni son âge ni son adresse. Qui peut laisser une enfant si jeune seule à la maison ? C'est inconcevable. Non, Hanna est sans doute une petite coquine à l'imagination très fertile. Elle est tombée sur le téléphone et s'est mise à appuyer sur les boutons quand ses parents avaient le dos tourné. Voilà ce qui a dû se passer. Qu'est-ce qu'elle fait là à remuer ciel et terre à cause des élucubrations d'une gamine de trois ans ? C'est de la folie. Pourtant, son intuition lui souffle qu'il y a autre chose.

Barbro ressent des courbatures partout, surtout dans les mollets. Elle a l'habitude des grandes balades, mais hier, elle a marché pendant presque sept heures avec quelques pauses, bien plus que durant les sorties avec ses copines. Néanmoins, elle n'est pas très contente du résultat. Elle aurait souhaité finir d'explorer Södermalm dès hier. Du coup, elle presse le pas, tourne au coin de Götgatan et arrive sur Bondegatan.

*

— À quelle heure le prochain ? demande Jamal.

— Voyons voir... 13 h 30, lui indique Lotten.

Derrière elle se trouvent un panneau constellé de cartes postales représentant des chiens de races différentes et quelques informations sérieuses, comme la liste avec les noms et les horaires que Lotten a établie pour lui. Jamal a déjà reçu plusieurs personnes, mais la plupart des entretiens n'ont rien donné.

— La fille avec qui tu parlais tout à l'heure... Tu la connais ? demande Lotten.

— Quelle fille ?

— Une petite blonde. Très mignonne et très jeune. Tu es monté avec elle à ton bureau.

— Ah, Elise ! Oui, oui. Elle fait partie de l'enquête.

— Vous avez parlé de quoi ?

— De sa sœur. Celle qui a été assassinée sur le ferry finlandais. Pourquoi ?

— Simple curiosité. Je me demandais comment vous vous connaissiez, c'est tout.

Jamal ne se satisfait pas de sa réponse.

— Comment ça ? Parce que tu crois que je m'intéresserais à une mineure ?

— Jamal, enfin ! Bien sûr que non.

Il s'en va en levant les yeux au ciel. Mais Lotten pense soudain à une chose.

— Attends un peu…

Il se retourne.

— Oui ?

— C'est toi qui lui as demandé de passer ?

— Non. Elle voulait se renseigner sur l'évolution de l'enquête, c'est tout.

— Mais ce n'est pas pour ça qu'elle est venue.

Jamal rebrousse chemin vers la réception.

— Si, je crois bien… Qu'est-ce que tu veux dire ?

— Elle m'a raconté avoir mis la main sur un portefeuille qu'elle voulait déposer au bureau des objets trouvés.

Jamal ne sait plus quoi penser. Il suppose d'abord qu'il n'y a rien d'anormal à vouloir remettre un portefeuille trouvé, puis il prend conscience qu'Elise Johansson lui a menti. Ce qui change tout. Elle ne lui a jamais parlé d'un portefeuille. Il se remémore leur rencontre dans l'entrée du commissariat. Elle a déclaré qu'elle venait le voir, sans mentionner quoi que ce soit d'autre. Elle paraissait en effet un peu inquiète, mais vu les circonstances, cela n'avait rien d'étonnant. Alors comme ça, la gamine serait venue déposer un portefeuille qu'elle aurait trouvé, et lui aurait menti. Pourquoi ? Deux possibilités. Soit elle a trouvé ce portefeuille mais pensait qu'il ne la croirait jamais. Soit, ce qui est le plus probable, elle s'en est emparée d'une autre manière avant de changer d'avis.

— Merci, Lotten ! lance-t-il avant de courir vers le bureau des objets trouvés. Tu es une perle !

— Oui, oui, c'est bien une jeune fille qui l'a remis, confirme Ivarsson en posant le portefeuille sur le comptoir. Elle a dit l'avoir trouvé, mais ne se rappelait plus où. Je ne pense pas que ce soit vrai. Sinon, elle aurait laissé son nom et son adresse. On ne dit jamais non à une petite récompense à cet âge-là. Et en plus, il contient beaucoup d'argent. Elle a dû avoir peur.

— Vous avez mis la main sur le propriétaire ?

— Non, on ne l'a pas encore contacté.

— Parfait. Ne le faites pas. Pour l'instant, je m'en charge.

Jamal monte les marches deux à deux, s'installe à son bureau et pose le portefeuille devant lui. Il est noir, petit, juste la taille pour être glissé dans la poche arrière d'un pantalon, en similicuir, sans compartiment pour la monnaie. Dans l'emplacement à billets, il découvre trois mille couronnes. C'est beaucoup d'argent pour une gamine de quatorze ans. Elle a sans doute été très tentée. Les rabats du portefeuille peuvent contenir jusqu'à six documents, mais il n'y en a que cinq : une carte de sécurité sociale, des cartes de fidélité des supermarchés Ica et Coop, une carte de membre d'un vidéoclub et un permis de conduire. Sur la photo, un certain Sören Andersson, né en 1954, fixe sur lui un regard vide. Un physique banal, les cheveux un peu décoiffés.

*

— La seule piste, c'est l'existence d'une grande sœur, constate Petra, découragée.

— Oui, et en même temps ce n'est pas vraiment une bonne nouvelle, soupire Sandén.

— Non, ce sera plus difficile pour elle que pour le garçon de grandir sans sa maman. Le petit, lui, ne s'en souviendra pas.

Petra et Sandén prennent un déjeuner rapide au McDonald's de Götgatan. D'habitude, Sandén essaie au moins de se réserver un moment de détente le midi, mais comme ils n'ont encore rien trouvé, ils ont peu de temps devant eux et en profitent pour faire un point sur l'enquête. Assis dans un coin, face à la rue, ils se parlent à voix basse.

— Tu as appelé l'hôpital aujourd'hui ? Comment va le petit ? demande Sandén.

— Il va s'en sortir. On doit juste le nourrir et le débarrasser des streptocoques. Mais où se trouve le reste de la famille ? Après quatre jours, personne ne s'est encore manifesté pour signaler leur disparition ! On n'a plus le choix, demain, on va devoir publier des photos dans la presse. Nous avons visité tous les centres pédiatriques du centre-ville. Reste maintenant les infirmières en arrêt maladie ou en congé à interroger à leur domicile. Ça va nous prendre un temps fou.

— On a frappé aux portes de toutes les maisons dans un rayon de trois cents mètres autour du lieu du crime. Et là, on se heurte au même type de problème. Les personnes qui n'ouvrent pas ou ne répondent pas bloquent le processus de l'enquête.

— Dire que, dans cette ville, on peut être anonyme à ce point...

— Moi ça ne m'étonne pas du tout. Et ce qui est d'autant plus étrange, c'est que personne n'ait rien vu, marmonne Sandén.

— Il y a peu de passage à cette heure-là, d'autant qu'en septembre, il fait nuit noire et le parc est mal éclairé. D'autant que ça a dû se passer très vite. Imagine la scène. Il arrive sur elle à toute allure. Comme il fait noir, il ne la voit qu'au dernier moment et c'est déjà trop tard. Elle fait un vol plané et sa tête percute un arbre. La partie couchette atterrit dans les buissons et le reste valse dans une autre direction. Il arrête la voiture, se précipite dehors pour voir ce qui s'est passé et trouve la mère morte. Pris de panique, il décide de cacher le corps. C'est à ce moment-là qu'il aperçoit le bac à sable de la voirie. Ce n'est pas très loin, et il la traîne jusque là-bas. Il est en train de la fourrer à l'intérieur quand il se rend compte qu'il doit fouiller ses poches, pour effacer toutes traces et rendre plus ardu le travail de la police. Puis il court à sa voiture et s'en va. Et tout ça en deux minutes, ce que démontrera la reconstitution.

— Tu oublies le garçon, commente Sandén.

— Le conducteur ne l'a même pas vu. Le siège de la poussette a été projeté dans les buissons au moment de la collision et la structure métallique est partie ailleurs. Plus tard, cette partie de la poussette est découverte sur le gazon par un passant qui l'entraîne jusqu'à l'aire de manœuvre.

— Quelqu'un aurait pu la renverser délibérément, suggère Sandén. Le père, par exemple. Ils se disputaient peut-être la garde des enfants et il s'est débarrassé d'elle.

— Pendant qu'elle promenait le bébé dans sa poussette ?

Petra se montre sceptique.

— Les enfants peuvent avoir des pères différents. C'est peut-être le père de la fille.

— Tu n'y crois pas vraiment toi-même.

— Tu as raison, admet Sandén. Bon, cet après-midi, je m'attelle à la liste des infirmières des banlieues nord et ouest, pendant que toi, tu t'occupes du reste.

— Bien. Demain, on transmettra les photos aux journaux et j'essaierai d'organiser une reconstitution de nuit dans le parc de Vita Bergen. Je vais aussi contacter Conny, pour voir s'il a d'autres idées.

— Il est sûrement débordé.

— Je ne l'ai pas vu depuis dimanche.

— Oui, on n'arrête pas de se louper. Et en plus, il y a Einar qui nous surveille comme une araignée dans sa toile, ricane Sandén.

Petra enchaîne d'un rire sec et fait mine de trembler de peur.

— Au moins il fait son boulot, affirme Sandén pour atténuer ses propos.

— Le strict minimum.

— Ça aurait pu être pire.

— Je sais, mais j'ose à peine lui confier une mission.

— Si tu veux des résultats, il faudra t'y faire.

— Mais qu'est-ce qui le rend si boudeur et amer ?

— On ne connaît rien de sa vie privée et des raisons qui le poussent à réagir comme ça, déclare Sandén avec philosophie. Si on savait ce qu'il a vécu, on en viendrait peut-être à saluer sa vision positive de la vie. Attention aux préjugés, ma chère Petra.

Ils réunissent les gobelets et boîtes en carton sur un seul plateau. Sandén le pose sur la poubelle qui est déjà pleine, avant de quitter le restaurant ensemble. Une fois arrivés dans Götgatan, le portable de Petra se met à sonner. Elle le sort de sa poche et regarde l'écran. « Numéro masqué ».

— C'est Sjöberg. À tout à l'heure, Jens.

Sandén la quitte d'un pas fatigué, un vague geste de la main en guise d'au revoir.

— Salut, Conny, j'allais justement t'appeler !

— Il vaut mieux que tu passes me voir.

— Là, tout de suite ?

— Non, cet après-midi. Il faut qu'on parle.

A-t-elle entendu un soupir ? Sjöberg semble bizarre. Sa voix n'est pas comme d'habitude.

— J'arrive aussi vite que possible, dit Petra. Je...

— Merci.

Une voix impersonnelle. Sans timbre.

— Moi aussi j'ai à te parler.

— Mmm.

On dirait Bourriquet dans Winnie l'Ourson, songe Petra.

— À tout à l'heure alors.

— Oui.

Elle raccroche, le ventre noué.

*

— Tu es venue pourquoi, en fait ?

Jamal essaie d'ouvrir un sachet de sucre pour son café, le combiné coincé entre le menton et l'épaule.

— Comment ça ? répond Elise, qui regrette aussitôt cette réponse un peu bête.

— Quand on s'est parlé la dernière fois. Tu étais là pourquoi ?

Il veut lui donner une chance de dire la vérité. La pauvre a sans doute du mal à discuter avec la police, ça doit l'impressionner. Même si Jamal n'a aucune intention de la brusquer, il veut l'entendre dire la vérité.

— Je voulais vous demander si vous aviez trouvé le coupable, finit-elle par répondre.

Jamal arrive enfin à ouvrir le sachet et verse le sucre dans le café.

— Mais pas seulement, pas vrai ?

C'est l'occasion ou jamais pour elle d'être sincère, elle serait bête de ne pas saisir cette chance. Mais elle garde le silence.

— Elise, je suis de la police. Si je te pose une question, tu dois me répondre.

Jamal regrette de lui avoir téléphoné, plutôt que de s'être rendu chez elle pour voir sa réaction.

— Je voulais juste parler un peu avec vous ou l'autre policier.

— Et c'est uniquement pour ça que tu es venue au commissariat, aujourd'hui ?

— Oui.

— Donc, après notre petit entretien, tu es rentrée directement chez toi ?

— Oui.

— Je viens d'apprendre que tu as déposé un portefeuille au bureau des objets trouvés. Pourquoi tu ne me l'as pas dit ?

— Ah, ça... J'y avais même pas pensé. D'ailleurs, rien à voir avec Jennifer, ajoute-t-elle avec indifférence.

— Ce n'est pas à toi d'en juger, répond Jamal froidement. Ta sœur a été assassinée et nous essayons d'avancer dans l'enquête. Si tu te mets à me mentir ou à me dissimuler des choses, aucun de tes propos n'aura plus de valeur.

— Je n'avais pas l'intention de mentir, ça m'est juste sorti de l'esprit.

— Là, tu continues de mentir. Je ne suis pas dupe, tu sais. Je t'ai donné plusieurs chances de dire la vérité, mais tu ne les as pas saisies. Alors, raconte-moi cette histoire de portefeuille.

Pas un bruit à l'autre bout du fil. Mais Jamal n'a pas l'intention de la laisser s'échapper. Il boit une gorgée de café et attend.

— Qu'est-ce que je peux raconter ? dit-elle enfin. Je l'ai trouvé en ville et je l'ai déposé. Ce n'est pas ce qu'il faut faire ?

— Tu l'as trouvé où ?

— En ville, je vous dis. Je ne me rappelle pas le nom de la rue.

— Quand l'as-tu trouvé ?

— Il y a quelques jours, avant-hier, je crois.

— Et tu ne l'as rapporté qu'aujourd'hui ? Tu as hésité à garder l'argent ?

Après quelques secondes de silence, elle répond :

— Ben, oui. C'était pas mal d'argent quand même.

— Trois mille couronnes, oui, c'est beaucoup d'argent. Garder le portefeuille aurait été du vol, tu t'en rends compte ?

— Oui, et c'est bien pour ça que je suis venue le déposer ! se défend-elle.

— Qui est Sören Andersson ? demande Jamal. Tu le connais ?

Au bout de quelques secondes d'hésitation, elle répond :

— Le propriétaire du portefeuille ? Non, je ne le connais pas.

— Pourquoi tu n'es pas allée le voir ?

— Parce que je ne savais pas où il habitait.

— Son adresse et son numéro de téléphone se trouvent dans son portefeuille. Avec une somme pareille, il t'aurait sûrement donné une récompense.

— Et si c'était un sale type ? Il faut se méfier des gens qu'on ne connaît pas, le défie-t-elle.

— Peut-être aussi que tu te sentais un peu coupable ? D'avoir eu l'intention de garder l'argent ?

— Peut-être.

Jamal est sûr qu'elle lui cache quelque chose. Son histoire pourrait tenir debout, mais pourquoi ces cachotteries ?

— Tu veux savoir ce que j'en pense ?

Elise ne répond pas.

— Je pense que tu as volé ce portefeuille.

Il s'attend à une réaction, mais à l'autre bout de la ligne, c'est toujours le silence. Il poursuit :

— Tu as volé ce portefeuille parce que tu avais besoin d'argent. Ensuite, tu l'as regretté et tu es allée à la police pour le déposer. Le propriétaire, il sait que c'est toi qui l'as pris ?

— Je l'ai trouvé, je vous l'ai déjà dit.

— Si tu avais besoin d'argent, pourquoi tu n'as pas donné ton nom à la police ? Tu aurais pu recevoir une récompense.

— Mais je ne veux pas de récompense. Je ne l'ai pas volé, je l'ai trouvé dans la rue.

— En tout cas, *moi*, je sais qui l'a trouvé. Je peux donc donner ton nom à ce Sören Andersson, insiste Jamal, qui cherche à la pousser dans ses retranchements. Pour que tu sois récompensée.

— Faites comme vous voulez.

Jamal se sent soudain un peu coupable vis-à-vis d'elle, mais il est quand même assez content de la leçon qu'il vient de lui donner.

— Ne t'inquiète pas, la rassure-t-il. Je ne lui dirai pas qui tu es. Mais à l'avenir, j'aimerais bien que tu dises la vérité.

— Mmm.
— Prends soin de toi, Elise, et plus de bêtises.

Après avoir raccroché, Jamal reste pensif à triturer le portefeuille. La fille ment, c'est sûr et certain. De toute évidence, elle a volé le portefeuille, avant de changer d'avis, ce qui est bien. Elise Johansson est juste une ado qui a trouvé plus facile de mentir que de dire la vérité, et qui n'a pas hésité à livrer une histoire qui tient à peu près debout pour gagner du temps. Elle n'a aucune conscience des conséquences de son acte. Elle vit dans l'instant, sans accorder le moindre respect à son entourage, elle-même n'en ayant jamais bénéficié. Mais il se rappelle qu'elle a quand même entrepris la démarche de rendre le portefeuille. Il existe peut-être encore de l'espoir pour Elise.

Jamal jette un coup d'œil sur sa montre et se lève de son fauteuil dans un soupir. Il décide qu'il vaut mieux se concentrer sur l'affaire Jennifer Johansson elle-même, et laisser la petite sœur de côté pour l'instant. Il repart pour le bureau des objets trouvés afin de rendre le portefeuille.

Mardi après-midi

Comme toujours, il décide d'improviser, de ne pas s'en tenir à un plan. Mais ce n'est plus tout à fait vrai : l'idée d'aller voir la fillette lui est venue à l'esprit quand il a lu l'article dans *Aftonbladet,* lundi soir. Et depuis qu'il lui a parlé au téléphone, elle continue à lui trotter dans la tête. Il va juste passer pour tâter un peu le terrain, voir comment ça se présente. Arrivera ce qui arrivera. En général, ça se déroule très naturellement. Dans un premier temps, elle sera peut-être distante, elle tentera de le repousser. Alors, il prendra le temps nécessaire pour la rassurer, la mettre de bonne humeur, la gâter bien sûr, pour qu'elle comprenne combien il est gentil.

Il va commencer par l'appeler pour s'assurer que les conditions n'ont pas changé. Ensuite, il ira sonner chez elle. Il entendra le bruit des petits pieds impatients sur le parquet quand elle se précipitera vers la porte pour lui ouvrir. Il imagine sa voix claire crier de joie quand il arrivera. Lui, son nouvel ami, avec qui elle partage un secret. Du coup, il se rappelle qu'avant d'y aller, il doit absolument s'assurer que personne d'autre ne connaisse la situation de la petite et se soit mis en route pour l'aider.

Et si elle se montre récalcitrante, si elle a changé d'avis et ne veut plus le voir, il n'hésitera pas à repartir. Il faut que tout se passe de manière naturelle. Il ne doit surtout pas la battre, lui faire mal. Il n'aime pas ce genre de situation. Non, il saura se maîtriser et abandonner si besoin. Ou bien il insistera encore un peu, d'une façon infantile qu'elle trouvera familière. Il se mettra en position accroupie ou à genoux et lui dira avec une voix extrêmement douce :

— S'il te plaît, Hanna, laisse-moi rester. Je suis si seul, tu sais.

Il est possible de faire appel à l'empathie chez un enfant. C'est une notion qu'ils connaissent et à laquelle ils s'identifient. Elle serait la grande et lui, le petit.

Il lui apportera un hamburger de chez McDonald's, elle n'y résistera pas. Il a bien perçu son enthousiasme au téléphone quand il le lui a proposé. Pauvre gamine. Apparemment, elle n'a pas mangé depuis des jours. Mais elle a quand même l'air de savoir se débrouiller, c'est une petite dégourdie. Il lui apportera des bonbons aussi. Ensuite, ils prendront un bain. Si elle en a envie, il lui lavera les cheveux. Mais il n'insistera pas pour éviter de la brusquer. En revanche, il la veut propre. Avec une peau diaphane toute douce après le bain chaud, une peau qui sent bon le savon.

Il quitte sa chaise, se fraie un chemin entre les bureaux, et se dirige vers l'entrée où sont situées les toilettes. Il ferme la porte et tourne le verrou, se place devant le lavabo et se regarde dans le miroir. Monsieur Personne. Celui qui se contente de contempler le monde autour de lui, sans en faire partie. Comme pour l'affirmer, il laisse ses doigts descendre, depuis le creux sous le larynx, jusqu'aux côtes, puis au nombril, où ils s'arrêtent pour quelques mouvements circulaires de l'index, avant de poursuivre leur chemin plus bas.

Il ferme les yeux et se retrouve en plein dans le souffle d'un train qui passe à toute allure. Toujours le même train sans fin, avec tous ses wagons, ses fenêtres. À peine a-t-il le temps d'entrevoir le moindre passager présent à bord qu'il a disparu. Parti. Oublié.

*

Barbro Dahlström, détective privé, se dit-elle alors qu'elle franchit le gazon qui entoure les jardins ouvriers de Barnängen. D'ici, elle a vue sur l'ensemble des habitations, dans toutes les directions. Sauf qu'il y a un angle qui l'intéresse plus particulièrement. Lorsqu'elle arrive devant la grille qui entoure la dernière rangée de maisons situées le plus au sud, elle remarque un immeuble blanc de cinq étages datant des années 1920. En face de lui se trouve une immense construction : l'école de Sofiaskolan, dont les corps de bâtiments jaunes occupent un bloc entier, entre Skånegatan et Ploggatan.

Son rythme cardiaque s'accélère et elle presse le pas le long de la petite ruelle qui mène à Stora

Mejtens Gränd. Lorsqu'elle s'approche de Ploggatan, elle distingue mieux la façade de l'école. Arrivée au coin de la rue, à hauteur du numéro 20, se dresse devant elle une bâtisse impressionnante, jaune pâle, gigantesque. Le coin du bâtiment, qui donne sur le numéro 20 de Ploggatan, est décoré de rectangles jaune foncé, entourés de carrés bleus et rouges. Sous les ornementations, il y a l'inscription : ÉCOLE PRIMAIRE. Et tout en haut, une tour. Une tour dans laquelle pourrait habiter une belle princesse.

Barbro ressent soudain une vive excitation. Elle se retourne et se retrouve face à la porte vitrée d'un des nombreux immeubles. Sur le mur de l'entrée, figure encore un panneau avec les noms des occupants. Son regard scrute la liste avec impatience et s'arrête sur l'avant-dernier nom. Pas de doute, les petites lettres blanches en plastique forment le nom de Bergman.

Barbro a enfin trouvé.

Pleine d'énergie, elle tire violemment sur la porte d'entrée. Elle est fermée à clé, impossible de la forcer. Comme l'immeuble n'est pas équipé d'un interphone mais d'un code, Barbro se met à composer différentes combinaisons au hasard en attendant que quelqu'un vienne lui ouvrir. Elle se concentre d'abord sur les boutons les plus usés, puis au bout d'un moment elle décide de changer de tactique et compose méthodiquement des séries de quatre chiffres, l'une après l'autre. Elle se rend compte qu'il va lui falloir essayer dix mille combinaisons, et espère ne pas devoir aller si loin.

Au bout de quatre cents essais sans que le facteur ou le moindre occupant ne se manifeste, elle se résigne à abandonner. Après avoir noté tous les noms du panneau, elle se met en marche vers le commissariat de Östgötagatan. Si la police criminelle départementale est en charge de l'enquête, c'est maintenant une affaire qui concerne aussi le commissariat de Hammarby.

Ce n'est que lorsque Barbro s'autorise à s'asseoir qu'elle prend conscience à quel point elle a mal aux jambes. Elle n'aurait pas eu la force de chercher encore plusieurs heures. C'était une idée bien audacieuse d'aller explorer les alentours des jardins ouvriers, mais voilà, c'est fait. La mission qu'elle s'est fixée est accomplie et elle se sent même fière. Un peu fâchée aussi. Fâchée contre la police, incapable de s'en charger à sa place. Puis elle se rend compte qu'elle n'en a pas du tout terminé. D'accord, elle a fait le plus dur, le travail le plus fastidieux, mais il lui reste le plus important. Il faut qu'elle entre chez la petite fille. Que ce soit seule ou avec l'aide de la police.

Barbro est confortablement installée dans l'un des fauteuils de l'accueil du commissariat. C'est la jolie demoiselle de la réception qui lui a indiqué cette place puisque Malmberg, commissaire principal adjoint, est en réunion. Barbro a exigé de parler à un commissaire, et la jeune femme lui a déconseillé de s'adresser au commissaire Sjöberg, le seul actuellement en service, car une file de visiteurs était déjà en train de l'attendre.

Malgré tout, Barbro a insisté pour parler à un responsable et, à son grand étonnement, elle a obtenu un rendez-vous avec le commissaire principal adjoint. Une exigence peut-être un peu exagérée, mais bon, il fait bien partie de la police et compte sans doute parmi les meilleurs. Apparemment, ce ne sera pas long. La demoiselle de l'accueil lui a fait un clin d'œil et l'a assurée qu'elle veillerait à ce que cela aille vite.

— Madame Dahlström ? Le commissaire principal adjoint peut vous recevoir maintenant.

Barbro lui adresse un signe de remerciement et prend l'ascenseur pour le dernier étage, où elle se retrouve devant une nouvelle réception. Une dame proche de l'âge de la retraite lui indique un bureau juste à côté, portant l'inscription « Gunnar Malmberg ». Lorsqu'elle entre dans la pièce, ce dernier, la cinquantaine, lève vers elle ses yeux bleus au regard vif.

— Barbro Dahlström ? Asseyez-vous, je vous prie.

Il lui indique l'un des fauteuils destinés aux visiteurs. Gunnar Malmberg a un physique soigné et avenant. Il porte une chemise et une cravate, sa veste est suspendue sur un cintre accroché au mur derrière lui. Barbro espère qu'il va la prendre plus au sérieux que le policier qu'elle a eu au téléphone auparavant.

— Que puis-je faire pour vous ?

Barbro doit faire un effort pour se montrer ferme face à ce policier au sourire désarmant.

— J'ai appelé ici dimanche soir et j'ai eu en ligne l'un de vos collègues. Je doute fort que vous en ayez entendu parler, car j'ai eu l'impression qu'il ne me prenait pas au sérieux. Il m'a conseillé d'appeler la police criminelle départementale, ce qui s'est avéré être une erreur. L'affaire concerne bel et bien vos services.

Le commissaire principal adjoint continue de la regarder avec la même expression.

— Il est question d'une petite fille que j'ai eue au téléphone. Elle m'a appelée pour demander de l'aide.

Malmberg tourne les pages de son carnet, jusqu'à trouver une feuille blanche, sur laquelle il inscrit quelque chose avant de lever à nouveau les yeux vers elle :

— Je vous écoute. Pourquoi avait-elle besoin d'aide ?

Barbro raconte sa conversation avec Hanna pendant que Malmberg prend des notes. Il sourit parfois, comme s'il reconnaissait certaines réponses de la petite, et Barbro en déduit qu'il a lui-même des enfants. Lorsqu'elle décrit comment la petite s'est blessée en essayant de se faire à manger, une ride soucieuse se creuse entre ses sourcils. Barbro poursuit son histoire et relate les longues balades dans les parages des jardins ouvriers de Södermalm. C'est alors que Malmberg lâche son stylo, se penche en arrière et croise les mains derrière sa nuque. Il continue à écouter son histoire avec un sourire que Barbro espère bienveillant.

— Je crois savoir où la fillette habite.

Barbro marque une pause. Malmberg la considère avec un intérêt qu'elle veut croire réel.

— Il est donc grand temps que vous preniez le relais dans cette affaire.

Son interlocuteur ne semble pas offusqué par la critique.

— Bien sûr. On va s'en occuper, répond-il. Vous avez agi avec un grand sens des responsabilités. Alors, d'après vous, où habite cette petite fille ?

— Au 20, rue Ploggatan.

Malmberg le note.

— Il faut vous y rendre au plus vite, dit Barbro. Je suis très inquiète pour elle.

— Je comprends bien. Après tout ce que vous avez entrepris pour l'aider. Nous allons faire le nécessaire.

Barbro se lève et Malmberg l'imite. Il lui tend la main.

— Tenez-moi au courant, ajoute-t-elle fermement avec un sourire, avant de quitter la pièce et de refermer la porte.

En allant vers l'ascenseur, elle passe devant la dame de l'accueil. Les deux femmes échangent un sourire amical. Au moment où Barbro s'apprête à rentrer dans l'ascenseur, elle entend sonner l'interphone, puis la voix déformée du commissaire principal adjoint qui crépite :

— Inga ? Appelle Holgersson. J'ai une mission pour lui.

*

Jamal marque une nouvelle pause dans son planning d'interrogatoires des passagers masculins du ferry. Depuis ce matin, il en a reçu huit et, jusqu'ici, aucun d'eux n'a manifesté de comportement étrange ou de réaction inattendue à ses questions de routine. Chacun a livré une version crédible de son emploi du temps de la nuit du meurtre. De son côté, Sjöberg ne semble pas non plus être tombé sur quoi que ce soit de suspect.

Jamal jette un regard inexpressif aux noms inscrits devant lui. Il ne se souvient plus combien de fois ses yeux ont parcouru ces innombrables lignes, mais il sait que quelque part sur l'une de ces listes figure un nom important. Il souhaiterait qu'il lui saute aux yeux, seulement, pour l'instant, le mieux qu'il puisse faire est d'en mémoriser le plus grand nombre possible, et d'espérer être récompensé tôt ou tard pour son travail consciencieux. C'est sa façon de procéder : il est méthodique, concentré et tenace. Sjöberg, lui, n'a pas cette patience. Il est rare qu'il puisse s'atteler à la même tâche aussi longtemps. Il est intuitif et toujours prêt à agir. Jamal assume donc le côté systématique, pointilleux, assidu. Grâce à ces longues et monotones périodes d'observation, il a perfectionné sa mémoire, déjà excellente. Le déclic est rare, mais il survient, et surviendra de nouveau. Un sentiment qui l'envahit tout doucement, une petite graine qui germe en idée, le pressentiment de devoir réagir. Si au début il est toujours dans le flou, progressivement, l'évidence s'impose.

Il a encore une demi-heure devant lui avant la prochaine audition et décide de parcourir encore deux pages avant de s'accorder une pause-café. À deux noms de la fin de la page, quelque chose le fait sursauter. Cette fois, il l'a vu tout de suite, ce n'est pas venu petit à petit. Son regard passe en revue le nom, le numéro d'identité personnel, celui du téléphone, et l'adresse. Chaque détail concorde avec ce qu'il a lu à peine quelques heures plus tôt. Sören Andersson, le propriétaire du portefeuille, né en 1954, domicilié rue Katarina Bangata est bien l'un des passagers qui se trouvaient seuls sur le ferry finlandais la nuit où Jennifer Johansson a été assassinée.

Que doit-il faire de cette information ? Il tient un lien entre Jennifer et un passager jusqu'ici inconnu. Un portefeuille appartenant à Sören Andersson a été déposé au bureau des objets trouvés par la petite sœur de Jennifer. Comment Elise s'en est-elle emparée ? Elle l'a sans doute trouvé dans les affaires de Jennifer. Les deux sœurs partagent la même chambre. Jennifer l'a peut-être volé à Sören Andersson, puis Elise l'a trouvé et l'a remis à la police.

Mais dans ce cas, pourquoi Elise a-t-elle gardé la chose secrète ? Pourquoi a-t-elle prétendu l'avoir trouvé dans la rue ? Parce qu'elle ne voulait pas souiller l'image de sa grande sœur ? Non, c'est peu probable. A priori, c'est aussi dans l'intérêt d'Elise que l'on arrête l'assassin de sa sœur. Mais on ne commet pas un meurtre pour un vol de portefeuille ? À moins qu'il ne contienne quelque chose de très important, qu'on souhaite tellement dissimuler aux autres, qu'on est prêt à tout. Quelque chose qui a disparu, et n'était plus dans le portefeuille quand Elise l'a rendu. Toutes ces pensées tourbillonnent dans son esprit.

Il jette un œil sur la liste des rendez-vous avec les passagers ayant voyagé seuls et constate que Sören Andersson doit être entendu par Sjöberg, mais qu'il reste injoignable pour le moment. Il bondit sur le téléphone et appelle le bureau des objets trouvés.

— Sören Andersson, le type du portefeuille. Tu as réussi à le contacter ?

— Oui. D'ailleurs, il est ici.

— Retiens-le. Trouve quelque chose qui n'éveille pas ses soupçons. J'arrive tout de suite.

Jamal dévale l'escalier. Il s'arrête à mi-couloir pour reprendre son souffle et ne pas paraître trop excité ou essoufflé. Au bout d'une minute, il ouvre la porte de façon calme et détendue. Il croise le regard du jeune policier qui lui désigne Sören Andersson, debout devant lui. Jamal s'approche et pose sa main sur son épaule.

— Sören Andersson ? demande-t-il avec maîtrise.

L'homme le dévisage d'un regard inexpressif.

— Oui... ?

— J'ai essayé de vous joindre concernant une autre affaire, enchaîne Jamal sur un ton insidieux, ça tombe très bien que vous soyez passé aujourd'hui. Vous voulez bien me suivre dans mon bureau ? Ce ne sera pas long.

— Bien sûr, répond Sören Andersson. Tout est réglé ? s'enquiert-il auprès du policier en charge des objets trouvés.

Ce dernier lui sourit et acquiesce. Jamal lui adresse un clin d'œil en guise de remerciement, avant de repartir en compagnie de Sören Andersson.

Il est grand, maigre, avec les joues creuses. Il paraît calme. Ses cheveux sont roux, fins, bien propres.

— Si je veux vous parler, c'est que vous vous trouviez à bord de ce ferry finlandais, la nuit où cette jeune fille a été assassinée, expose Jamal, une fois qu'ils sont installés de part et d'autre de son bureau.

— Ah, d'accord, répond l'homme d'un ton neutre.

— La police finlandaise vous a sûrement prévenu que vous pouviez être de nouveau entendu.

— En effet. Ils me l'ont dit.

— Pour l'instant, nous interrogeons tous les hommes qui ont voyagé seuls durant cette traversée. Visiblement, c'est votre cas ?

— C'est exact.

Rien sur son visage n'indique qu'il est mal à l'aise ou que les questions le déstabilisent. Pour Jamal, soit Sören Andersson est un très bon acteur, soit il n'a vraiment rien à se reprocher.

— Quel était le but de cette traversée ?

— Eh bien, c'était un voyage d'agrément, tout simplement.

— Et vous avez fait quoi ? Avez-vous rencontré quelqu'un ? poursuit Jamal.

— Non, pas spécialement. J'ai pas mal dansé. J'ai mangé et j'ai bu. J'ai joué aux machines à sous.

— Vous avez gagné ?

— Pas grand-chose.

— Jennifer Johansson – c'est le nom de la victime – a été vue dans l'un des bars en compagnie d'un homme de votre âge. C'était vous ?

— Non.

— Vous en êtes sûr ?

— Comme je vous l'ai dit, je n'ai rencontré personne. Je ne me suis rendu dans aucun bar avec qui que ce soit.

— Nos témoins ne peuvent donc pas vous identifier ?

— Comment serait-ce possible ?

L'homme est froid, glacial même. Il ne laisse paraître aucun signe de faiblesse.

— Vous disiez avoir dansé, poursuit Jamal.

— Oui, un peu.

— Avec quelqu'un en particulier ?

— Quelques femmes.

— Combien ?

— Cinq, peut-être.

— Vous avez parlé à l'une d'elles ?

— Quelques mots.

— Vous n'avez pas dansé avec Jennifer Johansson ?

— Non.

— Vous en êtes certain ?

— Oui.

Jamal lui demande de décrire en détail ce qu'il a fait pendant le voyage. Sören Andersson lui en brosse le récit sans laisser apparaître la moindre faille. Il a dormi seul dans une cabine prévue pour deux personnes et, la nuit du meurtre, il s'est couché vers 1 heure du matin. *Comme cet homme possède un physique parfaitement banal, personne sur le bateau ne l'aura remarqué,* se dit Jamal. Il lui montre une première photo de Jennifer Johansson, puis une deuxième sur laquelle elle porte les mêmes vêtements que la nuit de son assassinat.

— Vous la reconnaissez ? demande Jamal.

— Non, répond l'homme avec calme. J'ai déjà vu ces photos, mais je n'ai jamais vu la jeune fille.

Jamal se trouve dans l'impasse, et il préfère revenir à la raison qui a poussé Sören Andersson à se rendre au commissariat. Il pose sa question avec un sourire mi-compatissant, mi-moqueur.

— Vous avez perdu votre portefeuille. C'était sur le bateau ?

— Non, ça s'est passé avant.

— On vous l'a volé ?

— Je ne pense pas. J'ai dû l'égarer, ou je l'ai peut-être fait tomber.

Ses réponses sont calmes et précises, il ne baisse jamais les yeux. Il ne cherche pas non plus à rendre son sourire à Jamal. Sören Andersson ne manifeste aucun signe d'angoisse.

— Ça aurait pu se passer où ?

— Aucune idée. Je ne m'en suis rendu compte que le lendemain.

— Et c'était…

— Samedi dernier.

— Vous l'avez donc perdu vendredi ?
— En effet.
— À quel moment de la journée ?
— L'après-midi ou le soir.
— Et quand avez-vous vu votre portefeuille la dernière fois, avant de le perdre ?
— Au moment où je faisais mes courses, vers 16 heures.
— Êtes-vous sorti ce soir-là ?
— J'ai fait une promenade, oui.
— Seul ?
— Seul.
— Vous n'avez pas de famille ?
— Si, si. Une femme et des enfants.
— Ils ne souhaitaient pas venir en Finlande avec vous ?
— Ils avaient d'autres projets.
— Comment vous êtes-vous procuré l'argent nécessaire au voyage si vous aviez perdu votre portefeuille ?
— Il ne contenait pas mes cartes de crédit.
— Vous les conservez où ?
— Quand je ne pense pas en avoir besoin, je les laisse à la maison.
— Pourquoi n'avez-vous pas signalé la disparition du portefeuille à la police ?
— Parce qu'il ne contenait rien de précieux. Un peu d'argent, que je ne comptais pas récupérer.
— C'est pourtant le cas.
— Apparemment, il y a des gens honnêtes.
— Vous savez qui a déposé le portefeuille ?
— Quelqu'un qui souhaitait garder l'anonymat.

— Vous avez une idée de qui cela pourrait être ?

— Non.

Des réponses brèves et claires, sans digression inutile. Ou Sören Andersson est un homme peu bavard, ou bien il évite soigneusement de trop en dire. Pour Jamal, il est temps de mettre fin à l'interrogatoire.

*

Quand on décide de faire une balade nocturne avec une poussette dans le parc de Vita Bergen, c'est qu'on habite dans le coin, songe Petra. *À moins qu'on ne soit juste en visite et, dans ce cas, quelqu'un remarque vite votre absence. Si, en plus, on passe tous ses après-midi à l'aire de jeux de Blecktornsparken, alors l'hypothèse de la proximité est renforcée.*

Beaucoup de particuliers se sont manifestés depuis que l'événement a été relaté dans les journaux, mais aucun des propos recueillis n'a permis de les mettre sur une piste. Petra s'est rendue dans tous les centres pédiatriques situés à une distance raisonnable du parc de Vita Bergen, jusqu'à celui de Liljeholmen. Les centres privés ont également été vérifiés. Elle est ensuite allée au domicile de quelques infirmières pédiatriques en arrêt maladie pour leur demander si elles connaissaient le petit garçon et sa maman. Aucun résultat, nulle part.

Pas de témoins, ni de noms. Il est grand temps de transmettre les photos aux médias. Quelqu'un apprendra alors qu'il a perdu sa femme en découvrant une photo de son cadavre dans le journal. Ou une autre personne allumera la télé et se retrouvera face au pâle visage de sa fille. Ce n'est pas joli, ce ne sont pas leurs méthodes habituelles. Mais il faut bien tenter quelque chose pour faire avancer cette enquête. Ne rien entreprendre serait inadmissible.

Cela explique en partie la présence de Petra au commissariat, alors qu'il lui reste encore quelques infirmières à voir. Elle veut analyser la situation avec Sjöberg, lui demander de l'aide sur la reconstitution de l'accident de voiture. Enfin, si c'était un accident… Mais vu la façon dont il lui a parlé au téléphone, elle éprouve une certaine appréhension et se concentre difficilement sur autre chose. Il lui a demandé de passer le voir et il ne lui reste plus qu'à prendre le taureau par les cornes.

Un frisson lui parcourt la colonne vertébrale lorsqu'elle passe devant la porte de Sjöberg. Elle est entrouverte et Petra l'entend parler avec quelqu'un. Sa voix est calme et amicale. Elle entre dans son propre bureau, accroche son blouson au crochet derrière la porte et s'assied dans son fauteuil pour rassembler ses esprits. Sa bouche est sèche, les battements de son cœur résonnent à ses oreilles. Elle n'a pas connu une telle angoisse depuis qu'elle a passé son permis. C'est important d'être en bons termes avec Sjöberg. Cela dit, le contraire est plutôt rare. Il aime facilement les gens et les apprécie pour ce qu'ils sont. C'est une personne qu'on n'a pas envie de décevoir, et Petra a le sentiment que c'est ce qu'elle a fait, d'une manière ou d'une autre.

Lorsqu'on frappe doucement à la porte, elle sursaute.

— Nerveuse ? demande Gunnar Malmberg, le commissaire principal adjoint, avec un sourire tout sauf chaleureux.

Petra rit et secoue la tête.

— Non, j'étais perdue dans mes pensées.

Il entre dans la pièce et s'installe dans le fauteuil des visiteurs en face d'elle.

— J'ai l'impression que ça bouillonne dans ta tête.

Son sourire a tout à fait disparu.

— Oui, je suis plongée dans une enquête…

— Mais tu as d'autres activités, non ?

Petra ne comprend pas. Elle se tortille sur sa chaise sans savoir quoi répondre.

— En dehors du travail.

Il est assis, incliné vers l'arrière, les jambes écartées et les mains croisées sur le ventre. Son allure est soignée, chemise bien repassée, cravate et veste. Il l'étudie avec une assurance presque palpable. Petra cherche les raisons qui pourraient justifier cette visite.

— Que faisais-tu vendredi, par exemple ?

— J'étais en stage toute la journée. Tu dois le savoir, non ? répond-elle. (Son étonnement commence à se muer en agacement.) C'est un interrogatoire ou quoi ?

Malmberg est le mentor du commissaire principal, qui est un idiot et un incompétent, mais qui tente de compenser par des sourires obséquieux et des phrases creuses. En réalité, c'est Malmberg le cerveau. Toujours un pas derrière son supérieur, doué, intelligent et doté d'un charme capable de déstabiliser n'importe qui. Sauf qu'il n'en fait pas usage pour le moment. Il se contente de l'étudier d'un air neutre.

— Si c'était le cas, ça t'étonnerait ?

— Oui, beaucoup.

Petra reprend des forces.

— Tu as fait quoi après le stage ?

— Je suis retournée au commissariat pour m'entraîner dans la salle de sport. Ensuite, j'ai bu une bière avec un collègue.

— *Une* bière ?

Impossible de savoir ce qu'il cherche.

— On me soupçonne de trop picoler, ou quoi ? Qu'est-ce qui se passe ?

— Réponds juste à mes questions, s'il te plaît. Tu as bu combien de bières ?

Petra lève les yeux au ciel.

— Je dirais cinq. Voilà.

— Tu étais où et avec qui ?

— Depuis quand tu t'occupes des enquêtes internes ? rétorque Petra.

— Concernant cette affaire, c'est une demande du commissaire principal.

C'est Brandt, se dit Petra. *Ce porc est vexé et essaie de me salir.*

— Tu devrais être contente, poursuit Malmberg. Pour l'instant je suis le seul au courant.

Il ponctue sa phrase d'un petit sourire furtif, tel un père qui réprimande son enfant.

— Donc, tu étais où et avec qui ?

— J'étais au Pelikan avec Jamal Hamad.

— Quand avez-vous quitté les lieux ?

— Je dirais vers 23 h 30.

— Ensemble ?

Après une seconde d'hésitation, elle répond :

— Oui, nous avons quitté le bar ensemble.

— Et ensuite ?

— Qu'est-ce que tu cherches exactement ?

— À savoir ce que tu as fait ensuite.

— Ah, je vois, lance Petra avec un sourire méprisant. Je savais que Brandt était porté sur la chose, mais de là à enquêter sur la vie sexuelle de son personnel... Dis-lui que *je n'ai pas* couché avec Jamal et que *je n'ai pas* l'intention de coucher avec le commissaire principal non plus.

Le visage de Malmberg reste impénétrable. Il poursuit son interrogatoire, point par point, d'un ton glacial.

— Tu es bien revenue au commissariat avant de rentrer chez toi ?

— Pas du tout.

— Le registre montre que tu as passé ta carte magnétique à 23 h 44 pour entrer et que tu as quitté le bâtiment à 00 h 06.

— Mais ce n'est pas vrai, répond Petra.

Elle se rend compte alors de sa position d'infériorité dans ce face-à-face énigmatique.

Elle ignore de quoi il s'agit, comment ils veulent la coincer, mais sent qu'elle perd ses moyens. C'est alors qu'un souvenir lui revient :

— Après le stage, Jamal et moi sommes retournés au commissariat. Je suis montée à mon bureau pour prendre mon sac de sport, j'ai posé ma carte d'accès sur la table et l'ai oubliée là. On est allé au gymnase ensemble et il m'a fait entrer. On en est reparti en même temps et on est remonté déposer nos sacs. À ce moment-là, soit j'ai oublié de reprendre ma carte, soit elle n'était plus là.

— Pourquoi n'as-tu pas signalé la perte de ta carte ? C'est pourtant inscrit dans le règlement.

— Parce qu'elle se trouvait sur mon bureau samedi, quand je suis passée en coup de vent. Je n'ai même pas remarqué son absence. L'entrée principale était ouverte, je suis montée directement. Et elle se trouvait là.

— Comme ça, quelqu'un aurait emprunté ta carte. Peut-être que cette personne aurait également emprunté ton ordinateur ?

— Non. Personne ne connaît mon mot de passe.

— C'est quoi ? Westman ?

Petra fait de son mieux pour lui décocher un sourire dédaigneux.

— On ne peut pas le deviner.

— Montre-le-moi, lui ordonne Malmberg.

— Mon mot de passe ? Hors de question.

— Ton ordinateur. Connecte-toi.

Petra se connecte. Malmberg reste calmement assis dans son fauteuil, sans chercher à voir ce qu'elle tape sur le clavier.

— Voilà, dit Petra. J'y suis.

— Tu maintiens donc que ton système est parfaitement sécurisé ? Que personne d'autre que toi n'a accès à ton ordinateur ?

Petra acquiesce d'un signe de tête mais, soudain, se demande si c'est la bonne réponse.

— Regarde tes mails, poursuit Malmberg d'une voix tranchante.

Petra s'exécute sans protester. Elle n'est pas tenue de faire ce qu'il lui demande, mais elle veut juste que tout cela se termine.

— Vendredi soir, à 23 h 58, tu as envoyé un mail provocant à Roland Brandt, dit Malmberg en se levant du fauteuil. (Il ajuste sa cravate et poursuit :) Il en a été offensé et prendra les mesures qui s'imposent. Le fait que tu étais ivre pourrait être une circonstance atténuante. Ou pas. Nous reprendrons contact avec toi lorsque nous aurons décidé si tu dois suivre une cure de désintoxication, être suspendue de tes fonctions, mutée ailleurs, ou tout simplement licenciée. Bonne soirée.

Le commissaire principal adjoint quitte son bureau d'un pas assuré. Petra est au bord des larmes. Elle ne sait toujours pas de quoi on l'accuse au juste. La gorge nouée, elle double-clique sur l'icône « messages envoyés ».

*

Le soleil se couche. Ça veut dire qu'il va venir bientôt. Hanna a attendu le soir pendant tout l'après-midi. Lorsqu'il fera noir, elle sera enfin sauvée par un gentil monsieur du nom de Björn. Il va lui apporter à manger et lui donner des bonbons. Hanna en a marre de l'attendre, elle veut que le soir arrive maintenant !

Ce matin, quand il restait encore beaucoup de temps avant la tombée du jour, elle s'est sentie très seule. Elle s'est couchée sur le sol devant la télé et elle a pleuré pendant longtemps. Sa maman lui manquait tellement que ça lui faisait mal. Toute la colère était partie, elle ne lui en voulait plus. Elle ne pensait pas du tout à Lukas. Elle n'avait de place que pour la solitude. Une énorme solitude, qui lui faisait mal aux oreilles. Parce que la télé n'était pas allumée, le silence rebondissait d'une pièce à l'autre comme une boule de foudre géante, sans jamais s'arrêter. Quand elle avait peur comme ça, c'est sa maman qu'elle voulait, même son papa ne suffisait pas.

Hanna a pleuré jusqu'à avoir si mal à la gorge qu'elle ne pouvait plus continuer. Elle est restée allongée pendant des heures, le regard vide, à laisser vagabonder ses pensées. Elle n'avait rien mangé depuis le matin, mais elle était trop fatiguée pour se relever. Pour finir, elle s'est abandonnée au sommeil.

En s'éveillant, quelques heures plus tard, elle s'est sentie mieux. Elle a mangé du beurre directement dans le paquet, et des pommes de terre crues avec la peau. Ce n'était pas bon, elle voulait juste se remplir le ventre, Björn allait bientôt arriver avec des hamburgers.

Elle est assise dans sa chambre à aligner ses images de fées sur sa petite table quand le téléphone sonne. Elle court dans l'entrée et arrive à répondre avant la quatrième sonnerie.

— Allô ! lance-t-elle, pleine d'espoir.

Peut-être que c'est enfin maman qui appelle !

— C'est Hanna ?

Ce n'est pas la voix de sa maman.

— Oui, répond Hanna, déçue. C'est qui ?

— Oh, ma chérie, c'est Barbro ! Comment vas-tu ?

— T'es pas gentille, déclare Hanna.

— Je comprends que tu trouves ça long, mais tu sais, c'était difficile de te trouver.

— Tu mens.

— Ma petite Hanna ! Si tu savais comme j'ai travaillé dur pour savoir où tu es !

— Tu mens, répète Hanna.

— Est-ce que je peux parler à ta maman ou à ton papa ? tente Barbro.

— Ils sont pas là. Tu le sais, non ?

— Il y a quelqu'un d'autre avec qui je peux parler ?

— Non, je te dis. T'es pas gentille.

— Hanna, je t'ai cherchée partout. Maintenant je sais où tu habites et je peux t'appeler aussi. Bientôt, un gentil monsieur va venir t'aider.

— Je sais, réplique Hanna.

— Comment ça ?

— Il me l'a dit au téléphone.

Aussitôt, elle se rappelle avoir promis à Björn que c'était leur secret, et qu'elle n'en parlerait à personne.

— Mon papa va bientôt arriver, ajoute-t-elle en vitesse.

— C'est vrai ?

— Oui. Il est parti nous acheter des hamburgers.

— Tu veux dire que ton papa est rentré ?

— Non, je te dis qu'il cherche des hamburgers.

— Mais c'est super, Hanna ! Alors tu n'es plus toute seule ?

— Oui. Au revoir ! conclut Hanna, en raccrochant.

Barbro s'est servie des Pages blanches pour pointer le numéro de téléphone de tous les habitants du 20 rue Ploggatan, sauf un qui figurait sur liste rouge. Comme il n'était que midi, elle ne s'attendait pas à trouver grand monde chez soi, et a donc été ravie d'entendre Hanna décrocher dès son troisième appel.

Après que la petite lui a raccroché au nez, Barbro reste pensive. La conversation a pris une drôle de tournure. Qu'est-ce qui a été dit au juste ? Le commissaire principal adjoint a-t-il appelé Hanna ? Ou bien cet Holgersson ? Le père est-il revenu, à moins qu'il ne soit jamais parti ? Pendant qu'elle parlait avec Hanna, elle a tenté de saisir comment avait évolué la situation, mais la conversation s'était trop vite interrompue.

Barbro reste un long moment à tapoter son téléphone. Elle hésite à rappeler Hanna. Puis elle se lève avec un soupir, et va à la cuisine se préparer un thé.

*

Les affaires personnelles de Jennifer tiennent dans une boîte à chaussures. Quand sa grande sœur était encore en vie, Elise n'avait pas le droit de s'en approcher. Mais voilà, tout a changé. Jennifer est morte. Personne n'y peut rien. Elle est assise à leur petite table, celle qui est censée leur servir de bureau, et ouvre délicatement le dessus du carton. Le contenu est en vrac. Elle se tient sur le seuil de la vie secrète de sa sœur aînée et ressent une drôle de sensation à l'estomac.

Elise ne sait pas à quoi elle s'attendait, mais sans doute à quelque chose de bien pire, beaucoup plus sulfureux que ce bric-à-brac sans intérêt. Des bouteilles de parfum, de vieux bijoux fantaisie, des lettres d'une fille de Scanie avec laquelle Jennifer correspondait quand elle était plus jeune. Il y a aussi un tas de photos d'identité d'amis de Jennifer du collège, un paquet de cigarettes françaises sans filtre et une ordonnance non utilisée de pilule contraceptive. Et tout au fond : un carnet d'adresses.

Elise le sort et commence à le feuilleter. Des noms qu'elle connaît du réseau d'amis de Jennifer. Pour la plupart de vieux copains du primaire, mais elle note quand même quelques nouveaux contacts. Elise est au fait des fréquentations de Jennifer, même si elle n'était pratiquement jamais invitée à se joindre à eux. Elle finit par repérer Jocke. Jocke Andersson, qui ne la laisse pas indifférente.

Combien de fois a-t-elle ressenti ça, en regardant les photos de classe avec les copines pour noter les plus beaux mecs ? Bon, c'est vrai que c'était ridicule, mais on frissonnait quand on lisait les coordonnées de quelqu'un qu'on avait en vue. Elle se demande si les mecs faisaient pareil, s'ils bavaient sur les adresses sans utilité des jolies filles. Et la voilà qui ressent ce même frisson dans le ventre. Jocke la fascine. Il est grand, et il est adulte, rien à voir avec les petits morveux de son collège.

Elle referme le carnet et s'empare de la pile de photos d'identité. Elle trouve rapidement celle de Jocke. Ses yeux sont bleu-gris, il n'a pas de barbe, mais elle le reconnaît quand même. On n'oublie pas un regard comme celui-là, un peu dangereux et triste, qui semble tourné vers l'intérieur. Il fait si adulte, avec cette façon qu'il a d'enlacer Jennifer, comme si elle lui appartenait. Et maintenant il est libre. Il n'est plus le copain de Jennifer. Il peut sortir avec qui il veut…

Tout le monde dit qu'elle et Jennifer se ressemblent. Elise n'est pas tout à fait d'accord, mais si c'est ce que les gens voient… Elle donnerait beaucoup pour sentir ces bras-là la serrer. Peut-être que lui aussi… ? Pour l'instant, Joakim doit sans doute être très triste. Et il est probable que la police le suspecte. Mais Elise ne peut l'imaginer capable d'assassiner Jennifer, de l'*étrangler*. Non, pas avec cette tendresse qui crevait les yeux la fois où Elise les a vus ensemble. Elle se dit qu'il est sûrement déprimé. Il a besoin d'être consolé, d'avoir quelqu'un à qui parler.

Et qui mieux qu'elle, pour ça ? Après tout, ils sont dans le même bateau. Ils sont confrontés à ce même vide, ce même deuil. Ça ne coûte rien d'essayer. Elle retrouve son adresse dans le carnet et la mémorise. Il n'habite pas loin. Elle range les affaires de Jennifer dans la boîte et la remet à sa place dans le placard. Comme si Jennifer pouvait encore avoir son mot à dire.

Elise se glisse discrètement derrière une femme qui rentre dans l'immeuble avec son chien. Elle s'arrête devant le panneau comportant les noms des habitants, pour savoir à quel étage habite Joakim. Il y a deux familles Andersson. Elle décide de monter jusqu'au premier étage, où habite l'une d'elles. Elise ne sait pas trop ce qu'elle dira quand elle se retrouvera face à Joakim, mais elle n'est pas vraiment timide, alors ça devrait bien se passer. Elle se demande si Jennifer est déjà venue. Elle ne lui en a jamais parlé, mais pourquoi l'aurait-elle fait ? Elle réalise que Joakim n'est peut-être pas chez lui, mais quelque chose lui dit que si, au regard de la situation.

En effet, c'est lui qui ouvre la porte. Il est étonné de la voir, mais ne dit rien.

— Salut. (Elle lui sourit.) C'est toi, Jocke ?

— Oui, répond-il avec un sourire timide.

On dirait qu'il s'est battu. Il a un œil au beurre noir, qui commence à jaunir.

— Je suis Elise.

Joakim la regarde sans rien dire pendant quelques secondes.

— Vous vous ressemblez.

— Il paraît.

Aucun des deux ne sait quoi ajouter.

— Je peux rentrer ? dit enfin Elise.

— Non, c'est pas trop le moment. (Il regarde par-dessus son épaule, comme si quelqu'un à l'intérieur ne devait pas savoir qu'elle était là.) Tu es venue pour quoi ?

— Juste pour parler un peu.

— Mes condoléances… murmure-t-il en baissant les yeux.

Des mots tellement formels, mais c'est ce qu'on déclare dans ce genre de circonstance, non ?

— À toi aussi, répond Elise.

— Oui, c'est terrible ce qui s'est passé.

— Je suppose que la police ne te lâche pas ? l'interroge Elise, qui tente de se montrer complice.

— Bah oui, ils arrêtent pas. Et toi, non ?

— Ils me croient pas coupable, mais ils me posent sans arrêt des questions.

— Oui, c'est chiant, dit Jocke.

— Ils te soupçonnent ?

— Je suppose que oui.

Jocke soupire.

— Moi en tout cas, je ne pense pas que ce soit toi. Tu ne ressembles pas à un assassin.

— Merci, dit-il avec un faible sourire.

Il touche du doigt son œil au beurre noir comme si celui-ci racontait une tout autre histoire. Une porte claque en bas de l'escalier.

— Tu te sens comment ? demande Elise.

Jocke hésite un moment avant de répondre.

— Vraiment mal, en fait. C'est comme si… la vie s'était arrêtée. Je ne sais plus comment avancer.

— Pareil pour moi.

En réalité, elle ne sait pas ce qu'il veut exprimer. Elle ne s'est pas encore donné le temps d'y réfléchir. Elle a du mal à réaliser que sa sœur a été assassinée. Qu'elle ne fait plus partie de ce monde. Elle n'a même pas eu le temps de se dire qu'elle lui manque. Jocke a l'air si triste. Elle a envie de le toucher, de caresser sa joue, de lui montrer qu'elle lui veut du bien. Elise entend des pas dans l'escalier et se retourne. Un homme monte les marches, mais elle ne voit pas son visage, qu'il garde rivé par terre.

Quand elle se retourne vers Jocke pour lui parler, elle remarque qu'il s'est figé. Son regard a l'air vide, comme s'il n'était plus là. Il ne la voit plus et n'a d'yeux que pour l'homme qui approche. Elise sent la tension et, machinalement, rentre la tête dans les épaules pour se protéger de la menace qui approche. Elise et Jocke sont comme cloués au sol. Elle n'ose même plus se retourner. Elle se contente de fixer Jocke pour tenter de lire dans ses réactions comment se comporter.

— Tiens, tiens, lance une voix d'homme derrière elle.

Jocke reste muet. Elise ne bouge plus.

— C'est quoi, ça ?

— Juste une copine, répond Jocke.

*

Ce n'est pas la bonne réponse, Jocke le sait. Il pouvait dire n'importe quoi, mais pas ça. Il n'est pas censé avoir de copains. Et surtout pas de copines. Il aurait dû déclarer que c'était une démarcheuse ou quelqu'un qui s'est trompé de porte. Tout sauf ça. Il l'a fait pour Elise, pour qu'elle ne se pose pas de questions. Pour sauver les apparences. Mais il aurait dû mieux réfléchir.

— Elle est mignonne, ta petite camarade.

Le ton est morne, mais Elise perçoit la moquerie.

Comme il parle d'elle, et peut-être même qu'il s'adresse à elle, Elise se tourne pour gratifier l'homme d'un sourire forcé. Mais ses traits se figent et elle reste sans voix. Jocke intervient aussitôt d'un ton qu'il espère être le plus naturel possible :

— Elle allait partir, papa.

C'est comme s'il n'avait rien dit. Elise, qui veut juste lever la main pour saluer le père et s'en aller, reste tétanisée, la bouche ouverte, sans pouvoir arracher son regard de cet homme. Au moment de franchir le seuil de l'appartement, le père de Jocke s'immobilise et la dévore des yeux de la tête aux pieds, avec un mépris manifeste. Puis il persifle, la bave aux lèvres :

— T'es pas morte, petite salope ?

C'est à ce moment-là qu'Elise retrouve ses esprits et dévale les escaliers, comme si sa vie était en jeu.

*

— Que dalle, dit Sjöberg. Les interrogatoires n'ont strictement rien donné.

Jamal décide de savourer sa découverte et laisser le commissaire se plaindre encore un peu avant de lui en faire part.

— Tu as l'air fatigué, dit-il.

Sjöberg soupire. Il repense aux visions de Margit Olofsson qui perturbent son sommeil, et à son parfum qui plane encore autour de lui. Il ne veut plus y penser et encore moins en parler.

— Oui, et pour plusieurs raisons, affirme-t-il, sans développer davantage. D'ailleurs, j'ai reçu un coup de fil de Nieminen. Les deux consultants finlandais, Helenius et Grönroos, ils n'ont jamais eu d'histoires avec la police. Ni avec le fisc. Et ils ont des explications parfaitement crédibles à leur voyage en Suède. Des types normaux, en somme. Et toi, comment ça s'est passé ?

— J'ai trouvé un lien entre Jennifer Johansson et un passager du ferry jusqu'ici inconnu.

— Quoi ? (Sjöberg paraît tout de suite plus alerte.) C'est exactement ce qu'il nous faut.

— C'est vague, mais c'est quand même un lien. Par contre, je n'arrive rien à en faire.

— Je t'écoute.

Jamal explique sa rencontre avec Elise, et Sjöberg l'écoute avec un intérêt grandissant. Il raconte la découverte du nom de Sören Andersson sur la liste des passagers, et rend compte de l'interrogatoire infructueux qu'il a mené.

— Bon, on ne peut pas se contenter de ça, conclut Sjöberg. Il a donc le même âge que l'homme du bar et un physique similaire ?

— Oui, ça pourrait être lui.

— Et cette histoire de portefeuille… Comment Elise s'est-elle retrouvée en sa possession ? se demande Sjöberg. Si c'est le lien que nous cherchons, comment ça se tient, tout ce truc ?

— Jennifer n'a pas pu voler le portefeuille sur le bateau, sinon, comment Elise l'aurait-elle récupéré ? Elise affirme qu'elle l'a trouvé dimanche. Andersson dit qu'il l'a perdu vendredi.

— Peut-être qu'il ment, suggère Sjöberg. Supposons que Jennifer l'ait volé sur le ferry. Puis qu'elle l'ait caché dans sa cabine, ou bien qu'elle l'ait transmis à l'un de ses copains. Que cet homme l'ait tuée, mais qu'il n'ait pas récupéré son portefeuille. Et que le copain en question l'ait donné à Elise, qui l'a finalement déposé ici.

— Mais pourquoi elle mentirait ? Et puis, ça ne te semble pas un peu exagéré de tuer quelqu'un parce qu'il t'a volé ton portefeuille ? Il en faut un peu plus quand même.

— Une histoire de drogue ? tente Sjöberg.

— Jennifer ne se droguait pas.

— On va charger Eriksson de se renseigner sur le passé de Sören Andersson. Il ne va pas être facile de mettre à mal sa version des faits. Surtout s'il a choisi de rester anonyme pendant le voyage.

— Si c'est lui qui était au bar avec Jennifer, il a commis au moins une gaffe. Il a été vu.

— Tout ça, ce ne sont que des indices, dit Sjöberg. Il nous faut bien plus pour établir un lien avec le meurtre. Nous verrons ce que Letho trouvera sur ce type. Mais d'abord, on va cuisiner la petite Elise.

C'est à peine perceptible, mais on frappe à la porte et les deux policiers s'interrompent. C'est Petra. Elle ressemble à une écolière prise en faute, se dit Jamal. C'est la première fois qu'il la voit ainsi.

— Je passe te prendre tout à l'heure, conclut Sjöberg, sur un ton soudain plus autoritaire. Ferme la porte derrière toi, s'il te plaît.

Jamal se lève et hausse un peu les sourcils. Il donne une tape amicale dans le dos de Petra et quitte la pièce.

Petra s'enfonce dans le fauteuil que vient de libérer Jamal avec une profonde expiration. Elle sent la chaleur de son collègue encore présente au moment où elle regarde Sjöberg d'un air désolé.

— Eh oui, Petra... (Sjöberg soupire à son tour.) Je vois que tu n'es pas très à l'aise.

— Je sais de quoi tu veux me parler. Gunnar Malmberg vient de me l'annoncer. Ils ont l'intention de me virer.

Sjöberg secoue la tête, et son regard exprime son embarras. Elle lui fait pitié. Non pas parce qu'elle a été maltraitée, mais parce qu'elle est... malade. Pas fiable. Une sorte d'enfant à problèmes. Le mouton noir de l'équipe. Une personne à scandale.

— C'est ça, ton problème ? réplique Sjöberg qui ne fait aucun effort pour dissimuler sa déception. Si j'étais toi, je ramasserais mes affaires et quitterais les lieux le plus vite possible. Tu te rends compte à quel point ce que tu as fait est honteux ? C'est irréparable, Petra. Tu ne peux pas rester.

— Oui, c'est grave, Conny. Mais pas comme tu le crois.

Elle voit qu'il est encore plus fâché, tout en trouvant cela préférable à la déception qu'il affichait jusqu'à maintenant.

— Petra, il est question d'une photo pornographique.

Sjöberg a chuchoté pour éviter qu'on ne l'entende dans le couloir. Petra baisse les yeux.

— Une photo qui te montre en train de copuler dans une position inhabituelle. Et tout ça dans un mail qui est de toute évidence une invitation pour le commissaire principal ! « Sexy, n'est-ce pas ? » Mais bordel, qu'est-ce qui t'a pris de faire une chose pareille ? Tu as des problèmes avec l'alcool ? Tu essaies de coucher pour avoir une augmentation ?

— Tu as vu la photo, murmure Petra.

— Oui, je l'ai vue, parce que Brandt m'a forcé à la regarder. Il m'a fallu une seconde avant de comprendre de quoi il s'agissait. Crois-moi, Petra, je n'ai pas la moindre envie de te voir de cette façon.

Même quand il est furieux et qu'il l'engueule, ses yeux restent doux. Soudain, Petra prend conscience qu'il n'est pas en colère, mais qu'il est sincèrement peiné. Pour elle. Elle lutte pour retenir ses larmes.

— Conny, je n'ai pas envoyé ce mail. Je n'étais même pas ici quand ça s'est produit.

Elle essaie de rester calme, mais sent sa gorge se nouer.

— OK. Et ce n'est pas toi non plus sur cette putain de photo, c'est ça ?

— C'est moi. Mais j'étais inconsciente quand elle a été prise, lâche-t-elle avant que les larmes lui montent aux yeux. Et d'ailleurs, ce n'est pas une photo, c'est un plan tiré d'un film qui a été tourné quand j'ai été violée l'automne dernier. Si tu ne me crois pas, tu peux demander à Hadar.

Elle ne peut plus se contenir, c'est comme une libération. Elle n'a pas versé une seule larme depuis ce putain de viol. Maintenant elle sent qu'elle n'a fait qu'attendre cette occasion. Pour enfin ouvrir les vannes et laisser libre cours à ses émotions. Et il n'en faut pas plus pour toucher Sjöberg. Son intuition lui confirme la loyauté de Petra. Sa Petra dont il n'avait jamais douté auparavant. Il se lève, la rejoint et prend son visage entre ses mains. Puis, il l'aide à se relever, la prend dans ses bras et pose sa tête contre son épaule.

— Hadar ? interroge-t-il d'une voix douce.

Elle acquiesce d'un mouvement de tête au creux de ses bras. Ils restent comme ça un moment. Il caresse ses cheveux et lui laisse le temps de se calmer.

Sjöberg rompt le silence en lui pinçant gentiment la nuque et en lui demandant si elle s'est endormie. Petra rit et s'éloigne de lui. Elle essuie son visage avec ses manches et Sjöberg retourne à sa place, derrière le bureau. Petra lui adresse un sourire un peu gêné alors qu'elle se rassied et constate le même soulagement chez Sjöberg.

— Bon, on reprend tout depuis le début, lance-t-il, avec son habituel pli entre les yeux quand il se met au travail.

Pour la première fois depuis un an, Petra raconte ce qui lui est arrivé, et c'est une libération. Elle a passé cette soirée de novembre au bar de l'hôtel Clarion en compagnie de Jamal, s'est retrouvée à parler avec Peder Fryhk, pour ensuite partager un taxi avec lui, et se réveiller dans sa maison de Mälarhöjden avec la gueule de bois et des douleurs... Elle se sent rassurée d'avoir Sjöberg à ses côtés. Non seulement c'est un bon confident, mais il peut aussi comprendre ce qu'elle traverse. Elle enchaîne et lui raconte son enquête non réglementaire. La façon dont elle est parvenue à convaincre une connaissance, le policier scientifique Håkan Carlberg, de l'aider en analysant des prélèvements, pour qu'ensuite le procureur mette le violeur, ce médecin anesthésiste nommé Peder Fryhk, derrière les barreaux. Elle termine en mentionnant *le deuxième homme*, la vidéo égarée et son angoisse à l'idée que Fryhk découvre que c'est elle qui l'a dénoncé.

Ils récapitulent son emploi du temps de vendredi dernier : le stage, le passage à la gym, le verre qu'elle a bu au Pelikan en compagnie de Jamal, avec les heures exactes de ses allées et venues au commissariat et enfin l'envoi de ce mail funeste.

— Quelqu'un t'avait à l'œil vendredi, Petra. Quelqu'un qui savait exactement quand et comment il allait s'y prendre.

— Et c'est la même personne qui détient le film, ajoute Petra. Celui qui m'a violée et qui le regarde en se branlant sur son canapé.

— Il est d'ici, affirme Sjöberg. C'est quelqu'un de la maison.

Petra n'a pas eu le temps d'aller si loin dans ses réflexions. Avec les catastrophes qui se sont enchaînées depuis cet après-midi, elle n'a pas trouvé le temps de s'asseoir pour analyser les choses.

Elle s'est juste dit qu'un hacker doué avait pu s'introduire dans son ordinateur et envoyer un mail de sa part. Mais bien sûr que Sjöberg a raison. Le deuxième homme est de la police. Il travaille dans l'immeuble et a utilisé sa carte ainsi que son ordinateur pour créer une sérieuse suspicion à son égard.

— Qui d'autre connaît ton mot de passe ? demande Sjöberg.

— Personne. C'est ce que j'ai dit à Gunnar Malmberg.

— Il est noté quelque part ?

— Seulement dans mon téléphone et je l'ai toujours avec moi.

— Tu as changé de mot de passe depuis novembre de l'année dernière ?

D'un coup, Petra saisit où il veut en venir. Le deuxième homme est méticuleux. Il est allé jusqu'à s'emparer du mot de passe dans son carnet d'adresses pendant qu'elle était encore inconsciente dans le lit de Fryhk. Comme elle a été naïve de croire qu'il ne savait pas qui elle était ! Il la connaît depuis le début. Petra secoue la tête, son expression laisse entendre qu'elle a compris où Sjöberg veut en venir.

— Je suppose que tu as essayé d'identifier la personne qui t'appelle la nuit ? poursuit-il.

— Il utilise une carte téléphonique, confirme Petra. Chaque fois un nouveau numéro.

Sjöberg acquiesce, pensif.

— Mais pourquoi fait-il ça ? Lui qui est si minutieux, et qui veille tant à rester anonyme. On ne le voit dans aucun plan du film, Fryhk reste muet comme une carpe à son sujet et, d'après Jamal, il n'a laissé aucune trace.

— Il en a laissé *une*, quand même.

— Mais on n'a rien pour comparer.

— Pas encore. Tu sais pourquoi on viole, Petra ?

— C'est plus une question de pouvoir que de sexe.

— Exact. Il n'en a pas fini avec toi. Tu leur as mis des bâtons dans les roues, et ça, il ne le supporte pas. Il veut te donner une bonne leçon. Et le fait est que ça nous arrange plutôt.

Nous, se dit Petra. Une chaleur rassurante se répand dans son corps. *Je ne suis plus seule dans cette histoire.*

Sjöberg regarde sa montre.

— Ce n'est pas tout, enchaîne Petra. Hier soir, il s'est passé quelque chose de très gênant.

Elle lui raconte le coup de téléphone et sa rencontre avec Brandt.

— Le mail ne l'a pas tant offensé que ça, conclut-elle.

— Qu'est-ce qu'il a dit en parlant de chez Matthias Dahlgren ?

— Quelque chose du style : « On pourrait poursuivre notre soirée quelques étages plus haut après le dîner. »

Sjöberg éclate de rire. Petra le regarde, interloquée.

— Tu es loin d'être une star du porno, Petra ! Tu ne comprends pas ce qu'il entendait par là ? Le restaurant de Dahlgren se trouve au rez-de-chaussée du Grand Hôtel. Ce vieux cochon vous y avait sans doute réservé une chambre !

Sjöberg a encore l'œil qui frise lorsqu'il appelle les renseignements téléphoniques.

— Donnez-moi le numéro du Grand Hôtel et mettez-moi en contact avec le restaurant Matthias Dahlgren, s'il vous plaît.

Au bout de trente secondes on décroche à l'autre bout du fil. Petra regarde son supérieur avec des yeux étonnés.

— Je voudrais savoir si vous aviez une réservation au nom de Brandt pour hier soir. Non ? C'est ça, à 20 heures... Vers 19 heures. Merci beaucoup.

Il raccroche et compose aussitôt un autre numéro, en faisant au passage un clin d'œil à Petra.

— Bonjour, ici Roland Brandt, de la police d'Hammarby. Je ne me souviens plus si j'ai bien décommandé la chambre, hier soir ? Une chambre double, c'est bien ça ? Très bien, merci.

Sjöberg raccroche à nouveau et croise ses mains avec un sourire.

— Brandt avait réservé une table chez Matthias Dahlgren pour 20 heures hier soir, mais il l'a décommandée vers 19 heures. Ensuite, il avait prévu un petit tête-à-tête avec toi dans une chambre du Grand Hôtel, mais il a également dû la décommander. À mon avis, il est vexé comme un pou.

*

— C'était quoi, tout ça ? demande Jamal alors qu'ils se dirigent vers le centre commercial de Ringen.

— Quoi ? répond Sjöberg, l'air de rien.

— Le huis clos entre toi et Petra. Qu'est-ce que vous cachez, tous les deux ?

— Ah ça ! Juste un truc de boulot.

— Elle a des soucis en ce moment ? On aurait dit qu'elle avait pleuré.

— Ça ne m'a pas frappé.

— Petra et moi, on est très proches, insiste Jamal. Tu peux me raconter…

— Ah bon, c'est pour ça ! s'exclame Sjöberg en lui coupant la parole. J'ai entendu dire que vous étiez sortis vendredi soir. Vous êtes allés où ?

— On a bu une bière au Pelikan.

— Vous êtes restés combien de temps ?

Sjöberg accélère le pas, les yeux braqués plus haut dans la montée.

— Je dirais qu'on est ressortis vers 23 h 30. Pourquoi ?

Jamal cherche en vain le regard de son supérieur.

— Et ensuite, vous êtes allés où ?

— À la maison. Enfin, moi, c'est ce que j'ai fait. Je me levais tôt le lendemain…

— Et Petra ? poursuit Sjöberg.

— Je suppose qu'elle est rentrée aussi ! Tu cherches quoi, là ? Tu ne penses quand même pas que Petra et moi…

— Je ne pense rien du tout. Je suis juste curieux.

Jamal secoue la tête. Sjöberg continue son chemin sans un regard pour son collègue.

La fête bat déjà son plein quand ils débarquent chez les Johansson. Les invités qui se serrent autour de la table de cuisine font pitié à voir. Pas tellement pour eux, pensent les policiers, mais surtout pour Elise. Pauvre gosse, pense Sjöberg. Elle a connu ça depuis qu'elle est bébé, et maintenant elle n'a même plus de sœur pour la soutenir dans cette galère. Avec Jamal, ils avaient décidé d'y aller un peu plus fort avec elle, mais ils se radoucissent illico face à sa misère quotidienne.

Dans la chambre des filles, ils retrouvent Elise perchée sur le lit, en train de feuilleter un magazine.

— C'est comme ça tout le temps ? demande Sjöberg en esquissant un geste vers la cuisine.

Elise hausse les épaules et feint l'indifférence.

— Comment vas-tu ?

— Ça va, répond-elle sans conviction.

Jamal prend les choses en main et va droit au but.

— Je ne suis pas satisfait de tes réponses de l'autre jour au téléphone, assène-t-il d'un ton un peu plus dur que souhaité.

Elise le regarde froidement.

— Je crois que tu peux nous en dire davantage sur ce portefeuille.

— Eh ben, non, répond Elise en détournant le regard.

— Tu l'as trouvé quand ? demande Sjöberg.

— Je sais plus. Dimanche, je crois.

— C'était où ?

— Quelque part en ville, je l'ai déjà dit ! Je ne me rappelle plus le nom de la rue.

Au moins elle a réagi. Il est évident qu'elle n'a pas envie d'en parler. Sjöberg se sent d'autant plus motivé.

— Tu mens, Elise. Et tu sais que nous le savons. Maintenant, tu vas nous raconter où et quand tu as trouvé ce portefeuille.

Elise recommence à feuilleter le magazine. Sjöberg l'attrape à deux mains et le jette au sol. Elise sursaute, surprise.

— Nous essayons de capturer l'individu qui a assassiné ta sœur, continue Sjöberg sur le même ton calme. Tu as juste à répondre à quelques questions. Nous voulons la vérité. Nous en avons besoin pour faire le point sur ce qui est important ou pas. Tu nous mens, mais nous ne sommes pas dupes. Ce portefeuille, tu l'as volé, c'est bien ça ?

— Non, je l'ai trouvé, insiste Elise, mais la voix n'est plus aussi assurée.

— OK, nous allons voir ce qu'en pense Sören Andersson. Nous lui dirons que la personne qui a volé son portefeuille est une fille de quatorze ans qui se nomme Elise Johansson et qu'elle réside à Götgatan…

— Mais ça n'a rien à voir ! s'exclame Elise, inquiète.

— Avec quoi ?

— Avec Jennifer !

— Ça, c'est à nous d'en juger, pas à toi. Tu l'as volé quand ?

— Je ne l'ai pas volé ! Mais je l'ai peut-être trouvé vendredi.

— Si c'était vendredi, pourquoi as-tu parlé de dimanche ?

— Je ne me rappelle pas, mais c'était sans doute vendredi.

— Tu l'as trouvé où, poursuit Sjöberg.

— Près du parc de Vita Bergen, mais je ne me souviens pas du nom de la rue. C'est la vérité !

*

Elise est terrorisée. Les policiers échangent un regard, mais elle ignore ce que ça signifie. Soudain, elle sent un grand malaise l'envahir. Elle ferait n'importe quoi, enfin presque, pour s'échapper, pour fuir leurs soupçons et les questions relatives à ce moment auquel elle ne veut plus penser, et qui n'a aucun rapport avec Jennifer. En plein désespoir, elle hurle sur les policiers comme s'ils étaient sa mère ou l'un de ses professeurs :

— Faites votre boulot, putains de flics ! Attrapez l'assassin de Jennifer plutôt que de m'emmerder ! Je n'ai pas assassiné Jennifer, je n'ai rien fait, moi ! C'est comme le père de son mec, là, une espèce de vieux dégueulasse qui m'a demandé si j'étais pas morte ! Vous imaginez ce que ça fait, bande de connards ! Quand on te dit que tu devrais être morte ! Vous voulez aussi que je meure, c'est ça ? Tout aurait été tellement plus simple si ça avait été moi. Tout le monde aurait été content. Moi aussi, j'aurais préféré être morte. Comme ça, je serais débarrassée de vous et de vos putains de questions débiles !

Dans un premier temps, Jamal et Sjöberg restent comme pétrifiés devant l'explosion de colère de l'adolescente, mais Sjöberg doit reconnaître par la suite que ça l'a plutôt rassuré. Elise a enfin réagi comme une gamine de son âge. Elle s'est libérée de son attitude craintive et de sa façon de se dénigrer en permanence.

— Qu'est-ce que tu viens de dire ? interroge Sjöberg, quand les cris de la jeune fille cessent de résonner à ses oreilles. Le père de Jocke t'a demandé si tu n'étais pas morte ?

— Oui, exactement, réplique Elise, toujours en colère, reprenant peu à peu le contrôle.

Elle évite son regard et tripote ses bagues.

— Tu peux préciser ?

— Il m'a dit : « T'es pas morte, petite salope ? » Sympa, non ?

— Dans quel contexte ? Tu l'as rencontré quand ?

— Tout à l'heure.

— Cet après-midi ?

— Oui.

Les pensées tourbillonnent dans la tête de Sjöberg. Il jette un coup d'œil vers Jamal, qui lui aussi paraît interloqué. Aucun des deux ne parvient à déceler tout de suite ce qui cloche, mais ils sont persuadés que quelque chose ne va pas.

— Ça s'est passé où ?

— Chez Jocke, répond Elise.

— Je croyais que vous ne vous connaissiez pas, commente Sjöberg.

— Oui. Mais j'y suis allée quand même. J'avais envie de lui parler.

— Et alors ?

— Son père est rentré du boulot ou un truc dans le genre. On était sur le palier. Quand il m'a vue, il est devenu comme fou : « T'es pas morte, petite salope ? » C'est exactement ce qu'il a dit.

Sjöberg regarde Jamal, qui secoue la tête, perdu dans ses pensées.

— Ça a dû être très dur, Elise. Et tu as fait quoi ?

— Je suis partie en courant. Le plus vite que j'ai pu.

— Et Jocke ?

— Qu'est-ce que vous voulez qu'il fasse ? Il est resté planté là, c'est tout.

— Qu'est-ce que c'est que tout ça ? se demande Jamal alors qu'ils se dirigent vers le commissariat.

— Une drôle d'histoire, atteste Sjöberg.

— Tu la crois ?

— Je pense que cette fois, elle dit la vérité. Il faut admettre qu'elle s'est exprimée de façon plutôt directe…

Il sourit.

— Ça, oui. Attends voir que tes enfants aient cet âge-là.

— Je crains le pire.

— Mais pourquoi il lui a balancé ça ? « T'es pas morte ? » Qu'est-ce que ça veut dire ?

— Qu'en voyant Elise, il pense être en face de la gamine qui s'est fait assassiner. Dans ce cas, on peut se poser une question : pourquoi croit-il reconnaître Elise ? Ça peut vouloir dire qu'il connaissait Jennifer, qu'il sait qu'elle est morte, et qu'en se retrouvant face à Elise, il la prend pour Jennifer. Comment a-t-il croisé Jennifer ? Joakim les aurait présentés ? Peu probable. On peut tourner la question dans tous les sens, on aboutira toujours aux deux mêmes hypothèses. Primo : il a déjà vu l'une des deux filles auparavant, ou bien les deux. Deuzio : à ses yeux, elles se ressemblent tellement qu'il les confond.

— Ça ouvre de réelles perspectives, commente Jamal.

— Il a peut-être aperçu Jennifer et Joakim quelque part. De loin. Et là, il tombe sur Elise dans la cage d'escalier. Il la considère comme étant la seule fille qu'il ait jamais vue avec son fils : Jennifer. Suite à quoi, il déblatère ces mots odieux. Avec dédain, parce qu'il ne pense que du mal de leur relation. Ça, on le sait, puisque c'est pour ça qu'il a battu Joakim la veille du voyage en ferry.

— Le père de Joakim a tout l'air d'un type antipathique, constate Jamal.

Sjöberg ne peut qu'être d'accord. Ils marchent côte à côte un moment, chacun perdu dans ses pensées. Quand ils arrivent devant l'entrée du commissariat, Jamal reprend la parole :

— J'ai une autre idée.

Il s'immobilise et Sjöberg fait de même.

— Et si le père de Joakim se trouvait sur le bateau, lui aussi ?

— On serait au courant, non ?

— Pourquoi ? On a analysé les listes de passagers selon plein de critères. Mais jamais on n'a cherché quelqu'un domicilié à la même adresse que Joakim, en tout cas en ce qui me concerne.

— Joakim nous en aurait parlé.

— Il ne le sait peut-être pas lui-même.

— Ils se seraient forcément croisés, insiste Sjöberg. Le but du père était sans doute de confondre Joakim, à qui il avait interdit de faire cette traversée.

— Il peut aussi être monté sur le ferry pour assassiner Jennifer.

— Et pourquoi ?

— Parce que ce salaud est un malade qui ne supporte pas qu'on lui tienne tête.

— C'est vrai qu'il n'est pas normal, renchérit Sjöberg. Il frappe son fils de vingt-quatre ans. Il le retient dans une sorte de prison pour qu'il s'occupe de sa mère obèse. Et en plus, il l'oblige à dormir avec lui...

— Qui dort avec qui ?

Jamal ne comprend pas.

— Le père et le fils.

— Ils dorment ensemble ? Tu veux dire dans le même lit ?

— Oui, dans un lit pour une personne.

— C'est une blague. Pourquoi tu n'en as pas parlé avant ?

— J'en parle maintenant. On avait peut-être d'autres priorités, non ?

— Aucun doute, c'est important ! Le père de Joakim devient un suspect de la plus haute importance dans l'enquête.

— Jamal, c'est bien pour ça que je t'en fais part. Mais il n'y a pas assez d'éléments à charge pour pouvoir parler d'inceste.

— Pourtant, tu le fais, Conny. Si tu emploies le mot, c'est que tu y penses.

— Le type a vingt-quatre ans. Qu'est-ce que je peux faire ? Démarrer une enquête sur un homme victime d'inceste ? S'il le veut, Joakim est libre de porter plainte. Et en théorie, rien ne l'empêche de partir de chez lui et de couper les ponts avec sa famille.

— Théoriquement, oui. Mais pas dans la pratique. Là, il est enchaîné à sa mère souffrante.

— Et à son père malade, ajoute Sjöberg. Je suis d'accord. Comme nous, on l'est avec nos procédures. Et donc, on va laisser ça de côté pour l'instant.

— Tu es quand même conscient que Joakim a peut-être été violé par son père depuis qu'il est petit ?

— Oui, soupire Sjöberg.

— Donc le vieux salaud n'est pas seulement incestueux, mais aussi pédophile.

— Bon, on se calme. Vérifions déjà s'il était sur le ferry avant de s'aventurer plus loin.

— Tu sais déjà ce qu'il en est.

— Oui, tout comme toi.

Sjöberg met fin à la discussion.

Leurs soupçons sont confirmés. Installés dans le bureau de Sjöberg, ils ne sont pas plus surpris l'un que l'autre que Göran Andersson, le père de Joakim, figure bel et bien sur la liste des passagers du ferry. Jamal remplit une pochette de divers documents dont il pourrait avoir besoin en cours de soirée. Ni l'un ni l'autre ne savent ce qui va se passer dans les prochaines heures, alors autant se préparer. Eriksson est mis au courant de la situation, et Lotten priée d'annuler tous les rendez-vous de Sjöberg et Jamal pour le reste de la journée. Elle est aussi chargée d'envoyer à Nieminen des photos de Göran Andersson pour identification. Puis ils partent au domicile des Andersson à Ölandsgatan.

Jamal sonne plusieurs fois, mais personne ne vient ouvrir. Sjöberg se penche et appelle Joakim à travers la fente pour le courrier. Ce dernier finit par ouvrir, les traits tirés, le regard plein d'effroi, et les cheveux ébouriffés…

— Pourquoi tu ne réponds pas quand on sonne ? râle Sjöberg.

Il fonce tout droit dans le salon sans enlever ses chaussures.

Jamal le suit, et Joakim se faufile derrière lui, telle une ombre. Un homme d'âge moyen est assis dans un fauteuil, une cigarette dans une main, et un journal du soir roulé dans l'autre. Il contemple les policiers avec indifférence, tapotant un de ses genoux avec le journal. Sjöberg prend la parole :

— Vous êtes Göran Andersson, le père de Joakim ?

— Oui. Qu'est-ce qu'il a encore trafiqué ? rétorque le père avec un air presque enjoué.

— À notre connaissance, rien. C'est à vous que nous aimerions poser quelques questions.

Le père tire quelques bouffées rapides avant de répondre :

— Il ne manquait plus que ça.

Sans demander l'autorisation, Sjöberg pose l'enregistreur MP3 sur la table basse et le met en marche. Göran Andersson le suit du regard en silence.

— Nos sources nous ont appris que vous étiez sur le ferry la nuit du meurtre de Jennifer Johansson, la petite amie de Joakim. Est-ce exact ?

Sjöberg s'oblige à rester factuel, sans dévoiler ce qu'il pense.

— C'est du domaine du possible.

— Quel était le motif de ce voyage ?

— Il n'y a jamais de mal à faire un petit tour en Finlande.

— Votre épouse est malade, déclare Sjöberg en désignant la chambre à coucher. Ça me paraît assez irresponsable de la laisser sans surveillance pendant vingt-quatre heures. Vous ne pensez pas ?

Devenu méfiant, Göran Andersson promène son regard de Sjöberg à son fils.

— Jocke a...

Sjöberg l'interrompt.

— Jocke n'a rien du tout. Je suis passé ici et j'ai fait sa connaissance. Comment avez-vous pu partir en Finlande en même temps que Joakim, et laisser si longtemps seule à la maison un membre de votre famille qui a besoin de soins permanents ?

— On n'a pas voyagé ensemble, lance Joakim.

— Tu vas la fermer ta gueule, oui ! hurle le père.

— Moi seul décide qui parle, réplique Sjöberg. (Il fixe l'homme d'un regard glacial.) Donc, vous n'avez pas fait le voyage ensemble ? Je suis très curieux de savoir ce que vous faisiez sur le bateau.

— Je voulais surveiller Jocke. Il est parti sans ma permission.

— Sans votre permission ? commente Jamal. Mais à vingt-quatre ans, on n'a pas besoin de la permission de son père pour faire quoi que ce soit.

— Vous l'avez dit vous-même, sa mère ne peut pas rester sans soins.

— Et… ? (Sjöberg feint l'étonnement.) C'est le boulot de Joakim de s'occuper de votre femme ?

— C'est quand même sa mère, aussi. Et oui, c'est notre organisation. Le gamin est rémunéré.

— Et là, quand Joakim part en voyage, vous vous arrangez pour le faire en même temps. Comme ça, il est certain qu'elle reste sans soins. Madame Andersson aurait dû bénéficier de l'aide de professionnels depuis longtemps déjà. Nous allons en aviser les services sociaux.

Pour la première fois, Göran Andersson semble gêné. En guise de réponse, il tire une bouffée sur sa cigarette avant de l'écraser dans le cendrier sur la table.

— Tu savais que ton père était sur le bateau ? demande Jamal.

— Non, répond Joakim, d'une voix à peine audible. Je l'ai seulement découvert le lendemain matin, quand il a débarqué dans la salle du petit déjeuner.

Il n'ose pas regarder son père. Ni les policiers. Ses yeux fixent le sol, et ses bras pendent le long de son corps.

— Pourquoi tu ne nous en as pas parlé ? l'interroge Sjöberg.

— Personne ne me l'a demandé ! En plus, on ne voyageait pas ensemble.

— Mais en dehors de ça... tente Sjöberg. Tu as dû être étonné de voir ton père surgir de nulle part, non ?

— Oui, bien sûr... admet Joakim.

— Tu as eu peur ?

Joakim ne répond pas.

— Vous avez parlé de quoi au petit déjeuner ?

Sjöberg se tourne à nouveau vers le père.

— Du meurtre, bien sûr, dit celui-ci. C'était le sujet du jour.

— Vous saviez que c'était la petite amie de Joakim ?

Göran Andersson reste silencieux quelques secondes avant de répondre.

— L'idée m'a effleuré.

— Pourquoi ça ? Vous l'aviez déjà rencontrée ?

— Non, mais je savais comment elle s'appelait.

— N'est-ce pas plutôt parce que samedi soir, vous avez passé un moment au bar avec Jennifer Johansson ?

L'espace d'une seconde, le visage de Göran Andersson s'assombrit. Mais il part d'un rire étonné.

— Où allez-vous chercher tout ça ? Je ne l'ai jamais vue de ma vie ! Pas avant ce matin-là, quand on me l'a montrée en photo.

— Et si un témoin vous avait vu avec elle au bar ?

Pour la première fois, Joakim regarde son père. Sjöberg note qu'il semble à la fois stupéfait et apeuré. *Si seulement je pouvais lire dans tes pensées, Joakim,* se dit-il avant que le père ne réponde.

— Je dirais qu'il n'est pas digne de confiance.

— À propos de confiance, intervient Jamal, il me vient deux ou trois choses. Une personne digne de confiance ne maltraite pas son fils. Une personne digne de confiance ne vit pas isolée avec une femme gravement malade enfermée sans soins dans une chambre. Une personne digne de confiance ne dort pas avec son fils adulte.

Pendant le silence qui suit la prestation inattendue de son collègue, Sjöberg observe le père et le fils. Joakim rougit, avant que son regard se tourne de nouveau vers le sol. Le visage du père reste impassible. Durant un long moment, personne ne parle.

— Comment connaissez-vous Elise Johansson ? reprend Sjöberg.

— Qui ça ?

— Elise, la sœur de Jennifer. Nous savons que vous l'avez rencontrée il y a quelques heures.

— Je ne la connais pas.

— Apparemment si, ou en tout cas assez pour lui balancer quelques insanités du genre : « T'es pas morte, petite salope ? » Pourquoi dire une chose pareille à une gamine de quatorze ans qui vient de perdre sa grande sœur ?

Göran Andersson retrouve vite ses esprits. Il répond sans hésiter :

— Elle ressemble à cette Jennifer. J'ai cru que c'était elle.

— Ce n'est pas possible, puisque vous saviez qu'elle était morte.

— Raison de plus pour être surpris, non ? conclut sèchement le père.

— Vous avez donc prononcé ces mots sous l'effet de l'étonnement ?

— On peut dire ça, oui.

— Quel est le sujet de cette comparaison ?

— Je ne comprends pas.

— À qui avez-vous comparé Elise ?

— À Jennifer, bien sûr. C'est quoi, ces foutues questions ?

— Vous dites pourtant ne l'avoir jamais vue, insiste Sjöberg.

— Mais bordel, on me l'a montrée en photo !

— Et une photo vous suffit pour établir la ressemblance entre les deux sœurs ?

— Manifestement oui, répond le père avec froideur.

— Je n'y crois pas une seconde, assène Sjöberg sans se départir. Vous étiez assis aux côtés de Jennifer à ce bar, sur le ferry. C'est à ce souvenir-là que vous avez comparé Elise.

— Croyez ce que vous voulez.

— Pourquoi l'avez-vous traitée de salope ? demande Jamal.

— Parce qu'elle en avait tout l'air, répond Göran Andersson avec un sourire forcé.

— Vous voulez dire que vous qualifiez de salope n'importe quelle femme qui vous paraît négligée ?

— N'importe quelle femme, je ne suis pas sûr...

Sjöberg n'a pas l'intention de le lâcher. Il le trouve à la fois grossier et incohérent.

— Vous rencontrez une fille dans la cage d'escalier. Vous affirmez que vous ne l'avez jamais vue, mais vous lui dites « T'es pas morte, petite salope ? » Je veux que vous nous expliquiez en détail ce qui vous est passé par la tête à ce moment précis. Sinon, on vous embarque au poste pour un interrogatoire.

Göran Andersson soupire et, contre son gré, finit par répondre.

— De toute sa vie, Jocke n'a eu qu'une petite amie. Une seule. Il se trouve qu'il s'agit de cette Jennifer. Les policiers m'ont montré une photo d'elle. Je n'ai jamais aimé que Jocke la fréquente, elle avait une mauvaise influence sur lui. Je lui ai interdit de faire ce voyage en Finlande avec elle. Mais il m'a désobéi. Alors, quand j'ai gravi l'escalier et que j'ai vu Jocke avec une fille identique à celle de la photo, quelque chose a disjoncté dans ma tête. Je n'ai pas compris ce que je voyais. J'avais l'impression que ça ne pouvait être qu'elle, mais d'après ce que j'avais appris, elle était morte. Et voilà, j'ai dit ce que j'ai dit.

Göran Andersson ne cède pas devant la pression. À la fin de cet interrogatoire infructueux, Jamal jette un œil dans l'appartement. Il découvre de ses propres yeux la mère de Joakim, d'une obésité grotesque, puis le lit que le fils partage avec son père. Au moment où Sjöberg et Jamal se décident enfin à partir, ce dernier ne peut s'empêcher de poser une ultime question, celle qu'il trouve la plus dérangeante.

— Comment se fait-il que deux hommes adultes partagent le même lit ? Vous pouvez m'expliquer ?

Il s'adresse au père, qui rit froidement et élude le problème :

— Vous avez bien vu cette chose qui s'étale dans la chambre au lit double ? J'ai fini par tomber par terre, et je n'ai pas eu d'autre choix que d'aller m'installer là où il restait de la place.

— Pourquoi ne pas vous acheter un deuxième lit ? s'enquiert Jamal.

— Parce que vous croyez que je roule sur l'or ? S'il se sent trop à l'étroit, le petit morveux n'a qu'à partir.

Göran Andersson déroule le journal qu'il a gardé en main durant tout l'interrogatoire.

Jamal tente de croiser le regard de Joakim, occupé à ôter quelque chose de coincé sous l'ongle de son pouce. L'espoir est mince que le père reprenne sa lecture une fois les policiers partis.

— Le fait qu'il la traite de « salope »... Ça me perturbe, dit Sjöberg quand ils se retrouvent dans la rue.

— Aujourd'hui, c'est aussi banal que « sale gosse », répond Jamal.

— Oui, mais pas pour notre génération, à lui et à moi. On ne balance pas des choses comme ça sans raison.

— Toi, peut-être. Mais tu n'as pas grand chose en commun avec Göran Andersson.

— J'en sais rien, s'interroge Sjöberg. On est tous les deux cadres. On est à peu près du même âge...

— Avec son vocabulaire, on penserait plutôt qu'il fait le ménage dans cette banque.

— Là, je t'arrête tout de suite. Pas d'idées préconçues, s'il te plaît. Sinon, avec ton physique, on pourrait aussi bien penser que tu fais le ménage au commissariat.

Jamal lui adresse un petit sourire entendu et reprend plus sérieusement :

— Tu dois quand même reconnaître qu'on ne croise pas beaucoup de types comme lui à la banque.

— De toute évidence, il ne se comporte pas comme ça au boulot. C'est à la maison qu'il se lâche, en famille. Dr Jekyll et Mr Hyde. En plus, il n'est pas le seul à se sentir provoqué par la police.

— Tu crois que cette histoire cache autre chose ? lance Jamal.

— Qui sait... Quand je pense aux deux hommes d'affaires finlandais. Je me dis que Jennifer a peut-être fait n'importe quoi avec d'autres personnes sur le bateau.

*

— Ton papa ou ta maman sont là ?

Elle reconnaît un peu la voix.

— C'est qui ? demande Hanna, pour être sûre.

Pas de réponse.

— C'est Björn ? Moi, je crois que c'est Björn, reprend-elle.

— Oui, c'est Björn. Je voulais juste parler avec ta maman ou ton papa, et savoir s'ils sont d'accord pour que je passe te voir ce soir.

— Maman est partie. Je l'ai déjà dit. Et papa est au Japon. Tu le sais, non ?

— Ah, oui, c'est vrai. J'avais oublié. Excuse-moi. Tu veux toujours que je vienne ?

— Mais oui ! Tu as promis. Avec des bonbons et des hamburgers.

— Alors je viens. À tout à l'heure.

— Oui !

Hanna raccroche. Elle se sent gaie et pleine d'espoir. Elle vient tout juste de descendre de la chaise quand le téléphone sonne à nouveau.

— Bonjour, c'est Hanna. C'est Björn ?

— C'est Holgersson, de la police d'Hammarby.

— T'as pas l'air content.

— Ta maman ou ton papa sont là ?

— Ils veulent pas te parler.

— Ça, c'est à eux de voir. Tu veux bien aller me chercher l'un des deux ?

— Non. J'ai pas envie.

— Mais tu vas le faire quand même, s'il te plaît.

— Pourquoi t'es fâché ?

— Va les chercher tout de suite. Sinon j'arrive.

Non ! Ce vieux grognon ne peut pas venir à la maison. Björn va venir ce soir. Il ne faut pas laisser un policier en colère les déranger.

— Papa est parti acheter des hamburgers, dit Hanna avec une voix plus douce. Il revient bientôt. Attends un peu, et après tu peux lui parler, si tu veux.

— Tu n'es pas toute seule, alors ?

Hanna répond sans hésitation.

— Non, j'ai mon papa.

— Tant mieux. Au revoir, ma petite.

Hanna raccroche. Elle est très soulagée de ne plus parler avec le monsieur pas gentil. On entend dans sa voix qu'il n'aime pas les enfants. Il parle comme tante Hedda.

Elle n'a pas atteint le sol que le téléphone sonne de nouveau.

— Alors, qui c'est maintenant ? répond-elle, encore énervée par le monsieur d'avant.

— Bonjour, c'est Einar. Je suis policier. J'aimerais parler à ta maman ou à ton papa.

— C'est toi qui as appelé ?

— Non, pourquoi tu dis ça ?

— Parce que c'était aussi un policier.

— Ah bon ? Et il s'appelait comment ?

— Hammarby, répond Hanna.

Elle entend un rire à l'autre bout du fil. Ce monsieur-là a l'air beaucoup plus gentil que l'autre.

— Et qu'est-ce qu'il voulait ? demande le policier.

— Lui aussi, il voulait parler avec ma maman ou mon papa.

— Et alors ? Il leur a parlé ?

Hanna hésite un moment avant de répondre.

— Oui, il a parlé avec papa.

— Moi aussi, j'aimerais lui parler.

— C'est pas possible parce qu'il est parti acheter des hamburgers. Mais si tu attends plus, tu pourras lui parler.

— Sinon je veux bien parler avec ta maman.

— Elle est pas à la maison. Tu veux attendre papa ?

— Non, je rappelle plus tard. Au revoir, ma petite.

Elle est installée au salon, devant la télé, et le téléphone sonne encore. *Mais bordel, ça n'arrête pas de sonner !* pense Hanna. C'est la phrase que dit toujours son papa. Mais là, elle n'a plus envie de répondre.

Mardi soir

Jamal a pris le métro jusqu'à la station Thorildsplan. Il a rendez-vous avec Juha Letho pour lui montrer les photos de Sören Andersson et de Göran Andersson, le père de Joakim. La petite amie de Juha lui ouvre la porte. C'est une femme pas très grande, d'une trentaine d'années, spontanée et à l'allure sympathique. Jamal s'étonne d'abord qu'elle n'ait pas d'accent finlandais, avant de se souvenir qu'elle porte un nom typiquement suédois, Britt Marie Lundholm.

— Juha est au téléphone, mais il vous attendait. Entrez. Vous voulez un café ?

Jamal accepte volontiers. Il se rend compte qu'il n'a rien mangé de la journée. Avec un peu de chance, elle servira des gâteaux avec le café. Elle le conduit à la cuisine où il s'installe sur un siège près de la minuscule table. Il entend une voix masculine derrière une porte fermée, qu'il suppose être celle de la chambre à coucher.

— Je peux réchauffer quelques brioches, si vous voulez.

— Avec grand plaisir, merci. Vous travaillez également pour Viking Line ? demande Jamal pour meubler et ne pas donner l'impression qu'il écoute la conversation d'à côté.

— Non. Je travaille en ville, dans une boutique de chaussures.

Elle enfonce les brioches dans le micro-ondes.

Ils bavardent encore un instant. Au moment où la minuterie du four émet un signal, Juha sort de la chambre. Les deux hommes se saluent et s'installent autour de la table. La petite amie quitte discrètement la cuisine.

— Vous avez réfléchi de nouveau à ce qui s'est passé ? demande Jamal tout en avalant une brioche.

Il songe alors que c'est grossier d'être le seul à manger et évite les trop grosses bouchées.

— Bien sûr, répond Letho avec son accent chantant. C'est même difficile de penser à autre chose. Par contre, à force d'y penser, j'ai l'impression d'avoir brouillé les images qui me viennent en tête. Je ne sais plus si ce que je vois correspond vraiment aux événements, ou plutôt aux images que j'en ai faites.

— Je vois très bien, répond Jamal. C'est un phénomène courant chez les témoins. Mais vous en êtes conscient, ce qui minimise la chose. Donc, vous n'avez rien à ajouter ?

— Non. Désolé.

Jamal sort une enveloppe de sa mallette. Elle contient une dizaine de photos représentant des hommes d'une quarantaine d'années. Parmi eux, Jamal n'en connaît que deux.

— J'aimerais savoir si vous reconnaissez l'une de ces personnes.

Il aligne les photos sur la table devant Juha.

Ce dernier les contemple une ou deux minutes en silence. À la fois tendu et plein d'espoir, Jamal l'observe et étudie ses réactions. Le regard du barman passe et repasse sur les images. Juha finit par déclarer :

— Il y en a un que j'ai reconnu tout de suite, mais j'ai préféré y réfléchir à deux fois. Lui, là, c'est l'homme du bar, affirme-t-il en désignant l'une des photos. Avec ses petits yeux méchants.

Jamal s'empare du cliché et le regarde avec satisfaction.

— Vous en êtes sûr ?

— Certain.

*

Pour une fois, le café Chez Lisa est ouvert le soir. La patronne est de corvée d'inventaire, et trouve plus sympathique de s'acquitter de cette tâche fastidieuse en présence de clients. Pourtant, Sjöberg ne se montre pas très sociable. Il est assis dans son coin, perdu dans ses pensées.

Une femme bien ronde, un peu plus âgée que lui, est installée de dos à la table voisine. Elle a quelques verres dans le nez et bavarde continuellement avec tous les autres clients, sauf Sjöberg qui se situe par miracle dans un angle mort. Même s'il n'écoute pas ce qu'elle raconte, quelque chose chez elle lui rappelle sa balade nocturne avec Margit Olofsson. Peut-être ses cheveux colorés au henné, le timbre de sa voix, ou son côté extraverti ? Si tant est qu'elle influence ses réflexions. C'est peut-être juste qu'il s'accorde une petite pause et s'autorise à rêvasser. Dès que son esprit vagabonde, Margit apparaît. Il la connaît à peine, mais quand il pense à elle, il se sent comme chez lui. Cette même expression lui revient : se sentir comme chez lui.

D'un simple point de vue logique, Margit Olofsson incarne pourtant tout le contraire. Elle représente aujourd'hui la plus grande menace à ce que cette notion signifie. Elle fait chavirer son existence, et ça n'a rien de positif. Rien du tout. Mais il est là, en train de rêvasser à la fameuse nuit, à leur balade, à leur unique baiser. Ce qui veut dire qu'il y a autre chose. Des parfums. De la chaleur. Un sentiment de sécurité ? C'est quoi au juste cette espèce de sécurité qui chamboule tout ? Non, stop. On arrête.

Il revient à sa table, à sa seconde tasse de café et à son sandwich œuf dur et anchois marinés à moitié entamé. Il se remet à feuilleter le journal du soir. Plusieurs pages sont consacrées à son enquête, ainsi qu'à celle de Petra. Il constate que l'image de la police laisse à désirer. Bien qu'ils aient travaillé d'arrache-pied, ils n'ont pas grand-chose de concret à offrir aux médias. Faute de pouvoir se nourrir d'éléments nouveaux, les journalistes se livrent donc à des critiques virulentes sur le travail de la police. Mais demain, ils recevront les photos de la maman assassinée et de son bébé. Petra et lui se sont mis d'accord pour les faire publier. Ça calmera un peu l'appétit de ces vautours. Son téléphone vibre dans sa poche et rompt le fil de ses pensées.

— Salut, c'est Jamal. L'homme du bar est identifié.

— Pas de doute ?

— Juha Letho est sûr de lui.

— Il avait le choix entre combien de photos ?

— Dix.

— Très bien.

— Tu es où ?

— Chez Lisa.

— Je suis dans le métro, à l'arrêt entre Thorildsplan et Fridhemsplan. Panne de courant. Ils ne savent pas quand on pourra repartir. Tu as fini de manger ?

— Presque. Bon, vas-y, explique !

— Je te propose de retourner tout de suite à Ölandsgatan.

— Sans problème, répond Sjöberg tandis qu'un grand sourire s'épanouit sur son visage.

Quinze minutes plus tard, il est de nouveau assis sur le canapé vert foncé, en face de Göran Andersson. Joakim n'est pas là. Sjöberg lui a demandé d'aller faire un tour pendant qu'il discute avec son père entre quat'z'yeux.

Ce dernier se montre bien moins arrogant. Son regard nerveux erre en tous sens et évite de croiser celui de Sjöberg. À première vue, Göran Andersson se sent plus sûr de lui quand il est entouré que lorsqu'il doit affronter un unique regard. L'absence de son fils semble aussi avoir une influence sur son comportement. Son agressivité paraît avoir totalement disparu. Il n'est plus colérique ou méprisant, mais juste perdu. Il commence peut-être à se sentir coincé. Avec la police qui refait irruption chez lui à si peu de temps d'intervalle, il prend peut-être conscience de la gravité de la situation.

— Eh oui ! Je suis déjà de retour, lance Sjöberg. Nous n'avons pas tardé à obtenir des témoignages qui vous identifient comme la personne ayant partagé un verre au bar avec Jennifer quelques heures avant le meurtre.

Göran Andersson arrive enfin à extirper une cigarette du paquet et craque une allumette. Son regard rivé sur le MP3, il ne répond rien.

— Vous avez le droit de garder le silence, bien sûr. Mais ça ne fera qu'aggraver votre cas. Vous comprenez sans doute pourquoi. Même si nous n'avons pas encore les preuves scientifiques pour accréditer cette affirmation, trois témoins différents disent vous avoir vu. Ce qui pèse lourd.

Les deux hommes d'affaires finlandais n'ont pas encore été confrontés aux photos, mais Sjöberg estime qu'il n'est pas nécessaire d'en informer Göran Andersson. Il l'observe en train de tirer une grande bouffée sur sa cigarette et de tousser. Sjöberg sent qu'il est sur le point de craquer. Le père de Joakim expire la fumée, la suit du regard, puis se met à parler.

— Oui, j'ai passé un moment avec la fille au bar. Et alors ? Je ne l'ai pas tuée. Je lui ai offert une bière, c'est tout.

— Selon les témoins, vous l'avez menacée. Pour quelle raison ?

— Menacée ?

— Selon les témoignages, vous avez eu avec elle un comportement brutal et grossier. Au point que quelqu'un a dû venir à son secours. Vous saviez qui elle était ?

Göran Andersson soupire.

— Oui.

— Comment vous êtes-vous retrouvés au bar ensemble ? Vous l'avez suivie ?

— Non, je ne l'ai pas suivie. Je l'ai aperçue au moment de m'asseoir au bar. Je l'ai reconnue tout de suite.

— La petite amie de Joakim ?

— Non, ça je l'ai compris plus tard, quand la police m'a montré sa photo et donné son nom. Jennifer, pas très commun comme prénom.

— Quand vous dites que vous l'avez reconnue, ça signifie que vous l'aviez déjà rencontrée ?

Göran Andersson aspire encore quelques bouffées rapides, avant de faire tomber sa cendre dans le cendrier rempli de mégots.

— Oui, je l'avais déjà rencontrée, admet-il d'un ton résigné. Ou du moins, c'est ce que je me suis dit. Maintenant, je n'en suis plus si sûr.

— Il va falloir être un peu plus clair.

— C'est à cause de l'autre, qui lui ressemble comme deux gouttes d'eau. Je veux dire, la sœur. Cette Elise, ou je ne sais trop comment elle s'appelle.

— Vous ne parvenez pas à les distinguer l'une de l'autre ? suggère Sjöberg.

— J'ai peur que non.

— Donc, quand vous étiez au bar, sur le ferry, vous ne saviez pas que cette fille était la petite amie de Joakim, tout en pensant l'avoir déjà vue ?

Göran Andersson acquiesce.

— Et quand vous avez croisé Elise aujourd'hui, vous avez réalisé que c'était elle que vous aviez déjà rencontrée, résume Sjöberg. Ce qui explique pourquoi vous l'avez verbalement agressée dans la cage d'escalier.

Göran Andersson acquiesce à nouveau.

— Allons à l'essentiel. Pourquoi l'insulter de cette façon ? Pourquoi la traiter de salope ?

Göran Andersson tire une dernière bouffée sur sa cigarette et l'écrase dans le cendrier avant de répondre. Sjöberg le laisse prendre son temps.

— Vendredi soir, Jocke voulait sortir. Il m'a dit qu'il avait rendez-vous avec Jennifer. Quand je m'y suis opposé, il s'est mis en colère et m'a révélé que le lendemain, il prenait le ferry pour la Finlande avec elle. Pour moi, c'était hors de question, alors on s'est un peu bagarrés.

— *Bagarrés ?* Vous l'avez battu jusqu'au sang. Ça s'appelle de la maltraitance et c'est puni par la loi.

Le père ne fait aucun commentaire. Il évite toujours le regard de Sjöberg, qui l'observe en train de se réduire à l'immonde petite chose qu'il est réellement. Son masque est en train de se craqueler.

— Je pensais qu'on s'était mis d'accord pour qu'il reste à la maison. Jocke s'est endormi et moi, je suis allé me coucher.

Parce que tu l'as battu au point de l'assommer, espèce d'ordure, pense Sjöberg.

— Deux, trois heures plus tard, quand je me suis levé, il n'était plus là. Il était sorti sans ma permission. J'ai pris la voiture pour partir à sa recherche. J'ai roulé, sans résultat. Dans Skånegatan, une fille a soudain couru vers moi en agitant les bras. Quand je me suis arrêté, elle a commencé à taper sur la portière, côté passager. Elle a fini par l'ouvrir et s'asseoir sur le siège. Je lui ai demandé ce qu'elle désirait. Elle m'a répondu qu'elle voulait faire un bout de chemin avec moi et qu'elle avait hâte de rentrer chez elle. Moi, j'ai eu l'impression qu'elle était surtout pressée de quitter les lieux. En plus, elle avait bu et puait l'alcool. « Qu'est-ce que tu me donnes en échange ? » je lui ai demandé. Je voulais la taquiner. Après tout, c'était assez gonflé de sa part de s'installer comme ça dans la voiture, sans ma permission. Elle a crié : « Je te montre ma chatte, connard ! Démarre ! »

Göran Andersson se tait et cherche une nouvelle cigarette.

— Et vous l'avez laissée faire, poursuit Sjöberg.

— Elle l'a fait tout de suite ! J'avais à peine redémarré qu'elle a levé les genoux et écarté les jambes. Elle avait une minijupe et ne portait pas de culotte.

— Et c'était donc Jennifer Johansson ou sa sœur Elise ?

— Je pense que c'était plutôt Elise. La fille de la voiture et celle du lendemain au bar se ressemblaient vraiment beaucoup. Et elles portaient des vêtements identiques.

— Une minijupe ? demande Sjöberg.

— Non, une espèce de blouson en cuir avec un tas de poches et de boutons. En plus, elles avaient le même air de salope.

— Vous avez parlé de quoi quand vous étiez au bar avec Jennifer ?

— Je lui ai demandé si elle était encore soûle. Elle a eu l'air surprise et ne paraissait pas me reconnaître. Quand je lui ai dit d'arrêter de faire la pute, elle a semblé tout étonnée. C'est pour ça que j'en viens à me dire que ce n'est pas celle qui est montée dans ma voiture. Parce que *celle-là,* elle a vraiment eu l'air terrorisé quand elle m'a revu.

— Qu'est-ce qui s'est passé ensuite ? Au bar, je veux dire.

— Un type qu'elle connaissait s'est pointé et elle l'a suivi.

— Et vous ?

— Je suis parti aussi.

— Vous l'avez revue pendant le reste de la traversée ?

— Non. Je ne l'ai jamais revue. Et je ne l'ai pas tuée. Pourquoi j'aurais fait un truc pareil ?

— Le fait est que, jusqu'à maintenant, vous n'avez cessé de mentir, commente Sjöberg d'une voix tranchante.

— C'est vrai, mais merde ! Quand j'ai réalisé qui avait été assassiné et que quelqu'un aurait pu nous voir ensemble... Je ne voulais pas m'en vanter.

— En général, les personnes innocentes disent la vérité à la police. Je vais vous demander de vous présenter au poste demain matin. Nous avons besoin de vos empreintes pour les analyses d'ADN.

— J'ai un travail, vous savez, proteste Andersson.

— Moi aussi.

*

À quelques mètres de là, mais en même temps tellement loin, dans son monde à elle, Kerstin essaie d'écouter la conversation. Dès qu'elle a entendu cette voix connue, elle a éteint le téléviseur. La voix du policier. Celui aux yeux gentils qui lui a parlé comme si elle était quelqu'un. Comme si elle pouvait comprendre. D'accord, il s'est emporté, il a parlé très fort, mais c'est *à elle* qu'il s'est adressé. Il a dit qu'il allait contacter les services sociaux et la faire sortir de là. De quoi parlent-ils dans le salon ? Elle se sent prête à franchir le pas. Après tout, peut-être que l'existence a encore quelque chose à lui offrir ? Elle a fini par se débarrasser de Göran. Ça lui a pris du temps, mais désormais il n'existe plus pour elle. Elle sait qu'elle ne compte plus pour lui depuis des lustres. Ces dernières années, elle ne l'a vu que quelques fois.

Kerstin avait été une très belle femme, toujours coquette et soucieuse de son apparence. Elle travaillait au rayon prêt-à-porter masculin d'un grand magasin du centre-ville. Et justement, Göran ne supportait pas qu'elle passe ses journées entourée d'hommes. Elle n'y est donc jamais retournée après son congé maternité. Elle était sa chose et il adorait la montrer. Sauf que si quelqu'un la regardait trop longtemps, il la battait.

Pas sur le moment. Toujours après, à l'abri des regards. Une équation insoluble, puisqu'elle était trop faible pour s'opposer à lui. Elle n'osait pas le quitter, ne connaissait pas d'autre façon de vivre.

Mais elle avait fini par trouver la solution. Après la naissance de Joakim, elle avait eu du mal à se débarrasser des kilos pris durant la grossesse. Göran l'avait blâmée pour ça. Il voulait qu'elle soit belle. Parfaite. Il n'avait pas cessé de la battre, mais les occasions étaient devenues plus rares. À mesure que les autres hommes avaient cessé de la dévorer des yeux, son mari avait aussi fini par ne plus la considérer comme une femme. Du coup, sa vie était devenue plus facile. Lorsqu'il n'était pas là, elle restait à la maison à ne rien faire. Ou alors, elle regardait la télévision et mangeait. Joakim et elle s'occupaient bien l'un de l'autre. Et plus elle grossissait, plus Göran rapetissait à ses yeux. Il s'était mis à avoir honte d'elle et lui avait interdit de se montrer. Elle avait fini par tellement le dégoûter qu'il ne voulait plus la voir ni la toucher. Même pas pour la battre.

Mais il lui reste Joakim. Le monde de Kerstin est constitué de Joakim et d'elle-même. Il l'a toujours considérée comme une personne à part entière. Il s'occupe bien d'elle. Il veille à ce qu'elle soit propre, qu'elle mange à sa faim. Il lui tient compagnie. Ils se parlent. C'est de sa faute s'il n'a pas encore quitté la maison. Elle le lui souhaite vraiment. Après le départ de cet aimable policier, ils ont parlé de l'avenir avec Joakim. Il a économisé de l'argent en travaillant dur. Et une fois qu'elle ira vivre ailleurs, il quittera les lieux lui aussi. Il ira faire sa vie, mais continuera à compter dans la sienne. Il lui a assuré qu'elle guérira. Elle veut tellement le croire. Elle s'en sent capable. Elle entend la porte claquer. Ce n'est pas encore le moment.

*

Enfin, enfin, enfin, on sonne à la porte ! C'est Björn, c'est sûr, parce que maintenant c'est le soir. Il fait tout noir dehors et les émissions pour enfants sont finies depuis longtemps. Hanna se précipite dans l'entrée. Elle crie fort, pour qu'on l'entende du dehors :

— C'est Björn ?

— Chut… Calme-toi, murmure une voix à travers la fente pour le courrier. C'est toi, Hanna ?

— Oui ! C'est moi, chuchote Hanna.

— Il y a quelqu'un d'autre avec toi ?

— Non. Je suis toute seule.

Hanna est tellement excitée qu'elle ne tient plus en place. Elle frappe dans ses mains et trépigne de ses petits pieds. Son copain secret est enfin arrivé !

— Tu peux ouvrir avec tes clés ? demande-t-elle, inquiète.

Pas de réponse. Mais elle entend un bruit dans la serrure et voit la poignée s'abaisser légèrement. Impatiente, Hanna fait des petits bonds, avant de tirer dessus, sans résultat. Elle recule de quelques pas quand une deuxième clé est insérée dans la serrure du haut. La poignée bouge de nouveau et cette fois la porte s'ouvre ! Sur le seuil apparaît un homme, un doigt posé sur la bouche pour lui indiquer qu'elle doit se taire. Hanna obéit. Elle ne dit rien, mais affiche un grand sourire. L'homme referme vite la porte derrière lui. À présent, il sourit lui aussi, et s'agenouille à côté d'Hanna. Soulagée, elle se jette dans ses bras. Björn ! La seule personne qui l'a écoutée. C'est presque comme si papa était rentré.

Elle n'a pas encore vu son visage, mais elle peut sentir ses grandes mains chaudes qui lui caressent les cheveux et le dos. Comme c'est bon de ne plus être seule. Elle pourrait s'endormir là, dans les bras de Björn. Mais quand ses yeux se posent sur l'emballage en carton sur le sol, sa faim prend le dessus.

— McDonald's ! s'écrie-t-elle.

Il la lâche et se relève.

— Bien sûr ! répond-il avec un sourire. Chose promise, chose due.

Elle rayonne.

— Comme tu es mignonne ! Quel âge tu as, Hanna ?

— Ça ! Elle lui montre trois doigts. Mais bientôt j'ai ça. Elle lève encore un doigt.

— Tu t'es bien débrouillée toute seule, dis donc. Mais ça sent un peu mauvais. Après le dîner, il faudra prendre un bain.

— Oh oui ! répond Hanna. Toi aussi tu vas te baigner ? Tu es sale toi aussi ?

— Sans doute un peu. Si tu veux, on le fera ensemble ?

Ça, c'est nouveau ! Hanna n'a jamais pris de bain avec ses parents. Ils disent toujours que la baignoire est trop petite pour y rentrer avec elle. Mais Björn, lui, il s'en fiche. C'est un super copain.

— Ouiii, dit Hanna. Mais d'abord je veux des hamburgers.

Elle lui prend la main et le guide jusqu'à la cuisine, où les emballages alimentaires gisent dans une flaque où se mélangent bouts de glace et restes de nourriture. Ça ne sent pas bon du tout, mais il ne la gronde pas, comme l'aurait fait sa maman.

— Et si on allait ailleurs ? Comme ça, pas besoin de faire le ménage avant de manger, dit-il avec un clin d'œil.

— Oui ! On peut aller dans ma chambre. Parce qu'on n'a pas le droit de manger dans le salon. Il y a plein de choses jolies et chères dedans.

Elle le précède dans la chambre d'enfants et s'installe sur l'une de ses petites chaises. D'un geste, elle dégage les images et les jouets sur la table, puis sourit à son nouvel ami.

— Voilà ! On peut manger, annonce-t-elle en le tirant jusqu'à la chaise voisine.

À peine ont-ils commencé le repas que le téléphone sonne. Hanna se lève machinalement et court vers l'entrée.

— Ne réponds pas, dit Björn. Laisse sonner. Je suis là, non ?

Hanna s'arrête sur le seuil de la porte.

— Mais si c'est ma maman ?

— C'est pas ta maman. Reviens t'asseoir.

Encore une sonnerie.
— Et si c'est la police ?
— La police ?
Björn semble d'un coup préoccupé.
— Un policier en colère a appelé. Il va venir parler à mon papa.
Une troisième sonnerie résonne dans l'appartement.
— Il est où le téléphone ?
Björn se lève brusquement pour sortir de la chambre.
— Dans l'entrée ! crie Hanna.
Après la quatrième sonnerie, Hanna entend la gentille voix de Björn :
— Hedberg à l'appareil… Bien sûr… Je comprends… Il n'y a pas de quoi… Au revoir.

Einar Eriksson a d'abord composé ce numéro à plusieurs reprises sans que personne réponde. Quand enfin on a décroché, c'est une petite fille qui lui a dit que son papa était parti en courses et qu'il allait revenir bientôt. C'est ce qui vient de lui être confirmé. Eriksson barre le nom de Hedberg sur la liste des habitants du numéro 20 de Ploggatan.

*

Plutôt que de marcher jusqu'à Fridhemsplan et de prendre un bus pour Skanstull, Jamal décide de rester dans le métro, avec l'espoir que les choses s'arrangent vite. Il profite de l'attente pour composer le numéro de Petra. La dernière fois qu'il l'a entrevue, elle quittait le bureau de Sjöberg, en larmes.

— C'est Jamal. Comment vas-tu ? demande-t-il doucement.

— Bien. (La réponse est brève.) Et toi, ça avance ?

— Oui, oui. Tu étais triste tout à l'heure ?

— Non. Qu'est-ce qui te fait croire ça ?

— Je l'ai *vu*, Petra. Dis-moi ce qui se passe.

— Rien, je te dis.

— Je ne te crois pas. J'ai remarqué ton appréhension avant d'entrer dans son bureau. Et j'ai entendu à sa voix qu'il n'avait pas l'air très content non plus. Il t'a engueulée ?

— Au contraire, répond-elle, énigmatique.

— En tout cas, moi, il m'a demandé ce qu'on avait fait vendredi soir, poursuit Jamal. Il s'est passé quelque chose après qu'on s'est quittés ?

— Rien du tout.

— OK. Donc tout va bien…

— Mais oui.

Jamal laisse tomber et se contente d'un soupir.

— Tu sais que je suis là, Petra, si tu veux parler. À plus tard.

— Ça marche. Merci d'avoir appelé.

— De rien, marmonne-t-il avant de remettre le téléphone dans sa poche.

Il regarde par la fenêtre, puis sa montre.

Le train est coincé entre deux stations depuis quarante-cinq minutes. La satisfaction d'avoir identifié le père de Joakim comme l'homme vu au bar avec Jennifer s'est peu à peu estompée.

C'est un pur hasard qu'ils soient tombés sur son nom. Si Elise n'avait pas rendu visite à Joakim et croisé son père, ils ne s'en seraient peut-être jamais rendu compte.

Andersson. Un nom tellement commun. C'est bien le dernier qui saute aux yeux quand on parcourt d'interminables listes de patronymes. En plus, l'enquête comporte désormais une deuxième personne du même nom. Sören Andersson. Jamal se rend compte combien ils l'ont vite négligé, celui-là. Comment en sont-ils arrivés là ? Il essaie de se rappeler leur conversation avec Elise. Ils lui ont mis la pression sur cette affaire de portefeuille. Elle a fini par admettre qu'elle l'avait trouvé le vendredi et non le dimanche, mais elle a toujours nié l'avoir volé. Ensuite, elle a balancé cette histoire avec le père de Joakim, qui est devenu leur suspect numéro un. Mais que dire de *Sören* Andersson ? Faut-il croire à une coïncidence quand Elise débarque au commissariat avec un portefeuille qui appartient à l'un des passagers présents sur le ferry la nuit où Jennifer a été assassinée ? La question le travaille sur tout le trajet de retour vers le quartier de Södermalm. Il essaie de joindre Sjöberg, mais celui-ci semble avoir éteint son téléphone. Ce n'est qu'à la station Slussen qu'il décroche enfin. Ils décident de se retrouver à la sortie de métro Skanstull.

*

Sjöberg décroche son blouson du portemanteau, l'enfile et glisse le MP3 dans sa poche. Tout en se dirigeant vers la sortie, il se dit qu'il devrait passer voir Petra avant de partir et fait demi-tour. Sa porte est ouverte. Elle est assise à son bureau, la tête penchée sur des documents. Sjöberg frappe doucement avant de rentrer. Elle le salue d'un sourire fatigué.

— Des nouvelles ?

Il s'assied dans le fauteuil des visiteurs, les mains dans les poches de son blouson.

— Non. Comme tu vois, je suis toujours là, répond-elle d'une voix désenchantée. Et toi ?

— Rien, rétorque-t-il, sans conviction. On va y arriver. Ne t'inquiète pas.

Petra pose ses coudes sur la table et sa tête dans ses mains.

— Merci pour ton soutien, Conny. J'aime bien ce « on ».

— N'oublie surtout pas ton centre de gravité. Pense à bien rester équilibrée quand ils viendront te chercher des noises.

Petra se redresse et se penche en arrière en riant, les mains croisées derrière la nuque, l'air parfaitement détendu. *C'est peut-être pas des conneries, ces histoires de langage corporel,* se dit Sjöberg.

On frappe à la porte et Malmberg, le commissaire principal adjoint, pénètre dans le bureau, le visage grave. Sjöberg lui lance un regard las avant de consulter sa montre.

— Gunnar, le salue-t-il avec froideur. Encore sur le pont à une heure si tardive ?

— C'est bien que tu sois là, Sjöberg. J'ai à vous parler, à tous les deux. Nous avons examiné votre cas, Petra. Et nous avons décidé d'être gentils avec vous. Voilà pourquoi, suivant l'avis du commissaire principal, nous avons décidé de ne pas porter plainte. Cela à condition que vous démissionniez. De cette façon, l'affaire restera entre nous. Et cette formule vous épargnera l'humiliation d'un licenciement, ainsi que la rumeur qui s'ensuivra auprès de vos collègues.

Les propos sont factuels, sans la moindre trace de malveillance. Il ne fait que son boulot. Petra reste pétrifiée dans son fauteuil. Elle ne sait pas comment réagir. C'est donc une bonne nouvelle que de perdre son boulot mais d'éviter les railleries et les bruits de couloir ?

— Porter plainte ? interroge Sjöberg. Pour quel motif ?

— Harcèlement sexuel, bien sûr, répond Malmberg, bien campé, les jambes écartées et les mains dans les poches de pantalon.

Un cow-boy portant un jean repassé. Image pathétique, en général, mais qui semble tout à fait naturelle dans son cas. *Le* winner *dans toute sa splendeur*, se dit Petra. Quant à Sjöberg, il n'est pas du même avis. Il conserve les mains dans ses poches, tambourinant sur son MP3 du bout des doigts.

— Tu le décrirais comment, ce harcèlement sexuel ? demande-t-il à Malmberg, stoïque.

— L'affaire est assez simple, répond Malmberg avec un sourire neutre, dévoilant une rangée de dents parfaitement blanches. Veux-tu que je te décrive le contenu du mail ?

— Pas du tout, répond Sjöberg. Voilà ce qui me vient en tête : un supérieur fait venir une employée dans son bureau. Celui-ci cherche à la séduire en lui annonçant qu'il leur a réservé une table dans l'un des meilleurs restaurants de Stockholm ainsi qu'une chambre dans l'hôtel le plus prestigieux de la capitale. Alors qu'elle refuse, il tente de l'asseoir sur ses genoux et lui caresse les fesses. À ton avis, c'est du harcèlement ?

— Et comment ! rit Malmberg, mais ça ne s'est jamais produit.

— Et si je peux le prouver ? poursuit Sjöberg. Dis à ton chef que le restaurant Mathias Dahlgren m'a bien confirmé la réservation d'une table au nom de Brandt pour 20 heures hier soir, et qu'elle a été annulée suite au refus de Petra. Quant au Grand Hôtel, il m'a également confirmé la réservation puis l'annulation d'une chambre au nom de Brandt hier dans les mêmes circonstances.

Malmberg hausse légèrement un sourcil, seul signe de surprise perceptible sur son visage. Le souffle coupé, Petra observe la scène.

— Et Petra, je te remercie de m'avoir remis ça, poursuit Sjöberg en sortant le MP3 de sa poche. Une sage initiative de ta part que de l'avoir mis en marche. Un élément qui peut être utile pendant le procès.

D'un coup, elle comprend où il veut en venir. Un grand sourire éclaire son visage, tandis qu'elle se laisse aller en arrière sur son siège, les mains toujours croisées derrière sa nuque. Il lui suffit de jouer son rôle.

— Oh, mais il n'y a pas de quoi, Conny. Je te le confie.

— De quel procès parle-t-on ? demande Malmberg.

Son visage prend une expression plus humaine.

— Celui dont on discutait avec Petra quand tu es arrivé. Nous allons déposer une plainte pour harcèlement sexuel contre le commissaire principal. Comme il y a aussi abus de pouvoir, nous pensons avoir de bonnes chances de gagner.

Le culot de Sjöberg fascine Petra.

— Je n'étais pas au courant de cette histoire, réplique Malmberg, sur un ton bien plus sombre. (Il se dirige vers la porte.) Je dois en parler avec le commissaire principal.

— Dites à Roland que je suis désolée si je l'ai blessé, dit Petra, qui a retrouvé sa confiance grâce au numéro d'improvisation de Sjöberg.

Malmberg stoppe net et se tourne vers eux, le regard déterminé.

— Je propose de considérer que cette conversation n'a jamais eu lieu. Et je suis convaincu que le commissaire principal est du même avis.

— Je n'ai rien entendu, dit Sjöberg en faisant un clin d'œil à Petra. Et je n'ai pas vu non plus de mail, ajoute-t-il pour être bien clair.

— Entendu, marmonne Malmberg.

— Au fait, Gunnar… Brandt m'a promis que la fille de Sandén serait prise à l'essai pour travailler à la réception. Tu veux bien faire le nécessaire, s'il te plaît ?

— Bien sûr, lâche le commissaire principal adjoint avant de quitter la pièce, les mâchoires serrées.

*

— Avant que tu me racontes ta discussion avec Göran Andersson, j'ai juste une chose à te dire, lance Jamal lorsqu'il retrouve Sjöberg à Skanstull.

Celui-ci le regarde avec attention.

— Je pense qu'on a trop pris à la légère les soupçons pesant sur Sören Andersson. Dès que le père de Joakim est apparu dans l'enquête, on s'est focalisé sur lui. C'est logique, mais à mon avis, on n'en a pas encore fini avec Sören Andersson. C'est tout ce que je voulais dire.

— Tu as sans doute raison, Jamal. Pour ce qui est d'Elise, elle a fait des conneries vendredi soir et on va retourner la voir pour en parler. Cette fois, on ne repart pas tant qu'elle n'a pas dit la vérité.

Pendant que Sjöberg résume son entretien avec Göran Andersson, les deux hommes marchent une nouvelle fois en direction de l'appartement des Johansson.

Elise est couchée sous la couette tout habillée. Son iPod vissé dans les oreilles, elle n'entend pas qu'on frappe à la porte de sa chambre. Les deux policiers n'attendent pas de réponse et rentrent directement. Jamal referme la porte derrière eux pour atténuer un peu les bruits en provenance de la cuisine et du salon, où la vie et les discussions ont repris comme avant. En les apercevant, Elise se redresse d'un bond, le regard apeuré. Ses yeux sont rouges. *La réalité l'a peut-être enfin rattrapée,* se dit Sjöberg.

— Bonjour, Elise. Nous revoilà.

Sjöberg ouvre les bras en guise d'excuse. Elise arrache les écouteurs et arrête son iPod. Sans répondre, elle tend la main vers son paquet de cigarettes et se lève du lit. Puis elle se laisse glisser le long de la porte de la penderie et s'assied à même le sol. Jamal fait de même. Sjöberg s'estime trop vieux pour ce genre de position et s'installe sur la seule chaise de la chambre.

— On veut savoir ce qui s'est réellement passé vendredi soir, dit-il. On a une vague idée de ce que tu as fait, mais on veut ta version, avec tes propres mots.

— C'est lui qui vous a... ? commence Elise avant d'interrompre sa phrase.

— Lui qui ? interroge Sjöberg avec autorité.

— Quelqu'un a dit quelque chose ?

— Oui. Mais maintenant, c'est à toi de parler.

— De quoi ?

— De ce que tu as fait vendredi. On sait que tu ne vas pas très bien en ce moment, Elise, mais il faut que tu nous parles. C'est important. Tu peux nous aider à mettre la main sur la personne qui a assassiné Jennifer.

Elle sort une cigarette et la met dans sa bouche. Sjöberg lui lance une boîte d'allumettes qui se trouve sur le bureau. Ils attendent.

— J'ai tellement peur, dit-elle avec un soupir.

Elle lève la tête. Pour la première fois, elle regarde Sjöberg dans les yeux.

— Je sais ce que vous allez penser de moi. Que je suis une salope. Mais j'étais bourrée et conne et... Bon, ça doit être dans les gènes. (Elle indique la porte de la tête.) Mais je ne le referai jamais plus. Au moins, ça m'a servi de leçon.

Et finalement, Elise raconte son histoire. C'est un vrai soulagement. Elle en a honte, mais le fait de se livrer la libère en partie. Elle relate comment elle était assise par terre avec sa sœur dans la cuisine, pendant que sa mère et ses copains braillaient autour de la table. Comment elles avaient fumé, bu, parlé de choses et d'autres, simplement complices.

En même temps qu'elle décrit les derniers moments vécus avec sa sœur, elle prend conscience à quel point celle-ci lui manque. Les larmes lui montent aux yeux et elle a du mal à trouver les mots. Mais elle s'en fout. C'est tellement bon de se confier enfin à quelqu'un. Elle poursuit son histoire, les larmes ruisselant sur son visage. Elle raconte que l'alcool l'a mise de bonne humeur, l'a rendue forte et courageuse. Et contre toute attente, au cours de cette dernière soirée qu'elle a passée avec sa sœur, elle a même pu lui emprunter son blouson en cuir. Puis elle est allée retrouver Nina en centre-ville. Cette copine qui, contrairement à Elise, avait de l'argent pour sortir, et qui lui a fait remarquer la présence du « pédophile », un sale bonhomme qui aimait tripoter les jeunes filles. Elise explique comment elle est allée le voir et lui a fait cette proposition ridicule, qu'elle regrettera toute sa vie.

Elle marche trois pas derrière lui jusqu'au parking, à Bjurholmsplan. C'est là qu'il a garé sa voiture, une Opel blanche sale. Il ouvre la portière et s'installe sur le siège conducteur. Ensuite, il se penche vers le côté passager pour lui ouvrir. Avant de monter, elle balaie la rue du regard afin de s'assurer que personne n'a vu ni compris la manœuvre.

Elise atteint un état d'effervescence presque sauvage. Une ivresse divine, qui annihile les barrières, atténue toutes les règles et fait en sorte que plus rien n'ait d'importance. Elle s'imagine que la drogue procure le même effet, quand on se retrouve hors de soi, avec le sentiment de devenir immortel. Rien d'autre ne compte que le présent. Elle pétille. Silencieux, l'air déterminé, il les conduit à travers les quartiers animés et prend volontairement la direction d'un endroit plus désert. Elle essaie de lui parler, mais il ne lui adresse que quelques mots, indifférent. Elle lui demande ce qu'il compte faire durant le week-end, disant qu'elle-même va sans doute prendre le ferry de la Viking Line pour Åbo, un mensonge destiné à la rendre plus intéressante. Il reste mutique, le regard rivé sur la chaussée. Elle en profite pour l'observer en cachette. Quel âge peut-il avoir ? Cinquante ans ? Soixante-dix ? Difficile à dire. En tout cas, il est vieux. Et sale. Ses cheveux crasseux lui tombent sur les oreilles et il porte un vieux blouson ringard. Ses mains qui tiennent le haut du volant sont maigres et poilues. Va encore pour le profil, mais sa peau est grasse et luisante.

Il bifurque dans une petite rue, avec d'un côté quelques villas endormies, toutes lumières éteintes et, de l'autre, de charmantes maisonnettes en bois nichées au cœur de jardins ouvriers. Le tout calme et désert, dans un quartier où personne ne circule la nuit. Arrivé à l'extrémité du parc de Vita Bergen, là où la chaussée se transforme en zone de manœuvre, il arrête la voiture et coupe le moteur. Après l'extinction des phares, ils se retrouvent dans le noir. Elise se sent soudain troublée. Elle ne connaît rien à ce genre de situation. Mais il ne doit pas se rendre compte qu'elle le fait pour la première fois. Il se tourne lentement vers elle le regard vide. Ses yeux évitent le visage d'Elise et parcourent son corps.

— L'argent d'abord, parvient-elle à lâcher.

Son cœur tambourine dans sa poitrine, mais elle n'a pas peur. Il s'exécute et extirpe son portefeuille de la poche intérieure de sa veste. Il sort deux billets de cent couronnes et les dépose dans sa main tendue. Elle les range aussitôt dans sa poche de blouson pendant qu'il place son portefeuille à côté du levier de vitesse. Elle suit cette main du regard, qui revient ensuite vers elle et se pose sur sa cuisse nue. Tandis qu'il caresse, elle l'entend respirer de plus en plus intensément.

— Tu as quel âge ? demande-t-il.

— Seize ans, ment Elise, sans savoir pourquoi.

— Tu t'appelles comment ?

— Jennifer, répond-elle, comme pour donner plus de crédibilité à son âge.

— Remonte ton pull, lui ordonne-t-il.

Elle obéit.

— Tourne-toi vers moi.

Elle se sent ridicule. Elle est assise là, le pull remonté jusqu'au cou. L'homme se met à se caresser le sexe, à l'extérieur de son pantalon. Ses soupirs s'accentuent. Elle reste comme ça plusieurs minutes sans bouger d'un millimètre. Puis il déboutonne son pantalon, se redresse, et le fait péniblement glisser jusqu'aux genoux. Quelle étrange vision : un homme à moitié nu assis dans l'obscurité d'une voiture, et elle à ses côtés, les seins à l'air.

— Enlève ta culotte. Montre-moi tout.

Elise agite ses mains sous sa jupe pour retirer la culotte et la met dans la poche de son blouson. Elle place ensuite ses pieds sur le siège, mais garde les genoux serrés. La main de l'homme vient vite les écarter. Elle se retrouve dans une position inconfortable, le dos contre la portière, tandis qu'il commence à se tirer sur la peau du gland et gémit presque de douleur. Il veut la toucher, et sa main libre tente sans cesse de s'insinuer entre les jambes d'Elise. Mais à chaque fois, elle la repousse.

— Pas de ça, impose-t-elle avec détermination.

— Allez... proteste-t-il, tandis que sa main s'active de plus en plus vite et que son regard hébété fixe toujours l'entrejambe d'Elise.

Ses gémissements bizarres la répugnent. Elise essaie de penser à autre chose, d'évacuer de son esprit l'image d'elle et de ce vieux dégueulasse. Elle détache son regard de cette vision de sa bite en érection qui durcit sous les mouvements rythmés de sa main, et ses yeux tombent sur le portefeuille. C'est trop facile. Il lui suffit de le prendre et de se mettre à courir comme une malade. Avant qu'il parvienne à remonter son pantalon pour la poursuivre, elle aura pris suffisamment d'avance pour se mettre à l'abri.

Le voilà qui commence à souffler plus fort. C'est pour bientôt. Au moment même où ça gicle, elle s'empare du portefeuille. Avant qu'il réagisse, elle ouvre la portière et sort de la voiture. Sans prendre la peine de la refermer, elle se met à courir le plus vite possible.

— Sale petite pute ! Tu fais quoi là, bordel ? Je vais te...

Elle n'entend pas la suite. Elle continue à courir encore et encore. Elle est déjà à bonne distance quand elle entend une voiture qui démarre sur les chapeaux de roues. Les pneus crissent, puis s'ensuit le bruit d'un choc, comme si le véhicule avait heurté un réverbère ou quelque chose dans le genre. Puis c'est le silence. Avant de disparaître au coin de la rue, elle se retourne et regarde une dernière fois dans sa direction. Il est sorti de la voiture et semble vouloir lui courir après. Mais elle est bien plus rapide. Au bout de quelques instants qui lui paraissent une éternité, elle voit arriver une Toyota verte d'une rue perpendiculaire. Elle se précipite vers le véhicule en agitant les bras. Étonné, le conducteur s'arrête. Elle frappe à la vitre côté passager et tire sur la portière.

— Emmenez-moi, vite ! ordonne-t-elle, essoufflée, tout en se jetant sur le siège passager avant de refermer la portière.

Le conducteur continue de l'observer avec surprise, sans réagir.

— Mais putain, vas-y ! crie-t-elle en ignorant d'où lui vient cette autorité.

— C'est bon, soupire le conducteur en redémarrant. Et qu'est-ce que tu me donnes en échange ?

— Je te montre ma chatte, connard !

Elle remonte les genoux et s'installe dans la même position que tout à l'heure, les jambes écartées, sans culotte.

Cette fois, la situation lui paraît bien moins lourde à assumer. Elle y voit un moyen de punir. Elle veut punir tous les connards du monde entier, qui n'ont pas idée de ce qu'elle est en train de vivre. Elle reste figée dans la même position. L'homme l'étudie de temps à autre, pendant qu'il s'éloigne du parc de Vita Bergen, de l'Opel blanche, et c'est tout ce qui compte pour elle. Son pouls redevient normal et elle se calme enfin. Elle repose ses pieds et s'éclaircit la voix pour parler le plus normalement possible :

— Vous pouvez me déposer à Ringen, s'il vous plaît.

Il ne répond rien et la conduit à destination sans ajouter un seul mot.

— Je ne sais pas ce qui m'a pris, conclut Elise.

Elle essuie sa joue humide d'un revers de main.

— Tu étais ivre, constate calmement Sjöberg. Tu as quatorze ans. Les gamines de quatorze ans ne doivent pas boire.

— Qu'est-ce que vous allez faire de moi ?

— Rien, répond Sjöberg. Ton avenir est entre tes mains. Mais si tu souhaites parler à quelqu'un, je peux t'aider.

*

Barbro a prévu de passer une soirée tranquille après ces derniers jours mouvementés. Mais elle n'arrête pas de penser à la petite. Elle fait les cent pas dans son appartement et observe la rue par la fenêtre du salon. Derrière les voitures garées le long du trottoir d'en face, la haie de berbéris scintille sous la lumière des réverbères. Une pluie paisible tombe sur la ville. Quelqu'un d'optimiste a déposé un sac en papier rempli de journaux à la porte d'entrée d'un immeuble, et Barbro se dit que le tout se retrouvera probablement en lambeaux demain à l'aube.

L'envie la taraude d'appeler ce Holgersson. Mais à quoi bon ? Il est sans doute déjà rentré chez lui et personne ne lui communiquera son numéro privé. *Reste à espérer que la police fasse son travail,* se dit-elle dans un soupir. Pas de réponse chez Hanna. Après tout, Barbro a fait ce qu'elle a pu. À présent, la gamine doit être en de bonnes mains. Peu importe si c'est le père ou la police qui se trouvent chez elle en ce moment. On s'occupe d'elle et c'est le principal. Barbro peut laisser tomber.

Mais non, elle n'y arrive pas. Les pensées virevoltent dans sa tête. Il y a quelque chose qui cloche.

— Puisque je me suis donné tant de mal… se dit-elle à voix haute. Il faut aller jusqu'au bout…

Elle se rend alors dans l'entrée d'un pas déterminé, met ses bottes en caoutchouc, décroche son imperméable et se retrouve dans les escaliers avant même de l'avoir enfilé.

Après un quart d'heure d'attente devant la porte du numéro 20 de Ploggatan, une femme pressée d'une cinquantaine d'années la fait entrer.

Barbro prend l'ascenseur jusqu'au troisième étage. Son regard tombe tout de suite sur la plaque indiquant le domicile de la famille Hedberg. Elle reste devant la porte quelques minutes, à écouter les bruits provenant de l'intérieur. Pas de doute, il y a du monde. Elle perçoit la voix d'une petite fille et celle d'un homme. Pour autant qu'elle puisse en juger, l'ambiance est calme mais, de toute évidence, il y a au moins deux personnes qui ne sont pas encore couchées.

Elle sonne plusieurs fois. Pas de réponse. Elle se penche, pousse le volet de la fente pour le courrier :

— Hanna ? Tu es là ? C'est Barbro ! Ouvre-moi, s'il te plaît.

Elle sonne encore, plus longtemps cette fois. Toujours pas de réponse. L'appartement est maintenant plongé dans le silence. Barbro retire son imperméable pour en faire un coussin. Elle le pose sur le carrelage froid, près de la porte, et s'assied dessus. Elle ne sait pas ce qu'elle attend mais, en tout cas, cette fois, elle n'abandonnera pas.

*

Une fine pluie d'été commence à tomber, même si c'est bientôt le mois d'octobre. Sjöberg et Jamal accélèrent le pas, têtes baissées, en direction de Katarina Bangata, où se trouve le domicile de Sören Andersson.

— Tu es du même avis que moi ? demande Jamal, tout en essuyant une goutte de pluie au bout de son nez d'un revers de main.

— Tu parles du parc de Vita Bergen ?

— Oui.

— Même endroit, pratiquement le même horaire… Deux personnes décédées. Ça ressemble à une coïncidence divine.

— On y croit, à ces choses-là ?

— Pas vraiment, constate Sjöberg.

— À ton avis, qu'est-ce qui s'est passé ? insiste Jamal.

— Je crois que la pauvre Jennifer a été assassinée pour avoir prêté son blouson à sa sœur, murmure Sjöberg.

— Par quelqu'un qui a cru Elise témoin d'un événement qu'elle n'a en fait jamais vu, poursuit Jamal.

— Et dont elle ne sait toujours rien, complète Sjöberg. Que Sören Andersson a heurté mortellement une femme aux abords du parc de Vita Bergen.

— Il faut qu'on appelle Petra.

— Ils sont encore occupés à identifier la victime. Commençons par Sören Andersson. Il va peut-être nous renseigner sur le sujet.

— Il cache sa victime, lui vide les poches. Et derrière, il tue de sang-froid l'unique témoin.

— Et en plus, il se trompe, fait remarquer Sjöberg.

— Du jour au lendemain, il passe d'un casier judiciaire vierge à un statut de double meurtrier. Il a du sang-froid, ce salaud ! souligne Jamal.

Sjöberg appelle Einar Eriksson, qui lui transmet le code d'entrée de l'immeuble. Une femme leur ouvre la porte de l'appartement. Elle a le teint pâle, les cheveux gris, et paraît plus âgée que son mari de cinquante-trois ans.

— Sören n'est pas là, dit-elle d'une voix fragile.

— Il sera de retour à quelle heure ? demande Sjöberg d'un ton amical.

— Au plus tard vers minuit. Il travaille demain.

Nerveuse, elle ne cesse de cligner des yeux. Elle lève la tête vers Sjöberg, bien plus grand qu'elle.

— Vous savez où il se trouve ?

— Il est allé rendre visite à un ami. Mais il ne m'a pas dit son nom.

— Nous voulions juste lui poser quelques questions de routine, ment Sjöberg. Mais ça pourra attendre demain. Il a pris sa voiture ?

La femme se tourne et regarde en direction d'une vieille commode en bois brut. Une coupe en céramique est posée dessus, et Sjöberg remarque qu'elle contient des clés de voiture.

— Je ne crois pas, répond madame Andersson d'une voix hésitante.

— Où est-elle garée ?

La femme se montre intriguée, mais elle répond sans objecter.

— En général, il se gare à Bjurholmsplan.

— Quelle est la marque du véhicule ? poursuit Sjöberg avec un sourire décontracté.

— C'est une vieille Opel Kadett blanche. Vous voulez le numéro d'immatriculation ?

Ils acceptent volontiers.

— On met l'appartement sous surveillance, dit Sjöberg lorsqu'ils se retrouvent à nouveau sur le trottoir. Comme ça, on a le temps d'aller se reposer jusqu'à ce qu'ils l'arrêtent. On a tous les deux besoin de sommeil. Mais avant ça, j'aimerais juste qu'on aille faire un tour à Bjurholmsplan. Histoire de voir si la voiture se trouve là.

— Et si c'est le cas ?

— On appelle la police scientifique.

Elle est bien là. Sale et couverte de rouille. Ils détectent tout de suite une bosse sur l'une des portières avant, mais qui semble plutôt due à une malencontreuse manœuvre de stationnement. Ils font le tour de la voiture, chacun de leur côté, et se retrouvent face à l'aile avant droite. Elle est sérieusement enfoncée. Sjöberg s'accroupit et éclaire la tôle froissée grâce à une petite lampe de poche qu'il garde sur son trousseau de clés.

— Qu'est-ce que tu en dis ?

Il tourne la tête vers son collègue.

— Ça ressemble à une trace d'impact avec une poussette et sa propriétaire, constate Jamal. C'est pas du bleu, là ?

— Oui, on dirait, confirme Sjöberg. Appelle Hansson.

Les techniciens de la police scientifique arrivent vite sur place. Sjöberg explique le topo à Gabriella Hansson.

— Donc, vous avez l'assassin, le corps du délit et la victime... (Elle le regarde avec un sourire malicieux.) Reste un tout petit détail...

Il grimace, agacé. Il sort son téléphone portable et compose le numéro de Petra Westman.

— Vous en êtes où avec l'identification ?

— Ça n'avance pas, soupire Petra. On n'a toujours pas le nom de la victime. Mais il est à peu près certain qu'il s'agit d'une femme qui habitait dans les environs. Avec un peu de chance, on devrait avoir la réponse demain, après la publication des photos dans la presse.

— Je crois qu'on tient l'assassin, affirme Sjöberg. Et la voiture.

— Quoi ? Mais comment ?

— Nos chemins se croisent, Petra. J'ai l'impression que nos deux affaires n'en font qu'une.

— Vous avez arrêté quelqu'un ?

— Pas encore. Il n'est pas chez lui. Son appartement a été mis sous surveillance. Dès qu'il arrive, on le serre.

— J'aimerais bien que tu m'expliques…

Sjöberg lui fait part des déductions auxquelles Jamal et lui sont arrivés et ce qu'ils en ont conclu. Lorsqu'il en termine, Petra soupire à nouveau et reprend le commentaire de Gabriella Hansson.

— Pour résumer, il manque juste un tout petit détail…

— Exact, admet Sjöberg. Mais peut-être que le coupable va nous renseigner là-dessus. Rentre te coucher, maintenant.

Sjöberg raccroche. Il lance quelques encouragements à l'équipe technique et s'éloigne en compagnie de Jamal.

*

Il est tard. Jens Sandén est enfin sur le point de rentrer chez lui, après une journée infructueuse à chercher quelqu'un susceptible d'identifier la maman tuée ou son fils. Sur sa liste, il ne lui reste plus qu'une seule personne à voir : une infirmière en arrêt maladie qui travaille dans un centre pédiatrique privé à Östermalm. Comme elle habite près de chez lui, il a décidé d'y passer en dernier.

Toutes les places du parking sont prises. Sandén se gare donc à moitié sur une pelouse en pente.

L'infirmière habite au deuxième étage. Il s'apprête à grimper l'escalier quand son téléphone sonne. Il hésite à répondre, mais se décide en voyant le nom de Jessica s'afficher sur l'écran. À force d'insister, ils ont convaincu Jenny d'accepter que sa sœur vienne passer la nuit chez elle.

— Papa, j'ai quelque chose à te raconter.

Son ton le met tout de suite mal à l'aise.

— Tu es chez Jenny ? s'inquiète-t-il.

— Oui… et non. Je suis sortie pour t'appeler. Je ne voulais pas qu'elle nous entende.

— OK, vas-y.

— Jenny a tenu à ce que je n'arrive pas chez elle avant 20 h 15. Je le lui ai donc promis. Tu sais à quel point les horaires sont importants pour elle. Mais bon, j'étais déjà sur place à 19 h 55, alors j'ai décidé d'attendre devant la porte jusqu'à 20 h 15 pour ne pas la contrarier.

— Et alors ? s'inquiète Sandén, qui s'attend au pire.

— J'étais là, en train de jouer avec mon portable. C'était vraiment pas mon intention de l'espionner, mais à 20 heures précises, j'ai vu un homme quitter son appartement.

— Bordel de merde… C'était le fameux Pontus ?

— Non.

— Alors c'était ce putain de Yougoslave ! Pourtant on en a discuté ce matin…

— Quel Yougoslave ? De qui tu parles ?

La minuterie vient de s'éteindre dans l'escalier. Sandén se retrouve dans le noir.

— Je pensais que maman t'avait raconté. Ce matin, quand je suis passé, il y avait un type chez elle. Un certain Dejan.

— Oui, oui, elle me l'a dit, le coupe Jessica. Mais le type que je viens de voir sortir est un petit Suédois retraité qui s'appelle Kjell-Erik.

— Ah, mais c'est plutôt une bonne nouvelle, rit Sandén, soulagé.

— Pas vraiment, non.

Sandén sent son ventre se nouer.

— Quand je suis rentrée chez elle, elle venait de prendre une douche, poursuit Jessica. Je l'ai travaillée au corps pour qu'elle me dise qui c'était.

La vue de Sandén se trouble. En tâtonnant dans le noir, il finit par agripper la rampe et par s'asseoir sur une marche.

— Elle ne connaissait que son prénom. Mais c'était aussi « un copain de Pontus ». Il semble que ces soi-disant copains de Pontus sont assez nombreux à lui rendre visite. Quelques-uns, mais pas tous, lui donnent un peu d'argent. Un pourboire, quoi.

Sandén ne sait pas quoi dire. Il est assis dans le noir sur une marche en pierre glacée, dans un immeuble qu'il ne connaît pas. Son cœur tambourine jusque dans ses oreilles.

— Je suis désolée de devoir te dire ça, papa, mais je crois que Jenny se prostitue. Ce salopard de Pontus la contraint à faire la pute dans son propre appartement, tout en gardant l'argent pour lui.

— Je vais le tuer, ce...

— Non, papa. (Le ton de Jessica est si ferme qu'il perd le fil de sa pensée.) Tu ne dois pas gâcher ta vie et la nôtre pour un petit con comme ça. Sinon, jamais je ne te pardonnerai. Ne fais rien sous le coup de la colère. Discutons-en plus tard ce soir. J'emmène Jenny avec moi pour aller retrouver maman à la maison.

— Merci…

C'est le seul mot qu'il parvient à prononcer.

*

Que c'est bon ! C'est le meilleur hamburger qu'elle a jamais goûté. Hanna babille sans arrêt. Entre chaque bouchée, les mots coulent comme un torrent. Björn, son copain secret, ne parle pas beaucoup, mais ce n'est pas grave. Il écoute et lui sourit gentiment. Même quand elle se tache.

— T'es un monsieur ou un garçon ? demande Hanna.

— Qu'est-ce que tu penses, toi ?

— Un vieux garçon !

Ils rient. Ils se comprennent bien. Quand Hanna se retrouve avec un peu de ketchup sur le nez, Björn en met tout de suite un peu sur son doigt et l'étale sur le sien. Hanna rit aux éclats et Björn a l'air content. Sa maman, elle, n'aurait pas aimé. Mais ça n'a plus d'importance.

Lorsqu'ils ont fini le repas, Björn veut aller au bain. Mais Hanna a envie de bonbons.

— T'as acheté des bonbons ? T'avais promis, dit Hanna.

— Oui, j'en ai apporté. Mais on peut prendre un bain d'abord et manger les bonbons après ?

— Non, je veux des bonbons maintenant, insiste Hanna.

— Alors, on va en goûter un peu tout de suite, et garder le reste pour après le bain, propose Björn.

Hanna finit par céder. Björn se rend dans l'entrée et sort un grand sachet de bonbons de la poche de son blouson. Hanna attend dans la chambre d'enfants. C'est alors qu'on sonne à la porte. Hanna se lève brusquement de sa chaise et se précipite dans l'entrée.

— Ça sonne ! crie-t-elle.

Björn lui fait signe de se taire en plaçant un doigt devant sa bouche.

— On est des copains secrets, chuchote-t-il. Personne d'autre ne peut jouer avec nous.

— Mais si c'est papa... suggère Hanna.

Il pose sa main sur la bouche de l'enfant.

— Tu as envie de partager tes bonbons ? Ça serait dommage, non ? Et ton papa n'a pas besoin de sonner à la porte. Il a sa clé.

Hanna se laisse convaincre et ils retournent sur la pointe des pieds jusqu'à sa chambre. Björn referme la porte derrière eux. Ils restent assis tous les deux en silence, à écouter la sonnette qui retentit encore et encore.

Une voix appelle depuis le palier.

— Hanna ! Tu es là ? C'est Barbro ! Ouvre-moi, s'il te plaît.

Hanna sourit et chuchote à Björn :

— Barbro, elle est pas gentille. Elle ment comme elle respire.

Son papa dit souvent ça et Hanna aime bien.

Elle verse le contenu du sachet sur la table et forme deux piles de bonbons à peu près égales.

— On a droit à trois avant le bain, propose Björn.

Hanna hoche la tête pour donner son accord, et enfourne une grosse poignée de bonbons dans la bouche. Björn ne dit rien et se contente de hausser les épaules. Il la scrute d'un regard neutre, pendant qu'elle mastique.

— Maintenant on va se baigner, décrète-t-il.

*

Sandén reste un moment dans l'escalier à tenter de reprendre ses esprits, avant de se relever en grognant. Il se sent soudain très vieux et très malheureux. Il aimerait rentrer chez lui tout de suite, mais il doit faire ce dernier effort avant de finir sa journée. De toute façon, le voilà déjà devant la porte de l'infirmière.

La femme qui lui ouvre paraît moins malade que lui. Elle est habillée et coiffée.

— Jens Sandén de la police d'Hammarby, dit-il en montrant sa carte d'une main légèrement tremblante.

— Entrez, sourit la femme, âgée d'une quarantaine d'années. Je m'attendais à votre visite.

Pour la énième fois, Sandén tire l'enveloppe avec les photographies de sa poche intérieure. Il est encore essoufflé, mais il espère qu'elle n'y prête pas attention et se comporte comme à l'accoutumée.

— Désolé de vous déranger, ça ne sera pas long. J'ai harcelé de pauvres infirmières convalescentes toute la journée.

— Pas de souci. J'étais juste un peu enrhumée. Je reprends demain. Vous ne voulez pas entrer ? demande-t-elle gentiment.

— C'est très aimable. Mais je veux être chez moi au plus vite. Je vais juste vous montrer quelques photos. Attention, je vous préviens, elles ne sont pas très gaies. Nous avons découvert une femme morte dans le parc de Vita Bergen. Vous l'avez peut-être déjà lu dans les journaux ?

Elle acquiesce.

— Nous avons également trouvé un petit garçon en bas âge dans un couchage de poussette au milieu des buissons. Il est à l'hôpital et se trouve maintenant hors de danger. Depuis ces faits, il s'est maintenant écoulé soixante heures sans que personne ne s'inquiète de leur disparition. Et pour notre part, nous n'avons pas réussi à les identifier. Voilà pourquoi je tente de glaner des informations auprès de spécialistes comme vous. D'abord le garçon. Sandén lui tend l'une des photos.

Elle la scrute un moment en silence, puis hoche négativement la tête.

— C'est difficile quand ils sont si petits. Ils changent tellement vite. Il a quel âge ?

— Environ cinq mois.

— Non, répond-elle avec assurance. Ça ne me dit rien. Je peux voir la maman ?

— Oui. Mais comme vous l'avez compris, c'est une photo de son cadavre. Accrochez-vous, ce n'est pas très beau à voir.

Elle croise les bras sur sa poitrine et se prépare. Sandén choisit un cliché qu'il présente à l'infirmière. Sa réponse fuse de manière presque instantanée.

— Le garçon s'appelle Lukas. (Elle déglutit.) Lukas Hedberg. Il est né au milieu du mois de mai. Assez costaud pour son âge. Je ne me rappelle pas le prénom de la maman, mais c'était quelqu'un de très sympa. Il y a une petite fille aussi… Hanna. Elle doit avoir trois ans. Attendez… je crois qu'elle est née en mars. En mars 2004. Qu'est-ce qui s'est passé, exactement ?

— On ne sait pas encore, répond Sandén. Mais il semblerait que la maman ait été renversée par une voiture alors qu'elle marchait avec la poussette. Le conducteur aurait pris la fuite sans appeler les secours.

— Mon Dieu… Et la petite Hanna…

— Il faut qu'on sache où ils habitent, l'interrompt Sandén. On doit prévenir le reste de la famille au plus vite. Vous n'auriez pas leur adresse, par hasard ? Ou le prénom des parents, pour que je puisse appeler les renseignements téléphoniques.

Elle réfléchit pendant quelques secondes.

— On fait toujours des visites à domicile en ce qui concerne les nouveau-nés. J'ai sans doute l'adresse dans mon agenda.

Elle décroche son sac à main de la penderie et sort son agenda. Sandén transpire abondamment. Il a de nouveau besoin de s'asseoir, mais n'ose s'accroupir par terre dans l'entrée de cette inconnue.

— Voyons voir… Mai.

Elle feuillette les pages à rebours, jusqu'à revenir au mois souhaité, prenant le temps de bien vérifier les noms. Sandén se tient tout près d'elle et suit son doigt du regard, ligne après ligne.

— Voilà ! s'enthousiasme-t-elle enfin.

— « Visite à domicile, Lukas Hedberg, 20 rue Ploggatan » lit Sandén. Votre aide a été très précieuse. Je dois appeler le commissariat.

Il sort son téléphone de sa poche, mais n'arrive pas à distinguer les chiffres sur le clavier. Son doigt s'agite au-dessus des touches, sans trop savoir où appuyer. Il s'apprête à taper le quatrième chiffre quand il s'effondre au sol.

*

Hanna montre le chemin jusqu'à la salle de bains. La baignoire n'a pas été vidée depuis la dernière fois. Björn retire le bouchon pour évacuer l'eau froide et stagnante. Il passe la douche et frotte avec une éponge pour enlever les traces restantes. Enfin, il remplit de nouveau la baignoire, avec de l'eau chaude et propre.

— On met des boules de savon ? propose Hanna. Ça sent bon !

— Bien sûr, dit Björn. Tout ce que tu veux.

Hanna choisit quelques boules de couleurs différentes dans un tiroir et les jette dans l'eau.

— Tu te déshabilles alors ? demande Björn.

— Toi aussi ! dit Hanna.

Björn acquiesce et commence à déboutonner sa chemise. Il n'a même pas fini de l'enlever qu'Hanna a déjà ôté tous ses vêtements. Elle sautille jusqu'à la baignoire, grimpe pour franchir le bord et s'installe.

— Mon papa en a un comme ça aussi, mais il est beaucoup plus petit, commente-t-elle lorsque Björn lève une jambe au-dessus du rebord. Il lui répond avec un sourire chaleureux et se laisse glisser dans l'eau en laissant échapper un soupir de bien-être.

*

Barbro ne tient plus en place. La situation est absurde. Ou tout va pour le mieux à l'intérieur, et dans ce cas, elle peut laisser tomber et rentrer se coucher. Ou c'est tout le contraire. Et là, à quoi bon rester plantée dans la cage d'escalier en pleine obscurité ? Jusqu'ici, elle a fait ce qu'elle devait faire, mais là, elle nage en pleine lâcheté. Elle doit aller au bout de sa mission la tête haute, ne serait-ce que pour elle-même. Il faut qu'elle fasse ce qui lui semble juste. Peu importe si certains la prennent pour une vieille hystérique.

Dans cet appartement se trouve une gamine de trois ans. Elle lui a raconté qu'elle était toute seule à la maison, qu'elle devait se faire à manger elle-même et qu'elle s'était blessée. Et maintenant, il y a un adulte avec elle. Un homme. Mais qui est cet homme qui ne vient pas ouvrir quand on sonne à la porte ? Il pourrait au moins lui crier d'arrêter de hurler à travers la fente du courrier. Mais non, il se tait et s'enferme à l'intérieur. Ce n'est pas normal. Dans l'hypothèse où le père de Hanna la prendrait pour une folle qui les harcèle, il devrait appeler la police, ce qui soulagerait Barbro. Mais il ne le fait pas. Il refuse de lui parler et s'isole avec la petite.

Et si quelque chose de terrible était en train de se passer derrière cette porte ? De toute évidence, ça ne tourne pas rond. Alors, qu'est-ce qu'elle attend ? Elle mérite une gifle ! Allez, debout, prends les choses en main ! Ne sois pas comme tous ceux qui se contentent d'observer en restant à l'écart.

*

Une pensée effleure Petra quand elle passe devant le bureau de Jamal, dont les lumières sont éteintes. Arrivée à la machine, elle dépose un sachet de thé dans son gobelet, et appuie sur le bouton d'eau chaude. Au moment de verser le lait, elle ressent soudain une appréhension, de celles qui vous submergent quand on ne va pas au bout d'une pensée. Parce qu'on est interrompu, ou parce qu'on n'en a pas la force ou le courage. Elle tente de passer à autre chose et prend un biscuit dans le placard. Mais elle n'a pas faim.

En repartant vers son bureau, le gobelet à la main, Petra s'arrête devant celui de Jamal. La porte est ouverte, comme une invitation. Mais il n'est pas là. Il est parti à Bjurholmsplan avec Sjöberg. Il n'y a qu'elle et Eriksson qui soient présents à cet étage. Ce dernier travaille toujours la porte fermée, comme ça il est tranquille. Elle demeure plantée devant le bureau de Jamal, le regard plongé dans le noir. Quel était le sens de cette pensée ? Et voilà qu'elle revient la titiller.

Petra se revoit assise au bar du Clarion, en cette nuit fatidique de novembre. Elle échange un sourire furtif avec un anesthésiste assis derrière Jamal. Ce dernier qui part tôt et la laisse entre les griffes d'un violeur en série, qui la drogue pour la ramener chez lui. Pour ensuite la filmer et la violer avec... quelqu'un. Le deuxième homme. Quelle malchance que tu ne sois pas resté, Jamal. On serait reparti du Clarion ensemble.

Nouvelle image pour Petra : elle et Jamal dans le brouhaha du Pelikan. C'est bruyant, chaleureux, intime et amical. Comme toujours avec Jamal. Quand ils quittent le bar, ils ne vont pas au métro ensemble. Il déclare avoir à faire et préfère rentrer à pied. Rentrer ?

Ce même jour, après le stage, ils sont allés faire du sport. Mais pas exactement ensemble. La plupart du temps Petra était seule, trop occupée à se battre avec les machines ou les haltères. Et quand elle s'est mise à boxer le sac de sable, il est resté dans la salle voisine. Il a pris sa douche au même moment qu'elle. Mais pendant combien de temps ? Elle en a eu au minimum pour trente minutes, lavage et séchage des cheveux compris. De son côté, il n'a peut-être mis que dix minutes, comme les autres mecs ?

Et sa chaleur, ses regards, sa façon de la toucher. Qu'est-ce que tout ça veut dire ? Comment expliquer qu'il soit toujours auprès d'elle tout en se montrant inaccessible ? Il vient de divorcer, sans qu'elle en sache la raison. Est-ce qu'elle le connaît vraiment ? À la fois oui, très bien et pas du tout.

Petra jette un œil par-dessus son épaule, avant de se glisser dans le bureau de Jamal. Elle referme la porte, tâtonne dans le noir jusqu'à son poste de travail et s'installe derrière l'ordinateur. À peine a-t-elle touché la souris que l'écran se réactive pour laisser apparaître une demande de mot de passe. Avec Jamal, c'est toujours le même : Maryam, le prénom de sa mère. Petra vérifie d'abord rapidement le contenu de la boîte mail. Elle se montre soulagée de ne rien y trouver d'intéressant. Elle clique ensuite sur l'icône « Mes images ». Le dossier contient juste celles qui sont proposées par le fabricant, à savoir des couchers de soleil, des fleurs et des paysages d'hiver. Pas la peine d'aller plus loin. Mais au moment où elle va se déconnecter, elle se ravise et l'ouvre quand même. Et tout au bas de la liste, se trouve la photo d'elle dans le lit de Peder Fryhk, celle envoyée au commissaire principal.

Petra respire profondément, ne sachant comment réagir. Après un moment de réflexion, les larmes aux yeux, elle supprime la photo, vide la corbeille et se déconnecte, sans avoir idée de ce qu'elle va faire de tout ça.

Elle se lève et s'apprête à ressortir quand son téléphone sonne. À la lumière de l'appareil, elle se dirige vers la porte, l'ouvre sans bruit et ne décroche qu'une fois dans le couloir.

— Jens ? dit-elle.

Pas de réponse.

En arrière-plan sonore, Petra entend une voix de femme. Elle se dit que Sandén a composé son numéro sans le vouloir, mais au moment de raccrocher, les propos de la femme la font changer d'avis :

« Stora Mossen. Deuxième étage. J'ai besoin d'une ambulance. Je suis infirmière et à mon avis, il peut s'agir d'une attaque cérébrale. »

— Jens ! crie Petra. Qu'est-ce qui se passe ?!

Elle n'entend plus que des grondements et du vacarme à l'autre bout du fil.

— Allô ! Il y a quelqu'un ?

Einar Eriksson ouvre la porte de son bureau. Il la regarde, interloqué.

— Je crois que Jens a eu un malaise, explique Petra. J'essaie de lui parler, mais...

— Allô ? dit soudain la voix de la femme dans l'oreille de Petra. Un policier du nom de Sandén se trouve ici chez moi. Il s'est effondré et j'ai appelé les urgences. Vous êtes de la police ?

— Oui, répond Petra. Qu'est-ce qui se passe ?

— Je n'ai pas le temps de vous expliquer. Tout ce que je sais, c'est qu'il tenait à vous communiquer une adresse : le 20 rue Ploggatan. Vous comprenez ?

— 20 rue Ploggatan, répète Petra, dont le cœur tambourine dans sa poitrine. Oui, je comprends.

— Le petit garçon s'appelle Lukas Hedberg. Il a une sœur de trois ans qui s'appelle Hanna Hedberg. Il faut que je raccroche.

— Hedberg, marmonne Petra.

Mais la communication est déjà coupée.

Eriksson et Petra se dévisagent en réfléchissant à ce qui vient d'être dit.

— Mais j'ai parlé avec la petite fille cet après-midi, et avec son papa il y a quelques instants à peine, affirme Eriksson.

— Et ils n'ont pas montré d'inquiétude concernant d'autres membres de leur famille ?

Eriksson secoue négativement la tête tout en plissant le front.

— C'était donc pas son père, en conclut Petra. Il faut qu'on y aille. Tu sais où ça se trouve ?

— À côté du parc de Vita Bergen. Ploggatan est dans le prolongement de Stora Mejtens Gränd. Sjöberg et Jamal ne sont pas loin. On n'a qu'à les y envoyer, si c'est pressé.

— Ça l'est, dit Petra qui compose le numéro de Sjöberg.

*

La cage d'escalier résonne de bruits spectaculaires, hurlements et claquements métalliques. Sjöberg et Jamal grimpent les marches à grandes enjambées. Arrivés au troisième étage, ils tombent sur une dizaine de personnes qui contemplent d'un œil plutôt goguenard la vieille dame accroupie. Barbro actionne avec vigueur le volet de la fente à courrier sur la porte de la famille Hedberg. En la voyant faire, Sjöberg ne peut réprimer un sourire.

— Rentrez chez vous, ordonne-t-il à la foule des curieux en montrant sa carte de police. On s'en occupe.

Jamal les écarte et veille à ce qu'ils repartent. Sjöberg tend la main à Barbro et l'aide à se relever.

Elle lui adresse un rapide salut, sans prendre le temps de souffler.

— J'ai beau sonner, personne ne vient ouvrir. Mais je sais qu'il y a quelqu'un à l'intérieur.

— Vraiment ?

Sjöberg colle l'oreille contre la porte. Il reste comme ça une bonne minute, avant d'abandonner.

— Je n'entends rien. Vous êtes sûr qu'il y a quelqu'un ?

— Certaine. Avant de sonner, j'ai fait comme vous. J'ai écouté à la porte et j'ai perçu la voix d'une enfant et celle d'un homme. J'ai alors appelé le nom d'Hanna à travers l'ouverture du courrier, et là, plus aucun bruit. C'est quand même bizarre de ne pas venir ouvrir quand ça sonne...

— En effet, concède Sjöberg. Peut-être qu'ils étaient occupés... Pardonnez-moi, mais qu'est-ce que vous faites ici, au juste ?

Barbro lui explique l'appel d'Hanna dimanche soir et la façon dont elle a fini par trouver son adresse, après des journées entières de recherche. Elle en profite pour glisser un commentaire sur un éventuel manque d'efficacité de la police dans cette affaire. Sjöberg en croit à peine ses oreilles. Mais il constate aussi que cette femme a du caractère et qu'il faut la prendre au sérieux.

— Après le premier appel, vous n'avez plus eu Hanna au téléphone ? demande-t-il.

— Si, si. Mais Hanna m'a fait la tête et a refusé de me parler.

— Elle vous en voulait ?

— Elle pensait que je l'avais laissée tomber, alors que je lui avais promis de venir à son secours. Et puis elle m'a affirmé ne plus être seule, que quelqu'un allait arriver. J'ai d'abord pensé que c'était vous, mais elle m'a précisé qu'il s'agissait de son papa...

— Vous ne l'avez pas vraiment crue ?

— Ça m'a paru un peu confus... Non, c'était comme si elle inventait au fur et à mesure. Je ne me rappelle plus ses paroles exactes. En tout cas, j'ai d'abord compris que la police allait débarquer ici, et d'un coup, elle a mentionné le retour de son papa, qui était juste ressorti pour lui acheter des hamburgers.

Sjöberg appuie sur la sonnette à plusieurs reprises. Pas un bruit en dehors de ces sons stridents qui résonnent dans la cage d'escalier.

— Appelle Petra et demande-lui si elle pense qu'on doit entrer, suggère Jamal.

— Je fais ça dehors, dit Sjöberg. Pas la peine de mettre tout l'immeuble au courant.

— Moi, je ne bouge pas d'ici, s'exclame Barbro en appuyant de plus belle sur la sonnette. Au cas où il se passerait quelque chose.

— Je reste avec Barbro, ajoute Jamal. On va continuer à mettre la pression en faisant du bruit. Va passer ton coup de fil, Conny.

Sjöberg descend dans la rue. En déambulant vers le parc de Vita Bergen, il explique la situation à Petra. Ils conviennent qu'elle le rappellera dès qu'elle aura obtenu le mandat de perquisition du procureur. Elle décide de ne pas avertir Conny tout de suite de ce qui se passe avec Sandén.

Sjöberg s'installe sur un banc du parc pour attendre. En cette nuit d'automne, il observe le lieu du crime, tout en se demandant s'il est possible qu'une petite fille passe quatre jours toute seule enfermée dans un appartement pendant que le cadavre de sa mère gît à la morgue. Ça paraît inconcevable. Et où se trouve le père pendant tout ce temps ? Il semble tout aussi improbable qu'une mère laisse son enfant de trois ans seule à la maison. À moins que cette femme ne se soit sentie désespérée. Mais que faisait-elle dehors au milieu de la nuit ?

Il observe la pelouse autour de lui et aperçoit les buissons où fut trouvé le petit garçon. Il s'imagine le bébé allongé là, qui pleure, inconsolable, puis qui s'endort ou sombre peut-être dans l'inconscience. Pour chasser ces pensées insupportables, il songe à sa propre famille. Ses enfants, qui ont la varicelle et se trouvent chez les grands-parents. Åsa qui court en tous sens pour s'occuper des malades et de ceux qui sont en pleine forme, chacun sollicitant son attention. Au moins, elle n'est pas seule, se console-t-il. Les grands-parents sont sur le coup.

Lorsqu'il regarde à nouveau les buissons, il se souvient que le petit garçon souffrait d'une angine. Maja, sa fille de cinq ans, en a eu une aussi, quand elle était bébé. Elle a hurlé sans interruption pendant tout le trajet en avion pour la Grèce.

Le reste des passagers n'en pouvait plus. Avec Åsa, ils se sont passé le relais pour la bercer en faisant des allers-retours dans le couloir. Mais en vain. Elle n'a pas voulu dormir, ni même téter sa sucette. Et le paracétamol n'a eu aucun effet.

Soudain, ça fait tilt. Une maman seule avec un enfant de trois ans qui essaie de dormir et un bébé qui souffre d'une angine. Elle est désespérée. N'en pouvant plus, elle finit par laisser la grande sœur seule à la maison pour tenter le coup de la balade. Juste un petit tour dans les environs pour que le bébé s'endorme enfin. Et se taise. Voilà ce qui s'est passé. Elle n'a laissé sa fille seule qu'une unique fois, parce qu'elle était désespérée, et ça s'est mal terminé. Très mal.

Son portable se met à sonner.

— Je n'arrive pas à joindre Rosén, souffle Petra. Einar a réussi à identifier les parents. Carl et Cecilia Hedberg. Tous les deux sont domiciliés à cette adresse.

— Toujours est-il que personne n'ouvre la porte, constate Sjöberg. Et on a des raisons de croire que la petite se trouve à l'intérieur avec un homme.

— C'est sans doute le père.

— Possible. Mais dans ce cas, pourquoi il n'ouvre pas ? Pourquoi il n'a pas signalé la disparition de sa femme ? Non, c'est quelqu'un d'autre.

— Les clés… lance Petra.

— Quelles clés ?

— La victime n'avait pas de clés sur elle quand on l'a trouvée.

— Plus question d'attendre, on rentre, affirme Sjöberg.

— J'essaie encore de joindre Hadar pour le mandat de perquisition.

— Dépêche-toi. Mais quitte à me retrouver dans la merde, j'y vais tout de suite. Envoie du renfort et une ambulance.

Sjöberg raccroche et repart en courant. Il compose le code d'entrée et se précipite dans les escaliers. Jamal et Barbro le voient débouler, inquiets.

— On y va, ordonne Sjöberg, essoufflé.

Sans attendre de réponse, il tire sur la poignée de toutes ses forces. La porte finit par céder et le heurte en plein sur le menton et la poitrine, mais il n'y prête aucune attention. Jamal se glisse à l'intérieur de l'appartement éclairé. Avant de le suivre, Sjöberg fait signe à Barbro de ne pas bouger. Ils passent l'entrée, arrivent au salon et s'arrêtent pour écouter. Par une porte ouverte qui donne sur une chambre à coucher, leur parviennent de vagues bruits d'éclaboussures d'eau. Jamal et Sjöberg pénètrent en silence dans la chambre. La porte suivante est entrouverte sur un sol carrelé. Ils s'approchent à pas feutrés. Du bout des lèvres, Sjöberg compte un, deux, trois, avant que tous deux se ruent dans la salle de bains.

*

Un homme est assis dans la baignoire. Il est nu, une main plaquée sur la bouche d'Hanna, qu'il maintient assise sur ses genoux et qui regarde les policiers avec des yeux écarquillés. Jamal se fige un instant devant ce quinquagénaire prostré et sa proie. Une petite fille terrifiée dont cet homme a tué la mère. Jamal réalise tout juste ce qu'il a sous les yeux qu'il atteint déjà le bord de la baignoire et arrache la fillette des bras de l'homme.

— C'est Sören Andersson, informe-t-il Sjöberg, dont le regard ne cesse de naviguer entre la petite fille et l'homme resté assis dans la baignoire.

Hanna se met à hurler. Pas de désespoir, ni de chagrin, mais de la rage d'une gamine de trois ans.

— Ça sonnait et ça sonnait ! Nous, on voulait se baigner ! crie-t-elle.

Elle le répète inlassablement. Ils n'ont pas pu le faire comme ils voulaient parce que ça sonnait sans arrêt à la porte. Sjöberg attrape une serviette accrochée au mur et couvre la gamine pendue aux bras de Jamal. Celui-ci essaie de la serrer contre lui, mais elle se raidit de colère et gesticule dans tous les sens.

Barbro n'a pas suivi leurs instructions et assiste au drame depuis le seuil de la salle de bains, la tête entre les mains. Jamal se fraie un chemin jusqu'à la chambre, s'assied sur le bord du lit, et tente de calmer l'hystérie de la petite fille, avec des mots doux et des câlins. Le regard de Barbro les abandonne pour se tourner vers Sjöberg, qui atteint calmement la baignoire, empoigne la nuque de Sören Andersson et lui enfonce la tête sous l'eau. Barbro met une éternité à comprendre ce qu'elle voit, des bras pâles et poilus qui moulinent et ce corps nu immergé. Elle finit par bouger ses vieux membres et empoigne Sjöberg.

— Ça suffit, commissaire. On va dire que je n'ai rien vu. Faites-le sortir de l'eau.

Elle lui adresse une tape amicale. Sjöberg lâche prise, et la tête de Sören Andersson surgit à la surface, crachant et haletant pour reprendre son souffle. Sjöberg lui jette une serviette et lui ordonne de sortir de la baignoire. Barbro se rend dans la chambre pour s'asseoir sur le bord du lit. Avec l'aide de Jamal, elle prend la gamine sur ses genoux et lui répète doucement :

— Ma petite Hanna. Barbro est là. Tout va bien. Tout va bien...

Elle attend avec patience. La fillette finit par se calmer et s'endort, épuisée, sur l'épaule de Barbro.

Depuis la rue, on entend approcher le hurlement des sirènes.

*

Il est presque 2 heures du matin quand Sjöberg sonne à sa porte. Elle lui sourit en ouvrant, mais il n'arrive pas à en faire autant. Il la regarde, les yeux rougis par le chagrin, sans rien dire. Il est épuisé. Des larmes coulent encore sur ses joues. Sans un mot, il la prend dans ses bras et enfouit son visage dans sa chevelure rousse. Ils restent comme ça un moment. Dans un chuchotement, elle lui suggère de s'asseoir. Il se laisse glisser sur le sol le long du mur. Elle s'installe à côté de lui et prend sa main.

— Raconte-moi, si tu veux.

Et il raconte. Les mots fusent telles les étincelles produites par un cierge magique. À tour de rôle, ils s'allument un instant, brillent, et disparaissent pour livrer place au suivant. Elle le laisse parler sans lui poser des questions. Elle écoute le récit de personnes captives. Il y a la femme dans un bac à sable, et la jeune fille retrouvée morte dans les toilettes d'un bateau, les hommes entravés par des chaînes invisibles et la petite fille dans une baignoire, la femme prisonnière de son propre corps, et tous les liens mystérieux entre mères et filles aussi bien que pères et fils. Il y a aussi l'histoire d'une femme vue dans l'encadrement d'une fenêtre et d'un homme qui tombe, comme tétanisé. Il lui raconte qu'il arrive parfois qu'on ne sache pas ce que l'on cherche, mais qu'il ne faut jamais abandonner, et qu'ainsi on peut démêler l'écheveau d'une affaire ténébreuse.

Quelques heures plus tard, il est allongé près d'elle sur le tapis. Il s'est vidé de tous ses mots, de toutes ses larmes. Leurs mains s'entrelacent et il sent sa douce respiration contre sa joue. Et là, plus question de mise en garde, de barrières, de voix intérieure lui déclarant que ce qui se passe est interdit.

Photocomposition Nord Compo
7, rue de Fives, 59650 Villeneuve-d'Ascq

Achevé d'imprimer par N.I.I.A.G.
en décembre 2012
pour le compte de France Loisirs, Paris

N° d'éditeur : 70943
Dépôt légal : novembre 2012
Imprimé en Italie